Idylle am Abgrund

Für meine Eltern

Florian Kohlstedt (Jahrgang 1973) studierte Geschichte und Politik. Idylle am Abgrund ist sein erster Roman. Er lebt und arbeitet in Hamburg.

Florian Kohlstedt

Idylle am Abgrund

Bibliografische Information der Deutschen Nationalbibliothek
Die Deutsche Nationalbibliothek verzeichnet diese Publikation in der Deutschen
Nationalbibliografie; detaillierte bibliografische Daten sind im Internet über
http://dnb.dnb.de abrufbar.

© 2015 Florian Kohlstedt
Umschlaggestaltung: Julia B. Nowikowa
Titelabbildung: Mirko Thiele
Satz, Herstellung und Verlag: BoD – Books on Demand
ISBN 978-3-7386-7571-9

Inhalt

Lila	7
Punkte oder Streifen	12
Wanted	15
Miau	20
Akt in einem roten Lehnstuhl	24
Unbemannt	30
Idylle am Abgrund	35
Housewife	42
Rebellion	47
Petticoat	50
Dame im Zentrum	53
Angst und Panik	60
Grauer Sonntag	67
Unbemannt 2	69
Frau ohne Kätzchen	74
Lansky	77
Ein neuer Tag	80
Incognito	93
Incognito 2	99
Eine Botschaft	106
Klimawandel	117
Lansky 2	120
Der Balkon	125
Agnieszka	132
Wolfgang	134
Rollenwechsel	149
Die Journalistin	155
Der König schläft	161

Lansky 3 165

Der alte Mann 168

Nachrichten 173

Die Chefin 174

Maskerade 179

Katzenhaare 186

Fotos 191

Der alte Mann 2 198

Alte Gefühle 202

Kommunikation 213

Power und Mut 219

Offensive 224

Neue Welt 226

Diddlmaus 236

Katzenohren 237

Vergebung? 246

Kunden und Lieferanten 248

Hamann 251

Trittbrettfahrer 254

Power und Mut 2 261

Mecklenburg-Vorpommern 262

On the road 264

Lila

Heftige Böen fegten hinter der großen Glasfront durch den Garten. Karl Peters sah kurz von seiner Zeitung auf, als eine besonders kräftige Regensalve gegen die Scheibe prasselte. Im ersten Stock hörte er seine beiden Töchter streiten, wie beinahe jeden Morgen – vermutlich blockierte eine der beiden mal wieder zu lange das Badezimmer.

„Karl, noch Kaffee?", fragte Charlotte und stupste mit der Kanne gegen seine *Frankfurter Allgemeine*. Er nickte nur. Dabei blieb er weiterhin auf den Wirtschaftsteil konzentriert. Ungünstige Entwicklung des deutschen Exportmarkts innerhalb Europas. Alarmierend, dachte er. Und nun musste man einige der europäischen Nachbarn auch noch subventionieren, damit sie weiterhin deutsche Produkte kaufen konnten. Seine eigene Firma betraf das gottlob nur bedingt, weil er ausschließlich nach Übersee exportierte. Aber trotzdem. Wieso nicht mal ein paar hundert Millionen nach Südamerika und Südostasien transferieren?

„Kommt jetzt frühstücken!", rief Charlotte nach oben. Tanja, die Jüngere von beiden, kam prompt die Treppe heruntergelaufen.

„Morgen!", jauchzte sie.

Karl lächelte sie an und schaute ihr wie jeden Morgen dabei zu, wie sie die Schiebetür zum Garten öffnete.

„Lila! Liiila!", rief Tanja.

Normalerweise kam die Katze auf Tanjas Zuruf innerhalb weniger Sekunden aus dem Gebüsch angetrabt oder sprang in einem Satz von einem der alten Bäume, die dem Garten einerseits die Anmutung eines Parks verliehen, ihn zu Charlottes Leidwesen aber auch ziemlich verschatteten. Im Warmen angelangt, schüttelte die Katze sich in aller Regel ausgiebig und wischte ihre matschigen Dreckpfoten an einem der Perserteppiche ab, fuhr gleichzeitig ihre Krallen aus und streckte sich einmal kräftig. So lange, bis man ein kurzes Reißen des edlen Textilgewebes hören konnte. Doch an diesem Morgen kam Lila nicht.

„Hat jemand Lila gesehen?", rief Tanja durch den Raum.

„Nein, Liebes", antwortete Charlotte, „heute noch nicht. Und jetzt lass mal die Katze, du hast keine fünfzehn Minuten mehr. Wo bleibt eigentlich Verena?"

„Sie muss sich noch das Gesicht bleichen", erklärte Tanja grinsend und Cornflakes kauend. Aus ihrem Mund blubberte ein Milchrinnsal.

Verena kam kerzengerade die Treppe herunterstolziert. Schwarzes Top über schwarzen Leggings. Ihr schneeweißes Dekolleté leuchtete wie ein liegender Halbmond.

Nachdem Karl die Mädchen an der Schule abgesetzt hatte, fuhr er den Volksdorfer Weg Richtung Innenstadt. Es regnete noch immer. Die kräftigen Scheibenwischer seines 7er BMW bewegten sich lautlos hin und her. Er liebte diese Minuten der Ruhe auf dem Weg zur Firma. Ein Gefühl der Abgeschirmtheit. Absolute Sicherheit, kein Stress. Wie in der Werbung. Er drehte den Oldie-Sender lauter und musste grinsen: Die Bee Gees sangen *Stayin' Alive*.

In der Firma angekommen, rief er in alle Richtungen einmal laut und deutlich ‚Guten Morgen' und verschwand dann in seinem Büro. Die Auszubildende Sonja Weber hatte ihm einen kleinen Stapel ausgedruckter Mails und ein paar kopierte Faxe auf den Tisch gelegt. Ein Kunde aus Asunción in Paraguay beteuerte zum dritten Mal, in absehbarer Zeit nun endlich zu zahlen. Es ging nicht um sehr viel Geld. Aber trotzdem musste dieser Idiot schleunigst bezahlen. Andernfalls würde Karl dafür sorgen, dass dieser Mensch nie wieder ein Geschäft mit einem deutschen Unternehmer abschließen würde. Er fuhr sich durch sein grau-blondes Haar und atmete einmal tief durch. Alles in allem blieb in so einem Fall nur eines: die Ruhe bewahren. Einen Teilbetrag hatte Señor Rosas ja schon überwiesen. Angeblich hatte es ein Problem mit seinem Abnehmer in Uruguay gegeben. Wie dem auch sein mochte, so eine Hinhaltetaktik – das grenzte nach seinem Dafürhalten schon an Unverschämtheit. Er musste erneut tief durchatmen. Durch seine linke Schulter ging ein Zucken. Unregelmäßigkeiten wie diese machten ihn nervös und trieben seinen Blutdruck nach oben. Aber letztendlich würde der Südamerikaner zahlen. Er musste. Und es war sein Job, genau dafür zu sorgen. Das unterschied ihn als Außenhändler vom einfachen Großhändler. Außenhandel bedeutete, mit sämtlichen Risiken im Rahmen von Überseegeschäften klarzukommen. Insbesondere, wenn es sich bei den Kunden um kleinere Händler handelte. So wie Señor Rosas. Leider war Karl ihm auf seiner letzten Südamerikareise noch nicht begegnet. Andernfalls wüsste er jetzt schon etwas mehr über ihn. Vor Ort sein und die Menschen kennenlernen. Ein Gefühl für die Integrität eines Neukunden bekommen. Mit den Mitarbeitern reden. Der persönliche Kontakt war das Wichtigste. Auf der anderen Seite konnte man sich auch täuschen. Er hatte schon Händler getroffen, die nicht weit entfernt von irgendwelchen Favelas in besseren Wellblechhütten residierten, sich gleichwohl aber als äußerst zuverlässige Geschäftspartner erwiesen hatten.

Er drückte auf die Durchwahl von Frau Weber. Sie nahm sofort ab. „Kommen Sie bitte in mein Büro, ein Fax aufnehmen."

„Ja, sofort, Herr Peters."

Frau Weber sah in ihrem Kostüm wieder ganz niedlich aus, nahezu schick. Eher wie eine Geschäftsfrau als eine Auszubildende. Mitunter konnte es passieren, dass die Auszubildenden vergaßen, wer oder was sie waren. Und das schätzte er nicht sehr. Aber früher oder später hatte sich das bisher immer eingerenkt. Und mit Frau Weber war er eigentlich ganz zufrieden. Sehr schnell und arbeitswillig. Immer aufmerksam und höflich.

„*Estimado Señor Rosas, nosotros no estamos de acuerdo …*", diktierte Karl. Herr Rosas solle sich klar über die Konsequenzen seines Handelns sein. Außerdem sei man enttäuscht – ganz besonders enttäuscht – und auch fassungslos. Und vor allem sei man so etwas überhaupt nicht gewohnt. Eine letzte Frist von zehn Tagen wolle man ihm einräumen.

Frau Weber schaute von ihrem Block auf.

„Tippen Sie das als erstes", sagte Karl.

„Okay, soll ich vorher noch schnell meine Luftfracht fertig machen, damit …"

„Fräuln … ähh … Frau Weber", fiel ihr Karl ins Wort. „Machen Sie das hier jetzt sofort!" Er hatte momentan einfach keine Geduld. Und wie so oft, war ihm wieder einmal viel zu warm in seinem Büro.

„Danke, Sie können gehen. Ja, und Frau Weber", rief er ihr noch nach, „öffnen Sie doch bitte die Tür zum Balkon."

Da hatte er wohl die richtigen Worte gefunden. Deutlicher konnte man in einem Brief kaum werden. Er sortierte gerade seine restliche Post auf dem väterlichen Eichentisch, als er vor Schreck zusammenfuhr und sich dabei sein hochschnellendes Knie an der Tischkante anschlug. Ein heißer Blutstrom durchfuhr seinen Körper und schien in seinem Kopf noch einmal beschleunigt zu werden. Es brauchte wirklich nicht viel, um einem Knie zumindest für Sekunden kaum zu beschreibende Schmerzen zuzufügen.

Jemand hatte geschrien. Und zwar laut und schrill. Frau Weber? Oder war es Frau Schröder gewesen? Karl ging in den kleinen Konferenzraum nebenan. In der Tür zum Balkon stand Frau Schröder. Mit geweiteten Augen sah sie ihn an wie eine erschreckte Eule. Dabei spannte sich irgendwie ihr Hals an, was ein leichtes Zurückziehen des Kopfes zur Folge hatte. Dann schaute sie, ohne eine erkennbare Veränderung in ihrer Miene, wieder in Richtung Balkon.

„Was ist passiert, Frau Schröder?"

Sie antwortete nicht. Um auf den Balkon zu gelangen, musste Karl sich an ihr vorbeizwängen. Mann, dachte er. Ihre schlaff herunterhängenden Arme berührten seinen Bauch. Gott, bitte! In dem Moment, als er auf den Balkon hinaustrat, stürzte eine würgende Frau Weber auf ihn zu. Sie hatte ihn offenbar nicht gesehen, so wie sie ihn ansprang. Er musste seine ganze Kraft aufbieten, um nicht zusammen mit ihr nach hinten auf Frau Schröder zu fallen.

„Um Gottes Willen, was ist los?", stöhnte er und betete, dass Frau Weber sich doch bitte nicht auf sein Hemd übergeben würde.

Diese hatte sich an seinen Unterarmen festgekrallt und sah nun mit bleichem Gesicht zu ihm hoch. Er musste unwillkürlich an Verena denken. Frau Weber neigte ihren Kopf ein wenig zur Seite und gab so den Blick auf den Balkon frei. Da lag etwas, was definitiv nicht dorthin gehörte. Karl löste sich aus ihrem Klammergriff und trat auf den Balkon hinaus. Ein kleiner Windzug blies ihm das Haar ins Gesicht. Er wischte sich mit einer Hand die Sicht frei und glaubte seinen Augen nicht zu trauen. Vor ihm lag der Kopf einer Katze. Halb schwarz, halb weiß.

„Lila", flüsterte er.

Er ging in die Hocke. Ein heftiger Stich fuhr durch seinen Bauch. Was in aller Welt war das? Lila, dachte er. Oder vielleicht doch nicht? Vor seinem inneren Auge glitt die Szenerie einer kleinen Trauergemeinde vorbei: Seine Töchter standen am noch offenen Grab der Katze und weinten. Er würde ein paar Worte sagen ... Er erhob sich wieder und drehte sich um. Frau Weber war im Haus verschwunden. Zu Frau Schröder hatten sich noch Frau Steinmann und Herr Maurer gesellt. Was stehen die da so blöd herum, dachte er.

Nachdem er Herrn Maurer beauftragt hatte, den Katzenkopf zu entsorgen, ließ er sich völlig aufgewühlt in den Sessel neben seinem Schreibtisch fallen. Wer tat so etwas? Und wenn es sich tatsächlich um Lila handelte, wie war sie hierhergekommen? Irgendjemand musste sie angelockt und gefangen haben, um dann ihren abgetrennten Kopf, nachdem er ausgeblutet war, hier auf den Balkon zu werfen. Bis zum ersten Stock war es ja nicht besonders hoch. Karl schloss die Augen. Man hatte vor seinem Haus oder gar auf seinem Grundstück herumspioniert – herumspioniert und eine Straftat begangen. Er nahm das Telefon von seinem Schreibtisch und bat darum, Frau Weber zu ihm zu schicken, wenn sie sich wieder erholt haben würde.

Wenige Minuten später betrat sie sein Büro. „Schließen Sie die Tür, bitte."

Sonja Weber setzte sich. Sie sah immer noch sehr blass und benommen aus.

„Wie geht es Ihnen?", fragte Karl.

Sonja Weber atmete langsam und tief ein.

„Das war so ein grauenhafter Anblick. Ich weiß wirklich nicht – ich kann es gar nicht fassen."

Karl nickte.

„Ja, unfassbar. Ein Verbrechen!"

Sie saßen da und schwiegen. Nach einer Weile lehnte sich Sonja Weber etwas zurück und räusperte sich.

„Sie sagten *lila*, was meinten Sie damit?"

Karl räusperte sich ebenfalls.

„Nun – also, Lila ... na ja ..."

„Kannten Sie die Katze?", unterbrach ihn Sonja.

Karl beugte sich nach vorn. Er neigte seinen Kopf ein Stück zur Seite und schloss für ein paar Sekunden die Augen. Als er sie wieder öffnete, hob er den Zeigefinger und flüsterte: „Es könnte sich um die Katze meiner Töchter handeln."

„Oh Gott!", hauchte Sonja und hielt beide Hände vor ihr Gesicht.

„Ja", bestätigte Karl. „Ich bin mir aber noch nicht ganz sicher. Und wenn ich mir vorstelle, dass meine Töchter davon erfahren … also, bevor ich nicht genau weiß, was hier eigentlich vorgefallen ist, soll das besser auch gar nicht nach außen dringen. Ob Frau Schröder oder sonst jemand mitbekommen hat, dass ich den Katzenkopf, nun ja, mit Lila angesprochen habe, was meinen Sie?"

„Weiß nicht genau, aber ich glaube nicht."

„Gut. Bitte reden Sie bis auf Weiteres mit niemandem darüber." Karl machte eine kurze Pause und zog sein Portemonnaie aus der Hosentasche. Er nahm zwei Hunderteuroscheine heraus und hielt sie ihr hin. „Hier, nehmen Sie! Als kleine Entschädigung für den grauenhaften Anblick."

Frau Weber schaute ziemlich überrascht. Karl drückte ihr das Geld in die Hand und sagte:

„Sie können jetzt gehen. Und bitte sagen Sie allen Bescheid, dass wir uns um elf Uhr im Konferenzraum treffen."

Punkte oder Streifen

Sonja Weber lehnte an der hölzernen Fassade eines der Häuser am Schulterblatt. Die Eiskugel der Sorte ,Strandperle' schmolz in kleinen Häppchen cremig-mandelig auf ihrer Zunge – süß wie die Sünde. Genüsslich schloss sie die Augen und führte das Eis erneut an ihren etwas geöffneten Kussmund. Sie drehte die Waffel langsam, so dass sich die äußerste Schicht der süßen Sahne an ihren Lippen löste und langsam unter ihre Zunge floss. Süße Verführung, dachte sie. Sie öffnete die Augen und blinzelte in die frühe Abendsonne, die ihr direkt ins Gesicht schien. Das Septemberwetter war wie im April. Während es am Morgen noch gegossen hatte, waren die Straßen mittlerweile wieder voller sonnenhungriger Menschen.

Zweihundert Euro war ihm ihr Schweigen wert. Ob er zuvor über die Summe nachgedacht hatte? Na ja, sie konnte ihn irgendwie verstehen. Nur gut, dass sie selbst nicht genötigt worden war, den Katzenkopf zu entsorgen. Der letzte Rest Eis schmeckte nun doch nicht mehr ganz so gut.

Mit ihrem Schweigegeld hatte sie kurzentschlossen die Schanzenstraße und das Schulterblatt abgegrast. Herausgekommen war eine ganz neue Richtung in ihrem Stilrepertoire. Sie hatte sich, wie abgetaucht in eine andere Zeit, in den 20-er bis 40-er-Jahren wiedergefunden. Die Kleider seien eine Hommage an das Pin-up-Girl, sinnlich und sexy, selbstironisch und eine Verbindung zwischen glorifizierter Weiblichkeit vergangener Jahrzehnte und der selbstbewussten Frau von heute, hatte sie in einem Zeitungsausschnitt gelesen, der neben den Streifenkleidern angebracht gewesen war. Fast zwei Stunden lang war sie von einem Kleid in das nächste geschlüpft: große Blumen, kleine Blumen, Streifen oder Punkte, blutiges Rot oder dezente Koralle. Gekauft hatte sie dann ein sehr dunkles blaues Kleid mit fast weißen, etwas abstrahierten Herzen. Am liebsten hätte sie es gleich anbehalten. Nie zuvor hatte sie ein derart elegantes wie auch lasives und provozierendes Kleidungsstück besessen. Nun fehlte eigentlich nur noch ein BH, der die passenden Brüste dazu formte: eher größer als kleiner, ohne dabei auf üppige Polsterungen zurückzugreifen. Außerdem sollten die Brüste aber auch nicht einfach gepusht, sondern eher in gewisser Weise schwerkraftunabhängig in waagerechter Position gehalten werden. Wie sich beim Anprobieren herausgestellt hatte, wurde diese Aufgabe glücklicherweise zu einem guten Teil vom Kleid selbst übernommen.

Sonja schwebte in Gedanken in ihrem neuen Kleid durch die Büroräume. ‚Frau … äähhhhh …' ‚Ja genau, Herr Peters, Weeeber! Dass Sie mich heute nicht erkennen, verstehe ich.' Unfassbar! Dass es so etwas heute überhaupt noch gab. Keine Sekretärin, und auch kein Diktaphon. Stattdessen wurden Auszubildende zum Diktat gerufen. Ob da jemand der spanischen Sprache bereits mächtig war

13

oder nicht, spielte keine Rolle. Es musste einfach nur fehlerfrei sein. Sonja schüttelte unwillkürlich den Kopf und musste gleichzeitig lächeln. Immerhin war man nah am Geschehen. Die Sprache des Chefs war schlicht und klar, mit leichtem Hang zu mittelalterlicher oder zumindest vorbundesrepublikanischer Blumigkeit. Bei Peters & Co GmbH gab es eigentlich nur drei Abteilungen: Buchhaltung, Einkauf und die Exportabteilung. Wobei Einkauf und Export im Wesentlichen ein und dasselbe waren, da die einzelnen Mitarbeiter jeweils bestimmte Kunden zu betreuen hatten. Und im Rahmen dieser Betreuung erledigte ein Sachbearbeiter häufig alles: von der Anfrage des Kunden über die Zahlungsabwicklung bis hin zum Transport. Der Vorteil dieser Struktur lag eindeutig darin, dass man die Gesamtzusammenhänge schneller begreifen konnte. Von Anfang an aufgefallen war Sonja der Stolz und die absolute Hingabe, mit der ihr Chef seinen Geschäften nachging. In so einem seit Generationen geführten Familienbetrieb gab es weniger Schnelllebigkeit als anderswo. Der Erfolg beruhte auf über viele Jahre gepflegten Geschäftsbeziehungen, die häufig beinahe schon freundschaftliche Qualitäten besaßen. Entsprechend rasend machte es den Peters dann, wenn sich ein Kunde einmal nicht von seiner integren Seite zeigte.

‚Kommen Sie ein Fax aufnehmen‘, hatte er ihr am Telefon mitgeteilt. Dann musste es ganz ganz schnell gehen. Und Faxe, nun ja. Dass nicht mehr wirklich viel gefaxt wurde, hatte er wohl noch nicht mitbekommen. Er hatte zwar einen Computer auf seinem ehrwürdigen Schreibtisch stehen, benutzte diesen aber eigentlich nie. Tja, und dieser Jähzorn, dieses ganze autoritäre Gehabe! Kein Wunder, dass da jemand mal ein Zeichen setzte. Aber warum nur hatte die arme Katze seiner Kinder dran glauben müssen?? Echt gruselig, dachte Sonja und schüttelte sich.

Wanted

Karl war ungewöhnlich früh nach Hause gefahren. Nach dem, was an diesem Tag passiert war, brauchte er Abstand und Ruhe, um wieder einen klaren Kopf zu bekommen. Er schenkte sich einen Whiskey ein und ließ sich auf dem Sofa vor dem großen Panoramafenster nieder. Es war das erste Mal, dass er sich über das Erscheinen der Katze gefreut hätte. Ja, mehr noch: Er sehnte das Tier, das ihm bisher eher lästig gewesen war, förmlich herbei. Doch bis jetzt keine Spur von Lila. Tanja würde eine große Suchaktion starten und kleine Plakate mit einem Foto von Lila verteilen und an Bäumen und Laternenpfeilern anbringen. Und er würde dabei irgendwie mitspielen in dem Bewusstsein, dass Lila bereits in mindestens zwei Teilen auf einer Müllhalde verweste.

Wer tat so etwas?, fragte er sich erneut. Was für ein Motiv konnte dahinterstecken? Und warum auf dem Balkon der Firma? Musste er sich ernste Sorgen machen? Sorgen um seine Firma und vielleicht auch um seine Familie? Je länger er darüber nachdachte, desto unwirklicher erschien ihm das Ganze. Auch die Sitzung um elf Uhr hatte nichts zur Aufklärung dieses makabren Ereignisses beigetragen. Keiner seiner Mitarbeiter hatte zu irgendeinem Zeitpunkt irgendetwas Ungewöhnliches bemerkt. Und auch der aus dem Tiefschlaf geweckte und herbeizitierte Mann vom Sicherheitsdienst, der in der Nacht zuvor seine Runden um das Bürogebäude gedreht hatte, versicherte im Brustton der Überzeugung, weder etwas Auffälliges gesehen noch gehört zu haben.

War es möglich, dass einer seiner Angestellten dahintersteckte? Karl ging im Geist die einzelnen Mitarbeiter durch. Dass der Maurer ihn nicht sonderlich mochte, konnte er sich gut vorstellen. Das beruhte auf Gegenseitigkeit. Aber Phillip Maurer konnte was und arbeitete wirklich gut. Davon abgesehen war er allerdings ein merkwürdiger Typ. Irgendwie immer hektisch, hypernervös und irgendwie frustriert. Und ungeschickt im direkten Kundenkontakt. Am Telefon war das allerdings ganz anders. Da machte Maurer einen ganz souveränen Eindruck. Überhaupt war Karl schon häufiger aufgefallen, dass manche Menschen am Telefon deutlich offener und lockerer waren als bei einer persönlichen Begegnung. Das Telefon schien für sie eine Art Parallelwelt darzustellen, in der sie sich wesentlich freier und ungehemmter fühlten als im realen Hier und Jetzt. Wahrscheinlich waren Typen wie Maurer die prädestinierte Klientel für Telefonsex-Anbieterinnen. – Telefonsex? Wie war er denn nun darauf gekommen? Ein Zucken fuhr durch seinen Nacken. Er richtete sich wieder ein Stück auf und versuchte sich zu konzentrieren. Bei allem, was ihm über Maurer in den Sinn kam, hielt er es dennoch für ausgeschlossen, dass dieser fähig war, eine Katze zu töten.

Und die übrigen Angestellten? Ausgeschlossen. Zu Anita Krämer, der Buchhalterin, hatte er ein sehr angenehmes und vertrauensvolles Verhältnis. Und Manuela Schröder, seine Sachbearbeiterin, war eine große Tagträumerin, die manchmal so abwesend war, dass sie selbst das Telefonläuten überhörte oder erst abnahm, wenn der andere schon wieder aufgelegt hatte. Franziska Steinmann, seine zweite Sachbearbeiterin sowie Sonja Weber schloss er ohnehin aus. Und der junge Tomasz Wojcik kam ebenfalls nicht in Frage. Niemand arbeitete so konzentriert und ausdauernd wie er. Karl mochte ihn, echt ein grundanständiger Kerl. Tomasz Wojcik hatte dreieinhalb Jahre zuvor als Auszubildender in seiner Firma angefangen und war nun Kaufmannsgehilfe. Sogar dessen Eltern waren eines Tages bei Karl erschienen, hatten sich höflich vorgestellt und ihm für die Festanstellung ihres Sohnes gedankt. Seitdem hegte Karl für Tomasz Wojcik fast so etwas wie väterliche Gefühle. Einen Tomasz als Sohn. Das wäre ein würdiger Nachfolger für seine Firma.

Karl kam zu dem Schluss, dass es sich bei dem Täter um einen Verrückten handeln musste. Einen Verrückten, der die Adresse der Firma kannte. War ja auch nicht so schwierig, diese in Erfahrung zu bringen.

Erschrocken fuhr er aus seinen Überlegungen hoch: Tanja und Verena mussten jeden Augenblick vom Sport nach Hause kommen. Und Charlotte? Vermutlich war sie noch einkaufen. Kaum hatte er den Gedanken zu Ende gedacht, kam auch schon Leben ins Haus. Und wie zu erwarten gewesen war, ließen die ersten Rufe nach Lila nicht lange auf sich warten. Was für eine grässliche Situation! Seiner kleinen Tochter die Wahrheit zu sagen, schien ihm undenkbar, doch sich an der Suche nach der Katze zu beteiligen – was für ein Schmierentheater! Aber es ging wohl nicht anders. Er musste die Sache für sich behalten. Und wie würde Charlotte reagieren? Vermutlich würde sie es mit der Angst zu tun bekommen. Was für eine Vorstellung: Ein Irrer schleicht ums Grundstück und fängt die Katze. Und was würde als nächstes passieren? Das würde sich Charlotte fragen.

Er hörte schnelle Trippelschritte. Es war Tanja, die ins Zimmer gelaufen kam.

„Hallo Papa."

„Hallo Tanja, wie war es beim Hockey?"

„Ja, ganz gut. Hast du Lila gesehen?"

„Lila? Hm, nein, bis jetzt noch nicht."

Tanja blieb vor der Terrassentür stehen und legte ihren Kopf an die Scheibe. Sie sah ernsthaft besorgt aus.

„Schon heute Morgen war sie nicht da. Und jetzt ist sie immer noch nicht da. Sonst kommt sie doch immer, wenn ich sie rufe. Immer! Ich glaube, ihr ist etwas passiert."

„Oh Gott, Tanja! Das wollen wir nicht hoffen. Also, der Tag ist ja noch nicht ganz vorbei. Lass uns doch noch ein wenig Geduld haben."

Tanja schaute grimmig drein und zog einen Schmollmund. Dann trottete sie langsam aus dem Zimmer. Ein scheußliches Gefühl machte sich in seiner Magengegend breit.

Als nächstes tauchte Charlotte auf. Sie kam direkt zum Sofa und strich ihm sanft über die Wange.

„Karl, bist du krank? Ist etwas passiert?"

Sie war nicht blöd, hatte ein gutes Gespür für feine Zwischentöne.

„Nein nein, Schatz, alles soweit in Ordnung. War etwas anstrengend heute. Vielleicht ist es auch das wechselhafte Wetter", erwiderte er so beiläufig wie möglich.

„Na gut. Dann ruh dich aus. Ich rufe dich zum Abendbrot." An der Tür drehte sie sich noch einmal um und lächelte: „Ich habe Pfifferlinge mitgebracht. Die gibt es gleich mit Rührei und Schnittlauch."

Karl lächelte zurück, diesmal ganz ohne Verstellung. Dann schloss er die Augen und freute sich auf die Konsistenz der Pfifferlinge zwischen seinen Zähnen.

Verena ließ wie immer ein paar Minuten auf sich warten.

„Vereeenchen!", rief Charlotte.

„Es schmeckt ganz toll, Schatz", sagte Karl.

Charlotte lächelte ihr zufriedenes, mütterliches Lächeln. Tanja aß lustlos und schaute traurig auf ihren Teller.

„Tanja, Liebes", versuchte Charlotte sie zu ermuntern, „wenn Lila morgen immer noch nicht da ist, dann überlegen wir uns was, okay?"

Tanja nickte.

Oben hörte man eine Tür, und wenig später kam Verena herunter. Wie immer mit einem etwas steifen, aufgesetzten Gehabe, aber diesmal in einem Kleid. Ein schwarzes, äußerst eng tailliertes Kleid mit zahlreichen Rüschen. Es war hoch geschlossen, hatte aber so einen Schnitt, der die Brüste betonte. Karl zog unwillkürlich die Stirn in Falten. Er hatte das merkwürdige Gefühl eines Déjà-vu. Er legte die Gabel hin und lehnte sich zurück. Dann fiel es ihm ein. Er fühlte sich an Jugendfotos von seiner Mutter erinnert. Ja, und an alte Filme musste er denken.

Mittlerweile war Verena vor ihrem Stuhl angelangt. Sie lächelte ihr dezentes Mona-Lisa-Lächeln. Auch Charlotte war sichtlich überrascht.

„Verena, das steht dir aber gut!", rief sie bewundernd aus.

Karl nickte zustimmend. Tanja hatte offenbar ihre Sorgen um Lila kurz vergessen und grinste. Sie liebte ihre ältere Schwester sehr, obwohl diese manchmal ziemlich ruppig zu ihr war. Tanja selbst zeichnete in Karls Augen eher eine Art natürlicher Schönheit aus, eine üppige Frische wie ein roter Apfel. Und er hoffte sehr, dass ihr offenes, natürliches Wesen durch die Pubertät nicht so arg in Mitleidenschaft gezogen würde, wie das bei Verena der Fall war. Unzugänglich, spröde und eigen, so erlebte er seine Große seit geraumer Zeit.

Verena setzte sich. Unter der hellen Lampe über dem Tisch fiel ihm auf, dass sie nicht mehr ganz so bleich wie sonst war. Immer noch eher blass, aber nicht mehr bleich. Um die Wangenknochen herum hatte sie sogar einen Hauch von Rouge aufgelegt. Farbe im Gesicht und ein Kleid, dachte Karl, und damit gleichzeitig ganz andere Formen.

„Sehr elegant", bemerkte er.

Verena schaute etwas ungläubig.

„Ja, wirklich Schatz. Da hat Papa recht. Gut erkannt, Karl", fügte Charlotte noch hinzu.

Verena verdrehte kurz die Augen und füllte ihren Teller.

„Danke, danke", säuselte sie.

„Das sind die Vierziger", entschied Charlotte, „vielleicht auch die Sechziger."

„Mama, es sind die Zwanziger und die Dreißiger", korrigierte sie Verena.

„Ach so. Ja, das kann auch sein", lenkte Charlotte ein. „ Ein schöner Rückgriff auf alte Zeiten."

„Stil", sagte Verena.

„Was?", fragte Tanja.

Verena schaute zu ihrer Schwester und hob die Augenlieder: „Stil, sagte ich. Stil, Klasse."

Tanja sah fragend zu ihrer Mutter.

„Schatz, jede Zeit hat ihren eigenen Stil. Also zum Beispiel, die Art und Weise, wie man sich kleidet. Und sogar die Art und Weise, wie Menschen miteinander umgehen. Die Art und Weise, wie sie sich ausdrücken. Und, na ja – Verena findet's klasse."

Charlotte musste über ihren eigenen Witz laut lachen. Ohne eine schnelle Handbewegung zu ihrem Mund wären möglicherweise ein Paar Pilzstückchen über den Tisch auf Karls Seite geflogen. Ihre helle Haut begann zu leuchten.

Verena bedachte ihre Mutter mit einem missbilligenden Blick.

„Das hatte jetzt eher keine Klasse", stellte sie fest.

„Also, ich finde es jedenfalls gut", schloss Karl das Thema ab.

19

Miau

Die Katze war, natürlich, trotz eifrigen Rufens auch an diesem Morgen nicht aufgetaucht. Karl saß vor seinem Schreibtisch und freute sich über einen Vierzigtausend-Euro-Auftrag über Spezialgläser für Laboratorien. Diese Gläser ließ er in einer kleinen, aber erstklassigen Manufaktur in Brandenburg herstellen. Seit zwei Jahren verkaufte er diese Produkte unter eigenem Namen beziehungsweise unter dem Label ‚Peter's Laboratory Glassware'. Die Qualität dieser Gläser der Marke Peters hatte sich in einigen Ländern Südamerikas – insbesondere in Uruguay und Guatemala – in kurzer Zeit herumgesprochen. Tolle Idee mit der eigenen Marke, dachte Karl, so, als würde hier im Keller am neuen Wall unter seiner Regie fleißig Glas geblasen werden. Nun, einen ehrlichen Hamburger Kaufmann zeichnete eben nicht nur seine Integrität, sondern auch sein Sinn für Innovation und Weitsicht aus.

Um neun Uhr brachte Frau Weber die Post. Als sie in sein Büro trat, drehte sie eine Pirouette und ließ den Briefstapel nach vollendeter Drehung zielgenau auf seinem Schreibtisch landen. Aber nicht nur deshalb verschlug es ihm kurz die Sprache. Sie sah so anders aus. Im ersten Moment glaubte er seine Tochter vor sich zu haben. Denn sie hatte ein Kleid an, dass fast so aussah wie das von Verena, mit dem Unterschied, dass es nicht einfarbig war, sondern ein helles Muster hatte. Sie strahlte. Toll, dachte Karl.

„Die zweihundert Euro", zwitscherte Sonja Weber. Dabei machte sie eine lächelnde Geste mit nach hinten geworfenen Händen.

Herzerwärmend, fand Karl. Wildes blondes Kätzchen, wie in einer alten Coca-Cola-Werbung.

„Schön, dass ich Ihnen eine Freude machen konnte, gern geschehen."

„Jaha, und es ist immer noch Sommer", flötete sie und verschwand in Richtung Kopierraum.

Dann kam Frau Steinmann kurz herein, um ihn über den Stand der Aufträge zu informieren. Stramme Jeans, dachte Karl, als sie wieder gegangen war und er begann, die Post zu öffnen. Franziska

Steinmann war zweiunddreißig Jahre alt und ungefähr so groß wie er selbst. Sie wog bestimmt gute siebzig Kilo. Aber das war bei ihrer Größe überhaupt kein Problem. Alles enorm gut proportioniert. Eine schöne Taille, straffe Schenkel, vermutete er, und eine wirklich ganz enorme Oberweite. Schon oft hatte er während seiner zwanzigminütigen Mittagsruhe in seinem Sessel an diese Brüste denken müssen. Charlottes Brüste waren auch nicht zu übersehen. Aber das war einfach was anderes. Wenn er mittags in seinem Sessel döste, kamen ihm immer die gleichen Szenen in den Sinn: Frau Steinmann kam zur Jahresbesprechung in sein Büro und schloss die Tür. Die Jalousien waren heruntergelassen. Sie trug eine dunkelgrüne Bluse, setzte sich ihm gegenüber und blickte, wenn er sie nach ihrer persönlichen Bilanz des vergangenen Geschäftsjahres fragte, errötend zu Boden … Allerdings zeichnete sich die tatsächliche Atmosphäre zwischen Frau Steinmann und ihm weder durch Intimität, noch durch irgendeine Art sexuellen Kontakts aus. Außerdem blickte sie niemals beschämt zu Boden. Ganz im Gegenteil: Franziska Steinmann war ausgesprochen selbstbewusst. Darüber hinaus gab es bei Peters & Co. gar keine Jahresbesprechungen. Wozu auch?

Mit einem Seufzen widmete sich Karl wieder seiner Post. ‚Ritsch, ritsch, ritsch' wurde Brief für Brief geöffnet. Karl mochte diese Tätigkeit. „Ritsch-ratsch", frohlockte er und ließ seine Schultern ein wenig in den Rhythmus mit einsteigen. Beim Herausziehen der Schriftstücke fiel ihm gegen Ende des Stapels ein Umschlag mit interessant gedruckten Lettern auf. Der Brief trug keinen Absender und war mit einem Streifen Tesafilm verschlossen. Er öffnete ihn wie alle anderen mit seinem Brieföffner, zog das Schriftstück heraus und entfaltete es. Es handelte sich um einen weißen Bogen Papier mit einem einzigen handschriftlich geschriebenen Wort: *Miau*. Unter diesem in äußerst großer Schrift verfassten Wort befand sich eine Zeichnung: eine Katze, oder vielmehr ein Kater, der auf seinen Hinterbeinen stand und Männchen machte. Das Tier besaß einen Penis, der in seinem erigierten Zustand fast so groß wie der Kater selbst war.

Karl sackte in sich zusammen. Eigentlich war er auf bestem Wege gewesen, die unselige Katzengeschichte zu verdrängen. Doch jetzt erschien ihm der abgetrennte Kopf wieder vor Augen – fürchterlich. Hinten im Großraumbüro war das laute Lachen von Frau Weber und Frau Steinmann zu hören. Plötzlich spürte Karl Zorn in sich aufsteigen. Ein Gefühl von Zorn und Wut und noch irgendetwas anderem, von dem er aber nicht genau wusste, was es war. Er war immer ein Mann des Handelns gewesen. Ein Mann, der die Dinge unter Kontrolle hatte. Auch genoss er eine tadellose Reputation und war hoch angesehen in der Stadt. Und das, was hier vor sich ging, war alles andere als hinnehmbar. Eine makabre Frechheit sondergleichen. Eine rücksichtslose Schweinerei. Wer hatte das getan? Und warum? Wollte sich da jemand an ihm rächen? Oder an seiner Familie, seinen Töchtern? Karl schlug mit beiden Händen auf den Tisch. Was wollte dieser verdammte Idiot? Stand ja nichts dabei. So ließ sich weder kämpfen noch verhandeln.

Er betrachtete die Zeichnung noch einmal etwas genauer. Ein Kunstwerk war es nicht gerade. Aber immerhin war es dem Urheber gelungen, einige der typischen Attribute einer Katze deutlich zu machen, wenn man mal von dem eher menschlich anmutenden Geschlechtsteil absah. Zwei riesige dreieckige Ohren ragten über dem Kopf des Tieres auf, und ein riesiger Katzenschwanz schlängelte sich über das Blatt Papier. Hatte er Feinde? So sehr er auch darüber nachdachte, es fiel ihm einfach niemand ein. Hatte es vielleicht in der Nachbarschaft zu Hause in Volksdorf Unstimmigkeiten gegeben, von denen er nichts mitbekommen hatte? Eventuell irgendwelche Probleme in der Schule? War ja nicht auszuschließen, dass man ihm zu Hause irgendetwas verschwieg. So lange er es vermied, von der toten Katze zu erzählen, konnte er seine Familie natürlich auch nicht wirklich zielführend befragen.

Das Telefon klingelte. „Nein, jetzt nicht", sagte er. Man solle den Anruf an Herrn Maurer weiterleiten. Dann kam Herr Wojcik in sein Büro, um ihn über die sehr hohen Luftfrachtkosten einer Ladung optischer Gläser zu informieren. Karl riss sich zusammen. Wenn der Kunde die Lieferung per Luftfracht wolle, dann müsse man ihm wohl den Gefallen tun.

„Ja, schon", entgegnete Tomasz, „allerdings hat dieser Händler noch nie in diesem Umfang geordert. Es handelt sich um die Spezialgläser für das La-Silla-Observatorium in Chile. Die haben mein Angebot ja bestätigt, aber mein Gefühl sagt mir, dass die sich über den Preisunterschied der Transportkosten nicht ganz im Klaren sind."

„Also, das ist sehr umsichtig von Ihnen, Herr Wojcik, dass Sie sich den Kopf für unsere Kunden zerbrechen. Aber vielleicht gibt es ja neue Sterne am Himmel von Chile, für die sie die neuen Gläser möglichst schnell brauchen. Schicken Sie doch einen zusätzlichen Hinweis per Fax oder Mail mit einem entsprechenden Alternativangebot per Seefracht. Danke, Herr Wojcik", schloss Karl.

Um besser nachdenken zu können, zog sich Karl in das Konferenzzimmer zurück. Wenn er dort die Türen hinter sich schloss, wussten seine Angestellten, dass er nicht gestört werden durfte. Wenn eine weitere makabre Nachricht einging oder etwas Ähnliches passierte, würde er wohl doch die Polizei einschalten müssen. Dann war das eben so. Dann musste auch seine Familie von Lilas Tod erfahren und damit klarkommen. Denn mit Sicherheit würde die Polizei die Familienangehörigen zuerst befragen. Karl starrte an die stuckverzierte Decke. Die weißen Ornamente begannen allmählich vor seinen Augen zu verschwimmen, wie unter einer vor Hitze flimmernden Oberfläche. Er atmete tief ein und aus und ging noch einmal alle möglichen Motive durch: Hass auf sein Unternehmen, Rache, makabres Spiel, Hass auf seine Töchter, Neid, Missgunst, Ärger in der Nachbarschaft ... Und dann fiel es ihm wie Schuppen von den Augen. Die Gedanken an Nachbarschaft und Hass hatten ein Bild auf die Stuckdecke projiziert. Und zwar das Bild von Markus, dem Sohn guter Freunde aus Volksdorf. Familie Pfeiffer wohnte nur ein paar Straßen weiter, und die Kinder gingen auf dieselbe Schule. Karl spielte seit Jahren jeden Freitagabend in seiner Firma Schach mit Dr. Klaus Pfeiffer und zwei weiteren Freunden. Und Markus Pfeiffer war angeblich mit Verena befreundet oder zusammen gewesen. So ganz genau wusste Karl darüber nicht Bescheid. Charlotte hatte ihm nur zugetragen, dass Verena den Markus ganz gemein abserviert hatte. Irgendetwas ganz Hässliches hätte sie sich wohl in der Schule mit ihm geleistet. Jedenfalls sei das die Version von Markus' Mutter gewesen. „Aber dazu gehören immer zwei", hatte er Charlottes Bericht kommentiert. Ja, aber die Frage sei doch, wer von beiden sich wie verhalten habe, meinte Charlotte. Und da hatte sie natürlich auch recht. Karl wusste, dass Verena schwierig sein konnte, und zwar nicht erst seit Kurzem, als sie sechzehn geworden war. Und so ein zurückgewiesener oder gar bloßgestellter Junge, da war ein Racheakt nicht auszuschließen. Zu dieser Geschichte konnte er Charlotte ja einfach interessehalber mal befragen. Ein ganz normales väterliches Interesse am Leben seiner Tochter.

Akt in einem roten Lehnstuhl

Der Donnerstag war Charlottes Frauentag. Das bedeutete, dass sie sich mit ihren Freundinnen Claudia und Martha in der Stadt traf und etwas unternahm, und zwar jeden Donnerstag. Claudia war Werberin. Sie hatte eine eigene kleine Agentur, die auch ziemlich gut lief. Aber donnerstags ging sie immer früher, ganz konsequent. Claudia war eine ziemlich attraktive, lebenshungrige Brünette, die mindestens zehn Jahre jünger aussah, als sie war. Und: Sie war überzeugte Junggesellin. Martha besaß einen Blumenladen im Karoviertel. Sie sah ein wenig aus wie Martina Gedeck, und die vielen Blumen mit all ihren Farben schienen auf ihr Wesen Einfluss zu nehmen. Sie duftete und strahlte, war aber viel ruhiger als Claudia. Martha war alleinerziehende Mutter eines zwölfjährigen Jungen und wohnte direkt über ihrem Geschäft. Von allen dreien lebte sie, Charlotte, wohl das unspektakulärste Leben, vermutete sie jedenfalls. Sie waren alle Mitte vierzig. Und was Claudia und Martha betraf, waren Männerbekanntschaften ein ständiges Thema, auch an ihren Donnerstagen. Für Charlotte war das manchmal ziemlich anstrengend. Aber sie hatte Verständnis dafür. Sie selbst war von ihren Freundinnen vor einiger Zeit einmal als blondes Vollweib mit einem Mangel an entzündeter Lava unterm Krater bezeichnet worden. Letzteres hatte sie ziemlich verletzt. Gleichwohl hatte sie daraufhin einige Gedanken an ihr bisheriges Leben, an die Gegenwart und die Zukunft verschwendet. Mit der Erkenntnis, dass sie eigentlich noch gern einige Jahre in ihrem erlernten Beruf als Grundschullehrerin gearbeitet hätte. Dummerweise war sie gleich nach dem Referendariat mit Verena schwanger geworden.

Martha und Claudia warteten bereits am Ausgang der Wandelhalle Richtung Spitaler Straße. Sie umarmten einander und schlenderten dann Richtung Rathaus und Jungfernstieg. Im Alsterhaus brachten sie geschlagene zwei Stunden in den Umkleidekabinen zu. Und da sie auch reichlich zu kaufen gedachten, wurde ihnen von einem netten schwulen Angestellten Sekt kredenzt. Sie amüsierten sich prächtig, und irgendwann tummelten sie sich nur noch gemeinsam in einer der Umkleidekabinen – und kicherten wie Teenager.

Nach ihrer Einkaufstour einigten sie sich auf Marthas Wunsch hin auf einen Besuch in der Galerie der Gegenwart in der Nähe des Hauptbahnhofs. Obwohl es dorthin nur ein Katzensprung entlang der Binnenalster war, sahen sie sich wegen ihrer vielen Einkaufstüten gezwungen, ein Taxi zu nehmen.

In der Kunsthalle war es angenehm leer. Sie entschieden sich, eine schnelle Runde durch die ständige Sammlung zu machen und sich anschließend die Ausstellung ‚Idylle am Abgrund‘ mit Gemälden von Vallotton anzuschauen.

Die Ausstellung befand sich im Untergeschoss. Sie schlenderten langsam von Bild zu Bild und von Raum zu Raum. Meistens blieben sie zu dritt und sahen sich gemeinsam die Bilder und Zeichnungen an. Mitunter schlenderten aber auch zwei von ihnen weiter, während eine noch eine Weile vor einem der Gemälde verharrte. Es herrschte eine angenehme Stille, nur von leisen Schritten und dezent geführten Gesprächen untermalt. Charlotte und Claudia hatten Martha bereits mehrere Küsse aufgedrückt, da sich die Ausstellung als wahrer Glücksgriff herausstellte. Man musste tatsächlich kein Kunstkenner sein, um von Vallottons Bildern fasziniert zu sein. Von deren Kühle und tiefen Melancholie. Schön und traurig, traurig und schön, fand Charlotte. Einen Raum weiter konnte sie ihre Freundinnen mit ein paar jungen Männern im Gespräch erkennen. Insbesondere für Claudia war das hier sicher ein rundum interessanter Ort.

Besonders stachen Charlotte die trostlos-schönen Landschafts-ausschnitte und Straßenszenen ins Auge. Eine ähnliche Atmosphäre verströmten auch Vallottons Aktgemälde. Ganz automatisch beugte sie sich immer vor, in der Hoffnung, dadurch dem Geheimnis der abgebildeten Menschen etwas näherzukommen. Alle äußerst un-geschönt, wie sie so traurig dastanden oder lagen, nackt und bloß in doppelter Hinsicht, dachte Charlotte, als sie unvermittelt einen Schatten an ihrer rechten Seite wahrnahm.

„Ob sie schläft? Oder denkt sie nach?", fragte die Stimme eines Mannes.

Charlotte war einen Augenblick lang völlig überfordert. Sie holte tief Luft und warf einen flüchtigen Blick zur Seite, bevor sie ihre Konzentration wieder auf das Gemälde richtete: Eine leicht verhärmt wirkende Frau mittleren Alters, auf einem kleinen roten Sessel. Die Frau war nackt. Sie saß etwas seitlich und hatte ihre Beine angezo-gen. Ihr Kopf lag zur Seite geneigt an der Rückenlehne. Dann wurde Charlotte bewusst, dass der Sessel auf der rechten Seite eine Lehne hatte. Über dieser Lehne hing der rechte Arm der Frau. Ihre Augen waren geschlossen. Charlotte blickte nun noch einmal zur Seite, wo der Mann schweigend dastand und anscheinend das Bild auf sich wirken ließ, ohne eine schnelle Antwort von Charlotte zu erwarten.

„Ich glaube, sie döst", sagte Charlotte, „sie hat sich zurückgezogen, auf diesen Stuhl. Sie hat sich zurückgezogen und ihre Gedanken nach innen gekehrt. Und dabei ist sie ins Dösen geraten."

Der Mann hielt Mittel- und Zeigefinger seiner linken Hand an sein Kinn und nickte.

„Ja, so in etwa könnte es gewesen sein", meinte er. Seine Stimme war leise, tief und weich. Dann sah er Charlotte an und fragte: „Und worüber sinnt sie nach? Und warum ist sie nackt?"

„Hmm…", Charlotte überlegte. „Vielleicht über ihr Leben, über ihr bisheriges Leben. Und auch über die Zukunft. Über die Zu-kunft, wie sie sich wahrscheinlich entwickeln wird und auch über die Zukunft, wie sie diese gern hätte. Vielleicht ist sie traurig. Und warum nackt? Schwer zu sagen."

„Traurig darüber, dass sich die Zukunft vermutlich nicht so ent-wickeln wird, wie sie es sich wünscht?"

„Ja, vielleicht.“

Charlotte schaute noch einmal zur Seite. Diesmal etwas länger. Der Mann war etwas größer als sie, etwa Mitte vierzig, hatte volles, hellbraunes Haar, das sich etwas wirr, aber trotzdem elegant nach hinten wellte. Er hatte ein angenehmes, ebenmäßiges Gesicht mit vollen Lippen und weichen Zügen. Weich, aber trotzdem männlich, dachte sie.

Der Mann beugte sich wieder etwas zu ihr hin und fragte: „Und was meinen Sie, was wünscht sie sich?“

Ein warmer Strom pochte durch Charlottes Schläfen. Sie fühlte sich dem Bild jetzt viel näher als noch zwei Minuten zuvor.

„Geborgenheit und Liebe.“

„Geborgenheit und Liebe“, wiederholte er leise.

„Ja.“

„Ja, Geborgenheit und Liebe“, wiederholte er noch einmal. „Und vielleicht sehnt sie sich auch danach, dass sie so sein kann, wie sie ist und sich nicht verstellen muss. Dass sie so, wie sie ist, gemocht, geliebt und begehrt wird.“

„Ja, gut möglich“, antwortete Charlotte.

„Und wissen Sie, weshalb die Frau nackt ist?“

„Hm. Sie ist nackt, weil sie genau so ist. Nackt ist sie, wie sie ist. Ganz echt und ganz unverkleidet. Und dadurch besonders verletzlich. Und sie träumt davon, dass sie sich, so verletzlich, wie sie ist, zeigen kann.“ Charlotte merkte, wie ihr die Worte nun viel leichter über die Lippen kamen.

Der Mann nickte. „Eine schöne Beschreibung. Vielleicht haben Sie einen Zugang zu ihr gefunden. Vielleicht können Sie sich gut einfühlen.“

„Vielleicht.“

„Möglicherweise ist sie verheiratet“, fügte er hinzu.

„Ja, möglicherweise.“ Charlotte nickte.

„Und sie denkt also über ihre bisherige Ehe nach, und auch über die Zukunft ihrer Ehe.“

„Die Zukunft, kann man wohl vermuten, wird sich von der Vergangenheit nicht so sehr unterscheiden.“

„Vermutlich nicht“, pflichtete er ihr bei. „Und das macht sie traurig.“

„Ja."

„Und was genau braucht sie jetzt?"

Charlotte wurde wieder heiß. Sie atmete tief ein und seufzte. Sie stellte sich vor, wie die Frau ihren Fuß vom Polster nehmen und auf den Boden stellen würde.

„Sie braucht eine angenehme Temperatur", sagte sie und lächelte.

„Sie friert?"

„Könnte zumindest sein. Jedenfalls hat sie keine Decke. Und der Raum selbst ist zwar rundum rot und grün, strahlt aber keine Wärme aus. Und zu dieser Zeit, wenn es vielleicht gerade Winter ist, ließen sich die Räume möglicherweise nicht so richtig komfortabel heizen. Vielleicht gab es nur einen Holzofen für das ganze Haus."

„Gut möglich."

Er nickte jedes Mal, wenn sie etwas gesagt hatte.

Dann sagte er: „Sie braucht also Wärme. Vielleicht braucht sie auch Berührung?"

Charlotte streckte ihre Schultern: „Mit höherer Raumtemperatur und Berührungen würde sie sich besser fühlen. Dann würde sie sich entspannen und ihre Haltung ändern."

„Wie würde sich ihre Haltung verändern?"

„Sie würde ihren rechten Fuß auf den Boden stellen und sich lockern."

Nun beugte er sich vor und betrachtete eingehend das Bild, als warte er auf eine mögliche Bewegung der Frau. Aber er hatte offenbar die kleine Tafel seitlich des Bildes studiert. „Akt in einem roten Lehnstuhl", las er vor. Nach einer kurzen Pause fuhr er fort: „Das könnte ich mir auch vorstellen, dass sie ihren Fuß auf den Boden setzt."

„Es wäre auch vorstellbar, dass sie das Bein etwas ausstreckt."

„Es könnte auch ein wenig zur Seite abknicken."

„Das könnte es. Das … tut es ganz von selbst."

Der Mann schmunzelte. Dann trat er einen Schritt zurück, ging langsam um Charlotte herum und schaute aus der neuen Perspektive auf das Gemälde. Auf dem Weg zu Charlottes linker Seite hatte er den kleinen Finger ihrer rechten Hand berührt. Ganz kurz, ganz beiläufig, vielleicht zufällig. Charlotte schmunzelte. Sie hatte sich seit Minuten nicht von der Stelle bewegt. Das gedimmte Licht der Umgebung war angenehm. Die sichtbaren Lichtquellen waren auf die Gemälde gerichtet. Im Nebenraum hörte sie ein paar klackende Schritte. Charlotte hatte plötzlich die Empfindung, sich in einem durchsichtigen Kokon zu befinden, der mit warmer Luft gefüllt war.

„Vielleicht lassen wir sie einen Moment in Ruhe, damit sie sich ungestört entspannen kann", schlug der Mann vor. Daraufhin setzte er sich langsam in Bewegung, während er Charlottes Handgelenk – jedoch nun viel deutlicher – berührte. Wie eine unausgesprochene Aufforderung, ihm zu folgen.

„Dieser Frau geht's deutlich besser", sagte er, und wies auf ein anderes Gemälde.

„Oh ja. Und das Kätzchen zu ihren Füssen. Es bekommt Milch."

„Sehr liebevoll."

Charlotte lächelte.

Dann sagte er: „Das Kätzchen bekommt Zuneigung und Nahrung und Schutz. Es fühlt sich zu Hause." Dann fuhr er fort: „Diese hockende Frau unterscheidet sich in vielem von der Frau im Lehnstuhl. Sie hat auch etwas bekommen, so wie die Katze."

„Was hat sie bekommen?"

„Was hat sie bekommen", wiederholte er langsam. „Sie hat schöne volle Brüste."

Während er das sagte, spürte Charlotte seinen Blick, der auf sie gerichtet war. Auf ihren Hals, auf ihre Brüste.

„Ja, sehr weiblich."

„So wie Sie."

Charlotte ging ein Schauer durch den Körper. Gleichzeitig sah sie sich selbst, hingehockt in einem roten Raum, den Blick zur Seite gerichtet, hinter sich ein paar Schritte hörend und den Blick eines Mannes auf ihrem zur Schau gestellten Hintern spürend. Unwillkürlich fügte sich noch das Bild eines Kätzchens hinzu. Allerdings kein schwarzes, so wie auf dem Gemälde. Sondern ein schwarzweißes. Lila, dachte sie. In diesem Moment fühlte sie sich nicht mehr so warm und wohl wie noch ein paar Augenblicke zuvor. Was war das? Es war zu viel. Zu viel auf einmal. Zu viel Unerwartetes und Unbekanntes. Zu viele äußere und innere Bilder. Zu viel, um es noch ordnen und überblicken zu können. Charlotte gab ihre angewurzelte Position auf und wandte sich dem Mann zu.

„Ich muss zurück zu meinen Freundinnen."

Der Mann nickte verständnisvoll. Dann reichte er ihr die Hand und sagte: „Es war schön, die Gedanken mit Ihnen zu teilen. Mein Name ist Cornelius Holzmann."

„Charlotte Peters."

„Freut mich sehr. Vielleicht können wir ja den Gedankenaustausch gelegentlich fortsetzen?"

Der warme Kokon war zerrissen, und für Charlotte fühlte sich plötzlich alles wieder sehr real an.

„Sie müssen sich nicht gleich entscheiden", sagte der Mann und reichte ihr eine Karte. „Melden Sie sich einfach, wenn Ihnen danach ist. Es würde mich sehr freuen."

„Gut, danke. Auf Wiedersehen."

„Auf Wiedersehen."

Unbemannt

Diesen Donnerstagnachmittag nutzte Phillip, um ein paar seiner zahlreichen Überstunden abzubummeln. Das Wetter spielte mit, sodass er zu Hause nur noch schnell sein Auto belud und dann nach Billbrook ins Gewerbegebiet fuhr. Es war immer wieder ein Erlebnis, wenn er herumfuhr, um neue abgelegene und einigermaßen verwaiste Gegenden zu erkunden. In Billbrook gab es jede Menge alte Lagerhallen, Fabriken, baufällige Häuser, Schrottplätze und breite Straßen, die LKWs als Parkplatz dienten. Mancherorts wurde gearbeitet, rangiert oder Bier getrunken. Probleme hatte er hier aber noch nie bekommen. Phillip parkte seinen Daihatsu auf einem heruntergekommenen Gelände direkt vor einem alten Lagerhaus. Der einst rote Klinker war schon fast ganz schwarz verfärbt. Die meisten Fensterscheiben waren zerbrochen, und an den Wänden rankte vereinzelt Efeu empor. Er lehnte sich an seinen Wagen und zündete sich eine West an. Auf diese Weise konnte man ganz gut runterkommen, stellte er nicht zum ersten Mal fest. Ein paar Krähen landeten auf der halb geöffneten Stahltür des Gebäudes. Sie schauten reglos zu ihm rüber.

Einige Wochen zuvor hatte er dort Jugendliche beobachtet, die auf einer Halde mit monströsen ausrangierten Stahlbetonteilen herumgelaufen waren. Wobei es eigentlich kein Laufen gewesen war, sondern eher ein Springen, Hüpfen und Fliegen. Es war bemerkenswert gewesen, fast schon etwas wahnsinnig. Und bei längerem Hinsehen hatte ihn einer dieser Akteure an Tomasz aus der Firma erinnert. Allerdings war er nicht nahe genug dran gewesen, um sich sicher zu sein. Und dann hatte er das gemacht, was er hier immer tat: Er hatte eine seiner Drohnen starten und diese dann über die springende Gruppe von Jugendlichen fliegen lassen. Aber auch dabei war er vorsichtig gewesen und hatte seine Drohne in etwa dreißig Metern Höhe fliegen lassen. Auf den von oben gemachten Filmaufnahmen hatte er ebenfalls nicht mit Sicherheit erkennen können, ob Tomasz einer der Kletterer gewesen war. Phillip hatte sich daraufhin vorgenommen, noch öfter hierher zu kommen. Das interessierte ihn schon sehr. Denn zu den offiziellen Hobbys von Tomasz gehörte diese Sorte Zeitvertreib jedenfalls nicht. Es war sicher nützlich, überall an sämtlichen Wänden entlang- und hinaufklettern zu können. Außerdem hatte er vor, zu testen, inwieweit er aus den Filmaufnahmen durch eine professionelle Nachbearbeitung noch mehr herausholen konnte.

Phillip startete sein Training an diesem Tag mit einer vergleichsweise kleinen Drohne mit vier Rotoren. Überdies war sie auch noch angenehm leise und insbesondere deshalb für Spionageflüge und Ähnliches äußerst gut geeignet. Das Innere des Gebäudes schien für Übungszwecke wie geschaffen. Die Decke war sehr hoch, an verschiedenen Stellen verliefen in halber Höhe Stahlträger. Auf der rechten Seite des Raumes befand sich ein Zugang zu einem weiteren Raum, von welchem eine Treppe abging, die nach oben in ein separates Büro führte. Die Decke des Büros war allerdings nicht mehr vorhanden, was Phillip durchaus entgegenkam.

Phillip ließ seine Drohne erst einmal die Innenwände abfliegen, langsam und mit höchstens einem Meter Abstand zur Wand. Es hatte mehrere Wochen gebraucht, um diese Sicherheit beim Steuern zu erlangen. Die Drohnen waren extrem wendig. Man konnte im Prinzip alles mit ihnen machen, wenn man die sensible Handhabung der Fernbedienung begriffen und verinnerlicht hatte. Er stellte sich vor, wie er die Drohne durch den Nachthimmel steuerte, durch Fenster filmte oder sie über einen Fluss lenkte, um auf der anderen Seite einen präparierten Briefumschlag aufzulesen und diesen dann unerkannt zurück über den Fluss in Sicherheit brachte. Und hier wartete nun eine neue Herausforderung auf ihn: Er folgte der Drohne, die jetzt knapp über dem Boden schwebte, in Richtung des rechts gelegenen Raumes. Dort ließ er sie langsam die Treppe hochschweben. Er ging ihr hinterher und musste konzentriert darauf achten, dass die Rotoren nicht mit den Wänden oder dem Geländer in Berührung kamen. Nach der Treppe, die zweimal in einem Neunzig-Grad-Winkel verlief, wurde der Raum wieder weiter, und nach oben gab es ja keine Begrenzung. In etwa drei Metern Höhe über dem Boden des Raumes ließ er die Drohne in der Luft stehen. Dann kam sein GPS zum Einsatz. Der komplizierte Flug die Treppe hinauf war gespeichert worden, sodass es nun möglich war, die Drohne ohne manuelle Bedienung den gleichen Weg zurückfliegen zu lassen. Als Phillip wieder in der Haupthalle angelangt war, startete er das Programm. Nun blieb ihm nichts anderes zu tun als abzuwarten, denn er hatte keinen direkten Einfluss mehr auf das Geschehen, zumal er auch keinen Blickkontakt zur Drohne hatte, während sich diese die Treppe nach unten schlängelte. Nach etwa vierzig Sekunden hörte er ein leises Summen, und kurz danach flog ihm seine Drohne langsam in die Arme.

Zu Hause öffnete sich Phillip eine Flasche Weißwein. Sie kam direkt aus dem Kühlschrank und war eiskalt. Das erste Glas kippte er in wenigen Zügen hinunter. Mit Rotwein ginge so etwas nicht, dachte er. Die Füße hochgelegt, schenkte er nach. Es war zur Gewohnheit geworden, dieses Trinken. Irgendwie hielt sich das schon noch in gewissen Grenzen, aber ganz ohne ging es eigentlich auch nicht mehr so richtig gut. Diese Art der Entspannung war ihm wichtig geworden. Der ganze Scheißstress musste abgebaut werden. Der Stress und der Ärger über die Selbstgefälligkeit und Überheblichkeit von Peters. Phillip fühlte sich behandelt wie ein unfähiger Sachbearbeiter mit einer x-beliebigen Nummer auf dem Rücken. Der Wahnsinnstrick von Peters war, dass er ja lediglich Sachbearbeiter brauchte. Abteilungsleiter brauchte der nicht, und Mitglieder der Geschäftsführung auch nicht. Wozu auch, wenn man die gleiche Tätigkeit genauso gut von Sachbearbeitern mit entsprechender Bezahlung – natürlich sehr nah am Tarifmindestlohn – erledigen lassen konnte. Phillip schüttelte ungläubig und mit einem bitteren Lächeln den Kopf. Er selbst war derjenige, der die mit Abstand meisten Fachkompetenzen besaß. Sah man genau hin, liefen bei ihm die meisten Fäden zusammen. Er war mindestens so viel wert wie ein Abteilungsleiter. Und Franziska, die geile Tittensau, konnte es eventuell in zehn Jahren werden. Peters hatte ja keinen Sohn. Und dass die eingebildete und verzogene Verena einmal in den Außenhandel wollte, konnte sich Phillip kaum vorstellen. Und Sonja, die war ihm auch irgendwie ein kleinerer Dorn im Auge. Blonde Schnepfe, Angebersau. Wenn es mal dazu kam, dass sie am Telefon englisch sprechen konnte, dann redete sie extra laut. Durch die gesamte Firma war sie dann mit ihrem amerikanischen Akzent zu hören. Aber Peters fand's wohl gut. Damit konnte sie bei ihm punkten – wer weiß, womit noch alles. Manchmal würde er am liebsten einfach vom Stuhl aufspringen und die Weiber so richtig zur Sau machen. Und dem Peters direkt mal die Bürotür eintreten. Die Bürotür seines mit Jalousien verdunkelbaren Büros, das aussah wie das Office von Harry Callahans Boss in *Dirty Harry*.

Phillip stand extrem auf Clint Eastwood. Und zwar nicht nur in den *Dirty-Harry*-Filmen. Zuletzt hatte er sich dreimal hintereinander *Gran Torino* angesehen. So in etwa musste man eigentlich sein, damit die Dinge richtig liefen, dachte er. ,Ich bin ein Mann, der die Dinge zu Ende bringt', oder ,Schon mal bemerkt, dass man ab und zu vor jemandem steht, dem man besser nicht blöd kommt? … So einer bin ich!', ging es Phillip durch den Kopf. Er drehte sich zum Wandspiegel und nickte: „Ja, so einer bin ich. Einer, dem man besser nicht blöd kommt." Nur dass er selbst nicht so der Feuerwaffentyp war. Eigentlich gar kein Haudrauf, sondern eher ein Spezialist mit Köpfchen.

Phillip ging mit dem Glas Wein an seinen Schreibtisch und startete den Computer. Vielleicht ließ sich aus den Videoaufnahmen doch noch das eine oder andere herausholen. Er lud den Film mit den springenden Jungs hoch und versuchte ein wenig daran herumzudrehen, musste aber schnell feststellen, dass er weder die technischen Möglichkeiten, noch sonst über das nötige Know-how verfügte. Er beschloss, Raphael anzurufen. Raphael war sein einziger guter Kumpel, sie waren schon gemeinsam zur Schule gegangen. Und Raphael war Phillip in Sachen Lockerheit und Draufgängertum immer ein Vorbild gewesen. Andererseits ergänzten sie sich durch ihre unterschiedliche Art auf wunderbare Weise: Er mit seinem Köpfchen, Raphael mit der nötigen Chuzpe, wenn's drauf ankam.

Raphael nahm sofort ab.

„Joa."

„Rapha, hier ist Phillip."

„Phillip, joa, wo brennt's denn?"

Phillip nickte ins Telefon.

„Ja genau, es brennt. Und zwar …"

„Brauchsd du'n Porno?", unterbrach ihn Raphael und kicherte.

„Nein, nein. Ich brauche keinen Porno. Ich brauche …"

„Warte mal", wurde er erneut unterbrochen, „ich daddel gerade mit ein paar Leuten, hihi – Moment noch –, eigentlich hatte ich sie schon fast am Arsch, die kleinen Wichser."

„Aha. Wen denn?"

„Weiß nicht, irgendwelche Russen oder Finnen, warte mal", sagte Raphael und kicherte vor sich hin, während er herumtippte und dabei offenbar irgendetwas vom Tisch stieß. „Scheiße. Die Ente mit Erdnusssauce, warte mal."

„Ja ja - Oh Gott, warte mal, warte mal", flüsterte Phillip am Hörer vorbei und musste unweigerlich grinsen. Raphaels beknackte Art war ansteckend. Er tat, wie ihm geheißen und schenkte sich noch einmal nach.

„So, sach' schon, was brauchst du?", kam es etwas plötzlich durch den Hörer.

Phillip wollte gerade schlucken und bekam etwas Wein in die Luftröhre. Er konnte gar nicht wieder aufhören zu husten.

„Warte mal", keuchte er in den Hörer. Er konnte schon wieder Raphaels Gegacker hören.

„So, geht wieder", erklärte Phillip, als er ausgehustet hatte, „ich brauch deine Hilfe."

„Ja, und sach', was denn?"

„Ich hab einen Film mit einer Drohne gedreht. Und da ist jemand drauf, den ich vielleicht kenne, bin mir aber nicht ganz sicher. Und da habe ich gedacht, ob du da was machen kannst. Also …"

„Ja, kein Problem. Ich guck's mir an, schick' einfach rüber den Streifen. Aber jetzt muss ich noch ein paar Finnen besiegen."

„Okay, vielen Dank, und …"

„Alles klar, ich melde mich." Dann war die Leitung tot.

Idylle am Abgrund

Zurzeit wurde wirklich überall gebaut. Karl war auf dem Weg ins Büro und stand am Ende vom Volksdorfer Weg kurz vor der Abzweigung Saseler Chaussee im Stau. Über eine Strecke von etwa dreißig Metern war nur eine Fahrbahn frei. Vor der Baustelle stand eine kleine provisorische Ampel, die immer nur zwischen fünf und sieben Autos durchließ, bis sie wieder auf Rot umsprang. Und blöd, wie die Leute waren, brauchten sie verflucht lange, bis sie ihre Autos auf Touren brachten. Kaum dass sich die Minikolonne in Bewegung gesetzt hatte, stand sie auch schon wieder. Und dann stellten diese ökologisch angehauchten Gutmenschen auch noch an jeder Ampel den Motor ab, um diesen im entscheidenden Moment nicht wieder rechtzeitig in Gang zu bringen. Karl schüttelte den Kopf. Mindestens noch viermal Rot, dachte er. Ziemlich zermürbend, das alles, und seiner Stimmung keineswegs zuträglich. Dazu kam zu allem Überfluss noch seine Müdigkeit. Er war so gut wie nie müde, hatte immer einen sehr gesunden Schlaf gehabt. In den letzten Nächten war das allerdings anders gewesen. Vergangene Nacht hatte er vielleicht gefühlte zwei Stunden geschlafen. Er stellte die Rückenlehne etwas tiefer und versuchte, sich ein wenig zu entspannen.

Charlotte war abends recht spät erst aus der Stadt zurückgekommen. Schön sei es gewesen. Tolle Bilder in der Kunsthalle. Und ein neues Kleid, angeblich dem Kleid Verenas nicht unähnlich. Und dann war sie einfach vor ihm eingeschlafen. Sogar geschnarcht hatte sie, ein bisschen jedenfalls. Tanja hatte ihre Suchaktion durchgezogen, und zwar generalstabsmäßig. Die gesamte Umgebung war nun mit Katzenplakaten zugepflastert. Sogar erste Hinweise waren angeblich schon innerhalb der ersten Stunde eingegangen. Man habe die Katze gesehen und erkannt – und zwar zweifelsfrei. Daraufhin war Tanja wohl mit dem Fahrrad laut rufend sämtliche Ecken abgefahren, wo die Leute die Katze gesehen haben wollten.

Karl zog die Stirn hoch. Die Nacht war schlimm gewesen. Je länger er wach gelegen hatte, desto unmöglicher war es ihm erschienen, doch noch irgendwann einschlafen zu können. Er hatte plötzlich Gedanken und Gefühle gehegt, von denen er nicht einmal gewusst hatte, dass es sie gab. Am schlimmsten waren die Momente im Halbschlaf gewesen. Während dieser Phasen waren seine Gedanken noch unheimlicher und realer geworden. Bilder von Spionen oder Verrückten und toten Katzen auf seinem Grundstück waren miteinander verschmolzen und hatten sich mit irgendwelchen Szenen in seiner Firma verwoben. Nach einer Weile war er dann hochgeschreckt und wurde von noch dunkleren Gedanken, die sich wie ein Karussell in seinem Kopf drehten, heimgesucht.

Karl hatte sich vorgenommen, am Abend mit Klaus über den Vorfall zwischen Markus und Verena zu reden. Ganz vorsichtig und mit allem Respekt, verstand sich. Denn von Charlotte hatte er nichts Nennenswertes erfahren.

Um kurz vor neun saß Karl endlich am Schreibtisch. Seinen Mitarbeitern schien der Umstand, dass die Firma Ort eines grauenhaften Fundes geworden war, nicht mehr sonderlich in den Gliedern zu stecken. Frau Weber hüpfte kichernd durch den Flur und wurde von Frau Steinmann gejagt. Im Kopierraum angelangt, gab es dann wohl kein Entkommen mehr, wie Karl den spitzen Schreien entnehmen konnte. Frau Steinmanns Worte: „Gib mir meinen Stitcher! Ich will meinen hellblauen Stitcher!", wurden von weiterem Gekreische abgelöst. Stitcher nannten sie hier diese kleinen Geräte, mit denen man zusammengetackertes Papier wieder von den Drahtklemmen befreien konnte. Und wenn es hier etwas im Überfluss gab, waren es Stitcher in sämtlichen Farben.

Karl schloss die Tür zu seinem Büro, um sich in Ruhe seiner Post widmen zu können. Als er den Stapel Briefe sah, fiel ihm sofort ein, dass auch die Briefe selbst Teil seiner Träume gewesen waren. Er seufzte und nahm sich den Stapel vor. An diesem Morgen machte es das erste Mal in seiner Funktion als Geschäftsführer und Inhaber nicht ‚ritsch-ratsch': Er ließ einfach einen Brief nach dem anderen durch seine Finger gleiten, in der Hoffnung, nichts Ungewöhnliches zu entdecken. Um diese Hoffnung allerdings war es schon nach wenigen Briefumschlägen geschehen. Karl hielt einen weißen Umschlag ohne Absender in der Hand. Die schablonenartigen Buchstaben kamen ihm bekannt vor. Verschlossen war der Brief mit Tesafilm. Karl sah an die Decke und schleuderte den Rest der Umschläge durch sein Büro. Dann klingelte das Telefon. Er nahm nicht ab. Einen Moment später klopfte es an seiner Tür. Er reagierte nicht. ‚Jetzt nicht', dachte er. Es klopfte noch einmal, und die Tür wurde geöffnet. Frau Steinmann steckte ihren Kopf durch den Türspalt.

„Herr Peters, Ihre Frau …"

„Jetzt nicht", fauchte er.

„Soll ich ihr sagen, dass Sie zurückrufen?"

„Jaa!"

Die Tür schloss sich wieder.

Wieso Charlotte? Wieso jetzt? Gab es doch noch etwas über Verena und Markus zu berichten? Vielleicht hätte er den Anruf doch annehmen sollen. Unsinn, entschied er, sank in seinen Drehstuhl und inhalierte Sauerstoff. Zug für Zug. Beim Entspannen seines Zwerchfells schloss er die Augen. Er brauchte Kraft.

Der Brief enthielt kein Schriftstück, sondern einen Speicherstick. Er kannte Speichersticks, hatte aber persönlich bisher kaum mit ihnen zu tun gehabt. Er ließ den Stick durch seine Finger gleiten.

Vielleicht wäre dieses Teil am besten im Papierkorb aufgehoben. Oder vielleicht sollte er es einfach erst mal in der Schreibtischschublade versenken. Er rollte seine Schultern. Alles hinauszuzögern und die Augen zu verschließen würde leider nicht viel bringen. Es half nichts. Er musste sehen, was auf diesem verfluchten Ding drauf war. Nachdem er den Rechner hochgefahren hatte, steckte er den Stick in den passenden Eingang. Auf dem Bildschirm erschien ein kleines Emblem. Er klickte es an, und ein Fenster ging auf, mit weiteren Symbolen und der Möglichkeit, zwei Dateien zu öffnen. Karl zitterte und zog die Hände von der Tastatur zurück. Auf eine Minute mehr oder weniger kam es jetzt auch nicht mehr an. Er erhob sich und verließ sein Büro. In den anderen Räumen herrschte der für diese Tageszeit normale Geräuschpegel. Sein Körper fühlte sich schwer an. Er schleppte sich durch den Flur und öffnete die Tür zur Herrentoilette. Prophylaktisch wischte er mit etwas Toilettenpapier über die Klobrille und setzte sich. Dass er kein eigenes Klo hatte, hatte ihn schon immer gestört. Wenige Minuten zuvor hatte hier vermutlich der Maurer gesessen und gefurzt. Aber zumindest angenehm kühl war es hier drinnen. Den Kopf in den Nacken gelegt, schaute er an die weiße Decke. Eigentlich hatte er sich mit einem Gefühl von Stuhldrang hierher begeben. Aber jetzt saß er da, und sein Bauch fühlte sich einfach nur voll und schwer an, wie mit Zement gefüllt, der allmählich hart wurde. Er ließ seinen Kopf sinken und stützte die Unterarme auf die Oberschenkel.

Er schreckte in dem Moment hoch, in dem sein Kopf zwischen seinen Oberschenkeln zu verschwinden drohte. Er war tatsächlich eingenickt! Sein Herz klopfte, und sein Atem ging schneller. „Scheiße", fluchte er, nachdem er dem Gefühl nach fast im Klo verschwunden war. Er schaute auf die Uhr. Gott sei Dank war es wohl nur ein Sekundenschlaf gewesen.

Zurück in seinem Büro schloss er die Tür und ließ die Jalousien herunter. Daran konnten seine Mitarbeiter erkennen, dass er keinesfalls gestört werden durfte. Er klickte auf die erste Datei. Es öffnete sich ein Fenster mit einem Display am unteren Rand. Er klickte auf ‚play' und drückte sich in seinen Stuhl, während das Video startete. Es war nicht viel zu erkennen – zunächst einmal. Doch dann wurde der anfangs dunkle Hintergrund etwas heller. Erste Strukturen waren zu erkennen. Jemand musste sich mit einer Kamera aus der Dunkelheit heraus langsam dem Licht genähert haben. Ein freier Platz öffnete sich dem Betrachter. Und nun waren auch Geräusche zu hören: Undeutliche Stimmen, das leise Geräusch eines fahrenden Autos und dann das Kläffen eines Hundes. Karl beugte sich zum Bildschirm vor. Der Klang von Schritten war zu hören, vermutlich die Schritte des Kameraführers. Dann verstummten die Schrittgeräusche. Die Kamera schwenkte nach links, und Karl erkannte den Ort. Er nahm die Maus und klickte auf ‚Pause'. Plötzlich lief ihm die Nase, und außerdem musste er pinkeln.

Er saß nun das zweite Mal innerhalb von Minuten auf dem Klo. Diesmal tropfte ein mickriges Rinnsal in die Schüssel. Nebenbei putzte Karl sich die Nase und lehnte sich zurück. Die Ellenbogen platzierte er auf dem Spülkasten. Scheißegal, ob da der Maurer oder sonst jemand hingepinkelt haben mochte. Als Kind hatte er an Asthma gelitten. Und in diesem Moment fühlte er sich irgendwie an diese Zeit erinnert. Das Atmen strengte ihn an. Sein Hals und seine Brust schienen sich zu verkrampfen. Ein Anflug von Spasmus zog in seinen Bronchien. Und mit einem Mal wurde ihm klar, weshalb ihm zuvor schon so mies geworden war. Er hatte wohl schon so eine Ahnung gehabt, ganz unterschwellig. Allein von der Katzenzeichnung und einem ‚Miau' hatten diese unangenehmen Gefühle in seinem Körper und seinem Schädel ja gar nicht kommen können.

Als die Kamera nach links geschwenkt war, hatte Karl den Brunnen erkannt. Es handelte sich um den Brunnen auf dem Hansaplatz, dem östlichen Zentrum der nahe dem Hauptbahnhof gelegenen schmuddeligsten Version des Rotlichtviertels. Mit dieser zweifelsfreien Tatsache und den damit verbundenen Erinnerungen konfrontiert, wurde Karl auf einen Schlag kalt und übel. „Um Gottes Willen", flüsterte er in seine vor das Gesicht geschlagenen Hände. „Scheiße, Scheiße, Scheiße!" Der Bronchialspasmus wurde intensiver. Das konnte er deutlich an seiner erschwerten Ausatmung feststellen.

Er versuchte, sich zusammenzureißen. Mit erheblicher Kraftanstrengung lotste er seinen Körper zurück ins Büro.

„Herr Peters", flötete es aus der Küche, „auch einen leckeren Rotbusch-Tee?"

Karl drehte sich um und sah Frau Weber mit geübtem Lächeln zu ihm rüberstrahlen.

„Was? –Äh ... Nein danke."

„Ach so, und Frau Krämer wünscht Sie zeitnah in der Buchhaltung."

„Ja, ist in Ordnung."

Karl plumpste in seinen Drehstuhl. „Zeitnah", äffte er die Weber nach. „Zeitnah mal die Klappe halten! Scheiß Deutsch!" Er drückte wieder auf ‚Play'. Die folgenden Filmszenen waren eine maximale Katastrophe. Karl hoffte, dass der Film endlich ein Ende nehmen würde, aber er ging immer weiter. Zuerst näherte sich die Kamera der Häuserreihe auf der Südseite des Hansaplatzes. Ein leuchtendes rotes Schild wurde sichtbar und kam langsam näher. Der Souterraineingang darunter war geöffnet. Lautes Lachen und Musik waren zu hören. Dann schwenkte das Bild nach rechts. Aus Richtung des Schauspielhauses kam jemand. In langsamen, gleichmäßigen Schritten näherte sich die Person der Bar. Etwa zehn Meter vor dem Eingang blieb die Silhouette im Schatten eines weiteren Eingangs stehen. Einige Zeit später schob sich ein Kopf aus dem Inneren der Bar durch den schwarz-roten Lamellenvorhang, der vor dem Eingang hing ...

Wie hatte das passieren können? Er war völlig fertig mit den Nerven. Wer war ihm da so nah auf den Fersen gewesen, ohne dass er es gemerkt hatte? Und warum? So nah, und das nicht nur für einen kurzen Moment, sondern mehrere Minuten lang. Minuten, die niemals hätten aufgezeichnet werden dürfen. Minuten, die sein bisheriges Leben aus den Fugen geraten lassen konnten. Und er selbst hatte, zumindest im Moment, keinerlei Einfluss auf den weiteren Lauf der Dinge. Sein Magen krampfte und seine Bronchien verengten sich wieder. Wo blieb nur das scheiß Erpresserschreiben? Denn sicherlich hatte sich niemand diese Mühe gemacht, ohne für die Geheimhaltung der Aufzeichnung etwas zu fordern. Und welche Summe würde das Dreckschwein von ihm wollen? Bei maximal 500 000 Euro würde es unangenehm werden. Dann müsste er einen Kredit auf das Haus in Volksdorf aufnehmen oder die Wohnung an der Ostsee verkaufen. Und wenn er das täte, dann könnte er ja gleich alle Karten auf den Tisch legen. Dann könnte er seine Frau und seine Töchter, seinen Vater und die Schwiegereltern ja gleich zu einem kleinen privaten Heimkino-Abend einladen. Und die ermittelnden Beamten konnten im Prinzip auch zuschauen. Und wenn *die* das konnten, dann auch gleich alle Freunde aus der Handelskammer, dem Überseeclub, der Berenberg-Bank, seine deutschen Zulieferer und wer immer ihn sonst noch kannte.

Vom zweiten Film hatte er sich nur die ersten 20 Sekunden angesehen. Dann war ihm übel geworden. Und über eines war sich Karl absolut im Klaren: Entweder, oder. Beides gab es nicht. Entweder den Irren mit Hilfe der Polizei aufspüren und gleichzeitig in Kauf nehmen, dass seine Familie und vermutlich auch die Öffentlichkeit von seinen Fehltritten erfuhr, oder, wie bisher, alles unter Verschluss halten und hilflos wie eine Nussschale auf offener See alles hinnehmen, was da kommen mochte.

Karl öffnete die zweite Schublade seines Schreibtisches und kramte das elektrische Blutdruckmessgerät heraus. Bluthochdruck war sein Schwachpunkt. Und er wunderte sich nicht besonders, als er die Werte ablas. Er war sich sicher: Würde ihm jemand garantieren können, dass diese Katastrophe nach einer Zahlung von 100 000 Euro ein Ende hätte, er würde sofort einschlagen und jauchzend über den Neuen Wall galoppieren. Die Wochenenden würde er in Zukunft ausschließlich mit seiner Familie verbringen. Er würde sich intensiver um Charlotte bemühen. Er würde weitere 50 000 Euro für einen guten Zweck spenden und nie wieder dieser dunklen Instanz in seinem Innern gehorchen.

Viertel vor elf. Karl konnte jetzt nicht arbeiten. Eigentlich wusste er überhaupt nicht, was er jetzt noch zu tun in der Lage war. Er entschied sich, ein paar Schritte zu gehen und möglicherweise im Rialto hinter dem Steigenberger einzukehren. Er sagte Frau Weber Bescheid und teilte ihr mit, dass zeitnah heute kein Treffen mit der Buchhaltung möglich war.

Housewife

Die Kinder waren in der Schule, Karl bei der Arbeit und Lila noch immer verschwunden. Charlotte fungierte seit diesem Morgen als Anlaufstelle für Hinweise auf die vermisste Katze. Dreimal hatte sie an diesem Vormittag bereits dankend Meldungen aus der Bevölkerung am Telefon angenommen. Für die Außeneinsätze war dann Tanja zuständig. Am Tag zuvor hatte sie Karl von ihrem Entschluss erzählt, sich noch einmal um eine Stelle an einer Grundschule zu bewerben. Seine Reaktion war von wohlwollendem Zuspruch auf der einen und von allgemeiner geistiger Abwesenheit auf der anderen Seite geprägt gewesen. Viel mehr konnte sie vielleicht auch nicht erwarten. Wobei sie seine extreme Introvertiertheit allmählich schon auffällig fand. Auf ihre Frage nach irgendwelchen Problemen in der Firma oder anderen Stressfaktoren hatte er beschwichtigend bis ausweichend reagiert. Und er hatte unruhig geschlafen. Das hatte sie ganz deutlich mitgekriegt.

Sie ging gerade in die Küche, um sich einen Tee zu kochen, als das Telefon klingelte.

„Huhu!", erklang es aus dem Hörer.

„Martha!" Charlotte freute sich.

„Charlottchen, weißt du schon das Neuste?"

„Na?"

„Claudia hat sich für morgen Abend mit einem der Jungs verabredet."

„Der Jungs? Welcher Jungs?", fragte Charlotte.

„Die aus der Galerie, mit denen wir uns unterhalten haben, als du mit deinem heimlichen Verehrer vor einem dieser unsittlichen Kunstwerke gestanden hast", erklärte sie und fuhr nach einem kurzen Lacher fort: „Du warst ja so ein bisschen zugeknöpft danach. Und? Ist dir inzwischen wieder eingefallen, worüber ihr so konzentriert gesprochen habt?"

„Ach, einfach so geredet, über die Ausstellung und die schönen Räume", bemühte sich Charlotte, dass Thema klein zu halten.

„Hmm …, also …"

„Ja ja. Erzähl lieber, was das für einer ist, mit dem sich Claudia da trifft."

Charlotte wusste, dass Claudia auf junge Typen stand. Sie war überzeugte Junggesellin und hungrig nach jungem, knackigen Fleisch. Geradezu aggressiv ging sie regelmäßig auf die Jagd. Und zwar derart regelmäßig, dass es auf Charlotte schon etwas komisch wirkte. Wenn sie zu dritt waren und über diese Themen sprachen, gab sich Claudia immer ausgesprochen extrovertiert. Das an sich war natürlich nicht ungewöhnlich, da sie ja grundsätzlich so ein quirliger und kommunikativer Typ war. Aber es machte auf Charlotte mit der Zeit doch einen irgendwie substanzlosen Eindruck. Viel glitzerndes Geschenkpapier mit wenig spannendem Inhalt, dachte sie dann.

„Tja", fuhr Martha fort, „nicht der Kunsthistoriker, sondern der andere mit den kurzen dunklen Locken. Der Medizinstudent."

„Aha, dann können wir uns ja auf eine interessante Geschichte freuen, spätestens nächsten Donnerstag."

„Unter Garantie!", bestätigte Martha. „Aber erzähl doch mal, wie läuft's bei euch? Mit dir und Karl?"

Puh, Charlotte war sich nicht sicher, ob sie das jetzt bereden konnte und wollte.

„Also", sagte sie, „ich denke, Karl hat irgendwelchen Stress. Aber er sagt nicht genau, was es ist. Eigentlich sagt er gar nichts. So ist es halt mit ihm. Man kriegt da nicht so viel mit. Vermutlich ist es was mit der Firma. Tja, wenn er sich nicht mitteilen will oder kann, oder ich nicht teilhaben soll, was soll ich da machen?"

„Klingt nicht so toll. Wie geht es dir denn damit?"

Charlotte legte die Beine auf das Sofa. Martha war wirklich eine warmherzige und verständnisvolle Freundin, und sie war froh, so jemanden zu haben.

„Hm, genau genommen geht es mir damit nicht gut. Nicht gut damit, dass ich immer außen vor bin. Und auch nicht so gut damit, dass der Zugang zu ihm insgesamt eher schwieriger geworden ist."

„Ach Süße", streute Martha mitfühlend ein.

„Ja, so ist es. Manchmal habe ich das Gefühl, als wäre eine unsichtbare Wand zwischen uns. Und ich frage mich manchmal, wo seine lebenslustige Ader geblieben ist. Früher war er viel gesprächiger und auch interessierter."

„Charlotte, das tut mir leid", sagte Martha, legte dann einen Moment des Schweigens ein und fuhr mit weicher Stimme fort. „Und wie läuft's im Bett?"

„Pffhh ...", prustete Charlotte, „schlecht, schlecht, schlecht. Durstiges Vegetieren in der Sahara ..."

Martha hatte sie mitfühlend getröstet und außerdem das Feingefühl besessen, nicht mehr auf Charlottes Kunstgesprächspartner aus der Galerie einzugehen. Aber sie hatten sich vorgenommen, die kommenden Tage einmal ausführlicher zu Hause bei Martha zu quatschen. Martha hatte sie noch gefragt, seit wann es in sinnlicher Hinsicht nicht mehr so lief. Die Antwort darauf war das reinste Herumgedruckse gewesen. Denn die Wahrheit war, dass sie das gar nicht so genau sagen konnte.

Charlotte und Karl hatten sich auf einer Studentenparty an der Uni in Hamburg kennengelernt. Damals war sie sechsundzwanzig und Karl zweiunddreißig gewesen. Er war bereits fertig mit seinem Studium, besuchte die Uni zu gewissen Anlässen zusammen mit seinen Freunden aber immer noch ganz gern. Aufgefallen an ihm waren ihr insbesondere sein Humor und seine unkomplizierte Art im Umgang mit Menschen. Karl hatte etwas Freches und Verschmitztes an sich, war aber gleichzeitig ein Gentleman. Sein Elternhaus unterstrich in Charlottes Augen diese Einschätzung. Allerdings war ihr von Anfang an aufgefallen, dass Karl im Kreis seiner Familie, vornehmlich seiner Eltern, ein wenig gehemmt und befangen wirkte. Im Hause Peters, einer traditionellen Kaufmannsfamilie, hatte immer eine sehr gastfreundliche, zuvorkommende, aber gleichzeitig auch strenge Atmosphäre geherrscht. Erst Jahre später war ihr aufgefallen, dass das Verhältnis zwischen seinen Eltern nicht gerade herzlich gewesen war. Eher freundlich. Damals hatte sie Karls Eltern als harmonisches Paar erlebt. Im Nachhinein aber war ihr aufgefallen, dass Herzlichkeit und Lockerheit nicht gerade im Vordergrund gestanden hatten. Und Karl, mit seinen zweiunddreißig Jahren, hatte in aller Deutlichkeit unterhalb seines Vaters Reimund gestanden. Im Hause seiner Eltern hatte Karl einen jüngeren Eindruck gemacht als sonst. So, als habe er sich mit dem Übertreten der Schwelle dort wieder mehr in ein Kind verwandelt. Hilde Peters, die Mutter von Karl, war eine sehr liebe Frau gewesen. Ein aufmerksamer, interessierter und fürsorglicher Mensch. Und ganz offensichtlich, so war Charlotte später klar geworden, hatte seine Mutter unter der autoritären und rigiden Persönlichkeit seines Vaters gelitten. Sie hatte gelitten wie eine Blume, die zu wenig Wasser bekommt. Hilde hatte mit etwa fünfundsechzig Jahren begonnen, viel zu schnell zu altern. Verschärft worden war dieser Prozess durch den Ausbruch einer rheumatischen Erkrankung, die sie schließlich an einen Rollstuhl fesselte. Und mit siebzig Jahren war sie dann, viel zu früh, gestorben. Mit Karls Schwester Melanie, einer Kinderärztin, verstand sich Charlotte seit jeher sehr gut. Melanie hatte die liebevolle und offene Ausstrahlung ihrer Mutter. Darüber hinaus war von Anfang an deutlich geworden, dass Melanies Verhältnis zum Vater nicht ganz so schwierig war wie das zwischen Karl und diesem. Allerdings hatte Melanie sehr unter dem schlechten Gesundheitszustand ihrer Mutter und deren frühem Tod gelitten. Direkt nach der Beerdigung hatte sie sich einen neuen Job in einem Krankenhaus in Köln gesucht und sich seitdem kaum noch in Hamburg blicken lassen.

Doch was verband sie selbst noch mit Karl, wenn man von ihren Töchtern, ihrem Haus und einigen gemeinsamen Freunden absah? Charlotte seufzte. Liebte sie ihn noch? Liebte er sie noch? Hatte die fehlende Intimität etwas mit fehlender Liebe zu tun? Konnte das alles an seiner Arbeit liegen? War sie eine gute Ehefrau? Hatte er gar eine heimliche Geliebte? Musste sie sich einfach noch mehr bemühen, oder machte sie etwas falsch? Hatten sie möglicherweise schwerwiegende Eheprobleme und waren einfach nicht in der Lage, miteinander zu reden? War es ihre Schuld?

Diese Gedanken machten Charlotte müde. Müde und traurig. Mittlerweile war ihr linker Arm, der erhöht auf der Sofalehne hing, eingeschlafen. Sie legte ihn in ihren Schoß und spürte ein kribbeliges Gefühl von der Schulter in den Arm laufen. Eines wusste sie aber ganz genau: Sie wollte nicht verwelken! Sie wollte auch nicht emotional verkümmern. Sie wollte kein Krater ohne Lava sein und schon gar nicht einer die Gelenke und inneren Organe zerfressenden Au-

45

toimmunkrankheit zum Opfer fallen. Wieso machte sie sich eigentlich Vorwürfe? Sie hatte ihren Beruf aufgegeben. Genau genommen hatte sie ihren Beruf gar nicht erst zur Entfaltung kommen lassen. Nein, sie hatte sich in ihre Rolle als Mutter hineinbegeben. All ihre Liebe hatte sie ihrer Familie geschenkt. Ihrer Familie und ihrem Zuhause. Und jetzt, da die Mädchen selbständiger wurden, häufiger etwas mit Freunden unternahmen und begannen, mehr und mehr eigene Wege zu erkunden, fühlte sich Charlotte einsam. Bei dem Gedanken an ihr neues Leben als Lehrerin nickte sie zufrieden. Das war ein guter Anfang.

Das Klingeln des Telefons ließ sie hochschrecken. Allerdings hatte sie jetzt keine Lust, weitere Hinweise zu ihrer verschwundenen Katze entgegenzunehmen. Der Anrufbeantworter sprang an, und tatsächlich trudelte ein weiterer Hinweis ein.

Charlotte schloss die Augen und dachte an den Mann in der Galerie der Gegenwart. Cornelius war sein Name gewesen. Auf seiner Visitenkarte stand etwas von Restauration alter Häuser. Vornehmlich in der Bretagne und in Ostdeutschland. Interessante Kombination, dachte sie. Der ist unterwegs und lässt alte Häuser an der Atlantikküste in neuem Glanz erstrahlen. Zwischendurch hielt er sich vielleicht in malerischen Hafenstädtchen auf, genoss die bunten Märkte und deren mannigfaltige Gerüche. Und wenn es sich ergab, verwickelte er eine adrette Französin in ein sinnliches Gespräch.

„Sie hat volle Brüste, so wie Sie", hatte er ihr doch tatsächlich anvertraut. Durfte man so etwas sagen? Sie schüttelte den Kopf und lächelte. Aufregend war es gewesen. Neu und sehr inspirierend. Und es hatte sich gut angefühlt. Prickelnd und aufwühlend. Ja, prickelnd und aufwühlend. Und genau genommen fand sie, dass Cornelius trotz seiner Zudringlichkeit sehr respektvoll gewesen war. Angst, Empörung oder Wut hatte sie nicht gehabt. Ganz im Gegenteil! Sie hätte sich ja sofort zu Claudia und Martha zurückziehen können. Hatte sie aber nicht.

Je mehr sie über ihre Begegnung mit diesem Cornelius nachdachte, desto mehr bekam sie wieder ein Gefühl für die Situation im Halbdunkel der Ausstellungsräume. Cornelius war wie aus dem Nichts aufgetaucht, hatte ihr eine bestimmte Form des Kontakts angeboten, und sie war bereit gewesen, darauf einzugehen. Empfänglich und bereit dafür, ihre Weiblichkeit umwerben, zärtlich provozieren und anregen zu lassen. Charlotte drehte sich auf die Seite, zog ihre Beine hoch und bettete ihre linke Gesichtshälfte in ein goldgelbes Kissen.

Rebellion

Viel hatte Karl nicht hinunterbekommen von den Spaghetti mit Scampies. Ausnahmsweise hatte er sich einen Wein zum Essen gegönnt. Einen kräftigen Tropfen aus dem Elsass, den er geradezu hinuntergekippt hatte. Und die Wirkung des Weins hatte ihm einen Hauch von Entspannung beschert.

Er betrat das Firmengelände und beschloss, bei seinen Angestellten vorbeizuschauen und nach dem momentanen Stand der Dinge zu sehen. Herr Maurer, Frau Steinmann und Herr Wojcik waren allerdings noch in der Mittagspause, als er in das Großraumbüro trat.

„Frau Schröder, was macht denn der große Peru-Auftrag?", fragte er und trat vor ihren Schreibtisch.

„Äh, bitte? Der ist doch erst gestern reingekommen. Ich warte noch auf eine Antwort von Schott. Es sind ja diverse Hersteller an dieser Bestellung beteiligt. Wenn ich heute noch Antwort aus Zwiesel bekomme, dann kann ich mit der Auftragsbestätigung beginnen. Kann auch sein, dass ich sogar noch fertig werde, ansonsten am Montag. Wenn ich um drei noch keine Antwort auf meine Anfrage bekommen habe, hake ich noch mal nach."

Karl spürte, wie ihm die Zornesröte ins Gesicht schoss. „Am Montag?", schrie er, „am Montag, Frau Schröder?! Haben sie noch nicht gemerkt, was das für ein guter Kunde ist?" Er schlug mit der Hand auf den Tisch. „Was machen Sie denn die ganze Zeit? Schlafen Sie? Haben Sie gerade was Besseres vor?"

Manuela Schröder richtete ihren gesenkten Blick langsam nach oben. Dann stand sie auf und sah ihm über ihren Tisch hinweg direkt in die Augen. Sie stemmte ihre Hände in die Hüften, atmete einmal hörbar durch die Nase ein und aus und sagte: „Machen Sie es doch selbst! Zaubern Sie sich die Antwort von Schott auf den Tisch! Und wenn das nicht funktioniert, dann rufen Sie einfach bei Herrn Engel von Schott an und brüllen *ihn* an!" Dann hob sie ihren Arm und zeigte mit dem Finger auf ihn: „Setzen Sie sich doch ausnahmsweise mal selbst an Ihren Computer und hacken Sie diese unzähligen Positionen in das Programm, falls Sie überhaupt wissen, wie das funktioniert!", beendete sie ihre Wutrede und blieb reglos vor ihrem Schreibtisch stehen.

Karls Zorn war einer eklatanten Fassungslosigkeit gewichen. Er brauchte einige Sekunden, um sich von diesem unerwartet kraftvollen Statement zu erholen. Die vorübergehende Starre wurde nun wieder von einer Art Groll übernommen. Ein Groll, der direkt in seinem Kopf zu entspringen schien und der in seiner Heftigkeit den Boden unter seinen Füßen zum Vibrieren brachte.

„Kommen Sie in mein Büro!", brüllte er. Er setzte sich in Bewegung und drehte sich dann noch einmal um. Frau Schröder war ihm nicht gefolgt. Dann sah er sie aus dem Büro kommen. Allerdings machte sie keinerlei Anstalten, sich in seine Richtung zu bewegen, sondern marschierte schnurstracks an ihm vorbei zur Garderobe, nahm ihre Jacke und ging zum Ausgang. Dort drehte sie sich um und sagte: "Nein! Nicht in Ihr Büro! Damit ich mich demütig hinsetzen und mich von Ihnen zusammenfalten lassen muss? Nein! Es ist Freitag, 12 Uhr 30, und ich habe jede Menge Überstunden vom langen Schlafen am Arbeitsplatz! Und jetzt ist Feierabend. Wenn Sie mir kündigen wollen, bitte schön!"

Hinter ihr fiel mit lautem Krachen die Eingangstür ins Schloss.

Karl hing in seinem Sessel und hatte das Gefühl, nicht mehr ganz bei sich zu sein. Er schaute durch den Raum und nahm seine Umgebung wie durch einen Nebelschleier wahr. Sitzen war jetzt nicht befriedigend, merkte er. Er stand wieder auf und ging in seinem Büro nervös auf und ab. Als er das dritte Mal an seinem Schreibtisch vorbei kam, trat er gegen den Papierkorb, der in hohem Bogen gegen seinen Büroschrank krachte. Die ganzen leeren Briefumschläge wirbelten durch die Luft, und der Papierkorb rollte wieder zu ihm zurück.

Was in Gottes Namen war da eben passiert? Frau Schröder war ja völlig außer sich gewesen. Und dann war sie einfach gegangen. Sie hatte die Tür hinter sich zugeknallt und irgendwas von Kündigung gesagt. „Um Gottes Willen!", entfuhr es ihm. Kündigung! Warum das denn? Er hatte doch nur, na ja, er musste zugeben, dass er schon sehr deutlich geworden war. Scheiß Auftrag, dachte er jetzt. Völlig egal, wenn man es genau nahm: Heute oder Montag, das spielte letztlich keine Rolle.

Nun ärgerte er sich. Und zwar über sich selbst und über Frau Schröder, die einfach so gegangen war. Sie hatte sich geweigert, ihm in sein Büro zu folgen. So etwas war grundsätzlich unerhört! Aber nun war sie gegangen, und das war zumindest im Ansatz auch zu verstehen. Jedenfalls, wenn man es einmal aus ihrer Warte betrachtete. Nun machte sich aber noch ein weiteres Gefühl bei Karl bemerkbar: Ein Gefühl, das die Ungeduld und die Wut von eben deutlich überlagerte: eine Art Argwohn, ein inneres Aufhorchen. Irgendetwas sagte ihm, dass hier nicht nur einiges schieflief, sondern dass so etwas wie eben eigentlich gar nicht passieren durfte. So unmanierlich mit ihm umzugehen, das hatte es in seiner ganzen Laufbahn noch nie gegeben. Und wenn doch einmal jemand Anstalten gemacht hatte, aufzumucken, dann war es ihm noch jedes Mal gelungen, so etwas schon im Ansatz zu ersticken. Aufbegehren war nicht gestattet. In ähnlichen Situationen hatte es in der Vergangenheit durchaus auch mal eine Abmahnung gegeben. Allerdings hatte das in der Regel Praktikanten oder Auszubildende betroffen. Bei Festangestellten war das fast nie notwendig gewesen. Besonders ins Grübeln brachte ihn der Umstand, dass es sich hier um Frau Schröder handelte. Sie war doch bisher immer eine gefügige Mitarbeiterin gewesen. Karl verstand die Welt nicht mehr. Er selbst ging ja auch nicht so mir nichts, dir nichts auf eine Rockmusikbühne, um wie ein Wilder irgendwelche Instrumente zu zerstören und *fuck the government* zu brüllen.

Karl fühlte sich erledigt. Das war zu viel auf einmal gewesen. All dieser Mist seit vergangenem Mittwoch. In dieser Verfassung konnte er kaum noch vernünftig denken, und arbeiten schon gar nicht. Er dachte daran, das Treffen mit seinen Freunden heute Abend abzusagen. Auf der anderen Seite war das Schachspielen und Plaudern in ihrer Viererrunde immer ein sehr angenehmer Wochenabschluss. Konnte ja sein, dass ihm dieses liebgewonnene Ritual helfen würde, den ganzen Ärger zu verdauen, oder zumindest besser zu verkraften. Und sein geplantes Gespräch mit Klaus Pfeiffer? Nun, dass dessen Sohn Markus etwas mit der Katze und den Filmen auf dem Speicherstick zu tun haben könnte, kam ihm inzwischen reichlich unwahrscheinlich vor. Auf so eine kranke Idee, ihn zu verfolgen und zu filmen, musste man erst mal kommen. Markus hätte ihn ja über einen längeren Zeitraum beschattet haben müssen. Und das nicht nur zweimal in St. Georg, sondern auch vor seiner Firma, um überhaupt herauszufinden, wann er welcher Wege ging. Nein, das Ganze sah nun wirklich nicht mehr nach dem Racheakt eines verschmähten jugendlichen Liebhabers aus.

Petticoat

Sehr fein, dachte Verena. Freitagnachmittag, Wochenende! Mit ihren neuen Klamotten auf dem Rücken radelte sie einmal quer durch Volksdorf zu Florence. Demnächst wäre ein eigener Motorroller angesagt. Das hatte sie sich fest vorgenommen. Und am besten nicht erst zu Weihnachten. Sie und Florence besuchten gemeinsam die elfte Klasse. Florence' Mutter Isabelle war Französin und ihr Vater Deutscher. Vor allem auf ihre französische Seite war Florence besonders stolz: „Weil sie soo fransöösisch iiist", trällerte Verena in den Fahrtwind. Sie freute sich auf ihre herumwirbelnde Freundin.

Florence öffnete in einer schwarz-roten Korsage.

„Bonjour, Madame Peters", lachte sie.

„Ah, ouioui, bonjour Madame!"

Sie fielen sich in die Arme, als hätten sie sich nicht erst zwei Stunden zuvor in der Schule, sondern vor dem Zweiten Weltkrieg in Berlin das letzte Mal gesehen.

„Scharfes Teil", beglückwünschte Verena ihre Freundin.

„Ah, ouioui, merci, merci."

„Sind deine Eltern da?", wollte Verena wissen.

„Non, non, ils sont en vacances", erklärte Florence, während sie sie mit einer eleganten Handbewegung ins Haus bat.

Florence' Familie lebte in deutlich bescheideneren Verhältnissen als die Peters. Ihre Wohnung war aber sehr gemütlich, und die ganze Familie nett und locker. Florence' Zimmer lag direkt unter dem Dach und hatte nur einige wenige Quadratmeter Stehhöhe zu bieten. An den alten Holzbalken unter dem Dach hingen ihre ganzen Klamotten: Kleider, Petticoats, Röcke, Korsagen, Bänder für die Haare und diverse weitere Accessoires. Florence war, was Klamotten anging, seit der neunten Klasse immer eine Quelle der Inspiration für Verena gewesen. Und nun war eben alles *burlesque*, eine wilde Stilmischung von den 20er- bis zu den 60er-Jahren. Hauptsache, irgendwie burlesque. Und das bedeutete: weiblich, Pin-up- mäßig, ein wenig verrucht und lasziv.

Florence war begeistert von Verenas neuem Kleid.

„Très chic!", lobte sie.

Verena solle sich mal drehen und posen. Verena tat ihr Bestes, war aber nicht so geübt wie Florence und würde es wahrscheinlich auch nie werden.

„Mmh, mein zurückhaltendes, geheimnisvolles Verenchen. Den Männern wird es den Atem rauben, wenn sie dich sehen."

„Den Männern? Welchen Männern?", fragte Verena.

„Den Dandys und Al Pacinos."

Verena kräuselte die Stirn und legte fragend zwei Finger an die Lippen.

„Ah, da fällt mir ein", fuhr Florence fort, *„this lipstick will be perfect for your lips",* und reichte ihr einen Lippenstift der kräftigeren Sorte Rot.

Während Verena sich vor dem Spiegel ihren Lippen widmete, begann Florence zu erzählen.

„Verenchen, morgen gehen wir uns vergnügen. Wir gehen auf eine private Burlesque-Party. Die ist irgendwo in der Nähe vom Michel. Da wohnt jemand, der hat eine Riesenwohnung in einer Villa. Und da sieht's aus wie auf den Fotos in unserem Geschichtsbuch. Da geht man rein und man denkt, man wäre irgendwo in die Vergangenheit gebeamt worden. Und mit den Klamotten ist es auch so. Der Dresscode ist nicht so ganz streng, Hauptsache vor den 70ern. Also, komm da nicht mit Schlabbersachen und Batikhose!" Florence unterbrach ihren Vortag mit einem Lachen, bevor sie weiterredete. „Da kommen nur Leute rein, die auch eingeladen wurden. Ach so, und es gibt von den 70ern abgesehen noch ein wichtiges No Go: keine auffälligen Tattoos. Das wäre wohl zu sehr new-burlesqe, Dita von Teese und so. Der Gastgeber findet das wohl nicht so gut. Verruchte Bitch ja, Trash-Bitch nein." Während sie das sagte, machte sie mit ihrem Becken Bewegungen, die eher an Salsa als an den Swing der 20er-Jahre erinnerten.

„Und wer hat uns eingeladen?", wollte Verena wissen.

„Ich kenne einen Typen aus einem Second-Hand-Laden. Ganz viel Vintage und so. Und da habe ich schon oft was geordert. Na ja, jedenfalls hat der mich dann gefragt, ob ich Lust auf diese Party hätte."

„Und ich?", fragte Verena.

„Ja, du bist meine Freundin, und davon soll ich gerne eine mitbringen", antwortete Florence und machte dabei große Augen.

Verena hatte ihr Lippenrot vollendet und wandte sich zu Florence. Eine aufregende Unruhe stieg in ihr hoch. Sie sah Florence vor sich auf einem schlichten schwarzen Stuhl sitzen und hatte gleichzeitig eine Szene vor Augen, in der sie beide, groß und klein, mutig und vorsichtig, offensiv und abwartend durch einen erleuchteten Eingang in eine weite Halle schritten. Von allen Seiten würden Blicke auf sie gerichtet sein.

„Fein, fein, kann ich dich so begleiten?", fragte sie und versuchte sich dabei in einer neuen Pose.

„Du wirst der Star des Abends sein!"

Verena grinste.

„Und wie alt sind die Leute da?", wollte Verena wissen.

„Weiß nicht genau. Vielleicht sind da viele älter als wir. Aber nicht ohne Grund hat der Gastgeber über unterschiedliche Leute einladen lassen. Hier!" Florence nahm etwas von ihrer Kommode. „Das sind unsere Eintrittskarten. Exclusivement!"

„Und was ziehe ich hier drüber? Ich glaub, ich hab da nichts Passendes", meinte Verena.

„Frag doch mal deine Mama. Die hat bestimmt eine Art Cape oder so."

Verena verzog ihr Gesicht: „Meine Mutter fragen? Weiß nicht."

„Klar, warum nicht? Deine Mutter ist doch supernett und superlocker."

„Meine Mutter?"

„Ja klar, findest du nicht?"

„Weiß nicht."

„Dein Vater vielleicht nicht ganz so dolle. Aber deine Mutter schon. Glaub mir."

„Ich kenne meine Mutter!"

„Ja, weiß ich", bestätigte Florence mit etwas festerer Stimme, „aber du tust immer so, als sei sie irgendwie unlocker oder so. Und ich finde, dass du übertreibst."

„Ja, okay", lenkte Verena ein, „ich werde sie mal fragen."

Dame im Zentrum

Karl hatte den Nachmittag in einer Art Standby-Modus durchgestanden. Als die meisten seiner Angestellten bereits gegangen waren, hatte er Frau Steinmann zu sich gerufen. Sie war ja schon ein paar Jahre in der Firma und kannte die einzelnen Angestellten recht gut. Außerdem hatte sie auf Karl immer einen sehr ausgeglichenen Eindruck gemacht. Deshalb hatte er sich entschlossen, sie einmal nach möglichen Veränderungen bei Frau Schröder zu fragen. Und in der Tat, Frau Steinmanns Ansicht nach gab es da tatsächlich gewisse Auffälligkeiten. Beispielsweise waren Frau Steinmann Veränderungen an Frau Schröders Kleidungsstil aufgefallen. Ob er das wirklich nicht bemerkt habe? Franziska Steinmann hatte sich ein Grinsen nicht verkneifen können. Die Veränderungen seien wohl zu graduell gewesen, hatte er gekontert.

Weniger bieder, eher flotter würde sie sich kleiden. Eher schwarz als mausgrau, eher lila oder pinke Accessoires als ständig die gleiche alte ausgeblichene Brosche. Auch ein wenig Lidschatten, ein wenig dieses und ein wenig von jenem. Kurzum, innerhalb der letzten zwei Monate habe sie sich outfitmäßig um zehn Jahre verjüngt. Stück für Stück und ganz dezent. Und nein, über Privates habe Manuela noch nie sehr viel gesprochen. Vermutlich auch deshalb, weil seit dem Tod ihres Mannes sechs Jahre zuvor nicht viel in ihrem Privatleben passiert sei. Wobei das natürlich eine reine Vermutung sei. Aber man könne ja mal beiläufig bei Frau Schröder nachfühlen, wenn es gewünscht sei. Jawohl, das würde er zu schätzen wissen, hatte Karl ihr zu verstehen gegeben.

Entgegen seiner Gewohnheit hatte sich Karl ausnahmsweise schon vorab mit zwei Gläsern Rotwein eingestimmt. Um kurz vor halb acht erschien dann Dr. Klaus Pfeiffer, 46 Jahre alt, Historiker und stellvertretender Leiter des Instituts für Zeitgeschichte in Hamburg. Wie Sebastian Weißflog, Psychiatrieprofessor im Vorruhestand, war auch er von Anfang an, also seit gut fünf Jahren, in der Schachrunde dabei. Jeden Freitag um 19 Uhr 30. Frank Schneider war erst ein knappes Dreivierteljahr zuvor dazugestoßen.

Interessehalber hatte sich Karl seinerzeit zusammen mit Sebastian einen Schachklub in der Altstadt angeschaut. Drei Mal waren sie dort gewesen. Allerdings hatten die Rahmenbedingungen sie nicht überzeugen können. Zum einen war das Niveau in diesem Club ziemlich hoch. Außerdem hatten viele der Spieler einen äußerst verbissenen Eindruck gemacht. Und deshalb passte die Atmosphäre dort nicht so richtig zu der Art von Wochenausklang, wie er Karl und seinen Freunden vorschwebte. Darüber hinaus war das ziemlich nüchterne Ambiente dort nicht zu vergleichen gewesen mit dem, was der Gesprächs- und Schachraum der Firma Peters zu bieten hatte. Positiv an diesem Club-Erlebnis war gewesen, dass sie dort Frank, ihren vierten Mann, kennengelernt hatten. Frank lebte zu dieser Zeit erst seit zwei Jahren in Hamburg. Seiner Lebensgefährtin zuliebe, die hier einen interessanten Job als Architektin bekommen hatte, war er an die Elbe gezogen. Mit seinen zweiundvierzig Jahren war er der Jüngste in der Gruppe.

Anfangs hatten sie sich in einer etwas abseits gelegenen Gaststätte an der Elbe zum Spiel getroffen. Als diese sich jedoch einer zunehmenden Beliebtheit erfreute, war es ihnen dort irgendwann zu laut geworden, und so hatten sie sich bald auf den Neuen Wall geeinigt. Pünktlich wie immer hatten sich die Freunde bei ihm eingefunden und saßen sich nun paarweise an zwei kleinen Tischchen gegenüber, die gerade einmal genügend Platz für ein Schachbrett, eine Schachuhr, für Wein oder Whisky und einen Aschenbecher boten. Sie begannen mit Rotwein, stießen auf einen schönen Abend an, plauderten und nahmen, jeder für sich, einen ersten ruhigen Kontakt zu den bereits aufgebauten Brettern nebst Figuren auf.

An diesem Abend saß Karl während seiner ersten Partie Sebastian Weißflog gegenüber. Mit den Nerven einigermaßen am Ende und gleichzeitig schon leicht beduselt, war ihm das ganz recht. Denn Sebastian war der harmloseste Spieler von allen, absolut berechenbar. Jeder Spieler hatte in einem gewissen Rahmen seinen eigenen Stil. Sebastian war dabei derjenige, der am wenigsten variierte. Entweder, weil er es nicht so gut konnte, oder weil er einfach ein Gewohnheitstier war. Und deshalb konnte man ihm auch besonders gut das eigene Spiel aufzwingen. Das bedeutete, dass er, je länger die Partie dauerte, immer passiver wurde und mehr und mehr aufs bloße Reagieren zurückgeworfen wurde.

Eine halbe Stunde später hatte Karl seine erste Partie gewonnen. Es erstaunte ihn immer noch, dass er trotz seines angeschlagenen Zustands noch zu einer solchen Leistung fähig gewesen war. Offenbar war sein Gehirn durch das regelmäßige Schachspielen darauf trainiert, ab dem Beginn einer Partie absolut fokussiert zu sein und alles andere auszublenden. Und grämen konnte man sich nur, wenn man auch an etwas dachte. Er hatte bereits das vierte Glas Wein getrunken, als sie eine Plauder- und Pinkelpause einlegten, bevor die nächsten Paarungen starten sollten. Aus einem spontanen Impuls heraus traf Karl die Entscheidung, den Moment zu nutzen, seiner Seele im Beisein seiner Freunde etwas Erleichterung zu verschaffen, was aber, im Nachhinein betrachtet, eindeutig fahrlässig gewesen war.

„Meine lieben Freunde, ich möchte euch etwas Erstaunliches und Bedrückendes berichten." Mit diesen Worten hatte Karl die Aufmerksamkeit seiner Freunde schlagartig für sich gewonnen. „Vor zwei Tagen hat eine meiner Angestellten unsere Katze auf dem Balkon hier in der Firma gefunden."

„Welche Katze?", wollte Frank wissen.

„Die Katze meiner Töchter, die Katze meiner Familie. Aber nicht die ganze Katze, sondern nur ihren Kopf!"

„Um Gottes Willen! Wie ist das möglich?", fragte Klaus mit sichtlich besorgter Miene.

„Ja, wie das möglich ist, frage ich mich seit zwei Tagen. Auf eine einleuchtende Erklärung bin ich, wie ihr euch vielleicht denken könnt, noch nicht gekommen. Das war ein scheußlicher Anblick, kann ich euch sagen."

„Ein Kavaliersdelikt ist das ja nicht gerade", konstatierte Frank, der mit gekräuselter Stirn in seinem Stuhl saß und den Kopf in den Nacken legte.

Sebastian und Klaus schüttelten die Köpfe. Dann wandte sich Frank, der links und schräg gegenüber von Karl saß, an Sebastian und fragte: „Sag doch mal du als Professor der Psychiatrie, wer tut so was?"

„Ich bin Rentner!", antwortete Sebastian.

„Frührentner!", berichtigte Karl.

„Also, Sebastian", fuhr Frank fort, „deine professionelle Meinung!"

Sebastian brauchte offenbar einen Moment, um sich zu sammeln. Er stützte sein Kinn auf seinen Handrücken und wiegte seinen großen Kopf von der einen auf die andere Seite, während seine buschigen Augenbrauen nervös zuckten.

„Nun", begann er, „viel wissen wir ja bisher nicht." Dann sagte er nach einer kurzen Pause: „Theoretisch kann es zum jetzigen Zeitpunkt jeder gewesen sein."

Sehr interessant, dachte Karl. Über diesen fachmännischen Beginn einer Analyse konnte er nur in sich hineinschmunzeln. Er brauchte noch mehr Wein!

„Wo ist die Flasche?", fragte Karl.

Frank langte auf den Boden neben seinem Stuhl und reichte sie ihm.

„Und praktisch?", wollte Frank wissen.

Sebastian nickte. „Praktisch würde ich vermuten, dass es eher ein Mann war, der, auf welche Weise auch immer, den Kopf der Katze abgetrennt hat."

Damit waren alle einverstanden.

„Eine Katze", fuhr Sebastian fort, „ist natürlich kein Mensch. Aber den Kopf zu entfernen und andere dann damit zu überraschen und zu schockieren, das ist doch ungewöhnlich. Ungewöhnlich und grausam."

„Eher ein Erwachsener oder eher ein Jugendlicher?", wollte Klaus wissen.

„Am wahrscheinlichsten wäre wohl ein junger Erwachsener. Also, sagen wir mal zwischen zweiundzwanzig und zweiunddreißig. Allerdings kann es natürlich auch ein Vierzigjähriger gewesen sein", antwortete Sebastian.

„Hast du Feinde oder in jüngerer Zeit Streit gehabt?", fragte Klaus.

Karl schüttelte den Kopf. „Nicht, dass ich wüsste. Und ich habe reichlich darüber nachgedacht."

„Aber es muss doch einen Grund für diese Geschichte geben", schaltete sich Frank erneut ein. „Niemand macht so etwas ohne Grund! Niemand!"

Karl und Klaus schauten zu Sebastian.

Sebastian nickte: „Ja, ja. Natürlich! Für menschliches Handeln gibt es immer einen Grund. In diesem Fall geht es wohl um die Befriedigung von Bedürfnissen, welcher Natur auch immer die sein mögen. Menschliches Handeln ist bedürfnisorientiert! Immer!" Die letzten Worte hatte Sebastian mit erhobenem Zeigefinger gesagt.

„Hm", bestätigte Karl das Gesagte mit einem Nicken.

„Und was für ein Bedürfnis hatte der Mensch, der das getan hat?", fragte Frank, der gerade am Nachschenken war.

„Nun", setzte Sebastian erneut an, um dann doch noch einmal nachzudenken und schließlich an Karl gewandt zu fragen: „Hast du eigentlich die Polizei eingeschaltet?"

„Nein."

„Das wäre aber ganz gewiss das erste, was ich tun würde", meinte Frank. „Warum hast du es nicht getan?"

„Weil ich meine Familie und vor allem meine Jüngste vor dieser grauenvollen Vorstellung bewahren möchte."

Alle drei nickten verständnisvoll.

„Aber es ließe sich doch sicher so arrangieren", bemerkte Klaus, „dass man die genauen Umstände vor den Kindern zurückhalten könnte. Man braucht ja nicht gleich die Bild-Zeitung zu informieren."

„Das sehe ich ähnlich", äußerte sich Frank und nickte zustimmend. „Sebastian, was meinst du?"

„Ich meine, dass die Angelegenheit einen ernsten Hintergrund haben könnte. Der Täter muss sich ja auch in der Nähe eures Hauses aufgehalten haben. Und da scheint mir die Frage, inwieweit du, Karl, oder deine Familie in Gefahr sein könnte, durchaus angebracht."

Jetzt wird es irgendwie kompliziert, dachte Karl. Das hätte er sich eigentlich vorher denken können. Würde er seinen Freunden von dem Speicherstick erzählen, hätten sie sicher mehr Verständnis für seine Entscheidung, die Polizei erst einmal außen vor zu lassen. Aber die Sache mit den Videos war zu pikant, viel zu pikant. Wenn etwas nicht herauskommen sollte, dann durfte man es keinem einzigen Menschen erzählen. Karl war unzufrieden. Eigentlich hatte er sich doch nur ein winziges bisschen aussprechen wollen und hatte gehofft, ein wenig Zuspruch zu bekommen. Und genau genommen hatte er Letzteres ja auch gekriegt. Der Umstand, dass seine Freunde logisch dachten und sein Verhalten deshalb nicht ganz nachvollziehen konnten, war ja verständlich.

Er musste das Thema wieder beenden, wusste aber nicht recht, wie. Außerdem war er mittlerweile schon ziemlich angetrunken und kraftlos. Und dann fiel ihm plötzlich ein, dass es ja bereits jemanden gab, der wusste, dass es sich bei Lila um die Katze seiner Familie handelte: Sonja Weber.

„Meine lieben Freunde", begann Karl, „ich werde euch auf dem Laufenden halten. Lasst uns jetzt zur nächsten Partie übergehen. Wenn ich einen Wunsch äußern darf, dann würden mir zwei Zehn-Minuten-Partien gefallen."

Damit waren alle einverstanden.

„Aber", sagte Klaus, „nimm das nicht auf die leichte Schulter. Überleg noch mal, ob du nicht doch besser die Polizei einschaltest."

„Ja", pflichtete Frank ihm bei. „Nimm das ernst! Und wenn du in irgendeiner Form Hilfe brauchst, dann kannst du dir unserer

Unterstützung sicher sein." Ein weiteres bestätigendes Nicken ging durch die Runde. Wie im Fußballstadion, dachte Karl. Eine Welle der Zustimmung. Er spürte, wie der Alkohol einen Teil seiner Angst entkräftet hatte. Dann stellten sie die Schachuhren auf zehn Minuten und legten los.

Die Partien gegen Frank und Klaus hatte Karl verloren, was ihn in seinem Zustand aber auch nicht wunderte. Mittlerweile war es schon weit nach elf Uhr abends, Karl saß alleine in seiner Firma und hatte noch keine Lust, heimzufahren. Er leerte die letzte offene Flasche und lehnte sich zurück. Es tat durchaus gut, über die Dinge zu reden, sich auszutauschen. Blöd nur, wenn man dabei immer aufpassen musste, nicht zu viel zu erzählen. Karl nahm einen weiteren Schluck. Interessant, wie sich der Charakter eines jeden Einzelnen in dessen Spiel widerspiegelte. Aber er brauchte dringend jemanden zum Reden. Und zwar jemanden, der in der Lage war, eine einigermaßen neutrale Haltung einzunehmen. Er nahm sich vor, diesen Gedanken beizeiten weiterzuverfolgen.

Nachdem er die Tür zur Firma hinter sich abgeschlossen hatte und die Treppe hinunter auf den Neuen Wall gegangen war, entschloss er sich, noch ein paar Minuten frische Luft zu schnappen. Am Ende der Straße führte ein Weg in lang gezogenen Treppenstufen hinunter zum Kanal. Kaum ein Laut war zu hören. Karl trottete langsam in Richtung Baumwall. Links von ihm lag der Kanal, in dem flüchtige Reflektionen entfernter Lichtquellen aufblitzten. Rechts von ihm lagen Häuser und Überführungen. Über ihm war das Summen eines fahrenden Autos in Richtung Rödingsmarkt zu hören.

Dann kam er an der Rückseite des Hotels Steigenberger vorbei. Ein Tagungsraum mit großen Fenstern auf den Kanal hinaus war hell erleuchtet. Karl drückte seine Nase an die Scheibe, ohne jedoch einen Menschen zu erblicken. Hinter dem Hotel führte der Kanalweg unter einer weiteren Brücke hindurch. Vermutlich die Heiligengeistbrücke. Nachdem er die Brücke ungefähr zur Hälfte unterquert hatte, nahm er einen unangenehmen Geruch wahr. Einen kurzen Augenblick später erkannte er dessen Quelle. Rechts von ihm, am Rand der Unterführung, lagen obdachlose Menschen. Er blieb stehen und schaute sich um. Nachdem sich seine Augen an die dort herrschende Dunkelheit gewöhnt hatten, entdeckte er fünf bis sieben Menschen, die in Schlafsäcke oder Decken gehüllt auf dem Boden lagen. Als er einige weitere Schritte machte, hörte er ein kurzes Geräusch fast direkt neben sich. Irgendjemand hatte ein Feuerzeug angemacht und damit eine Kerze entflammt. Und dann konnte Karl das Gesicht des Mannes erkennen, der dort an der Wand saß und in die Kerzenflamme starrte.

„Guten Abend", murmelte Karl.

Der Mann hob langsam den Kopf, räusperte sich und nickte Karl stumm zu. Er trug ein kariertes Sakko, hatte ungekämmte, aber vergleichsweise kurze Haare und einen Fünf-Tage-Bart. Er hatte seinen Blick wieder gesenkt und schaute nun in ein Buch, dass er in seinen Händen hielt. Karl machte ein paar unsichere Schritte auf den Mann zu, beugte sich zu ihm hinunter und fragte: „Was lesen Sie denn da?" Der Mann sah zu ihm hoch und drehte das Buch langsam in seinen Händen, so als wüsste er dessen Titel nicht genau. Dann antwortete er mit ruhiger Stimme: „Sten Nadolny, *Die Entdeckung der Langsamkeit*", um seine Aufmerksamkeit gleich darauf wieder dem Buch zu widmen.

Karl nickte. Dann nahm er sein Portemonnaie aus der Gesäßtasche und zog einen Schein heraus. Den Wert des Geldscheins konnte er in der Dunkelheit nicht deutlich erkennen. Das war ihm aber auch egal. Er legte den Geldschein neben den rechten Schuh des Lesenden, der noch einmal von seiner Lektüre hochsah und ihm zunickte.

Angst und Panik

Karl lag auf dem Sofa in seinem Arbeitszimmer. Es war spät geworden gestern Abend. Mit seiner Entscheidung, seinen Schachfreunden von Lilas Tod zu berichten, war er möglicherweise übers Ziel hinausgeschossen. Und Klaus hatte er jetzt doch nicht mehr zum Thema Markus und Verena befragt. Es schien Karl jetzt einfach nicht mehr wahrscheinlich, dass Markus der Täter war, insbesondere dann nicht, wenn man davon ausging, dass es sich bei dem Katzenmord und den heimlichen Videoaufnahmen um dieselbe Person handelte.

Eigentlich hätte er sein Arbeitszimmer jetzt verlassen und es sich im Wohnzimmer bequem machen können, da Charlotte mit den Mädchen in die Stadt gefahren war. In seinem momentanen Zustand allerdings war er hier in seiner abgedunkelten Arbeitskammer wohl am besten aufgehoben. Charlotte hatte ihm, bevor sie loszog, noch ein Glas Wasser mit einem aufgelösten Aspirin hingestellt und sich nach dem gestrigen Abend erkundigt. „War wie immer", hatte er abgewinkt, „nur ein paar Partien mehr gespielt und dementsprechend mehr getrunken." Nachdem er das Glas geleert hatte, versuchte er aufzustehen. Doch zu mehr als einer unsicheren Sitzposition reichte es nicht. Er zitterte am ganzen Leib, und auf seiner Stirn bildeten sich Schweißperlen. Es war bereits zehn Uhr und er hatte noch nichts gegessen. Dass seine Familie ohne ihn gefrühstückt hatte, war schon lange nicht mehr vorgekommen. Er startete einen zweiten Versuch und erhob sich vom Sofa. Als er mehr schlecht als recht aufrecht stand, nahm er einen dunklen Schatten wahr. Er sah nach rechts zum Fenster. Aber da war nichts. Allerdings waren die dunklen Gardinen auch zugezogen. Er ging zum Fenster und steckte seinen Kopf zwischen den Gardinen hindurch. Schwedische Gardinen, ging es ihm durch den Kopf. Dann hörte er einen lauten Knall. Seine Brustmuskeln und sein Nacken verkrampften sich augenblicklich. Doch dann wurde ihm bewusst, dass es sich bei dem Knall wohl um das Schlagen der Tür zum Keller handelte, die schon beim geringsten Luftzug in Bewegung geriet, wenn sie nicht richtig geschlossen war.

Karl wandte sich langsam in Richtung Zimmertür und setzte sich schlurfend in Bewegung. Ein plötzlicher Windzug hatte immer etwas Beunruhigendes. Zwischen seiner Zimmertür und dem Wohnzimmer lagen einige Meter, die auch tagsüber recht dunkel waren, wenn kein Licht brannte. Während er zum Wohnzimmer ging, imaginierte er vor seinem inneren Auge eine weiße Kerze mit großer Flamme. Und plötzlich bog sich diese Flamme zur Seite und flackerte. Sie flackerte, weil ein Windzug, so wie eben gerade tatsächlich, durch einen oder mehrere Räume strich. Plötzlich und unsichtbar wurde die Luft durch das Haus gesogen. Er spürte einen Luftzug, wie er etwa entstand, wenn jemand Lila hereinließ – oder wenn sich ein Irrer heimlich Zutritt zum Haus verschafft hatte.

Karl erreichte fröstelnd das Wohnzimmer. Durch die großen Fenster schimmerte ungemütliches Grau. Als er hinter dem Sofa stehen blieb und den Blick quer durch das Wohnzimmer bis an die östliche Seite mit dem dunklen Gemälde eines sich durch schwere See kämpfenden Segelschiffes schweifen ließ, wurde ihm schwindelig. Er stützte sich auf dem Sofa ab. Kalter Schweiß stand ihm innerhalb von Sekunden auf der Stirn. Er sank auf die Knie, die Hände noch immer an die Sofalehne geklammert. Nun verspürte er wieder dieses enge Gefühl in der Brust. Seine Atmung ging schwerer und schwerer und wurde von einem keuchenden Ton begleitet. Er nahm die Hände von der Sofalehne und stützte sich damit auf den Marmorfliesen ab. Kopf und Brust hielt er nun weit nach vorne gebeugt. So ähnlich hatte er einmal bei der Krankengymnastik vor einiger Zeit, als es in der Lendenwirbelsäule gezwickt hatte, auch auf dem Boden gehockt. Katze, Kuh, fiel es ihm ein. Jetzt, da sein Rücken weder durchgedrückt noch buckelig war, musste es sich wohl um eine Art Mischung aus Katze und Kuh handeln. Katze … Lila – ihm blieb die Luft weg. Er spürte sein Herz klopfen, und aus seinem Bauch kam dieses stromartige Gefühl hochgeschossen. Ein Gefühl, das dem Impuls eines Schluchzens nahekam. Das ziehende Gefühl war jetzt noch heftiger als tags zuvor im Büro. Sein Kopf fühlte sich an wie ein unter Druck geratener Behälter mit Säure. Er hatte Angst. Und mit jedem verminderten Atemzug wurde die Angst größer, und er hatte den Eindruck, sich irgendwie aufzulösen und mehr und mehr die Kontrolle über seinen Körper und sein Denken zu verlieren. „Oh Gott!", keuchte er, „Scheiße!" So musste es sein, wenn man seinen Verstand verlor. Noch eine Stufe weiter, und er würde durchdrehen oder kollabieren. Vielleicht auch beides.

Offenbar hatte er es noch geschafft, die 112 zu wählen. Jedenfalls stand die Schiebetür des Wohnzimmers offen, und neben ihm hockte eine Frau in einer roten Jacke. Sie hatte langes braunes Haar und war gerade dabei, ihm mit einer Hand über die Stirn zu streichen, als er wieder richtig zu sich kam.

„Hallo, Herr Peters! Ich bin Annette Bach, Rettungsassistentin. Sie haben den Notruf gewählt. Wissen Sie, welchen Wochentag wir heute haben?"

Karl schaute erleichtert in die großen, braunen Augen. „Ja, es ist Sonnabend."

„Gut", antwortete die Rettungsassistentin. Ob er Schmerzen habe oder Probleme bei der Atmung. Irgendwelche Erkrankungen, an denen er schon länger litt.

Karl antwortete, so gut es ging. Vorsichtshalber werde man ihn ins Amalie-Sieveking Krankenhaus bringen.

Die Ärztin war nach einigen Fragen schnell zu einer Diagnose gekommen: Angst und Panik. Darüber hinaus sei er leicht unterzuckert und ansatzweise dehydriert gewesen. Seine Familie habe man bereits benachrichtigt.

Charlotte hatte die Mädchen vorsichtshalber erst einmal zu Hause abgesetzt, bevor sie zu ihm ins Krankenhaus gekommen war. Da saß sie nun mit sorgenvoller Miene an seinem Bett.

„Karl, was ist passiert? Sie sagen, du hättest eine schwere Panikattacke gehabt!?"

„Ja Schatz, das hatte ich wohl, geht aber schon wieder."

„Ja, weil man dir was zur Beruhigung gegeben hat."

Karl zog die Augenbrauen hoch. Das hatte er gar nicht mitbekommen.

„Ach so, jetzt, wo du es sagst. Hab' mich schon gewundert, wo dieses gelöste Gefühl in meinem Kopf herkommt."

Charlotte nahm seine Hand. „Ich hab schon seit ein paar Tagen das Gefühl, dass irgendwas nicht stimmt mit dir. Und dauernd weichst du mir aus. Jetzt möchte ich aber endlich wissen, was los ist mit dir, hörst du? Und wenn's sein muss, lass ich dich hier so lange festbinden, bis ich Bescheid weiß!" Die letzten Worte hatte Charlotte mit einem Augenzwinkern gesagt.

Karl gähnte. „Das Medikament macht müde", sagte er.

„Okay, dann ruh dich aus. Aber wenn du mir heute Abend nichts

Genaues sagst, dann werde ich mich in der Firma und bei unseren Freunden umhören." Charlotte stand auf. „Sie haben gesagt, dass sie im Laufe des Nachmittags noch ein paar Tests machen wollen, und wenn alles in Ordnung ist, dann kannst du heute Abend aller Wahrscheinlichkeit nach wieder nach Hause. Ich hol dich dann ab. Aber jetzt ruh dich erst mal aus." Sie beugte sich zu ihm hinunter und gab ihm einen Kuss auf die Stirn.

Er war wieder allein. Oh Gott, dachte er, jetzt will sie sich umhören. Er musste ihr heute Abend eine plausible Geschichte erzählen. Am besten eine, die zumindest in Teilen der Wahrheit entsprach. Eine ganz gute Möglichkeit schien ihm, Lila ins Spiel zu bringen. Lila im Zusammenhang mit einer Art Erpresserschreiben oder Erpresseranruf. Nur von den Videos konnte er nichts erzählen. Und natürlich würde Charlotte sofort die Polizei einschalten wollen. Aber das durfte sie nicht! Er musste ihr deutlich machen, dass er eine entsprechende Weisung von dem Irren – oder wer auch immer es war – bekommen habe.

Nie und nimmer hätte er sich vorstellen können, dass ein Krankenhausaufenthalt derart angenehm sein konnte. Neben der beruhigenden Wirkung des Medikaments hatte vor allem der Umstand, hier und jetzt ganz offiziell untergebracht und behütet zu sein, einen ausnehmend positiven Effekt auf sein psychisches Befinden.

Dann begann er zu dösen. Gedanken vermischten sich mit Erinnerungen, die sich ihren Weg aus den Tiefen seines Unterbewusstseins an die Oberfläche bahnten, wobei der Schlaf selbst alles andere als hinderlich war. Er sah sich in seinem weißen Krankenhausbett liegen. Über einen dünnen Schlauch tropfte eine Elektrolytlösung und Glykose in seine Vene. Dann veränderte sich die Umgebung: Sein Bett befand sich nun in seinem Elternhaus. Er trug ein komisches Krankenhausleibchen, saß auf dem Bettrand und ließ die Beine baumeln. Es klopfte, und eine junge Frau trat ein. Sie hatte ihre hellblonden Haare zu einem Zopf zusammengebunden. Sie war maximal einen Meter sechzig groß, schlank, trug ein graues T-Shirt und lächelte ihn an. Sie trat an sein Bett und sagte: „Na, dann wollen wir mal", und nahm eine fürchterliche Stahlspritze vom Beistelltisch neben seinem Bett und zog diese mit irgendeiner Flüssigkeit aus einer Ampulle auf. Interessanterweise war die Ampulle viel kleiner als die Spritze, füllte aber deren ganzes Volumen aus. Er bekam Angst: „Nein! Bitte nicht!", rief er, während er seine Arme hinter seinem Rücken verbarg. Aber dann geschah etwas Unerwartetes. Die Frau, deren jugendliches Alter ihm plötzlich auffiel, schwang die Spritze mit ihrem rechten Arm in einem Bogen durch die Luft, um sie dann ohne zu zögern in ihren linken Arm zu jagen. Er erschrak und zuckte zusammen. Das Mädchen aber reagierte mit einem erlösenden Stöhnen. Gleichzeitig sank sie auf einen Stuhl vor seinem Bett. Sie hatte die Augen geschlossen und lächelte. Währenddessen kramte sie mit einer Hand in ihrer Hosentasche und führte dann eine Miniaturpfeife an ihren Mund. Sie zog daran, und es qualmte aus Pfeife und ihrem Mund. Sie stöhnte noch einmal und öffnete die Augen wieder. Danach zeigte sie mit ausgestrecktem Arm auf ihn. Zuerst wusste er nicht, was sie wollte, als er aber an sich hinunterschaute, sah er, dass sein Penis aus dem Leibchen hervorragte. Dann sah er wieder zu dem Mädchen hin, das die Augen zugekniffen hatte und sich schüttelte. Dabei machte sie Geräusche, als müsse sie umgehend erbrechen. Er sah wieder auf seinen Penis hinunter, der jetzt auf einmal aus dem Schlitz einer grauen Anzugshose hing. Er lag wie eine kurze Schlange zu einem Dreiviertelkreis geformt. Das Mädchen machte schon wieder Geräusche, als ob sie sich ekelte und rückte währenddessen mit ihrem Stuhl näher an sein Bett. Dort angelangt nahm sie einen tiefen Zug aus der Minipfeife, um dann wie eine hungrige Hyäne mit ihrem Gesicht auf seinen Schoß zuzujagen. Noch ehe er reagieren konnte, hatte sie schon seinen schlaffen, schwitzenden Penis im Mund. Sie gab ein würgendes Geräusch von sich, während zwischen ihren Lippen und seinem Penis Qualm aufstieg. Karl zitterte und schaute sich ängstlich um. Im selben Moment hörte er jemanden seinen Namen rufen. Es war sein Vater, der nach ihm rief.

Zum zweiten Mal an diesem Tag wachte Karl mit einer freundlichen Hand auf seiner Stirn auf. Diesmal war es die Ärztin, die ihn schon am Vormittag befragt hatte. Man wolle nun noch ein paar weitere Untersuchungen machen. Frau Dr. Vogelschwarm erklärte ihm, was eine Panikattacke war und befragte ihn nach möglicherweise ähnlichen Situationen in der Vergangenheit. Außerdem wollte sie immer wieder wissen, inwieweit sich in der letzten Zeit privat oder beruflich etwas verändert habe. Ob er sich an ein Ereignis erinnern könne, das als Auslöser seiner Panikattacke in Frage käme. Zugleich machte sie aber auch deutlich, dass es für die Attacke an sich kein besonderes auslösendes Moment geben müsse.

Karl wartete im Eingangsbereich des Krankenhauses, während Charlotte offenbar noch einmal mit Frau Dr. Vogelschwarm sprach. Dann fuhren sie nach Hause. Während der gut fünfminütigen Fahrt schwiegen sie beide. Erst als sie vor der Einfahrt zum Grundstück standen und darauf warteten, dass sich das Eisentor öffnete, ergriff Charlotte das Wort. „Ich habe mit der Ärztin gesprochen."

„Ach so … ja und? Was hat sie gesagt?"

„Was glaubst du denn, Karl, was sie gesagt haben könnte?"

„Bitte?" Karl fühlte sich überfordert. Das war jetzt wirklich zu kompliziert für ihn. Er war immerhin krank, oder, na ja, vielleicht doch nicht so ganz. Aber nach einer Panikattacke, und das war mindestens eine schwere Panikattacke gewesen, konnte er vielleicht etwas Mitgefühl und Verständnis von seiner Frau erwarten.

„Karl, jetzt hör mal bitte zu", sagte Charlotte. „Vielleicht ist das jetzt nicht der richtige Zeitpunkt. Aber, wie ich dir schon heute Mittag gesagt habe, möchte ich endlich wissen, was los ist! Ich bin deine Frau, kapierst du das nicht, und nicht deine Haushälterin, die brav ihren Job macht und ansonsten die Klappe hält. Weißt du eigentlich, was das für ein Scheißgefühl ist, dass du alles mit dir selber abmachst und mich völlig außen vor lässt?"

Das Tor zum Grundstück hatte sich bereits geöffnet, und Karl nahm einen Ruck wahr, als Charlotte anfuhr. Da wird einem ja schlecht, dachte er. Sie standen jetzt in der Garage. Um sie herum war es dunkel, und Karl versuchte sich zu konzentrieren.

„Ich … ich weiß nicht … ich kann jetzt … also …"

„Was!?", unterbrach ihn Charlotte.

„Charlotte, bitte!"

„Was, bitte?", wiederholte sie aufgebracht.

„Ich muss mich sammeln. Wenn ich mich gesammelt habe, dann reden wir."

„So, wenn du dich gesammelt hast? Ich hoffe, das dauert nicht allzu lange. Falls dir wieder schwummrig wird, während du dich sammelst, kannst du ja eine dieser Beruhigungstabletten nehmen." Sie gab ihm ein kleines, rosafarbenes Döschen, in dem sich zwei kleine, weiße Pillen befanden. „Die wirken angeblich schon im Mund", fügte sie hinzu und stieg aus. „Ach, übrigens", wandte sich Charlotte noch einmal an ihn, „Frau Dr. Vogelschwarm geht auch davon aus, dass du dich vor irgendwas drücken willst, obwohl sie es anders formuliert hat." Karl verspürte einen Schwindel. Er legte seine Hände vor die Augen und wollte einfach nur noch in Ruhe gelassen werden.

Charlotte hatte ihn ins Schlafzimmer im ersten Stock begleitet und ihm das Bett aufgeschlagen. Jetzt lag er alleine im dunklen Zimmer und hatte nicht wenig Lust, die beiden Pillen auf einmal zu nehmen. Wie kam es, dass Charlotte so aufgebracht war? So kannte er sie überhaupt nicht. Was sollte das? Wieso setzte sie ihn plötzlich so unter Druck, jetzt, da er sich so hilflos fühlte?

Nachdem Verena kurz vorbeigeschaut hatte, hatte sich Tanja für einige Minuten an sein Bett gesetzt. Sie hatte ihren Kopf in seine Hand gelegt und ihn dann langsam hin und her gewiegt. Er hatte ihr versichert, dass mit ihm schnell wieder alles in Ordnung kommen würde, und sie hatte zu ihm gesagt, dass sie glaube, dass Lila nicht mehr zurückkommen werde. Danach hatte sie leise vor sich hin geweint. Und er hatte sich schwer zusammenreißen müssen, um nicht ebenfalls in Tränen auszubrechen.

Grauer Sonntag

Der nächste Morgen fühlte sich nicht gut an. Karl hatte den Eindruck, aus einem grauen Traum zu erwachen und sich in einer noch graueren Realität wiederzufinden. Aber immerhin hatte ihn Charlotte am gestrigen Abend nicht mehr zu einem Gespräch genötigt.

Verena war direkt nach dem Frühstück zu ihrer halb französischen Freundin gefahren, mit der sie sich am Abend zuvor bis um zwei Uhr nachts herumgetrieben hatte. Wo konnten Mädchen in ihrem Alter denn bitteschön zu so später Stunde noch ausgehen? Eine verständliche Antwort hatte er darauf nicht bekommen. „Nicht noch einmal!", hatte er gesagt, „nicht bis zum nächsten Morgen!"

„Dann übernachte ich nächstes Mal eben bei Florence", hatte Verena vorgeschlagen, was an der Grundproblematik allerdings überhaupt nichts änderte. Für eine Grundsatzdiskussion mit seiner schwierigen Tochter war es allerdings nicht der richtige Zeitpunkt gewesen.

Und jetzt war es wieder still um ihn herum, da Charlotte Tanja zu einem Punktspiel ihrer Hockey-Mannschaft begleitete. Karl legte sich wieder ins Bett. Er fühlte sich insuffizient, labil und leer. Glücklicherweise hatte Charlotte ihm seine Geschichte abgekauft, oder zumindest hatte sie so getan. Ja, sehr betroffen hatte sie gewirkt, sowohl was Lila als auch die mögliche Erpressung anging. Und natürlich hatte sie umgehend die Polizei informieren wollen und Karl im gleichen Atemzug für ziemlich leichtsinnig erklärt. Zur Not, dachte er, konnte man vielleicht ja doch die Polizei einschalten. Solange er die Videos außen vor ließ, würde es wohl kaum heikel werden.

Während er so dalag, kamen ihm die Bilder des Traumes vom Vortag wieder in den Sinn. Am Ende hatte sein Vater nach ihm gerufen. Und das Mädchen mit der kleinen Pfeife? In dem Moment, als er daran dachte, spürte er einen heftigen Stich im Solarplexus. Er wusste, wer dieses Mädchen, das kaum älter als Verena sein konnte, gewesen war. Und augenblicklich schämte er sich so sehr, dass er sich die Bettdecke über den Kopf zog, bis er ein weiteres Mal die Anzeichen einer beginnenden Atemnot verspürte.

Schnell griff er zu der rosafarbenen Dose, die auf seinem Nachttisch stand und fischte eine der Tabletten heraus. Er ließ sie in einer seiner Backentaschen verschwinden und knautschte sein Kopfkissen zu einem angenehmen Nest. „Menschliches Handeln ist bedürfnisorientiert", flüsterte Karl. „Ich habe das Bedürfnis nach seelischer Erleichterung." Er atmete tief und gleichmäßig, so wie es ihm die Rettungsassistentin empfohlen hatte.

Er wusste nicht mehr genau, wie lange er schon so dagelegen hatte, als er zu spüren begann, wie die Schnellzüge in seinem Gehirn an Fahrt verloren und zu regionalen Bummelbähnchen wurden. Auch seine Atmung funktionierte wieder einwandfrei, und sein Bauch verhielt sich entspannt und ruhig. Eines war ihm jedoch klar: Er würde Unterstützung brauchen. Möglicherweise würde es auch eine große Packung dieser Psychopharmaka tun. Und da musste man sich ja nichts vormachen: Bei Tabletten mit einer derartigen Wirkung konnte es sich nur um Psychopharmaka handeln. Doch wem konnte er sich anvertrauen? Und wer konnte ihn verstehen? Mit wem konnte er über alles reden, ohne sein Gesicht zu verlieren? Die Gedanken daran wurden langsamer und langsamer. Gleichzeitig bekam er aber auch eine Ahnung von dem, was er brauchte. Dann schlief er ein.

Unbemannt 2

Der Himmel war zwar etwas diesig, dafür aber war die Luft angenehm mild. Hauptsache kein Regen, dachte Phillip. Gestern hatte er noch ein Porträtfoto von Tomasz Wojcik an Raphael gemailt. Und dieser hatte daraufhin zweifelsfrei feststellen können, dass es sich bei einem der Kletterer tatsächlich um seinen Kollegen aus der Firma handelte.

Tomasz besaß also die Fähigkeit, schwierige Hindernisse in einer erstaunlichen Geschwindigkeit und ohne Hilfsmittel zu überwinden. Raphael hatte ihm dann noch erzählt, dass es sich bei dieser Trendsportart um das so genannte Parkour handelte. Seinen Ursprung hatte diese Fortbewegungsmethode offenbar in Frankreich, und die meisten Läufer waren männlich, im Durchschnitt allerdings jünger als Tomasz. Tomasz sei, so Raphael, für sein Alter ein scheißfitter Typ. Außerdem hatte Raphael ihm ein paar interessante Links auf Youtube gemailt. Und was Phillip da sah, war wirklich atemberaubend. Dass er selbst Tomasz mit seiner Drohne endeckt hatte, war ein absoluter Zufall gewesen, denn er hatte ja gar nicht nach Tomasz gesucht, sondern nur trainieren wollen. Das war heute natürlich etwas ganz anderes.

In der Firma war seit dem vergangenen Mittwoch doch einiges los gewesen. Erst lag da dieser Katzenkopf auf dem Balkon, dann verkroch sich der Peters nur noch in seinem Büro, und dann begehrte das stille Mäuschen Manuela auch noch lautstark gegen den Chef auf. Letzteres hatte ihn dermaßen verblüfft, dass er sich vorgenommen hatte, Manuela einmal etwas gezielter unter Beobachtung zu nehmen.

Seinen Wagen hatte er in der Hartwig-Hesse-Straße in Hamburg-Eimsbüttel geparkt. Von hier aus konnte er den hinteren Teil des Else-Rauch-Platzes, auf dem an diesem Tag ein Flohmarkt stattfand, gut einsehen. Manuela wohnte ein paar hundert Meter weiter Richtung Niendorfer Gehege. Von dort war sie offenbar von einer Freundin oder einem Bekannten abgeholt worden. Anfangs hatte er gedacht, sie wolle zu einer Faschingsparty: Kunterbunt gekleidet und geschminkt hatte sie die Haustür geöffnet. Dass ihre Kostümierung einen bunten Paradiesvogel darstellen sollte, ging ihm erst später auf. Jetzt stand sie mit ein paar weiteren bunt gekleideten Menschen hinter einem schmalen Tisch, an dessen beiden Enden Plakate angebracht waren.

Phillip saß auf dem Beifahrersitz seines Daihatsu und kurbelte das Fenster herunter. Mit seinem Fernglas konnte er genau zwischen einem buschigen Rhododendron und einem hölzernen Fahrradhäuschen hindurch auf den Platz sehen, der ungefähr sechzig bis siebzig Meter entfernt war. Er stellte das Fernglas scharf und sah Manuelas lachendes Gesicht. Erstaunlich, dachte er. Ein ganz anderer Typ. Das lag natürlich auch an der Verkleidung und der Schminke, aber ganz bestimmt nicht nur daran. Er schwenkte etwas nach rechts auf eines der Plakate. *Dompfaff*, stand darauf, und darunter: *Schützt die heimischen Singvögel!* Ein Mann mit einer dunkelroten Bauchbinde und schwarz-weiß geschminktem Gesicht reichte einigen Passanten grüne Flyer. Phillip schwenkte auf die andere Seite. *USA, über eine Milliarde tote Vögel pro Jahr durch Katzen. Über dreißig Millionen sind es in Deutschland!*, las er. Und darunter: *Stoppt die Killer-Katzen!* Manuela war also Vogelschutz-Aktivistin und Katzenhasserin.

Dann meldete sich sein Handy. Die SMS kam von Raphael: *Bin gleich da. Wo genau?* Phillip tippte die genaue Adresse ein und zündete sich eine West an. Wenig später klopfte es an der Fahrertür.

Raphael grinste durchs Fenster, öffnete die Tür und ließ sich auf den Fahrersitz plumpsen.

„Na, 007, alles im Blick?", fragte er amüsiert.

„Ja, sie ist da drüben an dem Stand mit den grünen Plakaten. Anscheinend ist sie unter die Vogelschützer gegangen."

„Das ist doch cool von ihr."

„Ja, schon", antwortete Phillip, „aber die sind auch Katzengegner. Und ziemlich radikal. Lies mal, was da steht!"

Raphael nahm das Fernglas und las. Phillip wusste, dass Raphael Katzen liebte. Er hatte selbst drei riesige faule Kater in seiner Wohnung hausen. Und so war Phillip auch nicht überrascht, als Raphael aus dem für ihn typischen Kichern heraus zu einem wohlwollenden Fluchen überging: „Dumme Sau! Blöde, radikale Schlampe! Haha, sieht doch aber ganz frisch aus, die Vogelkämpferin."

„Stimmt", sagte Phillip, „aber das liegt auch an ihrer Verkleidung. In der Firma würdest du sie glatt übersehen."

Raphael ließ das Fernglas sinken und grinste.

„Ach", fuhr Phillip fort, „geh' doch mal bitte rüber zu dem Stand und schau mal, was die da für Flyer verteilen. Währenddessen bereite ich hier schon mal alles vor."

Während Raphael sich auf den Weg machte, holte er seinen Hubschrauber aus dem Kofferraum. Dass dieser einigen Leuten auffallen würde, war ja klar, aber er war längst nicht so außergewöhnlich wie eine Drohne. Er hätte Raphael natürlich auch bitten können, von den Aktivisten ein paar Fotos mit seinem Handy zu machen, aber das erschien ihm zu unsportlich.

Er hatte vor, mit Hilfe des GPS die Flugroute aufzuzeichnen und den Hubschrauber dann denselben Weg wieder zurückfliegen zu lassen. Und zwar direkt in den Kofferraum. Raphael kam mit einem grünen Flyer zurück.

„Kastrieren und sterilisieren! Am besten gar nicht erst rauslassen, und wenn doch, dann aber mit Glöckchen um den Hals."

„Und, haben deine Kater Glöckchen?", fragte Phillip.

„Nein, aber auf meinem Balkon im dritten Stock gibt's auch keine Vögel. Insofern betrifft mich das hier alles nicht!"

Phillip nickte und hängte sich seine Fernbedienung um. Das GPS war aktiv und die Kamera eingeschaltet. Der Hubschrauber flog senkrecht in die Höhe und verschwand dann hinter dem Fahrradhäuschen aus Phillips Blickfeld.

„Alles gut", meinte Raphael, der sich ein paar Schritte vom Auto entfernt hatte und so aus einem anderen Winkel schauen konnte. Einen Augenblick später kam der Hubschrauber wieder in Phillips Sichtfeld. Er lenkte ihn relativ hoch über den Platz, bis er in etwa über dem Informationstisch vom *Dompfaff* stand. Die Kamera, die sowohl nach unten als auch nach vorne filmen konnte, sollte etwa eine Minute lang das Treiben der Vogelaktivisten aufzeichnen. Danach sollte der Hubschrauber wieder etwa zehn Meter zurückfliegen und gleichzeitig an Höhe verlieren, so dass er das Geschehen aus einer Position aufnehmen konnte, die mit den Aktivisten auf Augenhöhe lag. Und wenn er wieder im Kofferraum des Daihatsu gelandet war, würde Raphael der Kofferraumtür einen kurzen Klaps geben und dann schnell zusteigen. Die genaue Auswertung würden sie dann zu Hause bei Raphael vornehmen.

Und dann war doch noch etwas dazwischen gekommen: Gerade als sich der Hubschrauber wieder auf den Rückweg gemacht hatte, war der Sound von Motorrädern über den Else-Rauch-Platz zu Phillip und Raphael herübergeweht worden. Tiefes, unwiderstehliches Röhren wirklich großer Maschinen. Und dann sah man sie. Es waren sicher über dreißig Motorräder, die auf der offenen Ostseite des Platzes zum Stehen kamen. Dann scherte eine Maschine aus der ersten Reihe nach rechts aus und fuhr auf den Platz. Der Fahrer trug einen dieser altmodischen Helme, bei denen nicht die Sicherheit, sondern die Optik im Vordergrund stand.

„Geil", hatte Raphael gesagt.

„Hm, Eitelkeit ist jedenfalls nicht altersabhängig."

„Geil", hatte Raphael wiederholt und ungläubig mit dem Kopf gewackelt.

„Zumindest weht dem eine ziemlich weiße Matte aus dem Nacken."

„Ja, geil, und 'n richtig amtlicher weißer Königsziegenbart, wenn du mich fragst."

Der Fahrer kam direkt vor Manuelas Stand zum Stehen. Er stieg ab, nahm seinen Helm vom Kopf und hängte diesen an den Motorradlenker.

„Eine echt akzeptable Harley", meinte Raphael.

Der Mann machte ein paar Schritte auf den Stand zu. Er war deutlich über einsneunzig groß und auffallend breitschultrig. Als nächstes konnte man sehen, wie er seine Arme über den Informationsstand streckte und Manuela, diesen bunten Vogel, in einer einzigen fließenden Bewegung über den Tisch hob und auf seiner Schulter platzierte. Manuelas Lachen und Kreischen war bis zu ihrem Auto zu hören. Mittlerweile hatte sich der gesamte Platz der modernen Papagena und ihrem schlohweißen Ritter zugewandt.

Der Mann setzte sich auf seine Maschine, hob Manuela von seinen Schultern und setzte sie so vor sich auf den Sitz, dass sie einander in die Augen schauen konnten. Sie umarmten und küssten sich. Dann hob er sie wieder von der Maschine und reichte ihr einen Helm. Sie setzte diesen auf, nahm hinter ihm Platz, und kurz darauf war das dunkle Dröhnen der Harley zu hören. Die Maschine fuhr zurück zur Straße, wo die anderen Motorräder warteten, setzte sich an deren Spitze, und nach einem Handzeichen des schlohweißen Ritters setzte sich der gesamte Tross in Bewegung.

„Hast du das?", fragte Raphael.

„Wie bitte?"

„Ob dein Hubschrauber das gefilmt hat?"

„Äh, klar! Gut, dass du fragst, sonst hätte ich ihn da oben in der Luft glatt vergessen."

„Cool!", raunte Raphael. „Deine angeblich so langweilige Kollegin ist die Braut von diesem Rocker-Boss. Da würde ich mich jetzt mal vorsehen mit Spionieren und so."

„Rocker-Boss", murmelte Phillip, noch immer ganz beeindruckt von der soeben erlebten Szene.

Der Film war beeindruckend. Sie saßen, von den drei Katern umringt, an Raphaels Schreibtisch. Phillip trank Weißwein und Raphael Club-Mate. Der Rocker hatte das sechzigste Lebensjahr in jedem Fall deutlich überschritten, er war ein alter, weißhaariger Hüne ohne Bauch. Auch wenn sein Gesicht leider nicht von vorn zu sehen war, sondern immer nur von oben, konnte man sein breites Lächeln erkennen. Als er Manuela über den Informationsstand hob, hatte er für einen Moment aber doch nach oben geschaut: ein ziemlich ausdrucksstarkes Gesicht.

„Cooler Typ", bemerkte Raphael.

„Ja, beeindruckend! Kein Wunder, dass sie sich plötzlich nichts mehr vom Chef sagen lässt."

„Hä?"

„Ja", fuhr Phillip fort, „als Peters am Freitag ihr gegenüber so durchgedreht ist, hat sie ihn einfach abblitzen lassen. Das hat sich in der Firma noch nie jemand getraut."

„Cooool."

Frau ohne Kätzchen

Der Walddörfer Tennis- und Hockey Club e.V. lag mit Eins zu Null in Führung. Und das lag, da war sich Charlotte sicher, zu einem guten Teil an der zuverlässigen Abwehrarbeit ihrer Tochter. An Tanja kam ganz einfach niemand vorbei. Trotzdem hatte Charlotte Schwierigkeiten, sich richtig zu freuen. Zu Hause lag Karl mit seiner merkwürdigen Panik im Bett. Hatte sie ihn jetzt im Stich gelassen? Wie würde ein Außenstehender ihr Verhalten beurteilen? Es war doch wohl ihr gutes Recht, Karls merkwürdiger One-Man-Show eine Deadline aufzudrücken! Oder machte sie sich eher etwas vor, und im Grunde kam ihr seine Krise gar nicht mal ungelegen? Wovon war sie eigentlich so genervt? War es der Umstand, dass ihr Ehemann jetzt nicht mehr nur sein Ding zu großen Teilen ohne sie machte, sondern im Moment auch noch schwach war? Oder fühlte sie sich jetzt, da er schwach war, stark genug, auch ihr eigenes Ding zu machen?

Diese Gedanken waren alles andere als einfach und wohltuend. Sie fühlte sich miserabel und irgendwie unfrei. Sie nahm die Anfeuerungsrufe der übrigen Zuschauer des Spiels nur noch aus weiter Ferne wahr und merkte, wie sich schon wieder so eine Art Kokon um sie herum aufbaute. Dieser Zustand erinnerte sie an das seltsame Gefühl, das sie in der Kunstausstellung überkommen hatte, wobei ihre Aufmerksamkeit in diesem Fall weniger klar ausgerichtet war. Sie lehnte sich zurück und griff in ihre Tasche. Ihr Handy fühlte sich glatt und kühl an. Wie ein kleiner Vogel lag es nun in ihren Händen. Sie wiegte es hin und her und spürte, wie sich das Kunststoffgehäuse langsam erwärmte.

Erinnerungen an Rot, Frau ohne Kätzchen. Senden. Zack! So schnell ging das, dachte Charlotte. Jetzt ist es gesendet und kann nicht mehr zurückgeholt werden.

Die Geräusche um sie herum wurden plötzlich wieder lauter. Das Zwei zu Null war gefallen. Charlotte wurde von ihrer Sitznachbarin aufgefordert, einzuschlagen. Puh, dachte sie. *Klatsch*, machten die Hände.

„Tolle Strafecke ihrer Tochter", meinte die Frau. „Da konnte man ja gar nicht mehr anders als zu versenken."

„Ja, stimmt", pflichtete ihr Charlotte bei, „ganz toll!" Peinlich, peinlich, nicht einmal die Strafecke ihrer eigenen Tochter hatte sie mitgekriegt. Wo war Tanja eigentlich? Das Spiel war gerade wieder losgegangen.

Aus Charlottes Schoß erklang Hufgeklapper. Dadamdadamdam. Eine SMS.

Kühles Rot und voller Sehnsucht, Cornelius.

Das ging aber schnell, dachte Charlotte. Sie sah die Frau im Lehnstuhl vor sich.

Gedanken an die Zukunft, senden. Charlotte schloss die Augen. Dadamdadamdam. *Ja, Gedanken an die Zukunft, und dabei gleitet der Schenkel vom Stuhl.*

Ja, ganz weich ... gleichgültig?

Dadamdadamdam. *Gleichgültig? Nein! Gleichmütig!*

Gleichmut ... mmhh ... reich an Wünschen...

Dadamdadamdadam. *Reich an Wünschen und an Phantasie. Sehnsucht nach Berührung und Hingabe. Freiheit!*
Und die andere?
Dadamdadamdadam. *Die Knieende mit Kätzchen?! ... Üppig und duftend! ... So wie Du!*
Ja, so wie ich.
Charlottes Kokon füllte sich mit orangenem Licht, das sie mit jedem Atemzug inhalierte. Wer ist das? dachte sie. Das ist teuflisch, irgendwie jedenfalls. Sie war nie untreu gewesen. Waren es die Menschen um sie herum?
Dadamdadamdadam. *Sehr üppig ... üppig und voll ... abwartend.*
Wartend, dass das, was schon einmal da war, noch einmal wiederkehrt.
Abwartend auf den Knien?
Dadamdadamdadam. *Abwartend auf den Knien! Vielleicht mit geschlossenen Augen.*
Ist es warm?
Dadamdadamdadam. *Ja, es ist warm. Und sie ist etwas ungeduldig.*
Sie bewegt sich ein wenig, ihre Schenkel und ihr Becken. Möglicherweise spürt sie eine Berührung ... ganz kurz ... an der Innenseite ihrer Schenkel? Auf ihrem Rücken?
An ihren Schenkeln ... Was empfindet sie?
Dadamdadamdadam. *Freude ... Wärme ... Montag? Dienstag? Mittwoch? Donnerstag?*
Charlotte schaute sich kurz um. Dann lehnte sie sich zurück, schloss die Augen und atmete tief durch. Schenkel, Becken und Freude, dachte sie. Sie spürte Lust, und zwar in dunklen, kräftigen Farben. Gleichzeitig fühlte sie sich verloren und einsam.
Dienstag.
Dadamdadamdadam. *Nachmittags?*
Vormittags, ab 10.
Dadamdadamdadam. *,10:30 Zollenspieker Fährhaus an der Elbe bei Bergedorf.'*
Gut. Grüße, Charlotte.
Dadamdadamdadam. *Fein, bis Dienstag, Cornelius.*

Lansky

Ganz im Westen, hinter der Stadtgrenze Hamburgs, lag er auf dem Deich. Unter ihm Gras, um ihn herum Schafe und über ihm blauer Himmel mit Schäfchenwolken. Wann war er, Meyer Lansky, wann war er er selbst, und wer war er noch? Wenn die Fragen nicht eindeutig waren, konnten es die Antworten auch nicht sein. Und ihm war eigentlich gar nicht ganz klar, wovon er nun auszugehen hatte. Denn, und das wusste er mittlerweile nur zu gut, jeder Mensch war genau genommen ja nicht nur einer, sondern mehrere. Jeder Mensch hatte mehrere Persönlichkeitsanteile. Diese waren so unterschiedlich, dass man eigentlich nicht sagen konnte, dass sie zusammengehörten. Tatsächlich aber gehörten sie natürlich schon zusammen, nur war das mitunter kaum zu glauben. Außerdem wusste er jetzt, dass es Menschen gab, bei denen diese unterschiedlichen Anteile mehr oder weniger harmonisch neben- und miteinander existierten und einander bedingten und ergänzten. Bei anderen Menschen waren diese unterschiedlichen Anteile aber extremer und weiter voneinander entfernt. Es gab in solchen Fällen weniger Kommunikation der unterschiedlichen Anteile untereinander. Also, Kommunikation vielleicht nicht im Sinne eines stetigen direkten und insbesondere bewussten Kontaktes, sondern eher unbewusst, aber zumindest funktionierend, funktionierend durch eine übergeordnete, zuverlässige und ständig ausgleichende Instanz: das *Ich*.

Bei ihm, in diesem Fall Meyer Lansky, war es nun so, dass er wohl eher zur zweiten Gruppe gehörte. Und erschwerend hinzu kam, dass er ja nicht nur Meyer Lansky war, sondern einige andere mehr, ohne dass er von einer multiplen Persönlichkeit sprechen wollte. Eher handelte es sich um ein Mittel zum Zweck, und zwar zu dem Zweck, mehrere Personen zu sein oder darstellen zu können. Gleichzeitig, da er sich ja zur zweiten Gruppe zählte, bei welcher die unterschiedlichen Persönlichkeitsanteile die Tendenz aufwiesen, von einander abgespalten zu sein, kam es nicht selten vor, dass die Grenzen zwischen den unterschiedlichen Figuren zum einen und den unterschiedlichen Persönlichkeitsanteilen zum anderen, zu verschwimmen schienen.

Und der Umstand, dass er sich viel zu häufig nicht dagegen wehren konnte, von derart komplizierten und verworrenen Gedankenspielen heimgesucht zu werden, machte sowohl seiner mentalen als auch seiner körperlichen Verfassung immer wieder schwer zu schaffen.

Allerdings war ihm durchaus klar, dass diese Zustände der nervösen und sich aufdrängenden Gedanken nur dann entstanden, wenn er er selbst sein musste, beziehungsweise wenn es keine Veranlassung gab, eine bestimmte andere Person oder Figur darzustellen. Und deshalb hatte er sich angewöhnt, auch in diesen neutralen Zeitperioden, wie beispielsweise jetzt, nicht er selbst zu sein. In diesem Fall war er Meyer Lansky. Aber er hätte genauso gut auch eine andere Figur sein können. Diese Form der Schauspielerei kam seinem komplexen Innenleben sehr entgegen.

Nichts ist, wie es scheint, dachte er. Oder man könnte auch sagen: Nichts ist so, wie es scheint, bis man eine andere Wahrheit erfährt. Eine andere Wahrheit oder *die* Wahrheit. Der Weihnachtsmann ist so lange der Weihnachtsmann, bis man spitzkriegt, dass es sich bei ihm um eine Kunstfigur handelt. Lansky vermutete, dass sein Leben zurzeit dem Leben eines Künstlers mit regelmäßiger Bühnenpräsenz vergleichbar war. Jedenfalls hatte er schon viel über die Problematik gelesen, die der stetige Wechsel zwischen Bühnensituation und dem anschließenden Rückzug in eine private oder gar isolierte Atmosphäre mit sich brachte.

Vielleicht wäre er bei einem Geheimdienst am besten aufgehoben gewesen. Als Agent, der in unterschiedliche Rollen schlüpfen musste, hätte er eine gute Figur abgegeben. Darüber hinaus gab es eigentlich auch so gut wie nichts, was er nicht problemlos hinter sich lassen konnte, bis auf eine einzige Ausnahme: sein jüngerer Bruder Gustaf. Gustaf war um einiges intelligenter als er selbst. Gleichzeitig war er um einiges sensibler und labiler, weshalb er die schweren Jahre von einst nicht hatte meistern können. Gustaf war letztlich in eine psychiatrische Klinik eingewiesen worden. Das war vor fast fünfzehn Jahren gewesen. Seitdem hatte er diese Einrichtung nicht wieder verlassen können, da sich sein gesundheitlicher Zustand langsam, aber beständig verschlechterte.

„Määäh", machte es ein paar Meter von Lansky entfernt. Da, wo er herkam, gab es mehr Ziegen als Schafe. Seine Gedanken flogen wieder zu Gustaf. Sein Bruder war wohl der einzige lebende Mensch, den er richtig liebte. Für Liebe musste man nicht unbedingt gesund sein.

Die Intelligenz hatten sie beide vermutlich von ihrem Vater geerbt, die Sensibilität kam wohl eher von der Mutter. Und die psychische Labilität hatten sie von beiden. Anfangs hatte es so ausgesehen, als wäre diese Veranlagung ausschließlich der Mutter geschuldet. Später, im Laufe der gravierenden Veränderungen hatte sich dann aber herausgestellt, dass der vermeintlich so starke Vater nicht halb so robust gewesen war, wie alle angenommen hatten.

Nach dem Abitur hatte Lansky weder eine Berufsausbildung noch ein Studium begonnen. Abgesehen von seinem Bruder, der hinter verschlossenen Mauern und vor allem hinter einer verschlossenen Seele weilte, hatte Lansky niemanden mehr gehabt. Das heißt, er besaß zwar ein wenig Verwandtschaft, zu der er aber keinen guten Zugang hatte. Ein Hochschulstudium war ihm, trotz seiner vielen Fähigkeiten, wie ein endlos steiler Weg erschienen. Aber er konnte sehr gut mit Computern umgehen. Und Anfang der Achtzigerjahre hatte er die Möglichkeit bekommen, bei Microsoft in Deutschland einzusteigen. Dort war er dann etwa zehn Jahre geblieben und hatte ausgesprochen gut verdient. Dazu kamen dann noch Microsoft-Aktien, die er zu Teilen in den Neunzigern wieder veräußert hatte, weshalb er jetzt auch ohne festen Job finanziell noch über Jahre abgesichert sein würde. Das war auch gut so, denn nur so hatte er etwa ein Jahr zuvor beginnen können, sich seinen Plänen und Zielen auf angemessene Weise zu widmen.

Lansky hatte erlebt, dass es so etwas wie Schicksal gab. Oder zumindest etwas, das man als *schwerwiegenden Zufall* bezeichnen konnte. Etwas Wegweisendes, das im Nachhinein nicht mehr korrigierbar war. Er vermutete, dass das Schicksal weniger ausschlaggebend war, je aktiver man selbst sein Leben gestaltete. Und was ihn anging, so war ihm das in den vergangenen zwölf Monaten auf sehr zufriedenstellende Weise gelungen, das hatten die allerjüngsten Entwicklungen deutlich gezeigt.

Die jüngsten Erfolge waren selbstredend nicht einfach so aus dem Hut gezaubert worden, sondern das Ergebnis monatelanger Vorbereitungen gewesen. Trotzdem war das erst der erste Akt gewesen. Mindestens zwei weitere sollten folgen. In jeder seiner unterschiedlichen Identitäten fühlte er sich wohl, authentisch und souverän. Mit jeder dieser Identitäten zeigte und lebte er auf idealisierte Weise einige wenige Anteile seiner Persönlichkeit. Die übrigen Anteile waren dann jeweils mehr oder weniger unterdrückt.

Ein neuer Tag

Wäre Karl ein Angestellter von Peters & Co gewesen, hätte er sich krankschreiben lassen. Als Chef jedoch gestattete er sich so etwas nicht. Er hatte ja noch eine letzte Tablette für den Notfall in seinem rosa Döschen. Und beim Frühstück mit der Familie hatte er doch weitgehend den Eindruck von Normalität gehabt.

Tanja war mittlerweile selbst genervt von den vielen Hinweisen, die im Zuge ihrer Plakataktion eingegangen waren. Verena, die nach einigen Jahren erstmals wieder einen Pony trug, hatte ihrer jüngeren Schwester am Frühstückstisch erklärt:

„Hör mal zu, Tanni! Wenn du heute Plakate klebst, auf denen Bibo oder Ms. Piggy abgebildet sind, dann würden sich wahrscheinlich genauso viele Leute melden wie bei Lila. Denn die Leute machen sich nun mal gerne wichtig, *capito?*"

Tanja nickte leicht bedröppelt: „Ja, *capito.*"

Charlotte streichelte Tanjas Wange, und Verena konnte sich ein Grinsen nicht verkneifen. Er selbst war noch etwas weniger am Gespräch der Familie beteiligt als sonst. Er folgte dem Geschehen und war ganz einfach froh darüber, in diesem Moment frei atmen zu können und keinen Schweiß auf seiner Stirn zu spüren. Dann kam ihm der Begriff der Halbwertszeit in den Sinn. Er schaute an die Decke und dachte nach: Wenn etwas lange wirkte, dann handelte es sich vermutlich um eine hohe Halbwertszeit. Er nickte einem imaginären Beobachter an der Decke zu und verschwendete einen Gedanken an seine letzte Notfall-Tablette.

Die Mädchen standen auf, um sich für die Schule fertig zu machen. Charlotte ging vom einen zum anderen Ende des Tisches, stellte sich hinter ihn und legte ihm eine Hand auf die Schulter: „Soll ich dich fahren?", fragte sie.

Karl brauchte ein paar Sekunden, um auf diese Frage die richtige Antwort zu finden. Auf diese Frage gibt es keine Antwort im Portfolio, dachte er. „Was?", erwiderte er.

„Karl, du überforderst dich doch! Vielleicht bleibst du heute besser noch zu Hause."

„Wie bitte, was?"

Charlotte hatte bereits ihre zweite Hand auf seinem Rücken platziert. Sanft massierte sie seine Schultern und sagte: „Ruf einfach in der Firma an und sag Bescheid, falls irgendetwas Besonderes anliegt. Deine Leute wuppen das doch!"

„Nein, nein, nein! Ich werde der Arbeit nicht fernbleiben!", rief er, schüttelte Charlottes Hände von seinen Schultern und sprang in einem Satz von seinem Stuhl. Charlotte konnte gerade noch rechtzeitig zur Seite treten. Schnaufend verließ er den Esstisch in Richtung Arbeitszimmer.

Charlotte lief ihm hinterher. Vor der Zimmertür holte sie ihn ein und packte ihn am Arm. „Warum?", fragte sie.

„Was?"

„Was, was, was?", äffte sie ihn nach.

Er schaute Charlotte nur verwundert an. Auch für diese Situation gibt es keine Pfeile im Köcher, schwirrte es diffus durch seinen Kopf.

„Verzeihung", sagte Charlotte, „ich wollte nicht grob werden. Aber bitte versteh doch, ich mache mir Sorgen. Jeder stößt gesundheitlich mal an seine Grenzen, auch du. Ich möchte, dass du dir Hilfe bei einem Therapeuten suchst, so wie es Frau Dr. Vogelschwarm empfohlen hat."

„Ja, Schatz, mache ich! Das heißt, ich habe da schon jemanden im Auge, quasi eine Empfehlung."

„Ach wirklich?" Sie schien aufrichtig angetan. „Toll! Und wann willst du da hin?"

„Heute, am späten Nachmittag."

„Du hast schon einen Termin?"

„Genau." Karl spürte, wie sich seine Situation verbesserte. Eben noch hatte er sich wie ein verletztes Tier in einer Ecke gefühlt. Jetzt allerdings nahm er kräftige Energie in seinem Bauch und seiner Brust wahr.

„Das ist gut, Karl!", sagte Charlotte erleichtert.

Sie umarmten einander.

„Ach übrigens", fügte Charlotte noch hinzu, „wer informiert die Polizei, du oder ich?"

„Mach du das meinetwegen."

„Okay. Tschüs, Schatz."

„Tschüs."

An diesem Morgen war die Baustelle nach Eppendorf umgezogen. Scheißegal, dachte Karl. Heute sollte es mal nicht so darauf ankommen. Er reihte sich in eine der drei Autoschlangen ein und schaltete den Motor aus. Durch das Heckfenster fielen kräftige Sonnenstrahlen. Er hatte Charlotte nicht belogen. Der Einfall war ihm in der Nacht zuvor gekommen. Zwar handelte es sich um eine Therapeutin, und einen Termin hatte er auch noch nicht, aber er bewegte sich in gewisser Weise bereits in die richtige Richtung. Auf die richtigen Ideen kam es an! Und da hatte er sich in seinem medikamenteninduzierten Halbschlaf durchaus die richtigen Gedanken gemacht.

In diesem Moment kam ihm unvermittelt der Penner unter der Brücke am Kanal in den Sinn. Na ja, ein halber Penner, berichtigte er sich im Geiste. Er war sich sicher, dass der Mann im karierten Sakko noch nicht lange auf der Straße lebte. Ein kluger Mann mit Buch und Sakko, etwas Bart und einer wilden Frisur. Aus welchen Gründen er wohl unter der Brücke gelandet war? Geldsorgen, Probleme in der Ehe oder bei der Arbeit, Probleme mit Alkohol oder Krankheit, oder war er vielleicht mit dem Gesetz in Konflikt geraten? Wenn zwei von solchen Faktoren zusammenkamen, dann konnte einen das durchaus aus der Bahn werfen. Wie von selbst projizierte ihm sein Gehirn das Bild eines Mannes in den mittleren Jahren auf eine innere Leinwand. Er schaute genauer hin und erkanntè sich selbst: Karl Peters mit *Hinz und Kunz*-Zeitschriften vor einem Edeka-Laden. Oh Gott, dachte er.

Im selben Augenblick hupte es hinter ihm. Scheiße, die Kolonne hatte sich in Bewegung gesetzt. Da hupte es schon wieder. Diesmal waren es mehrere gleichzeitig.

„Ja, ja!", schrie er. „Scheiße, warum …?" Logisch, wenn man den Wagen nicht anließ, dann fuhr er auch nicht. Er drehte den Schlüssel im Zündschloss. Da donnerte es an seinem Fenster.

„Fahr, du *Wichser*!", hörte er eine zornige Stimme fluchen. Er schaute nach links und sah einen dünnen Mann in einem grauen Anzug wieder in seinen Mercedes steigen. Dann drückte er aufs Gas. Und in dem Moment, als sein BMW mit einem Ruck anfuhr, scherte ein weiterer Wagen aus der linken Spur direkt vor ihm ein. Und dann knallte es, fast. Irgendwie, Karl wusste nicht wie, hatte es doch nicht geknallt. Oh Gott, dachte er. Gott sei Dank hatte es nicht geknallt. Einige Augenblicke später, an der nächsten Ampel, spürte Karl, wie ihm Schweißtropfen über die Stirn liefen, an seinen Wimpern hängen blieben und sich ihren Weg an den Nasenflügeln entlang bahnten. Hinter ihm stand wieder der Mercedes. Er konnte das Gesicht des Fahrers jetzt ganz gut im Rückspiegel sehen. Schlanker Typ mit Habichtsnase. Arsch!

Als er am Neuen Wall eintraf, war er fix und fertig. Sein Hemd war komplett durchgeschwitzt, und er zitterte. Außerdem hatte er den Eindruck, dass sich seine Gesichtsmuskulatur verselbständigt hatte. Er begrüßte seine Angestellten und fragte, ob es etwas Wichtiges gäbe. Dann fiel ihm auf, dass Frau Schröder wieder an ihrem Platz saß.

„Guten Morgen, Frau Schröder", fügte er hinzu, nachdem er in die Runde gegrüßt hatte. Manuela Schröder hob kurz den Blick. Ihre Augenbrauen wanderten dabei zur Zimmerdecke. Sie nickte in Karls Richtung und widmete sich dann wieder ihrer Arbeit.

„Anrufe nur in dringenden Fällen durchstellen", ordnete er an und verschwand in seinem Büro.

Genau genommen war er nicht wirklich in der Verfassung zu arbeiten. Da hatte Charlotte schon ganz recht gehabt. Einmal in zehn Jahren konnte man sich durchaus mit gutem Gewissen eine

Pause gönnen. Das Öffnen der Post schien ihm fürs Erste zu anstrengend. Er lehnte sich zurück und schloss die Augen. Nach einer Weile fiel es ihm dann wieder ein: Er wollte Gisela anrufen. Auf der gedanklichen Suche nach einer geeigneten Unterstützung war er tags zuvor auf Gisela gestoßen. Zu einem ihm gänzlich unbekannten Therapeuten hatte er sich nicht durchringen können, obwohl das ja normalerweise der übliche Weg war. Er war sich aber darüber klar geworden, dass er jemanden brauchte, dem er wirklich vertrauen konnte.

Gisela, die jetzt offenbar Gisela Wilhelmi hieß, war auf dem Gymnasium seine Tischnachbarin gewesen. Sie hatten zu keiner Zeit ein Verhältnis im engeren Sinne gehabt, aber sie hatten sich immer gemocht und respektiert. Es hatte sich um eine ganz grundlegende Sympathie gehandelt, um einen gleichmäßigen und entspannten Zustand von Gleichklang, obwohl sie von sehr unterschiedlichem Charakter waren. Noch unterschiedlicher waren sie in ihren schulischen Leistungen gewesen. Gisela war eine extrem gute Schülerin gewesen. Angenehm dabei war für Karl der Umstand gewesen, dass die hervorragenden Noten Giselas im wesentlichen Ergebnis ihres Intellekts und ihrer Begabungen waren, gelegentlicher Fleiß war bei ihr eher eine Begleiterscheinung gewesen. Insgesamt hatte Gisela jedenfalls nicht zu den Strebern gehört, die sich ihre guten Leistungen hart erarbeiten mussten. Das hatte man immer sehr gut an dem Umgang der Einzelnen mit ihren Hausaufgaben oder Klassenarbeiten sehen können. Die Streber stellten sich immer fürchterlich an, wenn mal jemand etwas abschreiben wollte. Die wirklich Talentierten, so wie Gisela, waren da viel lockerer und freigiebiger. Denn für sie hatten die gemachten Hausaufgaben keine besondere Bedeutung, sondern waren eher eine Selbstverständlichkeit, von der auch andere etwas abhaben durften.

Karl konnte sich gut dran erinnern, dass es nie eine Situation gegeben hatte, in der er sich Gisela gegenüber schlecht oder unterlegen gefühlt hatte. Erst später war ihm klar geworden, dass das an ihrer wohlwollenden Persönlichkeit und ihrem großen Herzen gelegen hatte. Manch anderer hochintelligente Tischnachbar hätte dann und wann über seine Leistungen oder seine Kommentare den Kopf geschüttelt. Nicht so Gisela. In seiner Erinnerung hatte sie sich eher über ihn gefreut, ihn als passende Ergänzung der kleinen gemeinsamen Welt am Zweiertisch zu schätzen gewusst.

In den Jahren nach der Schule hatten sie immer mal wieder sporadisch Kontakt gehabt. Gisela war nach dem Abitur zum Studieren nach Marburg und München gegangen. Nach ihrer Promotion in Psychologie war sie wieder nach Hamburg zurückgekehrt und arbeitete seitdem in eigener Praxis als Psychotherapeutin. Als Karl das letzte Mal mit ihr gesprochen hatte, war ihr Sohn gerade in die Schule gekommen.

Mittags ließ er sich von Frau Weber einen großen Salat mit Putenbruststreifen mitbringen. Gerade als er ein saftiges Stückchen Fleisch in die Salatsoße tunkte, klingelte sein Telefon. Er legte genervt seine Gabel ab und betete für den Mitarbeiter, der diesen Anruf gerade jetzt durchstellte, dass es wirklich wichtig war.

Franziska Steinmann war am Apparat.

„Entschuldigung, Herr Peters, aber da ist jemand, der meint, es sei sehr wichtig und privat. Den Namen habe ich leider nicht in Erfahrung bringen können."

„Ist in Ordnung, Frau Steinmann, stellen Sie durch."

Karl wartete. „Ja?", sagte er nach ein paar ruhigen Sekunden.

„Jaaaaa …", kam es aus dem Hörer.

„Was!?", entfuhr es Karl, ehe er sich bewusst wurde, dass mit dieser Stimme etwas nicht stimmte. „Hallo, Karl Peters hier, wer spricht da bitte?", versuchte er es noch einmal.

„Peeeters!", kam es mit einem gedämpften, leisen Zischen durch den Hörer.

„Wie bitte?", fragte Karl, nun etwas lauter.

„Peeters! Nichts bleibt, wie es ist. Nichts ist wirklich sicher. Jeder erntet das, was er sät, früher oder später, ganz egal, wer die Fackel trägt."

Dann erklang das Freizeichen. Karl ließ den Hörer sinken. Danach schloss er den Salatbehälter. „Was in Gottes Namen …", grummelte er. Dann wählte er Frau Steinmanns Durchwahl und bat sie in sein Büro.

Franziska Steinmann schloss die Bürotür hinter sich.

„Wissen Sie, wer uns da angerufen hat?", fragte Karl.

„Nein, Herr Peters, leider nicht. Ich habe denjenigen auch gar nicht richtig verstanden, auch auf meine Nachfrage hin habe ich keine Antwort bekommen."

„Und, war das jetzt ein Mann oder eine Frau?"

„Auch da bin ich mir leider nicht sicher. Ich vermute, es war ein Mann, bin mir aber nicht absolut sicher. Das war ja auch eher so ein Flüstern." Nach einer kurzen Pause fügte sie hinzu: "Hat das was mit der toten Katze zu tun?"

Karl war ein wenig perplex. Auf der anderen Seite war diese Frage absolut nicht abwegig. Jetzt schnell antworten, dachte er.

„Ich weiß es nicht, wäre aber möglich. Solange man nichts weiß, ist alles möglich, nicht?"

„Ja, Herr Peters. Es ist wirklich unheimlich. Was wollen Sie denn jetzt tun? Haben Sie schon die Polizei angerufen? Also, auch wegen der Katze."

Karl räusperte sich. „Nun, bisher habe ich die Polizei nicht informiert. Aber jetzt nach diesem Anruf werde ich das tun."

„Hat der Anrufer denn irgendetwas Konkretes gewollt?", hakte Franziska nach.

„Äh, nein. Allerdings habe ich auch nicht so richtig verstanden, was er sagte. Das klang alles schon etwas verrückt, ein Irrer vielleicht!"

„Bitte, bitte, verständigen Sie die Polizei", bat ihn Franziska Steinmann.

Bei Gisela meldete sich der Anrufbeantworter. *Scheiße*, dachte Karl. War aber auch klar, dass so eine Therapeutin nicht ständig an ihr Telefon gehen konnte, weder während einer Sitzung, noch in der Mittagspause. Sie solle dringend zurückrufen, es sei wirklich sehr wichtig, ein absoluter Notfall.

Karl holte sich einen Kaffee aus der Küche. Auf dem Rückweg in sein Büro konnte er schon wieder das Telefon klingeln hören. Schon während des Gehens wurde er zornig.

„Wer?", brüllte er in Richtung des Großraumbüros. „Ihre Frau!", rief ihm Frau Steinmann zu.

Karl nahm ab.

„Ja?"

„Schatz, ich bin es", sagte sie. Wo bleibt die Information, dachte er genervt.

„Also", fuhr sie fort, „noch mal wegen der Polizei. Da die Katze nicht bei uns zu Hause, sondern in der Firma gefunden wurde, ist es doch bestimmt besser, wenn du das mit der Polizei machst. Also, es ist nicht so, dass ich …"

„Ja, ist in Ordnung", unterbrach er sie. „Ich mach das!"

„Gut. Und, wie geht's dir?"

„Ja, es geht, danke, Schatz."

„Schön. Halt die Ohren steif, ja! Und heute Abend will ich alles über den Therapeuten erfahren."

Erfreulicherweise hatte sich Gisela nach ihrer Mittagspause gemeldet und ihm einen Termin noch am selben Abend eingeräumt. Direkt vor der Praxis, in der Lutterothstraße, war ein Parkplatz frei.

Gisela und er umarmten einander. Danach folgte er ihr durch einen hellen Flur in ein ebenso helles und freundliches Zimmer, in dem zwei bequem aussehende Stühle einander gegenüber standen, daneben ein kleiner runder Glastisch mit Wasser, Gläsern, einer Schachtel Kleenex-Tüchern und einer Vase mit frischen Tulpen in verschiedenen Farben.

Ein kleines Stück versetzt saßen sie einander gegenüber. Karl fühlte sich auf Anhieb einigermaßen wohl, wenngleich ihn die Begegnung mit Gisela nach so langer Zeit und nicht zuletzt auch aufgrund der Umstände, die zu diesem Treffen geführt hatten, merklich aufwühlte.

„Und, hast du gut hergefunden?", fragte sie.

„Ja, danke, ging problemlos. Sehr schön hast du es hier."

„Danke schön", sagte sie mit einem offenen Lächeln. „Du sagtest ja, es sei sehr dringend und ein Notfall. Vielleicht magst du mir einmal erzählen, was los ist und wie es dir jetzt geht."

„Nun, am letzten Mittwoch …"

Karl fasste seine Erlebnisse seit dem Verschwinden der Katze zusammen: Der schreckliche Fund des Katzenkopfes auf dem Balkon der Firma, seine Ängste und Schweißausbrüche, das merkwürdige Verhalten von Manuela Schröder, der Brief mit der Katzenzeichnung, seine Panikattacke und der anschließende Krankenhausaufenthalt bis hin zu dem merkwürdigen Anruf an diesem Mittag.

Gisela hatte aufmerksam zugehört und ihn nicht ein einziges Mal unterbrochen.

„Die Polizei hast du vermutlich bereits eingeschaltet", fragte sie schließlich.

„Nein, noch nicht."

„Und warum nicht?"

„Ich dachte … na ja … Anfangs, als wir den Katzenkopf fanden, dachte ich, dass es gar nichts bringen würde."

„Verstehe. Das würde man am liebsten immer vorher wissen, inwieweit eine Entscheidung zielführend ist oder nicht", sagte sie mit einem verständnisvollen Lächeln.

„Äh … ja, das würde man wohl."

„Und, hast du *jetzt* vor, die Polizei einzuschalten?"

„Ja, mache ich morgen früh!"

„Okay, ich denke, das ist vernünftig. Hattest du in der Vergangenheit schon einmal so eine Panikattacke oder so etwas Ähnliches?"

„Nein", sagte Karl, „nie!"

„Und, wie läuft es grundsätzlich in der Firma?"

„Durchaus gut!"

„Ah, schön. Und zu Hause mit deiner Frau und den Kindern?"

Karl überlegte einen Augenblick. „Also, soweit ist alles in Ordnung."

„Das bedeutet, es hat in jüngerer Vergangenheit keine besonderen Vorkommnisse oder Veränderungen gegeben."

„Ja."

Gisela verlagerte ihr Körpergewicht ein wenig von rechts nach links und legte ihr Kinn in ihre linke Hand.

„Wann hast du das erste Mal diese Anzeichen von übermäßigem Stress an dir bemerkt?"

„Das war wohl direkt nachdem der Katzenkopf da lag."

„Das ist verständlich", meinte Gisela. „Geh' gedanklich doch bitte noch einmal in diese Situation, wo du da mit deinen Angestellten auf dem Balkon stehst und ihr den Katzenkopf seht. Nimm dir ruhig ein wenig Zeit. Geh' gedanklich da noch einmal hin, und dann lass die folgenden Ereignisse noch einmal wie einen Film vor deinem inneren Auge ablaufen. Deine Augen kannst du geöffnet lassen oder schließen, mach's dir einfach bequem."

Karl machte es sich bequem und schloss die Augen. Die Ereignisse ließen sich ohne Probleme reproduzieren, es ging wie von selbst. Während er die einzelnen Sequenzen vorbeiziehen sah, hörte er Gisela, die sich mit ruhigen und langsam gesprochenen Worten einschaltete.

„Und wenn du die Ereignisse siehst und dir irgendetwas Besonderes auffällt oder du etwas Besonderes fühlst, kannst du, während du einfach weiterhin entspannt auf deinem Stuhl sitzt, mitteilen, was du fühlst und siehst. Was siehst du jetzt gerade?"

„Ich sitze wieder in meinem Büro und frage mich, was das denn bloß soll."

„Ja", bekräftigte sie mit ruhiger Stimme, „was das bloß soll!"

„Ja."

„Und was spürst du?"

„Sorge."

„Sorge, ja … da sorgt man sich. Und wenn man sich da in diesem Moment sorgt, worum sorgt man sich vor allem?"

„Um meine Familie, um meine Töchter."

„Ja, verständlich, dass man sich dann um seine Familie sorgt. Und wo im Körper nimmst du diese Sorge wahr, und wie fühlt sich das an?"

„Es ist ein Druck und ein Ziehen im Bauch, irgendwo da unter den Rippen, und auch in der Brust."

„Ja, im Bauch da unter den Rippen und auch in der Brust", wiederholte Gisela. „Und wenn man dieses Gefühl in Bauch und Brust wahrnimmt und sich dann Zeit nimmt und dem nachspürt, was verändert sich dann?"

Karl spürte, wie seine Atmung etwas schwerer wurde. Das Gefühl aus seinem Oberbauch verlagerte sich stärker in Richtung Brust und schien darüber hinaus auch in seinen Kopf zu wandern.

„Jetzt ist es unangenehm. Es wird gerade viel unangenehmer, und es wandert nach oben." Karl merkte, wie er sich auf seinem Stuhl bewegte.

„Ja", sagte sie, „es wird unangenehm und wandert nach oben. Und dann kannst du dir gestatten, innerlich ein Stück zur Seite zu treten. So als würde man ein wenig Abstand nehmen von dem, was man da sieht, indem man zur Seite tritt und man das, was da passiert, jetzt von einiger Entfernung und eher von der Seite sieht. In etwa so, als würde man die Dinge an sich vorbeiziehen lassen."

Nach einer Pause fuhr sie fort: „Und wenn man die Dinge an sich vorbeiziehen lässt und selber bestimmt, was von all dem man mehr oder weniger intensiv sehen und spüren möchte, was verändert sich dann?"

„Es wird etwas angenehmer", antwortete Karl.

„Ja, es wird angenehmer", betonte Gisela. „Und mit diesem Gefühl *Es wird angenehmer* und dieser Möglichkeit, das Erleben zu beeinflussen, kann man sich Zeit nehmen, die Dinge weiter an sich vorbeiziehen zu lassen. Und dann kannst du dich wieder mehr auf deinen Atem konzentrieren. Auf den Atem konzentrieren und die Aufmerksamkeit wieder mehr und mehr hierher in diesen Raum lenken. Und es ist gut zu wissen, dass man das in seinem eigenen Tempo tun kann, Stück für Stück, so wie's okay ist."

Karl atmete tief und gleichmäßig, hörte entfernte Geräusche von vorbeifahrenden Autos. Dann öffnete er die Augen und schaute in Giselas freundliches Gesicht.

Nachdem Gisela ihm erläutert hatte, dass es sich bei dem imaginierten Ausflug um eine Art leichte Trance gehandelt hatte, bei der man seine Aufmerksamkeit mehr nach innen lenkte und diese dann ähnlich einem Lichtkegel sehr fokussiert auf einen kleineren Bereich oder ein Thema richtete, kamen sie wieder auf die Gegenwart zu sprechen. Gisela schenkte Wasser in die Gläser und trank einen Schluck.

„Karl, was wäre denn nun dein Auftrag an mich? Was soll im Wesentlichen meine Funktion sein?"

„Ich denke, ich brauche deine Hilfe."

„Ja, sehr gern. Allerdings wäre es wichtig zu klären, in welchem Rahmen und zu welchen Themen ich diese Unterstützung leisten kann. Zum einen hast du beschrieben, in welcher Weise du seit einigen Tagen Stress erlebt hast. Und dabei handelt es sich um einen Bereich, bei dem ich sicher eine Unterstützung sein kann. Des Weiteren hast du aber auch deutlich gemacht, dass du Unterstützung im Rahmen von Aufklärungs- oder Ermittlungsarbeit wünschst. Zum einen ist das natürlich nicht mein Spezialgebiet, und zum anderen würden dir durch die Unterstützung von Seiten der Polizei selbstverständlich ganz andere Ressourcen zur Verfügung stehen. Was glaubst du, kann ich tun, was die Polizei nicht kann?"

„Hattest du im Rahmen deiner Promotion nicht auch mit Kriminologie zu tun?"

„Ja Karl, das stimmt, allerdings eher in der Theorie. Mir ist noch nicht ganz klar, weshalb dir eine klare Aufteilung der Zuständigkeiten, also Polizei für Ermittlungen und ich für die mentale Unterstützung, bislang nicht ganz zusagt."

Karl sackte ein paar Zentimeter in sich zusammen. Es wurde gerade wieder kompliziert. Er griff sich mit einer Hand in die Haare und kräuselte diese ein wenig.

„Karl?", nahm Gisela den Faden wieder auf, „es ist wichtig, dass du mir alle relevanten Ereignisse mitteilst, wenn ich dir helfen soll."

„Ja", konstatierte Karl.

Auf dem Weg nach Hause machte er einen kleinen Schlenker und hielt an der Außenalster. Es war so gut wie windstill. Die Lichter der Stadt spiegelten sich auf der Wasseroberfläche. Abgerundet wurde die abendliche Idylle durch eine Reihe Schwäne, die lautlos in Ufernähe an ihm vorbeiglitten. Der Schwan ist das Wappentier Hamburgs, fiel ihm ein. Und im Winter bekommen sie sogar einen eigenen beheizten Teich, in den sie von einem extra angestellten *Schwanenvater* der Stadt Hamburg gesetzt wurden. Toll, fand Karl.

Gut, dass er es ihr gesagt hatte, dachte er. Einfach war es nicht gewesen, und genau genommen hatte sie es ihm aus der Nase ziehen müssen. Ganz geschickt und sehr behutsam hatte sie ihn Stück für Stück abgefragt. Er hatte immer nur mit Ja und Nein antworten müssen. „Handelt es sich um ein Problem in der Firma?" „Nein." „Handelt es sich um ein Problem in der Familie?" „Nein." „Ist das Thema sexueller Natur?" „Ja." Und so weiter.

Karl wurde bewusst, dass er vor Gisela kaum Schamgefühl empfunden hatte. Niemals hätte er das für möglich gehalten. Und er war sich sicher, dass es sich hierbei ausschließlich um Giselas Verdienst handelte: ihre Gestik, ihre Worte, ihre Stimme. Sie war ihm mit einer außergewöhnlichen Mischung aus Freundschaft, Wohlwollen und Professionalität begegnet. Nur so war es möglich gewesen, dass er zu keinem Zeitpunkt wirklich das Gefühl gehabt hatte, sein Gesicht zu verlieren. Dafür war er ihr sehr dankbar.

Danach hatte sie ihn noch darauf hingewiesen, dass ihr Verhältnis ja nicht absolut neutral sei, da sie sich ja schon lange kannten, und dass das nicht unbedingt üblich und optimal sei. Aber nachdem er schließlich die Karten offen auf den Tisch gelegt hatte, waren sie überein gekommen, dass es sich hier um einen Spezialauftrag handelte. Gisela war ab sofort sowohl für seine psychische Betreuung zuständig, als auch Beraterin für kriminalstrategische Belange. So wollten sie es zumindest versuchen. Außerdem hatte sie Verständnis dafür gezeigt, dass Karl der Polizei vorerst nicht alles erzählen wollte. Trotzdem hatte sie noch einmal deutlich gemacht, dass das Wohl der Familie selbstredend wichtiger sei als seine Angst um seinen Ruf und seine Angst davor, dass sein Ehebruch auffliegen könnte, in letzter Konsequenz jedenfalls. Außerdem sollte er sich überlegen, ob er die Sitzungen persönlich zahlen oder über die Kasse abrechnen wollte. Zum Schluss hatten sie noch das Thema Medikamente angesprochen. In Notfallsituationen solle er Beruhigungstabletten nehmen. Das sei aber keine Dauerlösung. Denn diese Medikamente führten offenbar vergleichsweise schnell zu einer Abhängigkeit und würden ohnehin nur symptomatisch wirken. Möglicherweise, so Gisela, könnte die Einnahme eines Antidepressivums sinnvoll sein. Als Hausaufgabe hatte sie ihm aufgetragen, einmal nachzuspüren, inwieweit das Gefühl von heftigem Stress oder gar Panik, das während ihrer ersten Sitzung im Rahmen der Trance-Sequenz entstanden war, wirklich *nur* oder ausschließlich mit dem Auffinden des Katzenkopfes zu tun gehabt hatte, oder ob es da vielleicht noch etwas anderes gab. Außerdem solle er noch einmal darüber nachdenken, wo genau der Katzenkopf gelegen hatte.

Incognito

Phillip und Raphael saßen mit Thermoskanne, Wasserflaschen und Ferngläsern in seinem alten Daihatsu und warteten. Phillip hatte sich krank gemeldet, und Raphael war ohnehin meistens recht flexibel. Der Grund für ihren gemeinsamen Ausflug war der, dass Manuela Schröder heute und morgen Urlaub hatte. Der großartige, wenn auch unerwartete Ermittlungserfolg am Sonntag auf dem Else-Rauch-Platz hatte Phillip einen ungeheuren Motivationsschub versetzt. Sie standen seit sieben Uhr in der Früh an einer kleinen zugeparkten Kreuzung etwa 150 Meter von Manuelas Wohnung entfernt. Inwieweit sich das Warten lohnen würde, war absolut unklar. Sie wussten nicht einmal, ob Manuela überhaupt in ihrer Wohnung übernachtet hatte. Aber dieses Risiko des ergebnislosen Totschlagens von Zeit gehörte ganz einfach zum Job, genau genommen zu Phillips zukünftigem Job. Er war sich jetzt sicher, dass ihm eine erfolgreiche Zukunft als Detektiv bevorstand. Und wer kam als Partner bitte schön besser in Frage als Raphael. Nur richtig verkaufen musste er es ihm.

„Das wird meine Meisterprüfung!"

„Hä? Was für eine Prüfung wird was?", wollte Raphael wissen.

„Ich sammle Beweise oder Indizien, die zu potentiellen Katzenmördern führen. Ich hab dir doch gesagt, dass Mittwoch ein Katzenkopf auf dem Firmenbalkon gelandet ist."

„Und du spionierst einfach mal drauf los?"

„Die Tatsache, dass Manuela eine Katzenhasserin ist, taugt doch absolut als Verdachtsmoment."

„Ja, stimmt. Allerdings tötet ein Vogelaktivist nicht gleich 'ne Katze!", widersprach Raphael grinsend.

„Kann sein, aber mir reichen erst mal Indizien."

„Und, Sherlock, wirst du darüber hinaus auch noch in andere Richtungen ermitteln?"

„Klar! Nehmen wir einfach mal meinen Kollegen Tomasz. Der kann es ja theoretisch auch gewesen sein. Der kann sogar problemlos eine glatte Hauswand hochklettern."

„Und was hast du dann mit all diesen Indizien vor?"

„Mal sehen, vielleicht werde ich sie dem Peters die nächsten Tage zukommen lassen."

„Damit der dann unterschiedlichste Leute aus seiner Firma verdächtigt, außer dich natürlich."

„So ist es! Alle gegen einander in Verdacht und in Verruf bringen, bis der ganze Scheißladen auseinander fliegt. Und ich sage dir, das geht schneller, als du denkst. Schon jetzt brodelt die Gerüchteküche, und schon jetzt verhalten sich einige Leute auffällig. Der Chef ist seit Mitte letzter Woche nur noch physisch anwesend."

„Und du ziehst die Fäden!"

„Absolut!"

„Bist du dir sicher, dass du es nicht selbst warst? Das mit der Katze."

„Nein!"

Beide lachten sich schlapp und prosteten einander mit ihren Kaffeebechern zu.

„Und wenn euer Laden dann auseinandergeflogen ist, was machst du dann?", fragte Raphael.

„Davor steige ich noch rechtzeitig aus. Am besten mit einer fetten Abfindung. Und dann mache ich meinen eigenen Laden auf."

„Was?", schrie Raphael, der vergessen hatte, dass er gerade an seinem Kaffeebecher genippt hatte. Das Handschuhfach des Daihatsu zierte nun ein rehbraunes Sprenkelmuster. „Du willst so einen aasigen Exporthöcker aufmachen?"

„Schwachsinn!", empörte sich Phillip, „ich mache mich selbständig mit einer Detektei."

„Mit was?"

Phillip wischte mit einem gebrauchten Papiertaschentuch über das Handschuhfach. „Mit einer Detektei. Und schrei nicht so rum, wir sind hier nicht im Stadion!"

„Geht klar, Chef", versuchte Raphael ihn zu beschwichtigen.

„Aber mal ehrlich, wer sollen denn deine Kunden sein?"

„Was ist das denn für eine Frage? An jeder Ecke gibt es Leute, die irgendwas rauskriegen oder jemanden beschatten lassen wollen. Der Argwohn war noch nie so heftig wie in den heutigen Zeiten des

Internets. Seit dem Internet sind die Möglichkeiten zum Ausleben von Affären und allen möglichen Perversionen noch viel umfangreicher geworden."

Raphael sah ihn voller Bewunderung an und nickte.

„Und dann habe ich mir gedacht", fuhr Phillip fort, „dass du mein gleichberechtigter Partner werden könntest."

Raphael wollte gerade wieder einen Schluck nehmen, besann sich dann aber eines Besseren. Er schaute nach links, räusperte sich und hob die rechte Hand, bereit zum Einschlagen in Brusthöhe. „Phillip!", sagte er. „Phillip Sherlock Holmes und Watson Sonny Crockett in geheimer Mission! Wie willst du mich nennen, Boss? Vielleicht …"

In diesem Moment unterbrach ihn sein zukünftiger Chef mit einer heftigen Geste. „Psst!", zischte Phillip und wies mit dem Kinn auf die Tür von Manuela Schröders Wohnung.

Soeben war ihr Rocker-Freund herausgetreten. Er trug eine grauschwarze Motorradkluft. Seine Stiefel hatten auffallend flache Absätze, vielleicht, weil er auch so schon mehr als groß genug war. Seine schwarze Lederjacke hatte er sich lässig über die Schulter gelegt. Unter seinem T-Shirt zeichneten sich kräftige Brustmuskeln ab. Sein schlohweißes Haar glänzte in der Morgensonne. Als er auf dem Treppenabsatz stand, hielt er eine Hand über seine Augen und ließ seinen Blick langsam über die Umgebung vor Manuela Schröders Wohnung schweifen.

„Wie ein Steuermann", sagte Phillip.

„Sieh dir mal sein Gesicht an", meinte Raphael. „Sieht aus wie ein Blauwal. Der größte von allen, aber ruhig und gutmütig."

„Meinst du?", fragte Phillip.

„Hundert Prozent, Sunny!"

Dann trat Manuela Schröder aus der Wohnungstür. Sie trug enge Jeans und ein buntes T-Shirt. In einer Hand hielt sie eine Lederjacke. Der weiße Riese nahm sie in den Arm und strich ihr über die Haare. Auch ihre Frisur hatte sie verändert. Irgendwie toupiert oder so, dachte Phillip. Der Rocker verschwand hinter dem Haus. Wenig später hörten sie das Aufheulen seiner Maschine. Währenddessen reckte Manuela ihr Gesicht in die Sonne und lächelte.

„Echt heiß!", meinte Raphael.

Phillip legte sein Fernglas zur Seite. Er konnte immer noch nicht fassen, was für eine Verwandlungskünstlerin seine Kollegin war.

„Wenn du jetzt nicht langsam startest, dann sind die schneller weg, als dein Ofen absaufen kann", bemerkte Raphael.

„Ja ja, die muss ja erst noch aufsteigen, und das Tor müssen die auch noch schließen."

„Und du musst noch ausparken."

In diesem Moment kamen zwei kleine Mädchen auf Tretrollern angefahren und hielten auf der Höhe der Beifahrertür, so dass ausparken erst einmal unmöglich war. Neugierig schauten die beiden zu ihnen ins Fahrzeug.

„Hä? Was wollen die denn?", wunderte sich Raphael. Er kurbelte das Fenster herunter und lehnte sich hinaus: „Hey, wir müssten dann mal kurz ausparken, wenn das für euch ginge", rief er ihnen zu.

Die Mädchen, beide mit jeweils einem Fuß auf ihrem Roller, schauten einander an und rümpften die Nase. Phillip ließ den Motor an.

„Die finden wohl, dass wir komisch aussehen, oder dass wir nicht hierher gehören, glaube ich."

In dem Moment, als Raphael erneut seinen Kopf aus dem Fenster schieben wollte, streckten die beiden Mädchen ihnen die Zunge heraus. Dann lachten sie einander an und rollerten ganz schnell die Straße hinunter.

„Scheiße!", rief Phillip.

Vom Klang tiefer glucksender Geräusche getragen, fuhr die prachtvolle Harley-Davidson an ihnen vorbei. Phillip tat, was er konnte, um aus der Parklücke zu kommen. Dann gab er Gas.

Gut, dass die es nicht so eilig hatten.

Sie kamen an Hagenbecks Tierpark vorbei. Wenig später hielt das Motorrad an einer Ampel. Phillip, der sich mit seinem Daihatsu zwei Wagen dahinter befand, nutzte die kurze Pause, um aus der Ablage der Fahrertür eine riesige alte Hornbrille und einen braunen Schlapphut herauszufischen. Raphael beobachtete ihn, als er beides aufsetzte und rümpfte, so wie die beiden Mädchen, die Nase.

„Die kennt mich doch!", erklärte Phillip leicht ungehalten.

„Ja, aber du würdest der nicht so ohne Weiteres auffallen in deiner unscheinbaren japanischen Mühle. Jetzt allerdings wäre ich mir da nicht mehr so sicher. Du siehst nämlich aus wie Derrick!"

Phillip musste grinsen. „Und du siehst aus wie Garry Oldman in *Vorhof zur Hölle*."

Raphael lachte. „Ja, aber ich bin gefährlicher und unberechenbarer."

„Sicher", erwiderte Phillig lakonisch und dachte dabei an die krasseste Sorte eines Psychopathen, wie ihn Oldman in *Vorhof zur Hölle* verkörperte.

Es war schwer, dem Motorrad so zu folgen, dass sie immer ein wenig Abstand hielten, aber dennoch dieselbe Grünphase an den Ampeln erwischten. Der weiße Riese und seine Papagena fuhren quer durch Eimsbüttel. Danach ging es südöstlich der Alster entlang und schließlich Richtung Autobahn. Kurz hinter dem Berliner Tor bog das Paar links ab. Und kurz danach wussten Phillip und Raphael auch, warum. Auf einem unbebauten Platz standen sie: glänzende Maschinen und deren Fahrer und Beifahrerinnen. Sie alle schienen auf den weißen Riesen und seine schillernde Papagena gewartet zu haben.

Über Hamburg-Veddel ging es wenig später weiter bis Allermöhe, wo sie die Autobahn verließen und Richtung Elbe fuhren. Dort gab es nicht mehr ganz so viele Straßenkreuzungen. Außerdem fuhr jetzt ein ganzer Schwarm großer Maschinen vor ihrem Daihatsu her. Phillip lehnte sich entspannt zurück und entledigte sich seiner Tarnung, unter der ihm mächtig warm geworden war. Perfektes Wetter für einen Ausflug, dachte er, und wärmer als in den beiden vorherigen Wochen. So schnell konnte man der Stadt entfliehen. Sie fuhren jetzt durch Dörfer mit alten weißen Häusern und durchquerten Wiesenlandschaften und Weiden mit grasenden Pferden und Schafen. Sogar einige Windmühlen standen hier noch. Rechts hinter dem Deich floss träge die Elbe dahin.

Zwanzig Minuten später kamen sie an einem Restaurant vorbei. Kurz dahinter bogen die Biker nach rechts Richtung Elbe ab. Dort gab es einen kleinen Fähranleger. Offenbar wollten sie dort übersetzen. Phillip parkte ein Stück weiter direkt am Deich. Vom Deich aus konnte man das Geschehen gut beobachten. Zurzeit befand sich die Fähre auf der anderen Elbseite. Einige Biker blieben bei ihren Maschinen, andere gingen die Auffahrt zum Restaurant hoch. Das Restaurantgelände schien sehr weitläufig zu sein. Es gab mindestens einen großen Wintergarten und einen ziemlich stattlichen Außenbereich mit großen alten Bäumen, Stühlen und Liegestühlen mit Blick über die Elbe.

Die Fähre hatte sich wieder auf den Weg gemacht, doch die Motorradfahrer schienen nicht auf deren Ankunft zu warten.

„Die wollen jetzt noch nicht rüber", sagte Phillip. „Die haben Zeit, viel Zeit, und machen hier 'ne Pause."

„Korrekt", bestätigte Raphael.

„Ja, und deshalb fahren wir jetzt zum Anleger und setzen mit der nächsten Fähre über. Das erspart uns eine Begegnung mit Manuela an Bord."

Zehn Minuten später waren sie auf dem Wasser. Um diese Uhrzeit war die Fähre noch recht schwach frequentiert. Nur ein Trecker und ein kleiner Lieferwagen befanden sich an Deck. Raphael und Phillip lehnten am Heck des Daihatsu und schauten durch ihre Ferngläser.

„Scheiße wäre ja, wenn die die Auffahrt zum Anleger nur als Parkplatz benutzen und nach ihrer Pause einfach auf der anderen Seite weiterfahren."

Phillip setzte sein Fernglas ab. „Das wäre wirklich Scheiße!"

Nach einer Weile sagte Raphael: „Ich hab sie. Da geradeaus ungefähr drei Bänke links der beiden dicken Baumstämme. Papagena und der Boss."

Phillip nahm sein Fernglas wieder hoch. „Ja, ich habe sie auch. Oh Gott! Sofort raus mit der Drohne."

Während Raphael weiter durch sein Fernglas sah, packte Phillip, so schnell er konnte, seine Drohne aus dem Kofferraum und ließ sie auf die von ihrer Seite aus gesehen linken Seite der Terrassenlandschaft zufliegen. Und zwar erst einmal sehr tief, ganz knapp über dem Wasser. Kurz vor dem Ufer zog er sie dann hoch. Er hoffte, dass die Drohne auf diese Weise nicht allzu viel Aufsehen erregte. Dann versuchte er, sie auf der Höhe der unteren Ränder der Baumkronen von Westen nach Osten zu steuern, so dass er aus etwa acht Metern Höhe aus einem steilen Winkel den Biergarten filmen konnte.

Incognito 2

Tolles Wetter, dachte Charlotte. Die Stimme aus dem Navigationsgerät lotste sie durch die Stadt. Charlotte war aufgeregt und überlegte, in welchem Maß ihr Verhalten *schlecht* war. Kommt immer auch auf die Sichtweise an, entschied sie. Bis jetzt musste sie sich ja auch für nichts rechtfertigen. Das Handeln entsprang dem Denken, meistens jedenfalls. Nur in Ausnahmen, wenn man aus einer starken Emotion heraus agierte oder reagierte, dann kam das Denken später, bei manchen vielleicht gar nicht. *Dumm ist, wer Dummes tut*, schoss es ihr durch den Kopf. Welcher Film war das nochmal gewesen? Demnach wäre das Denken oder die Vorstellung von etwas, was man in der Zukunft tun könnte oder gerne tun würde, noch nichts Verwerfliches. Oder war es eher so, dass mit der gedanklichen Vorstellung eben doch schon ein entscheidender Schritt getan war, der unweigerlich Prozesse in Gang setzte, die dem bewussten Denken folgten, ohne dass man absolute Kontrolle darüber hatte?

Ohne Navigationsgerät hätte sie sich viel intensiver auf die Straßenführung konzentrieren müssen. Gleichzeitig hätte sie dann kaum die Möglichkeit gehabt, sich diesen schwierigen und irgendwie auch belastenden Gedankengängen hinzugeben. Einfach mal das Gehirn mit eher schlichten Aufgaben betrauen, und schon sanken die Sorgen und Bedenken auf ein gesundes Minimum.

Die freundliche Stimme aus dem Navi leitete sie auf eine Schnellstraße in Richtung Bergedorf, und dann auf eine kleine Straße in südliche Richtung. Dem Display zufolge hatte sie noch acht Minuten Fahrzeit vor sich.

Hinter dem Zollenspieker Fährhaus parkte sie ihren Wagen auf einer hell gekiesten Parkfläche. Viel war offenbar noch nicht los, wie sie an dem fast leeren Parkplatz sehen konnte. Sie ging rechts am

Haus vorbei. Von dort gelangte sie auf einen idyllischen Außenbereich mit vielen Sitzmöglichkeiten. Der Platz war eingebettet in eine ganze Reihe alter Bäume, für deren Schatten spendende Kronen sie jetzt schon dankbar war: dankbar für den Schutz vor der heißer werdenden Sonne, und dankbar für die schützende, intime Atmosphäre. Gemächlich schlenderte sie durch den schönen Baumgarten, schaute abwechselnd nach links Richtung Gebäude und wieder nach rechts auf die Elbe. Sie fühlte sich an Max Liebermanns stimmungsvolle Gemälde von norddeutschen Ausflugszielen und Biergärten erinnert. Unweit einer Steinmauer, die das Areal zur Elbseite hin begrenzte, sah sie ihn an einem der Bäume lehnen. Im Schatten des mächtigen Stammes war er gar nicht so leicht zu erkennen. Wie ein Tier in der Wildnis, das gelernt hatte, sich optimal an seine Umgebung anzupassen, dachte sie. Er lächelte ihr zu. Vermutlich hatte er sie schon einen Moment lang beobachtet. Als sie einander gegenüberstanden, berührte er ihre Hände, lächelte, umarmte sie aber nicht.

„Schön, dich zu sehen", sagte er.

Charlotte reagierte mit aufmerksamer Zurückhaltung. Während sie ein Nicken andeutete, entzog sie ihre Hände seiner Berührung und ließ diese ineinander gelegt vor sich ruhen. Cornelius geleitete sie zu einer Reihe von Liegestühlen, die vor der Mauer standen.

Die Stühle waren bequem. Sie saßen im Halbschatten direkt an der Mauer, vor ihnen glitzerte das Sonnenlicht auf dem Wasser. Der Kontrast zwischen der Helligkeit über dem Fluss und dem Schatten unter den Bäumen vermittelte Charlotte ein angenehmes Gefühl von Schutz und Geborgenheit.

„Ich glaube, ich war hier schon einmal", sagte sie, „aber ich weiß nicht mehr, wann. Das muss Jahrzehnte her sein. Was für eine Idylle!"

Cornelius nickte. „Das finde ich auch. Kaum zu glauben, dass wir in der Nähe einer Großstadt sind."

Charlotte saß rechts von Cornelius. Während sie ihren Blick über die Mauer hinweg und unter den Zweigen der Bäume hindurch hinüber bis an das andere Ufer schweifen ließ, registrierte sie, wie sie von Cornelius gemustert wurde. Sie drehte sich etwas nach links und ließ sich noch etwas tiefer in den Liegestuhl sinken. Dabei sah sie nach unten auf ihre blaue Bluse. Es war ein Knopf mehr geöffnet als sonst, und sie konnte ihren BH sehen. Was konnte er sehen?

„Ich glaube, hier ist Selbstbedienung, falls es überhaupt schon etwas gibt. Was möchtest du?", fragte er.

„Ein Latte macchiato und ein Glas Wasser wären toll!"

Cornelius war einige Minuten fort gewesen. Er stellte die Getränke auf dem niedrigen hölzernen Tischchen ab, das zwischen ihren Liegestühlen stand.

„Kuchen ist noch im Ofen!", berichtete er.

„Was für Kuchen?"

„Apfel und Pflaume."

„Mmmh, frisch und heiß mit Vanilleeis, als *apple crumble*", säuselte Charlotte. Sie konnte das Schmunzeln von Cornelius förmlich spüren. Kurz danach nahm sie das Geräusch eines rührenden Löffels und das Schlürfen von Sahne oder Milchschaum wahr.

Sie hatten ihre Getränke abgestellt und lehnten einander zugewandt in ihren Stühlen. *Ja*, er schaute in Richtung ihrer geöffneten Bluse. Allerdings hatte er, so wie sie dasaßen, auch kaum eine andere Möglichkeit.

„Hier scheint die Idylle nicht am Abgrund, sondern eher vollkommen zu sein."

„Stimmt!" Cornelius nickte zustimmend. „Allerdings befinden wir uns hier ja auch nicht am Beginn des zwanzigsten Jahrhunderts wie zu Vallottons Zeiten."

Darüber hatte sich Charlotte noch gar keine Gedanken gemacht.

„Stimmt. Aber was für Abgründe haben denn damals die Idylle bedroht?", fragte sie

„Nun ja, zum einen waren das wohl Abgründe wirtschaftlicher Natur, und natürlich auch gesellschaftlicher Natur. Vallotton seziert in seinen Gemälden die Doppelmoral der damaligen Pariser Gesellschaft, und Konflikte zwischen Moral und lüsternen Phantasien. Allerdings litten insbesondere die Frauen unter diesen Konflikten. Denn die Männer hatten ja immer viel eher die Möglichkeit, ihre Lust auszuleben, ohne dafür geächtet zu werden."

„Und die Frauen mussten es ausbaden."

„Ja, obwohl sie damals bereits eine neue Art von Selbstbewusstsein entwickelten."

„Wurde auch höchste Zeit!"

„Ja, wurde es! In der damaligen psychiatrischen Fachwelt ging man davon aus, dass das Unterdrücken der eigenen sexuellen Identität zu massiven psychischen Problemen führen würde, bei den Frauen zur sogenannten Hysterie. Heute spricht man allerdings von dissoziativen Störungen und Konversion. Eng verbunden damit sind allerdings auch neurotische Störungen, bei denen es ja auch um unbewusste und unerledigte Konflikte geht ..."

„Sigmund Freud, vermute ich."

„Ja, genau. Ist natürlich ein weites Feld. Deutlich und absolut nachvollziehbar ist aber in jedem Fall, dass unterdrückte sexuelle Wünsche irgendwann zu psychischen und körperlichen Problemen führen können. Denn dafür sind diese Wünsche und Bedürfnisse ganz einfach zu stark und zu elementar!"

„Und wie sieht das heute aus?"

„Interessanter Punkt", sagte Cornelius, der zwischenzeitlich sein Glas Kakao in die Hand genommen hatte und nun daran nippte.

„An den Problemen in Beziehungen und an der Doppelmoral hat sich sicher nur bedingt etwas geändert. Allerdings hat sich die gesellschaftliche Position der Frau doch deutlich gewandelt", erwiderte er.

„Aber das Spannungsfeld zwischen Mann und Frau ist geblieben", warf Charlotte ein. „Für die Sicherheit des ehelichen Hafens muss man immer noch ganz schön viele Einschränkungen hinnehmen."

„So ist es", bestätigte Cornelius. „Man muss für alles, was man tut oder nicht tut, für alles, was man sich gönnt oder nicht gönnt, immer in irgendeiner Weise bezahlen."

„Oder man findet für sich eine Lösung, die alle wichtigen Aspekte enthält", schlug Charlotte vor.

„Mit Geschick, Geduld und Glück und dem Wissen darum, wann man zuschlagen muss, wäre das möglich."

Hm, schön unpräzise das alles, dachte Charlotte. Konnte ja keiner mehr wirklich sagen, worum es hier eigentlich ging. Interessant! Und überhaupt: Er fragte sie nicht nach ihrem Leben und sie ihn nicht nach seinem. Angenehm! Mal was Neues! Gerade so, als gäbe es keine Vergangenheit.

Auf der Mauer hüpften einige Spatzen herum. Sie pickten an Stellen, an denen es gar nichts gab, so sah es zumindest aus. Vielleicht wollten sie ja einfach nur nicht auffallen, dachte sie. Unauffällig warten, bis etwas Knuspriges abfiel. Auf der Elbe zog ein kleiner Frachter lautlos an ihnen vorbei. Es war schon beinahe elf Uhr, und die Wärme hatte ihren Weg inzwischen bis in den Schatten hinein gefunden. Charlotte streckte ihre Beine und drehte sich wieder etwas mehr nach links. Cornelius hatte sich eine Sonnenbrille aufgesetzt. Ein einzelner Sonnenstrahl fiel durch ein Loch im Laubdach genau auf sein Gesicht.

„Bist du manchmal in der Bretagne?", fragte sie.

„Ja, mehrmals im Jahr. Das hängt von der jeweiligen Projektlage dort ab. Manche Arbeiten kann ich machen lassen, ohne vor Ort zu sein, bei andern ist es besser, wenn ich in der Nähe bin."

„Schöne alte Häuser?"

„Schöne alte Häuser!" Cornelius lächelte.

„Auch eins für dich?"

„Ja, ein kleines, nicht weit vom Meer entfernt. Es wird hoffentlich nächstes Jahr fertig."

„Wird bestimmt traumhaft", mutmaßte Charlotte.

„Bestimmt! Und an die Klippen branden die Wellen, und nicht weit vom Ufer entfernt warten die schönsten Doraden." Mit einer Hand machte Cornelius die flinken Bewegungen eines Fisches nach.

Charlotte schloss die Augen und stellte sich die Abendstimmung auf der Veranda eines kleinen bretonischen Steinhäuschens vor. Ein lauer Wind aus südlicher Richtung würde sie umschmeicheln. Es würde nach Blumen und Kräutern und Meer duften, und ein gut gekühlter Wein würde ihre Kehle hinunter rinnen. Cornelius' Hand strich zwischen ihren Schlüsselbeinen entlang, langsam, aber ohne innezuhalten, in ihre geöffnete Bluse, direkt unter den Träger ihres BHs. Sie ließ ihre Augen geschlossen. Sie war jetzt hier, abgeschirmt, ein Ausflug auf ein kleines unbekanntes Sonnendeck, zu dem sonst keiner aus ihrer Welt Zutritt hatte: anderer Modus, andere Regeln. Keine Vergangenheit, keine Zukunft!

Unverschämt und dreist, fand sie. Seine Hand holte eine ihrer Brüste einfach aus dem BH und zog sie über den Rand ihrer Bluse. Sie spürte seine Finger sanft und gleitend, und dann wieder seine ganze Hand. Ein Geräusch verriet ihr, dass er seinen Stuhl noch näher an den ihren heranschob. Eine weitere Hand strich über ihren Nacken, griff in ihre Haare, drückte ihren Kopf ein paar Zentimeter in seine Richtung. Er küsste sie. Seine Lippen waren fast geschlossen und berührten leicht ihren Mund, wie ein Tuch im Wind. Dann zog sie ihn an sich, schmeckte seine Lippen und seine Zunge, begleitet von seinem Atem.

Irgendwann drang ein Raunen aus der Ferne zu ihnen durch. Es kam schnell näher. Cornelius leckte ihre Brüste, während das Raunen zu einem tiefen brummenden Klangteppich wurde. Cornelius schien es auch zu hören. Er ordnete ihr Dekolletée wieder so, wie es gewesen war, während sie sich weiterhin küssten. Dann sagte er: „Hier werden sie uns nicht finden!"

Charlotte musste lachen. „Sie?"

„Ja", antwortete Cornelius, „es scheinen nicht wenige zu sein."

Seine Lippen waren voll und weich. Der Klangteppich, der von einer größeren Gruppe von Motorrädern stammte, wurde für ein paar Sekunden sehr laut, und dann schnell wieder leiser. Charlotte neigte sich noch etwas weiter zu Cornelius. Sie spürte, wie seine Hand ihr rechtes Knie nach oben drückte und unter ihrem Rock an ihrem Schenkel entlangglitt. Kein Freund großer Umwege, dachte sie.

„Du fühlst dich gut an!", flüsterte er ihr ins Ohr.

Sie hörte ihr eigenes zufriedenes Ausatmen, und ihr Becken bewegte sich wie von selbst.

„Heiß und nass", fuhr er fort.

„Ja", flüsterte sie.

„Geil und geschwollen!"

„Ja."

Seine Finger schoben sich zwischen ihre Schamlippen.

„Ich will dich!", hörte sie ihn an ihrem Ohr.

„Ja."

Seine Hände wurden kräftiger: in ihrem Nacken, an ihren Brüsten, an ihrer Taille, unter ihrem Po, ihrem Innenschenkel bis unter die Kniekehle und direkt zurück in ihren Schoß. Seine flache Hand presste sich gegen sie und bewegte sich. Sie merkte, wie sich ihr Rücken durchdrückte, ein Zittern ging durch ihren Bauch in ihren Kopf.

Schritte erklangen im Hintergrund. Es waren mehr als zwei Füße, und auch mehr als vier. Allerdings nicht direkt hinter ihnen. Sie presste ihre Hand gegen seine und spürte ihre unwillkürlichen ruckartigen Bewegungen.

„Ja, genau", sagte er, „noch etwas mehr!"

Sie spürte einen Finger an ihrem Kitzler und sah sich plötzlich selbst, schwer atmend, sich windend, einen ganzen Stausee an Geilheit in den Abgrund stürzen. Idylle am Abgrund, dachte sie und musste gleichzeitig lächeln. Das Lächeln nahm sie wie ein nervöses Zucken wahr. Gleichzeitig spürte sie den Griff in ihrem Nacken. Ihr Kopf wurde nach hinten gezogen.

„Ich will deine Geilheit sehen", hörte sie. „Und dann will ich meinen fetten Schwanz durch deine geile Möse ziehen."

„Und dann?", wollte sie wissen.

„Ja, und dann?", antwortete er, „und dann wird was passieren?"

„Dann..."

„Das will ich jetzt von dir wissen", drang es mit fordernder Stimme in ihr Ohr. „Ja?!"

Sie spürte, wie sich seine Hand zwischen ihre Brüste legte.

„Und, was passiert?!", fragte er erneut. Die plötzliche Aggression in seiner Stimme machte sie noch gieriger.

„Du fickst mich!", sagte sie.

„Bis zum Anschlag", flüsterte er.

Sie stellte sich vor, wie er in sie eindrang, bis sie schließlich diese unwiderstehlichen krampfhaften Bewegungen in ihrem Bauch und durch ihren gesamten Körper pulsieren spürte. Sie presste sich in ruckartigen Bewegungen gegen seine Finger, keuchte und vibrierte.

Dann war ein Husten zu hören, vielleicht ein paar Meter entfernt, und Schritte und Stimmen, die nun nicht mehr wegzuphantasieren waren. Sie hielten inne. Seine Hand legte sich auf ihren Bauch. Ihre Köpfe lagen aneinander. Charlotte blinzelte Richtung Sonne. Einige Meter rechts von ihnen standen mehrere Leute. Ein paar saßen auch auf der Mauer und tranken Kaffee. Es waren offenbar die Motorradfahrer. Mit dem Rücken zur Elbe stand ein großer Mann mit weißen Haaren und Bart an die Mauer gelehnt. Vor ihm eine Frau, deutlich jünger als er. Sie lehnte sich mit ihrem Rücken an ihn. Er hatte eine Hand auf ihren Bauch gelegt, seine andere Hand diente ihrem Kopf als seitliche Stütze. Er schaute friedlich und mit dem Hauch eines Lächelns im Gesicht in die Runde. Dann sah die Frau zur Seite und schien Charlotte direkt in die Augen zu sehen. Ein Zucken durchfuhr sie. Sie kannte diese Frau, nur woher?

Dann nahm sie ein Surren wahr. Doch sie konnte nicht ausmachen, aus welcher Richtung dieses Surren kam. Sie schaute sich um, und auch Cornelius suchte mit seinen Blicken die Umgebung ab. Ein Schatten bewegte sich an der Grenze zwischen Blättern und Horizont und verschwand dann wieder unterhalb der Mauer. Langsam schob sich eine kleine Fähre in ihr Blickfeld.

Eine Botschaft

Gut, dass es Klimaanlagen gab, und ganz besonders gut, dass eine davon in Karls BMW eingebaut war. Obwohl es bereits halb fünf Uhr nachmittags war, schien die Hitze, die sich über die windstille Stadt gelegt hatte, noch einige Zeit bleiben zu wollen. Als würde sie etwas ausbrüten und erst weichen, wenn dieses Etwas geschlüpft war. Wenn er nur lange genug in der Sonne verharrte, dann würde es irgendwann einfach *flopp* machen, und das, was in seinem Hirn umherjagte, einen unangenehmen Druck auf die Schädeldecke und beängstigende Anwandlungen von Schwindel verursachte, wäre schlagartig verschwunden. Diese Vorstellung gefiel ihm und verschaffte ihm für ein paar Sekunden sogar ein wenig Erleichterung. Die Temperaturanzeige im Wagen stand auf 20 °C.

Am frühen Nachmittag war er im Polizeikommissariat 14 am Rathaus vorstellig geworden. Ob er Anzeige gegen unbekannt erstatten wolle. Ja, das wolle er dann wohl. Und inwieweit seine Angestellten etwas mitgekriegt hätten, und ob es Streit oder Feinde gäbe, und ob er sich absolut sicher sei, dass es sich bei der Katze um Lila gehandelt habe. Davon ging er natürlich aus, aber zu hundert Prozent sicher war er sich nicht. Jedenfalls würde die Polizei auf der Grundlage dieses Vorfalls keine Sonderkommission einrichten, was Karl allerdings nicht unrecht war.

Er traf zehn Minuten vor dem vereinbarten Termin in der Lutherothstraße ein. Deshalb blieb er noch eine Weile im Wagen sitzen und versuchte seine Gedanken hinsichtlich Giselas Hausaufgabe zu Ende zu denken. In der Tat war es möglich, dass die doch sehr deutlichen Zeichen einer emotionalen Krise nicht nur mit der Ermordung der Katze zu tun hatten. Insbesondere die auf dem Stick gespeicherten Filme machten ihm zu schaffen. Dabei hatte er sich auch schon vor der kompromittierenden Sendung ausgesprochen schlecht gefühlt. Er erinnerte sich wieder an diese Art Vorahnung, die ihm nach dem Erhalt des Briefes mit dem Stick und der Katzenzeichnung bewusst geworden war.

Gisela hatte ein Flipchart aufgebaut. Karl schaute auf die gläserne Vase mit den Tulpen. Ein paar Blütenblätter hatten in den letzten vierundzwanzig Stunden erkennbar an Spannkraft verloren. Außerdem sahen sie länger aus als am Vortag. Karl fasste sich ans Kinn.

„Nichts ist für die Ewigkeit", sagte Gisela.

Karl nickte.

„Und", fuhr sie fort, „je mehr Wasser in der Vase, desto mehr schießen sie in die Höhe."

Karl nickte erneut. Danach erörterten sie seine Hausaufgabe und einigten sich auf Barzahlung nach jeder Sitzung. Karl erzählte vom Besuch bei der Polizei inklusive seines Stillschweigens in Bezug auf die Videos und machte noch einmal deutlich, dass es seines Wissens weder im privaten noch im beruflichen Umfeld Feinde oder ernst zu nehmende Unstimmigkeiten gab. Natürlich waren da Kunden wie beispielsweise Señor Rosas. Aber der würde ja wohl kaum über den Atlantik fliegen, um eine Katze zu töten und ihn mit einer Videokamera zu verfolgen. Wenn überhaupt, dann hatte es in der Firma selbst hin und wieder Stress gegeben.

„Eine Forderung hat es vermutlich noch immer nicht gegeben", erkundigte sich Gisela.

„Nein."

„Zum jetzigen Zeitpunkt sieht es so aus, als würde es um etwas Persönliches gehen, da ja niemand etwas von dir fordert. Es gibt keine Erpressung, obwohl der Täter recht gute Voraussetzungen für ein entsprechendes Szenario geschaffen hat. Diese Sache mit dem Katzenkopf erinnert an abscheuliche Szenen, wie man sie aus Mafia-Filmen kennt. Die Katze der Familie auf dem Balkon des Unternehmens, wie ein Zeichen oder eine Botschaft."

„Kann man wohl sagen", bestätigte Karl, „allerdings treibe ich mich nicht im Entferntesten in solchen Milieus herum und kann diese Botschaft deshalb überhaupt nicht einordnen."

„Bist du dir sicher?"

Karl räusperte sich. „Nun, wie du schon sagtest, die Katze wurde auf meinem Grundstück eingefangen, dann irgendwo getötet und ihr Kopf auf den Balkon meiner Firma geworfen."

„Und was bedeutet das?"

„Das bedeutet, dass der Täter mein Zuhause und meine Firma kennt."

„Und genau das", fügte Gisela hinzu, „könnte ein grundlegender Teil der Botschaft sein."

„Vermutlich."

„Und diese Botschaft impliziert, dass der Täter sich sowohl in Volksdorf als auch am Neuen Wall ungesehen aufhalten und sein Unwesen treiben kann. Und wenn er so weit gehen kann, dann kann er vermutlich noch weiter gehen. Und damit zeigt er dir, dass er Macht über dich, deine Firma und deine Familie hat."

Auf Karls Stirn bildeten sich schon wieder kleine Schweißperlen.

„Was die Macht angeht, ist das mit der Katze ja noch gar nichts, verglichen mit den Videos", stellte er resigniert fest.

Gisela nickte verständnisvoll. „Ja Karl, bei den Videos handelt es sich um eine Steigerung der ersten Botschaft. Damit zeigt er nicht nur, dass er grundsätzlich Macht ausüben könnte, sondern er demonstriert seine Macht ganz offensiv. Er hat ohne Zweifel etwas in der Hand, um dir Schwierigkeiten zu bereiten."

„Erhebliche Schwierigkeiten!", ergänzte Karl.

„Ja, erhebliche Schwierigkeiten."

„Ein unsichtbarer Feind!"

„Absolut!"

„Psychoterror!", brach es unvermittelt aus ihm heraus.

„Es ist Psychoterror", bestätigte Gisela. „Und aus welchen Gründen könnte jemand so einen Psychoterror ausüben?" Karl musste nicht lange darüber nachdenken. „Wenn dieser Terror mit keiner Forderung verbunden ist, dann handelt es sich entweder um Rache, Neid oder Hass."

„Sehe ich auch so. Rachegedanken, Neid und Hass sind starke Emotionen, die als Motiv oder als Quell der Tat in Frage kommen. Fragt sich nur, welcher Mensch solche Gefühle gegen dich hegt. Das gilt es herauszufinden."

Gisela stand auf und ging zu ihrem Flipchart. „Vielleicht gehen wir einfach mal eine Reihe von Leuten aus deinem Umfeld durch", schlug sie vor.

„In Ordnung."

„Fangen wir mit deinem familiären Umfeld an."

Zwanzig Minuten später waren zwei weiße Papierbögen mit Namen und kurzen Kommentaren versehen. Das familiäre Umfeld hatte nichts ergeben. Zulieferer und Kunden seiner Firma kamen nach Karls Dafürhalten auch nicht in Frage. Bei seinen Mitarbeitern war er sich da nicht ganz so sicher. Allerdings grenzte sowohl die Tötung der Katze als auch die Verfolgung in St. Georg an äußerst krankhaftes Verhalten. So weit konnte eigentlich keiner seiner Mitarbeiter gegangen sein. Trotzdem hatte Gisela die Namen *Manuela Schröder* und *Phillip Maurer* notiert. Danach hatten sie darüber gesprochen, ob der Täter aus dem Umfeld seiner Kinder oder aus Charlottes Bekanntenkreis stammen konnte. Aber nach allem, was Karl über die Situation seiner Töchter in der Schule wusste, schien ihm das ausgeschlossen zu sein. Nur hinter Markus Pfeiffer hatten sie ein kleines Fragezeichen gesetzt. Als Gisela Karl nach seinen Schachfreunden fragte, hatte er lachen müssen. Seine Schachfreunde seien der reinste Quell an Wohlwollen und Frieden, hatte er ihr versichert, und nicht zufällig garantierten die wöchentlichen Treffen einen versöhnlichen Wochenabschluss, ganz gleich, was in den Tagen zuvor vorgefallen war.

„Karl, wie war das für dich, als du dich gestern Abend hier bei mir mit geschlossenen Augen auf die Ereignisse in der Firma am letzten Mittwoch konzentriert hast? Wie hast du das erlebt und empfunden?"

Karl überlegte einen Moment und sagte dann: „Es war intensiv. Es war intensiv und fühlte sich real an, in etwa so wie in einem intensiven Traum, aber nicht so durcheinander."

„Sehr gut! Intensität und Echtheit sind zwei sehr entscheidende Kriterien, was das Erleben in einem Trance-Zustand angeht."

„War ich in Trance?", fragte Karl.

„Ja, wenn auch nicht sehr tief."

„Verstehe."

„Gut." Gisela lächelte. „Ich würde nun gerne einen Blick beziehungsweise dich einen Blick auf ein paar Situationen in deiner Firma werfen lassen."

Karl spürte ein inneres Aufbegehren gegen Giselas Vorschlag. Wie automatisch drehte er Kopf und Oberkörper ein Stück zur Seite, so, als wäre er dadurch vor ihren Vorschlägen geschützt. Er brauchte ein paar Sekunden, bis er merkte, dass die innere Erregung wieder etwas nachließ. Schließlich sagte er: „Einverstanden."

Gisela unterstützte ihn dabei, in einen entspannten Zustand zu gehen, die Augen zu schließen, sich auf sich selbst zu besinnen, die Aufmerksamkeit mehr und mehr nach innen zu richten und mit jedem Atemzug ein wenig tiefer zu entspannen. Wenn währenddessen Geräusche von draußen in den Raum drangen, dann begleitete sie das Gehörte verbal, ließ es in den Raum hinein und dann wieder verschwinden. Sie sprach sehr langsam und mit langen Pausen.

„Und je mehr du dich entspannst, je mehr du die Aufmerksamkeit nach innen richtest, desto deutlicher kannst du wahrnehmen, wie sich die inneren Augen öffnen. Und je mehr sich deine inneren Augen öffnen, desto mehr kannst du loslassen. All das Drumherum kannst du loslassen und dir erlauben, dich selbst wichtig zu nehmen, wichtig in der Weise, dass du da noch einmal hingehst, in so eine Situation in der Firma, wenn es turbulent zugeht, wenn es turbulent zugeht und du eine Anspannung wahrnimmst, vielleicht auch Aggression, Ungeduld und Wut. Und wenn du dir so eine Situation vorstellst wie am letzten Freitag, als du Frau Schröder nach dem Stand ihres Auftrags gefragt und du eine unbefriedigende Antwort bekommen hast, und wenn du diese Situation siehst und wahrnimmst, wie du dich dabei fühlst, du einfach mal erzählst: Was siehst du und wie fühlst du dich da?"

Karls innere Augen, wenn man denn von inneren Augen sprechen konnte, hatten sich in der Tat geöffnet. Giselas langsam gesprochene Worte hatten ihn dabei unterstützt, seine Aufmerksamkeit in sein Inneres zu lenken und sich selbst in seiner Firma zu sehen, gerade auf dem Weg durch den Eingangsbereich in Richtung Großraumbüro. Dieser Zustand war vergleichbar mit Situationen, in denen er zu Hause auf dem Sofa lag und sich über irgendwelche Ereignisse Gedanken machte und sich dabei im Geiste mehr und mehr von seinem tatsächlichen Aufenthaltsort entfernte. Auf seinem Sofa neigte er allerdings dazu, nach einiger Zeit einzudösen oder aber von zu vielen unterschiedlichen Gedanken gleichzeitig heimgesucht zu werden, was beides auf Kosten der Klarheit der inneren Bilder und der dazugehörigen Gefühle ging. Hier und jetzt fühlte er sich deutlich mehr nach innen konzentriert. Als ob ein Lichtkegel auf die Szenerie gerichtet wäre und dieser ständig folgte, so dass alles, was sich außerhalb dieser fokussierten Ereignisse befand, wie in einem ruhigen Schatten lag. Zwischendurch kam ihm auch der Gedanke an eingebaute Rückblenden in einem Film.

„Ich gehe in das große Büro, bleibe kurz im Türrahmen stehen und schaue in die Runde. Dann gehe ich weiter und nähere mich dem Schreibtisch von Frau Schröder."

„Und was macht Frau Schröder?"

„Sie schaut auf ihren Schreibtisch."

„Sie schaut auf ihren Schreibtisch, ja", wiederholte Gisela. „Und wenn du genau hinschaust und dir Zeit nimmst beim Schauen, was genau macht sie?"

„Sie ist vertieft. Sie hat Unterlagen vor sich liegen. Ich kann nicht genau erkennen, ob sie in den Unterlagen liest oder ob sie nachdenkt."

„Könnte es sein, dass sie träumt?", fragte Gisela.

Karl konzentrierte sich. „Ja, das könnte sein."

„Was ist am wahrscheinlichsten?"

„Sie träumt!"

„Ja, sie träumt", hörte er Gisela sagen.

Ein paar Sekunden lang nahm er die Stille in Giselas Praxis wahr. Dann spürte er, wie seine Atmung schneller wurde.

„Wo bist du jetzt?", hörte er Gisela fragen.

„Immer noch vor dem Schreibtisch von Frau Schröder."

„Und was verändert sich, während du da so stehst?"

„Ich spüre ein unangenehmes Gefühl in mir aufsteigen."

„Wo nimmst du dieses Gefühl wahr?"

„Es kommt aus dem Bauch, und dann geht es nach oben durch die Brust bis in den Kopf. Ich merke, dass ich dieses Gefühl schon kenne. Ich habe es in den letzten Tagen häufiger wahrgenommen."

„Du kennst dieses Gefühl, ja. Und wenn du dieses Gefühl beschreibst, wie genau fühlt es sich an?"

„Es ist so etwas wie Ungeduld. Auch Wut."

„Wut worüber?"

„Über ihre Abwesenheit, ihr Desinteresse."

„Desinteresse an dir?", wollte Gisela wissen.

„Ja."

„Desinteresse, so als würde man nicht wahrgenommen werden?"

„Ja."

„Ungefähr so, als würde man auf so eine passive Art und Weise übergangen werden?"

„Ja."

Karls Schultern rutschten ein Stück nach unten. Sein ganzer Körper sackte etwas in sich zusammen. Seine Gefühle hatten sich in den letzten sechzig Sekunden verändert. Ungeduld und Wut waren nun schwächer, weil sie von einem weiteren Gefühl überlagert wurden: Trauer.

„Ich fühle mich jetzt traurig", ergänzte Karl.

„Ja, da fühlt man sich traurig", bestätigte Gisela. „Und wenn man sich so traurig fühlt, wie nimmt man das wahr?"

„Man fühlt sich schlapp und schlaff."

„Ja, schlapp und schlaff, schlapp und schlaff, schlaff und traurig. Und wenn man dieser Traurigkeit gestattet, sich zu zeigen und ihr Raum geben möchte, wie fühlt sich das dann an?"

Karl brauchte eine Weile, ehe er antworten konnte. Er konnte diese Art inneren Raum in sich sehen. In diesem Raum konnte sich die Trauer ausbreiten. Das war eigentlich ein stimmiges Gefühl, aber irgendwie ging es dann nicht mehr weiter.

„Es ist, als würde sich die Trauer gerne ausbreiten und sich zeigen. Aber dann gibt es eine Grenze, die dafür sorgt, dass die Trauer kleiner bleibt und sich nicht verändern kann."

„Woher kommt diese Grenze? Kannst du sehen, was die Grenze genau ist?"

„Sie ist hart und unnachgiebig."

„Und bist du derjenige, der diese Grenze zieht?", fragte Gisela.

„Ich bin mir nicht sicher. Vielleicht ja. Aber es fühlt sich auch an wie etwas Fremdes."

„Ja, wie etwas Fremdes." Gisela machte eine längere Pause, ehe sie fortfuhr: „Und wenn du dieses Gefühl der Trauer wahrnimmst, dieses Gefühl der Trauer und der Grenze, dieser Grenze, die vielleicht auch von woanders herkommt, was ist das für ein Gefühl? Ist es ein erwachsenes Gefühl oder eher ein kindliches?"

„Ein kindliches", antwortete Karl.

„Ein kindliches Gefühl."

„Ja."

„Und wenn du nachspürst, wie jung ist dieses Gefühl? Welches Alter könnte es haben?"

„Vielleicht zwölf oder dreizehn." Karls Körper durchfuhr ein Zucken, als er diese Worte sprach.

„Und nun bitte ich dich, etwas Außergewöhnliches zu tun", sagte Gisela mit sanfter Stimme. „Ich bitte dich, dieses junge Gefühl wie zwölf oder dreizehn deutlich wahrzunehmen, deutlich wahrzunehmen und größer werden zu lassen, so als würde man sagen: Lass dein ganzes Bewusstsein von diesem Gefühl ausfüllen. Nimm dir dafür einfach so viel Zeit, wie du brauchst."

Karl ließ die Gefühle zu. Er ließ zu, dass die Gefühle größer und größer wurden. Jetzt war er nicht mehr Familienoberhaupt und Firmeninhaber, sondern war jung, weich und verletzbar.

Nach einiger Zeit konnte er Giselas Stimme hören: „Und nun bitte ich dich, mit diesem jungen Gefühl in die Vergangenheit zu gehen, mit diesem Gefühl in die Vergangenheit zu gehen, bis in eine Zeit, in der du dieses Gefühl schon einmal deutlich wahrgenommen hast." Im Raum war es so ruhig, dass Karl sein eigenes Blut zirkulieren hörte. Und als ein Blütenblatt einer der Tulpen auf dem kleinen Glastisch sich löste, nahm er das wahr wie den Aufprall eines ganzen Tulpenstraußes.

„Wo bist du jetzt, und was siehst du?", fragte Gisela, die bemerkt haben musste, welche Veränderung in ihm vorging.

„Ich befinde mich in meinem Elternhaus. Ich bin im Arbeitszimmer meines Vaters."

„Im Arbeitszimmer des Vaters", wiederholte Gisela. „Wo genau befindest du dich, und wo genau befindet sich dein Vater?"

„Mein Vater sitzt hinter seinem Schreibtisch, und ich stehe vor dem Schreibtisch."

„Wie weit bist du von dem Schreibtisch entfernt?"

„Vielleicht zwei Meter."

„Und was nimmst du außerdem noch wahr?"

Karl hielt inne, als er noch einmal Giselas Stimme hörte: „Es ist ja so gut zu wissen, dass man mit so vielen verschiedenen Sinnen wahrnehmen kann: Sehen, Fühlen, Riechen, Hören und Schmecken."

Nach einer weiteren Pause fragte sie: „Wie ist das Licht in dem Arbeitszimmer deines Vaters? Wie ist der Geruch?"

„Das Zimmer selbst wirkt dunkel. Es ist sehr dunkel eingerichtet, mit dunklem schweren Holz. Da sind aber zwei Fenster. Die Gardinen sind aufgezogen, so dass Licht hineinströmt. Das Licht wird aber zu einem Teil vom Zimmer verschluckt." Nach einer Pause fuhr er fort: „Es riecht auch nach diesem alten Holz."

„Und wie ist es, den Geruch dieses Holzes wahrzunehmen?"

„Eigentlich ein schöner Geruch, aber auch sehr einseitig und dominant, und auch nicht wie frisches Holz."

„Was macht dein Vater jetzt?"

„Er schaut in einen Aktenordner oder etwas Ähnliches."

114

„Hat er dich nicht bemerkt?"

„Ich habe geklopft und bin eingetreten. Dann bin ich ein paar Schritte vorgegangen und stehen geblieben. Mein Vater hat für den Bruchteil eines Moments seine Position verändert und seinen Kopf bewegt, ohne mich aber richtig anzusehen."

„Und danach?"

„Danach hat er weiter auf seinen Tisch geschaut, so wie jetzt immer noch."

„Und wie fühlt man sich da als Kind, wenn man geklopft hat und in das Zimmer eingetreten ist und der Vater dann nicht reagiert?"

„Man fühlt sich traurig!"

„Ja, da fühlt man sich traurig! Und kannst du sagen, weshalb du ihn aufgesucht hast?"

„Ja, weil ich ein Problem in der Schule habe, über das ich sprechen möchte."

„Mit wem hast du ein Problem in der Schule?"

„Mit einem Lehrer. Er war unfair zu mir, und das nicht zum ersten Mal."

„Der Lehrer war wiederholt unfair, und da wünscht man sich Aufmerksamkeit und Unterstützung von seinem Vater, ist das so?"

„Ja!"

„Ja, man fühlt sich traurig und unbeachtet, so als wäre man vielleicht nicht wichtig genug für die Aufmerksamkeit des Vaters. Kann man das sagen?"

„Ja, so fühlt man sich", bestätigte Karl.

„Und wenn man sich so unwichtig und unbeachtet fühlt, was passiert dann mit einem?"

„Dann wird man auch wütend, ohne dass man das so richtig zeigen darf."

„Man ist traurig und wütend, und die Wut darf nicht gezeigt werden, ist das so?"

„Ja."

Karl merkte, wie ihm Tränen die Wangen hinunterliefen. Ein tief sitzender Schmerz machte sich Luft und verließ seinen Körper. Dann konnte er wieder Giselas Stimme hören:

„Und da fühlt man Schmerz, Schmerz und Trauer."

„Ja", sagte Karl mit leiser Stimme.

„Und wenn du mit deinem erwachsenen Ich, mit all deiner Erfahrung und all deiner Kraft jetzt neben dem Dreizehnjährigen stehen könntest und ihn ansiehst, was würdest du ihm sagen?"

„Ich würde ihm sagen, dass ich seine Trauer und auch seine Wut gut verstehe. Und ich würde ihm sagen, dass er so etwas nicht verdient hat."

„Und wenn du ihm das sagst, was verändert sich bei ihm?"

„Er spürt, dass da jemand ist, der ihn versteht und unterstützt."

„Und wie ist das, wenn da jemand ist, der einen unterstützt und Verständnis hat?"

„Man fühlt sich nicht mehr so allein." Karl merkte, wie sich seine Körperhaltung in den letzten dreißig Sekunden verändert hatte, wie sich seine Wirbelsäule aufrichtete.

„Und was würdest du ihm noch sagen?"

„Ich würde dann noch meinem Vater etwas sagen. Ich würde sagen, dass er verflucht noch mal aufsehen soll! Er soll seinen Sohn ansehen und seinen Aktenordner zuklappen! Er soll sich Zeit nehmen, und er soll sich mal genau überlegen, weshalb er überhaupt eine Familie gegründet hat, wenn ihn das Befinden seiner Familienmitglieder nicht interessiert!"

Karl hatte ein wahres Wechselbad der Gefühle erlebt. Er hatte den Eindruck, dass er in Ecken seines Unterbewusstseins vorgedrungen war, von denen er gar nichts oder gar nicht mehr wusste, dass es sie überhaupt gab. Es fühlte sich an, als hätte er sich selbst mehr Leben eingehaucht, als hätte er einem vereisten Fenster einen warmen Südwind zukommen lassen oder als hätte er einen alten Generator nach langer Zeit wieder zum Laufen gebracht. Gisela hatte die gemeinsame Arbeit bis zu diesem Punkt noch einmal genau mit ihm durchgesprochen und ihn gefragt, ob er zu einer weiteren ganz kurzen Übung bereit wäre. Er willigte ein und ließ sich unter Giselas stimmlicher Begleitung erneut auf die Konfliktsituation mit Manuela Schröder ein. Diesmal, an dem Punkt, als er gerade begann, Manuela gegenüber lauter zu werden, bat ihn Gisela, die Position zu tauschen. Er solle die gleiche Situation jetzt mit den Augen von

Manuela sehen, in etwa so, als wäre er selbst Manuela Schröder am Schreibtisch. Als Gisela ihn dann fragte, was er denn aus den Augen Manuelas sähe, musste er erst einmal nach den richtigen Worten suchen. Er war bestürzt und erschrocken über das, was er da sah. Derjenige, den er sah, also sich selbst, schien nicht im Reinen mit sich selbst zu sein. Er wirkte nervös, fahrig und irgendwie desinteressiert oder zumindest nicht ganz bei der Sache. Der, den er sah, erschien ihm nicht primär wie eine Respektsperson, die man in gewisser Weise auch gern achtete, sondern er sah einen Mann, der etwas Unkontrollierbares in sich trug. Er sah eine zuckende und aufflackernde Bombe. Als er von Gisela aufgefordert wurde, zu beschreiben, wie man sich aus der Sicht von Manuela Schröder fühlte, war er überrascht. Auch Manuela Schröder fühlte sich nicht wirklich wahrgenommen und respektiert. Aus ihrer Sicht rief der erboste Chef eine Mischung aus Widerwillen, Gereiztheit und auch Angst in ihr hervor.

Zum Schluss hatte Karl von Gisela die Adresse eines Psychiaters in der Innenstadt bekommen. Er solle einfach kurz vorher dort anrufen, man würde ihn dann für ein erstes Gespräch dazwischenschieben. Sie, Gisela, werde besagten Arzt vorab instruieren. Im Wesentlichen werde es um ein aufklärendes Gespräch über eine mögliche Medikation und um das Ausstellen eines Rezeptes gehen.

Es war klar, dass es zeitlich und inhaltlich eine große Herausforderung war, sowohl dem therapeutischen als auch dem kriminalistischen Aspekt im Rahmen ihrer Zusammenarbeit gerecht zu werden. Daher verabredeten sie sich erneut für den nächsten Abend.

Klimawandel

Mittwochs war immer Frau Baumeister im Hause. Sie kümmerte sich um die Wäsche und den Hausputz. Charlotte hatte soeben die Zusage für die Stelle als Grundschullehrerin bekommen. Start sollte zwar erst zu Beginn des neuen Schuljahres sein, aber auf ein paar

Monate mehr oder weniger kam es ihr jetzt auch nicht mehr an. Außerdem hatte sie zurzeit ja noch eine ganz andere Baustelle. Sie lag ausgestreckt auf dem Ehebett und hörte das leise Fauchen des Staubsaugers im Erdgeschoss.

Cornelius war ein reizvoller Typ, irgendwie schwer zu fassen und einzuordnen. Er hatte etwas ziemlich Kultiviertes an sich. Darüber hinaus wirkte er sehr emphatisch, zumindest die meiste Zeit. Für ihn aber lag offensichtlich auch in den Gegensätzen die Würze, was er vor der Mauer an der Elbe in aller Deutlichkeit offenbart hatte. Er hatte sich einfach genommen, was er wollte. Anfangs ein geschmeidiges Gespräch über Kunst, mit funkelnd lasziven Andeutungen gespickt, und dann ganz plötzlich gierig wie ein instinktgesteuertes Tier. Bei diesen Gedanken musste Charlotte lächeln. Sehr, sehr unverschämt! Ihre Brüste hatte er herausgezogen, war mit seiner Hand unter ihr Höschen gegangen und hatte sie in gewisser Weise ertappt, ertappt, wie sie in ihrer aufgestauten Geilheit weich wie Butter in ihrem Liegestuhl hing und sich ihren lüsternen Schoß massieren ließ. Gleichzeitig hatte er ihr mit seiner sonoren Stimme Obszönitäten ins Ohr geraunt. Geil war das gewesen! Genau das brauchte sie, und genau das wollte sie. Mehr davon! Zügellos und instinktgesteuert, unverschämt und verdorben!

Im Geiste war ihr all das nicht so ganz neu. Jeder hatte so seine Phantasien, nur wusste man nicht immer genau, welche dieser Phantasien ausgelebt werden mochten, konnten und sollten. Bei dieser Überlegung kam ihr sofort ihre zweite Baustelle in den Sinn: Karl. Er tat ihr leid, gleichzeitig war sie aber auch genervt von ihm. Jeder Mensch hatte seine positiveren und seine negativeren Seiten. Wenn – und bei diesem Gedanken schämte sich Charlotte ein wenig – Karl seine Fähigkeit verlor, souverän seine Arbeit zu verrichten und vor lauter Stress auch die Kinder vernachlässigte, dann würden die negativen Seiten überhandnehmen. Traurig, aber wahr. Charlotte war erstaunt über sich selbst. Erstaunt darüber, dass sie nach einer einzigen problematischen Woche zu so einer Hochrechnung kam. Aber es ging wohl eben doch irgendwie um mehr als nur eine etwas problematische Woche. Sie hatte eine traumähnliche Szene vor sich: Nach einem Unwetter änderte sich in ihrer Vorstellung das Klima.

Nicht nur das Wetter, sondern das Klima. Ganz grundlegend. In dieses Bild passte ihre momentane familiäre Situation, und insbesondere natürlich auch ihre ganz persönliche.

Kopfzerbrechen machte ihr auch diese absolut grausame und gestörte Geschichte mit der Katze. Mit der Polizei war Karl offenbar nicht besonders weit gekommen. Diese abstruse Geschichte und die Veränderungen, die Karl während der letzten sieben Tage durchgemacht hatte, mussten miteinander zusammenhängen, allerdings hatte sie keinen blassen Schimmer, wie. Etwas Bedrohliches lag in der Luft beziehungsweise im Klimawandel. Bedrohlich, unbeeinflussbar und unwiderruflich. Charlotte hoffte, dass sie sich täuschte. Auf der anderen Seite fragte sie sich erneut, inwieweit diese neue Atmosphäre der eigentliche Nährboden und der Auslöser für ihre draufgängerischen Gelüste gewesen war. Sie wälzte sich auf ihrem Bett hin und her und hielt sich die Hände vor das Gesicht. War das, was sie sich wünschte, normal? War es primitiv? War es Sünde? War ihre Ehe aus so dünnem Holz, das sie durch die kleinste Erschütterung auseinanderbrach? War es schon lange an der Zeit für heimliche Streifzüge gewesen? War sie in die Welt ihrer Instinkte getrieben worden? Auf ihrem Nachttisch vibrierte es.

Dadamdadamdadam. *Noch immer zehre ich von jenen Bildern im Geiste.*

Das will ich wohl glauben!

Dadamdadamdadam. *Und es kann erst der Anfang gewesen sein.*

Auch für ein Ende würde es taugen!

Ganz so hatte Charlotte das zwar nicht gemeint, aber man konnte doch zumindest einen kleinen Haken schlagen.

Dadamdadamdadam. *Auch dafür, ja! Allerdings nur im Notfall.*

Stimmt.

Dadamdadamdadam. *Einen Wunsch?*

Einen Vorschlag?

Dadamdadamdadam. *Eine Bar. Intim. Zuvorkommend. Französisch?*

Ja. Morgen Abend. Ihren Frauentag konnte sie ganz elegant etwas verlängern.

Dadamdadamdadam. *21:30. Bar Le Lion. Treffen Rathausstr. 1, Innenstadt.*

So spät?
Dadamdadamdadam. *Ja, damit wir nicht bei strahlendem Sonnen-*
schein in die Bar gehen. Anderer Vorschlag?
OK. Machen wir so!
Dann ist für morgen ganz offiziell einfach mal ein Kinoabend
geplant.
Dadamdadamdamam. *Ausgezeichnet! C.*
Wie das alles wohl für Claudia war, die sich aufgrund ihrer Unab-
hängigkeit eigentlich nach nichts und niemandem richten musste?
War das spannend? Oder war es irgendwann doch eher die reinste
Gewohnheit der permanenten Wechsel? Wenn Claudia von ihren
Affären berichtete, klang alles immer ganz toll. Aber nichts war
immer ganz toll. Claudia machte sich diese Jünglinge zu eigen, und
wenn sie den Spaß an ihnen verlor, dann stieß sie sie wieder ab. War
das gesund? War das fair?
Das Staubsaugerfauchen kam näher. Spätestens, wenn Frau Baumeister die Treppe hoch kam, würde sie sich ein neues Plätzchen
suchen müssen. Sie war gespannt auf die Bar Le Lion. Intim und
französisch, aber vermutlich auch mit vielen Leuten auf engem
Raum. Charlotte war sich nicht sicher, ob das gut war, hatte aber
trotzdem ein aufregendes Gefühl im Bauch. Wäre man irgendwo
draußen im Freien, hätte man mehr Spielraum, wofür auch immer.

Lansky 2

Zurzeit hielt sich Lansky am liebsten in seiner Holzhütte auf, die in
einer Schrebergartensiedlung nahe des Horner Kreisels lag. Beim
Horner Kreisel handelte es sich um einen Zubringer auf die Auto-
bahn nach Berlin. Nur einmal pro Woche fuhr er nach Eppendorf
zu seiner Altbauwohnung, um dort nach dem Rechten zu sehen.
Gerade hatte er seinen Volvo auf einem der Parkplätze nahe dem
Gartengelände geparkt und schlenderte nun mit der Post aus seiner
Wohnung und ein paar Einkäufen den schmalen Weg zwischen den

Lauben entlang. Seine Hütte befand sich am Rande des Geländes. Das hatte den Vorteil, dass er die Hütte gegebenenfalls auch durch einen Hinterausgang verlassen konnte. Er musste dann nur noch einen Holzzaun überwinden und gelangte durch einige Hecken hindurch an den Ostrand des Parkplatzes, wo er seinen unauffälligen Polo stehen hatte. Seinen Volvo parke er meistens auf der Westseite des Parkplatzes direkt am Haupteingang des Geländes. Zwischen den beiden Wagen lagen ungefähr hundert Meter.

Lansky war bei den Herren Simpel einkaufen gewesen. Das Geschäft lag im Karolinenviertel und führte exklusive Herrenmode im Stil der 20er bis 60er. Insbesondere seine neuen Schuhe hatten es ihm angetan. Sie machten seinem selbst gewählten Namen alle Ehre. Neben zwei Paar Hosen, zwei Hemden, einer Weste und einem Anzug hatte er sich im selben Geschäft auch noch eine Packung Pomade gekauft. Damit gedachte er den Nachmittag zu verbringen, indem er ausprobieren wollte, auf welche Weise sich seine vollen Haare damit in eine genremäßige Form bringen ließen. Jedenfalls war sein erster Auftritt im Hause von Dr. Schwarzer, zumindest was seine Optik betraf, noch nicht ganz nach seiner Vorstellung gewesen.

Die Eintrittskarte hatte er einige Meter vom Eingang der Villa entfernt einer der vielen jungen Damen für hundert Euro abgekauft. Das war ziemlich unproblematisch gewesen. Denn eine dem Anlass entsprechend gekleidete Frau mit entsprechender Ausstrahlung hatte keine Probleme, auch ohne Einladung Einlass zu finden. Dr. Schwarzer war offenbar ein gut verdienender Arzt, der junge, natürliche Frauen in auffälliger burlesquer Robe zu schätzen wusste.

Da er ein Foto von ihr besaß, hatte er sie schnell ausfindig machen können. Mund, Wangen und Augen waren zweifelsohne von ihrem Vater. Ihre jugendliche Unerfahrenheit hatte hinter ihrer allzu deutlichen, stolzen Haltung hervorgeschimmert. Sie war mit ihrer Freundin Florence dort gewesen, von der er ebenfalls ein Foto besaß. Die Fotos hatte er von seiner Komplizin bekommen.

Die Veranstaltung bei Dr. Schwarzer hatte sich fast über die gesamte Wohnfläche des Hauses erstreckt. Lediglich im ersten Stock waren zwei Zimmer verschlossen gewesen. Inwieweit es außer am Eingang noch Securities im Haus selbst gegeben hatte, war gar nicht so leicht einzuschätzen gewesen. Lansky war sich bei einigen Männern und auch bei zwei Frauen sicher gewesen, dass es sich um engagierte Aufpasser gehandelt hatte. Trotzdem waren diese durch ihr Outfit sehr gut getarnt gewesen. Dr. Schwarzer selbst war komplett in weiß gekleidet aufgetreten. Nur seine schwarzen, gegelten Haare über seinem runden Gesicht hatten dunkel geglänzt. Er hatte stets ein Glas Champagner in der Hand gehalten und das Treiben in seinem Haus offensichtlich mit großem Vergnügen verfolgt. Am Eingang hatte jeder Gast fünfzig Euro zahlen müssen, Getränke inklusive.

In leicht nach vorn gebeugter Haltung stand Lansky vor dem Spiegel und modellierte seine Haare. Durch die Pomade wurden sie dunkler und glatter. Sein Spiegelbild ließ ihn an ein Jugendfoto von seinem Vater denken.

Es musste um 1976 gewesen sein, als das Böse über Familie Hamann, Lanskys Familie, hereingebrochen war. Er selbst war damals bereits in die Grundschule gegangen. Sie wohnten im Bayrischen Wald ganz in der Nähe von Passau nahe der Grenze zu Tschechien, damals noch Tschechoslowakei. Sein Vater, Georg Hamann, besaß eine Handelsfirma, die unter anderem Glas nach Übersee exportierte. Die Nähe zur Tschechoslowakei war günstig, da es dort einige Glasmanufakturen gab, welche ausgezeichnete und gleichzeitig sehr günstige Produkte herstellten. Auf diese Weise ließ sich eine hohe Gewinnmarge erzielen. Außer Glas vertrieb die Firma seines Vaters noch Laborbedarf und medizinisches Equipment. Dabei handelte es sich ausschließlich um deutsche Produkte.

Das Geschäft befand sich noch im Aufbau, ließ zu diesem Zeitpunkt aber bereits eine vielversprechende Entwicklung vermuten. Sein Vater war sich des enormen Potentials von Geschäften mit Südamerika bewusst gewesen. Zahlreiche Universitäten des Kontinents waren im Begriff, das Niveau ihrer technischen Ausrüstung anzuheben. Insbesondere Zentrifugen und Wärmeöfen aus deutscher Produktion erfreuten sich einer steigenden Nachfrage. Natürlich gab es Konkurrenten auf dem Markt, aber diese Situation war überschaubar. Man wusste voneinander und kannte sich sogar zum Teil. Nach den Grundsätzen eines ehrbaren Kaufmanns schien eine in gewisser Weise harmonische Koexistenz der verschiedenen Mitbewerber gegeben.

Sein Vater hatte das gesamte Familienvermögen in seine Firma investiert und eine hohe Belastung auf sein Haus aufgenommen. Nachdem er im Begriff war, die Exklusivvertretung zweier namhafter deutscher Produzenten in mehreren Ländern Südamerikas zu bekommen, hatte er begonnen, eine firmeneigene Lagerhalle bauen zu lassen. Außerdem hatte er sich einen kleinen Fuhrpark an Transportfahrzeugen zugelegt. Diese Idee hielt er deshalb für gut, da er auch einen Fuß im nationalen Großhandel hatte und meinte, im gleichen Zuge auch als Fuhrunternehmer erfolgreich sein zu können. Den Raum der Lagerhalle wollte er zum einen Teil vermieten und zum anderen als Zwischenlager für größere Stückmengen seiner Einkäufe nutzen. Mit diesen beiden Projekten war er aber ein immenses Risiko eingegangen. Ihm fehlten ganz einfach die entsprechenden Erfahrungswerte. Gleichwohl war er sich aufgrund der guten Exportentwicklung seiner Sache sicher gewesen.

Dann war es aber doch anders gekommen: Aus den Exklusivvertretungen für Südamerika, die eigentlich schon in trockenen Tüchern gewesen waren, wurde dann plötzlich doch nichts. Doch damit nicht genug: Auch mehrere Einzelkunden in Übersee wollten ihre Waren nicht mehr von Georg Hamann kaufen und verschiffen lassen. Diese Negativentwicklung ereignete sich allzu plötzlich und war nach wenigen Monaten an einem Punkt angelangt, an dem sein Vater sich vor erdrückend ernste wirtschaftliche Probleme gestellt sah. Er wusste, dass da etwas nicht stimmte. Das, was er erlebte, hatte nichts mit konjunkturellen Schwankungen oder Ähnlichem zu tun. Die Zeitspanne, in der seine Geschäfte nach Übersee um mehr als siebzig Prozent eingebrochen waren, war viel zu kurz gewesen, als dass man dafür die Marktsituation oder fleißigeres und klügeres Agieren von Mitbewerbern in einem seriösen Rahmen in Betracht ziehen konnte. Georg Hamann war sich sicher gewesen, dass man ihn mit unlauteren Methoden aus dem Verkehr zu ziehen trachtete.

Die Bedrohung der wirtschaftlichen Existenz der Firma Hamann hing wie ein Atompilz über der ganzen Familie. Lansky selbst konnte die Situation in seinem Alter damals zwar nicht einschätzen, aber er spürte die besorgte Stimmung und die düstere Atmosphäre in seinem Elternhaus. Aus heutiger Sicht fragte er sich, was von all dem sein kleiner Bruder Gustav mit seinen gerade einmal fünf Jahren mitbekommen hatte. Mit fünf Jahren, dachte er, waren die kognitiven Fähigkeiten eines Menschen ja noch nicht so weit ausgeprägt. Ganz anders verhielt es sich da mit den Gefühlen. Die Gefühle waren da, Gefühle und Bedürfnisse. Gleichzeitig aber fehlten eben die kognitiven Fähigkeiten, um diese Gefühle entsprechenden Ereignissen, Wünschen und Enttäuschungen zuordnen zu können. In diesem Alter bedurfte es einer besonderen Balance und besonderen Schutzes. Gustav, so sah es Lansky heute, hatte durch sein direktes Umfeld plötzlich nicht mehr den Schutz bekommen, den er gebraucht hätte. Das Umfeld, also insbesondere die Eltern, hatten unter anderem die Aufgabe, äußere Einflüsse so zu puffern und für sich zu verarbeiten, dass davon nicht allzu viel bei Gustav ankam. Dazu waren seine Eltern aber nicht mehr in der Lage gewesen. Die Angst und die Panik der Eltern und deren aufkeimende Differenzen untereinander ließen sich nicht mehr von Gustav fernhalten. Wie ein giftiger Nebel umgaben die unguten Emotionen den Jüngsten. Der Zorn des Vaters und die Angst der Mutter fraßen sich in Gustavs Gehirn, ohne dass dieser wissen konnte, was eigentlich los war und ohne dass es ihm jemand hätte erklären können. Schaute Gustav in die Gesichter seiner Eltern, so war da viel zu häufig fast nichts mehr, was ihm hinreichend Wärme, Sicherheit und Halt hätte geben können.

Selbstverständlich hatten diese Veränderungen auch seine eigene Entwicklung belastet. Er hatte es vermutlich seiner höheren Reife und seiner besseren psychischen Konstitution zu verdanken, dass er den totalen Kollaps seiner Familie etwas besser überstanden hatte als sein kleiner Bruder.

Er durchwühlte seine fettigen Haare und schaute mit herausgestreckter Zunge in den Spiegel. Jetzt sah er aus wie der Struwwelpeter aus den alten Kinderbüchern. Struwwelpeter, Suppenkasper und Paulinchen, die allein zu Haus war. Ziemlich brutale Geschichten waren das gewesen. Wenn er an die Geschichte vom Suppenkasper dachte, der sich zu Tode gehungert hatte, bekam er noch immer

Gänsehaut. Neulich erst hatte er einige Ausgaben des Buches in irgendeinem Schaufenster gesehen. Aber er konnte sich nicht mehr daran erinnern, ob es sich um Neuauflagen oder antiquarische Exemplare gehandelt hatte.

Der Balkon

„Vielleicht sollten wir uns zuerst mit der Katze und dem Balkon deiner Firma befassen", schlug Gisela vor. Sie ging zu ihrem Flipchart und zog die Kappe von einem schwarzen Marker. „Hast du dir den Balkon noch einmal angesehen und nachvollzogen, wo der Kopf gelegen hat?", fragte sie.

„Ja, ich denke, daran kann ich mich gut erinnern."

„Spuren?"

„Nein, überhaupt keine Spuren. Es hatte an dem Tag ja stark geregnet, so dass da wahrscheinlich sofort alles weggespült wurde. Richtig geprasselt hat es, ungefähr so, als würde man mit einem Hochdruckgerät den Balkon reinigen."

„Schade", erwiderte Gisela, während sie ein schwarzes Rechteck auf das weiße Papier malte. „Das ist der Balkon", erklärte sie. „Hast du die Maße dabei?"

„Ja, drei sechsundfünfzig auf eins vierzig."

„Okay ..." Nach kurzem Zögern sagte sie: „Ich habe eine Idee", und verschwand im Flur. Als sie wenig später zurückkam, machte sie sich daran, mit einem Zollstock die Balkonmaße auf dem Boden des Therapieraums festzulegen und mit Büchern zu fixieren. „So ist es doch viel deutlicher. Okay, Karl, zeig mir bitte, wo der Kopf der Katze gelegen hat."

Karl stand auf und zeigte auf einen Punkt. Daraufhin legte Gisela einen kleinen Ball an jene Stelle und trat wieder aus den Umrissen des Balkons heraus.

„Ganz schön interessant,", sagte sie, nachdem sie eine Weile auf den Ball geschaut hatte. „Fällt dir etwas auf?", fragte sie dann.

„Fällt mir etwas auf?", murmelte Karl vor sich hin.

„Also, mir fällt auf, dass der Ball sehr nah am Balkongeländer liegt", sagte sie und ging noch einmal nach vorne und maß den Abstand zwischen Ball und Geländer. „Es sind sechsunddreißig Zentimeter bis zum Rand. Und wenn du mich fragst, dann muss da jemand sehr exakt geworfen haben."

Da Karl ungläubig guckte, setzte Gisela zu einer genaueren Erläuterung an: „Auf welcher Höhe liegt der Balkon ungefähr?", fragte sie.

„Ungefähr drei Meter und achtzig?"

„Gut. Und jetzt stell dir mal vor, wie jemand werfen muss, damit der Katzenkopf genau dort landet." Gisela ging zu ihrem Flipchart und fügte ihrem Rechteck noch ein Geländer hinzu. Außerdem skizzierte sie eine Person auf dem Neuen Wall und malte eine Flugkurve. „Die Person muss etwa hier, also recht nahe am Rand des Balkons gestanden haben, um den Kopf so zu werfen, dass er exakt dort gelandet ist." Sie zeigte auf den Ball auf dem Fußboden. „Wenn der Werfer weiter vom Balkon entfernt gestanden hätte, dann hätte der Wurf in jedem Fall eine ganz andere Flugkurve genommen." Sie fügte dem Blatt eine alternative Flugkurve hinzu. „Und wenn der Kopf so, also aus sagen wir mal zwei Meter und fünfzig Entfernung geworfen worden wäre, dann wäre der Kopf wohl eher weiter vom Balkongeländer entfernt aufgekommen."

Karl nickte.

„Und außerdem wäre der Kopf bei einer weniger steilen Flugkurve ganz sicher nicht so ganz an Ort und Stelle liegengeblieben, sondern noch ein klein wenig weitergerollt oder gehüpft. Die Person muss also direkt unterhalb des Balkons gestanden haben. Aber ich halte es für eher unwahrscheinlich, dass der Person ein derart schwieriger Wurf gleich beim ersten Versuch gelungen ist. Sie muss also eigentlich länger da unten gestanden und mehrere Versuche gemacht haben. Es ist aber unwahrscheinlich, dass sich da jemand länger als unbedingt nötig mit so einem Vorhaben aufgehalten hat. Wenn ich diese Person gewesen wäre, hätte ich mir Folgendes gedacht: Ich will diesen Katzenkopf auf dem Balkon platzieren, und das soll schnell gehen. Also suche ich mir eine Position, von der aus ich die Balkonfläche in jedem Fall mit dem ersten Wurf treffe.

Also stelle ich mich für den Wurf nicht direkt unter den Balkon, sondern einige Meter davon entfernt. Dann werfe ich, und der Kopf fliegt mit einer vergleichbar flachen Flugkurve und landet aufgrund dieser Flugkurve sehr wahrscheinlich mindestens achtzig Zentimeter vom Balkongeländer entfernt auf dem Boden. Vermutlich landet der Kopf aber noch weiter in Richtung Balkontür. Es kann sogar sein – zumindest wenn der Werfer ganz sicher mit dem ersten Wurf treffen will –, dass er mit noch flacherer Flugkurve wirft und deshalb die Fenster oder die Balkontür trifft und der Kopf erst danach auf dem Boden aufschlägt ..."

„Und dann", unterbrach sie Karl, „hätte es sein können, dass der Kopf wieder ein Stück zurückrollt. Und zwar zum Beispiel dorthin, wo er dann tatsächlich gefunden wurde."

„Könnte sein", stimmte Gisela zu. „Allerdings hätte man dann irgendwelche Spuren an den Fensterscheiben oder der Balkontür finden müssen. Selbst wenn man bedenkt, dass es geregnet hat. Dieser Katzenkopf war ja nicht ganz sauber, oder?"

„Nein, eher klebrig, würde ich meinen."

„Voller Blut und Schmutz?", fragte Gisela.

„Ja, so ungefähr!"

„Und deshalb denke ich, dass da was an den Scheiben zu sehen gewesen wäre."

„Ja, stimmt. Insbesondere, wenn man berücksichtigt, dass die Hauswand durch das vorstehende Dach gut vor dem Regen geschützt ist."

„So ist es", lobte ihn Gisela. „Und welche Schlussfolgerung können wir aus dieser Rekonstruktion ziehen?", fragte Gisela.

„Hm."

„Die Schlussfolgerung ist erstens die, dass der Katzenkopf nur mit einer ungefähr dreißigprozentigen Wahrscheinlichkeit von unten nach oben geworfen wurde."

„Und zweitens ist er mit siebzigprozentiger Wahrscheinlichkeit von oben geworfen worden?", wollte Karl wissen.

„Nein, nein. Nun, möglicherweise schon, aber das ist sehr unwahrscheinlich. Zweitens ist er mit siebzigprozentiger Wahrscheinlichkeit ganz einfach dort hingelegt worden."

„Bitte?!", schrie Karl Gisela ins Gesicht.

„Na ja, meinetwegen auch nur mit fünfzigprozentiger Wahrscheinlichkeit."

„Also von meinen Firmenräumen aus?" Karl wusste nicht genau, welches seiner Gefühle, Angst oder Zorn, überwog.

„Genau! Und wenn wir bedenken, dass wir einen Täter aus deiner unmittelbaren Umgebung vermuten, dann ist das doch auch alles ganz logisch."

„Oh Gott!", flüsterte er flehentlich.

Nach ihrer Diskussion über den Katzenkopf goss Gisela Wasser in die Gläser und setzte sich.

„Wie geht's dir jetzt grundsätzlich?", fragte sie. „Warst du bei meinem Kollegen wegen der Medikamente?"

„Ja, danke. Er hat mir ein Antidepressivum verschrieben und eine Packung Beruhigungstabletten. Was die Beruhigungstabletten angeht, hat er mir ungefähr das Gleiche gesagt wie du."

„Und, beginnst du mit der Antidepressiva-Therapie?"

„Ja, aber es dauert ja einige Wochen, bis das wirkt. Und zurzeit fühlt sich mein Gehirn an wie giftiger Wackelpudding. Mitunter kommt auch dieser Schwindel, und deshalb brauche ich wohl zwischendurch die Beruhigungstabletten. Und er hat natürlich auch gesagt, dass mittelfristig die Ursachen meiner Probleme erkannt und therapiert werden müssen."

„Okay. Hat er dir auch gesagt, dass man mit diesen Beruhigungstabletten nicht unbedingt Auto fahren sollte?"

„Ja, ich weiß Bescheid."

„Und wie ist es gerade in der Firma? Kostet die Arbeit sehr viel Kraft?"

„Absolut, ja! Eigentlich viel zu viel. Genaugenommen würde ich morgens viel lieber im Bett bleiben."

„Und wie schläfst du zurzeit?"

„Nach wie vor schlecht. Die Gedanken und Sorgen kommen, gehen aber nicht wieder. Nach geraumer Zeit, wenn ich da so liege, verspüre ich merkwürdige Zuckungen. Und dazu dann manchmal auch so ein Gefühl, als würde es mir die Kehle zuschnüren."

„Karl, eigentlich müsste ich dich krankschreiben! Und eigentlich brauchst du eine klassische Psychotherapie."

„Ja, ja!", erwiderte er gereizt. „Eigentlich brauche ich Informationen über den Täter! Scheiße!"

„Ja. Ich versteh dich ja, Karl."

Er räusperte sich. „Entschuldigung!"

„Schon gut." Gisela verließ den Raum und kam mit einem bequemeren Stuhl zurück, den sie ihm hinstellte. „Da kann man sich ganz gut reinflätzen", meinte sie. „Versuch's mal!"

Mit einem tiefen Seufzer ließ sich Karl in diese Mischung aus Stuhl und Liegestuhl fallen. Er schloss die Augen und bekam von Gisela ein paar Minuten Zeit zum Entspannen.

„Wie hat die gestrige Sitzung nachgewirkt?", fragte sie schließlich.

„Zu erkennen, wie man auf andere wirkt und wie sich diese dabei möglicherweise fühlen, war durchaus eine Offenbarung, aber auch erschreckend und bedrückend."

„Insgesamt aber erhellend?"

„Ja."

„Was hältst du davon, wenn wir diese Arbeit fortsetzen, indem wir uns auch deinen anderen Angestellten in dieser Weise widmen? Gleiches könnten wir dann auch mit weiteren Personen aus deinem Umfeld machen."

Karl nickte verhalten.

„Zweierlei Art Nutzen kann diese Arbeit haben, mindestens zweierlei", sagte Gisela lächelnd. „Zum einen lernst du auf diese Weise ganz viel über dich und die Menschen um dich herum und über die Art und Weise, wie ihr eure Beziehungen gestaltet. Und zweitens können die Gefühle, die dann bei dir und insbesondere auch bei den imaginierten Personen auftauchen, Hinweise auf einen möglichen Täter geben."

„Glaubst du?"

„Durchaus! Im Rahmen von Trance oder Hypnose ermittelte Erkenntnisse sind zwar juristisch nicht verwertbar, aber für unsere Arbeit unter Umständen aufschlussreich."

„Aha." Karl hatte sein Kinn wie ein Buddhist auf seinen Fingerspitzen liegen.

„Ich nenne dir ein Beispiel: Wenn du in Trance beispielsweise erkennst, dass sich bei einer Person, wenn sie mit dir in Kontakt steht, Gefühle wie Hass und Rachelust zeigen, dann ist das verdächtiger, als wenn es sich um Gefühle wie Ungeduld und Gereiztheit handelt." Sie machte eine kurze Pause und sagte dann: „Ist das so ein wenig deutlich?"

„Doch, ja."

„Gut. Wenn du magst, kannst du dir einfach jemanden aussuchen."

Der Zwischenstopp an der Alster auf dem Weg nach Hause begann für ihn zur Gewohnheit zu werden. Etwa auf der Höhe der amerikanischen Botschaft gab es eine kleine, runde Landzunge, die in den gestauten Fluss hineinragte. Am vorderen Ende dieser Halbinsel fühlte sich Karl durch die hochgewachsenen Bäume in seinem Rücken angenehm abgeschirmt. Und die Wirkung der Beruhigungstablette, die er morgens genommen hatte, hielt noch an. Die Abendsonne kam jetzt von hinten und ließ die Schatten der hohen Bäume bis weit auf die Alster sichtbar werden.

Die Dosen in der kleinen Tüte waren noch immer eiskalt, so dass an ihnen Tropfen hinunterliefen. Als würden sie ihren Inhalt ausschwitzen. Na ja, wie auch immer, befand er und öffnete eine blau-gelbe Dose Vodka -Lemon. Es zischte und blubberte. Er hielt sich die Dosenöffnung unter die Nase. Es roch fruchtig und süß. So in etwa hatte er sich das vorgestellt, als er ein paar Minuten zuvor kurzentschlossen an einer Tankstelle gehalten hatte: kalt, flüssig, süß und alkoholisch. Er setzte die Dose an die Lippen und trank. „Mmmmh", kam es aus ihm heraus. Sehr angenehm und auch ganz gut gemischt. Zucker war ja wichtig, vor allem für das Gehirn. Bei zu wenig Zucker ging da ganz schnell überhaupt nichts mehr. Karl fand, dass er den Zucker in seinem Zustand ganz besonders nötig hatte. Und natürlich den Alkohol, obwohl vor der Kombination von Alkohol und Beruhigungstabletten ja gewarnt wurde. Sowohl Gisela als auch dieser Nervenklempner vom Jungfernstieg hatten dieses Thema angesprochen. Das Antidepressivum würde die Chemie in seinem Gehirn in ein gesundes Gleichgewicht bringen. In der zweiten Dose befand sich eine Mischung aus Cola und Rum.

Karl legte seine Ellenbogen auf die Rückenlehne der Parkbank und genoss die Wirkung des Alkohols. Früher hatte er geraucht, hatte diese Angewohnheit aber ohne nennenswerte Probleme wieder ablegen können. In diesem Moment hatte er allerdings wieder Lust, einmal kräftig an einer Zigarette zu ziehen. Er dachte an seine Sitzung bei Gisela. Dass der Täter unter seinen Mitarbeitern sein könnte, konnte er nur schwer glauben. Aber man musste es in Betracht ziehen. Zum Ende der Sitzung hatten sie noch einmal die Imaginationsübung wiederholt. In diesem Fall hatten sie sich Franziska Steinmann und Anita Krämer vorgenommen. Die in Trance offenbarten Erkenntnisse waren Gott sei Dank nicht so erschreckend gewesen wie beim ersten Mal. Seine Buchhalterin Anita Krämer schien eher mütterliche Gefühle für ihn zu hegen. Emotionen wie Hass, Wut, Angst oder Ähnliches hatten sich in keiner Weise gezeigt. Auch Franziska Steinmann schien halbwegs mit ihm klarzukommen. Er konnte zwar nicht unbedingt davon ausgehen, dass sie ihn bewunderte oder eine Zuneigung ihm gegenüber empfand, aber das war ja auch nicht notwendig. Jedenfalls schienen diese beiden Frauen nicht zum engeren Zirkel der Verdächtigen zu gehören. In der nächsten Sitzung wollten sie sich Phillip Maurer und Tomasz Wojcik vornehmen.

Karl hatte die zweite Dose geleert und schaute mit trüber werdendem Blick über das Wasser. Auf der anderen Seite lag der Stadtteil St. Georg. Eine der zuverlässigsten Nebenwirkungen von Antidepressiva war Impotenz, und darauf konnte er eigentlich verzichten. Mit Anfang fünfzig sollte man nicht impotent werden, fand er. Nur gut, dass die Wirkung des Medikaments erst in ein paar Wochen schleichend und dezent einsetzen würde. Er ließ sich auf der Holzbank noch etwas tiefer sinken. Seine Beine begannen nervös zu zucken. Er schloss die Augen und sah die Szenen von dem zweiten Film auf dem Speicherstick an sich vorbeiziehen. Von diesem Film hatte er nur die ersten Sekunden angeschaut, bevor er vor lauter Entsetzen auf *Stopp* gedrückt hatte. Das Verhandeln mit der jungen Frau war an sich schon eine Art Kick gewesen. Er hatte ihr mitgeteilt, was er sich vorstellte. Dabei hatte er schlimme, schmutzige Worte gebraucht, allerdings nicht nur, um dem Moment der Verhandlung einen angemessenen Ausdruck zu verleihen, sondern auch, weil zu seinen Phantasien und Wünschen diese animalischen Worte und Beschreibungen ganz einfach dazugehörten. Das Aussprechen von Wünschen an sich war bereits ein wichtiger Teil des Vergnügens, hatte er herausgefunden. Und der nächste Schritt? Der nächste Schritt würde bedeuten, all das, wenn auch in etwas modifizierter Form, in einem anderen Rahmen auszuleben. Nicht mit einer Nutte und nicht gegen Bezahlung, sondern als Ergebnis einander ergänzender Interessen. In diesem Moment, in dem er von allen Seiten durch die Natur behütet schien, war ihm alles egal. Er genoss seine inneren Bilder und die gemischte Wirkung von Tavor und Alkohol. Es war bereits halb elf, als er auf die Uhr schaute. In zwanzig Minuten würde es stockdunkel sein. Konnte er noch fahren? Seiner Erfahrung nach dürfte das noch recht gut funktionieren. Leise und langsam und mit ruhiger Musik nach Volksdorf, wo Charlotte in diesem Moment vielleicht in der Badewanne lag und sich überlegte, wo er so lange blieb. Was ist mit mir und Charlotte, fragte er sich. Und was ist mit Charlotte?

Agnieszka

Der Chef war schon wieder spät im Büro erschienen. Seit der Geschichte mit der Katze war er deutlich neben der Spur, und so richtig erklären konnte sich das keiner. Offiziell war die Sache mit der Katze auch gar kein Thema mehr. Normalerweise war es eine ganz coole Vorstellung, mal einige Zeit ohne Chef zu sein oder einen Chef zu haben, der alle in Ruhe ließ. Jetzt, da diese Situation eingetreten war, sah er das aber doch etwas anders. Eine Firma ohne einen Chef, der klare Ansagen machte, befand sich in unsicheren Gewässern. Auch den Kollegen war die Verunsicherung zum Teil anzumerken. Die cholerischen Anfälle von Peters waren zwar nervig, aber irgendwie fehlte jetzt etwas.

Tomasz ging durch die Galleria, um sich im Café auf der Kanalseite einen Cappuccino zu kaufen. Dort konnte man schön draußen sitzen. Während er den Milchschaum löffelte, musste er wieder an die atmosphärische Veränderung in der Firma denken. Es war nicht so sehr der raue Ton und Peters' strenges Regiment, das fehlte, sondern vielmehr die Energie und der Wille zur Produktivität. Tomasz stellte sich einen Leistungssportler vor, der mindestens viertausend Kalorien am Tag umsetzte. Wenn so einer schlagartig mit dem Training aufhörte, konnte das nur ungesunde Folgen haben.

Als er kurz vor Ende seiner Mittagspause wieder die Firma betrat, klingelten gerade mehrere Telefone gleichzeitig. Franziska rief laut nach Sonja, die kurz darauf aus der Küche gelaufen kam, um ihr zu helfen. Er selbst ging durch die Küche in den Pausenraum, wo zwei Computer ausdrücklich zur privaten Nutzung standen. Einer der Rechner war bereits hochgefahren. Als er sich setzte, sah er, dass dort eine Facebook-Seite geöffnet und nicht wieder geschlossen worden war. Eine dunkelhaarige Frau von vielleicht Mitte zwanzig lächelte ihm entgegen. Agnieszka Kaminska. Wohnort: Frankfurt. Beruf: Journalistin, derzeit Volontärin bei der *Frankfurter Rundschau*. Erst auf den zweiten Blick erkannte er, dass es sich nicht um ein Nutzerprofil, sondern um das Profil eines *Freundes* handelte. Das Nutzerprofil war das von Sonja. Er hätte gern noch etwas mehr über seine sympathische Landsmännin erfahren, als er Schritte näherkommen hörte, eindeutig Frauenschuhe. Rasch begab er sich auf die andere Seite des Tisches und setzte sich vor den zweiten Rechner. Sonja war auffallend wortkarg. Ob es irgendwelchen Ärger gegeben hatte? Normalerweise war sie meistens gut drauf, immer am Lachen und stets sehr kontaktfreudig. Auf der einen Seite also total extrovertiert, auf der anderen Seite aber fehlte ihr für seinen Geschmack eine gewisse Komponente. Was fehlte, war der eindeutige Nachweis *Made in ...* inklusive Artikelnummer: eine Auskunft über Echtheit und Herkunft des Produktes. Er hatte ständig mit ihr zu tun, wusste aber gar nicht, wer sie wirklich war. Bei den anderen Kollegen war das etwas anders. Selbst von denen, mit denen er insgesamt weniger zu tun hatte, wusste er mehr oder hatte zumindest eine deutlichere Ahnung davon, mit wem er es zu tun haben könnte.

Als er aufsah, war Sonja wieder verschwunden. Er rief Facebook auf und suchte Agniezka Kaminska aus Frankfurt. Er schickte ihr eine Freundschaftsanfrage und fragte sie, auf welchem Gebiet sie als Journalistin tätig war. Danach ging er offline. Auf dem Weg ins Büro kam ihm Franziska mit sichtlich genervter Miene entgegen.

„Was ist?", fragte Tomasz.

„Es hat wieder so einen merkwürdigen Anruf mit Flüsterstimme gegeben."

„Wieder für den Chef?"

„Ja", bestätigte Franziska. „So langsam wird's komisch hier!" Sie schüttelte mit zusammengepressten Lippen den Kopf.

„Habt ihr den Anruf aufgezeichnet?"

„Aufgezeichnet? Geht das mit unserer Anlage?", fragte Franziska.

„Ja klar! Auf *Memo* gehen, und dann können ein paar Minuten aufgezeichnet werden."

„Gut zu wissen. Kluger Junge! Ich werd's dem Chef sagen, falls wieder so ein Anruf kommt. Aber wahrscheinlich kriegt er das gar nicht mit bei den wenigen Anrufen, die wir überhaupt noch zu ihm durchstellen dürfen …"

„Und was macht ihr dann?", fragte er sie.

„Ja, dann müssen wir die Leute eben vertrösten und behaupten, er sei zu Tisch oder in einer Besprechung. Wenn er aber nicht einmal zurückruft, dann wird's natürlich irgendwann peinlich. Tja, ist ja nicht meine Firma …"

Tomasz sah ihr nach, wie sie in Peters' Büro verschwand und machte sich auf den Weg zu seinen Luftfrachten.

Wolfgang

Karl hing in seinem Lehnstuhl und wartete auf Gisela, die noch einen Anruf machen musste. Er war fix und fertig, nachdem um die Mittagszeit ein weiterer Anruf von dieser Flüsterstimme gekommen war. *Jaaa, press alles raus, du Sau!* Danach war die Leitung sofort tot gewesen. Auch in diesem Fall hatte Frau Steinmann den Anruf entgegengenommen und war kurze Zeit später in seinem Büro aufgetaucht. Sie schien sich ernsthaft Sorgen zu machen. Bei dieser Gelegenheit hatte sie ihn darauf hingewiesen, dass sich einige Kunden und Lieferanten zum wiederholten Male gemeldet hätten und sie langsam nicht mehr wüsste, was sie denen sagen sollte. Das wusste er selbst leider auch nicht.

In der Tat hatte er mittlerweile Probleme, seine Arbeit zu erledigen. Schon das Öffnen der Briefe am Vormittag kostete ihn zunehmend Überwindung und Kraft. Einige Umschläge lagen seit zwei Tagen ungeöffnet auf seinem Schreibtisch. Dabei handelte es sich um die Korrespondenz mit seinen schwierigeren Kunden in Peru und Guatemala. Für diese Art von Auseinandersetzung hatte er zurzeit ganz einfach keine Nerven. An diesem Tag war ihm bereits morgens im Bett angst und bange gewesen. Er war einfach liegen geblieben, so lange, bis Charlotte ihn vor die Wahl gestellt hatte, entweder aufzustehen oder in aller Deutlichkeit zu sagen, dass er krank sei. Im letzteren Fall würde sie ihm umgehend das Telefon ans Bett bringen, damit er in der Firma Bescheid geben und seinen Angestellten Anweisungen erteilen könnte. Mit letzter Kraft und aufwallenden Schwindelattacken hatte er sich dann doch irgendwie aufgerafft. Als er gefrühstückt hatte, war es bereits nach elf Uhr gewesen, so dass er erst gegen zwölf das Büro betreten hatte. Danach hatte er Gisela per SMS von dem erneuten Vorfall verständigt. Ihre Reaktion hatte zu einer zeitweisen Bündelung seiner nervösen Gedanken geführt. *Wer war zur Zeit dieses und des letzten Anrufs im Büro?* hatte sie zurückgeschrieben.

„Entschuldige", sagte Gisela, als sie den Therapieraum betrat.

„Kein Problem."

„Und, hast du den Anruf etwas verdauen können?"

„Nein, eigentlich nicht", antwortete Karl. „Allerdings habe ich herausgefunden, dass Phillip Maurer, Thomas Wojcik und Manuela Schröder zu dieser Zeit in der Mittagspause außer Haus waren."

„Und beim ersten Anruf?"

„Auch das habe ich mit Hilfe von Frau Steinmann eruieren können. Zur Zeit des ersten Anrufs waren der Maurer, der Wojcik und Anita Krämer in der Mittagspause."

„Ach, bevor ich es vergesse, war da was auf dem Display des Telefons zu sehen?", wollte Gisela wissen.

„Nein, unterdrückt oder so. Oder ein öffentlicher Fernsprecher." Gisela stand auf und schrieb die vier Namen derjenigen auf, die während der beiden Anrufe mindestens einmal nicht anwesend gewesen waren. „Und wer war demnach in beiden Fällen im Büro?", fragte sie.

„Sonja Weber und Franziska Steinmann."

„Gut. Einen Moment mal, bitte." Gisela verschwand für einen Augenblick und kam mit einer weißen Tafel wieder, die sie an der Wand zu Karls Rechten aufhängte. „Die ist größer als das Flipchart", meinte sie und notierte in einer Ecke die Namen der Mitarbeiter, über die sie schon gesprochen hatten.

Manuela Schröder: genervt und wütend und ein Gefühl des ‚Nichtwahrgenommen-Werdens.'

Franziska Steinmann und Anita Krämer: weitgehend unauffällig.

„Fehlen also noch Sonja Weber, Thomasz Wojcik und Phillip Maurer!", konstatierte Gisela.

Da Karl auch an diesem Abend wieder Giselas letzter Klient war, konnten sie die Sitzung beliebig verlängern und tun, was auch immer Gisela für wichtig hielt. Für die nächsten drei Imaginationen ließen sie sich insgesamt eine Stunde Zeit. Die Ergebnisse hinsichtlich seiner männlichen Angestellten überraschten Karl nicht unbedingt.

Gisela ging zur Tafel und schrieb:

Phillip Maurer: Wut, Missgunst (evtl. auch gegenüber seinen Kollegen), Überforderung, Minderwertigkeitsgefühl in emotional geladenen Situationen, evtl. Angst.

Tomasz Wojcik: Respekt, Verständnis, gute emotionale Abgrenzung.

Sonja Weber: Überlegenheitsgefühl, Unterforderung, gute emotionale Abgrenzung, professionelle Extrovertiertheit.

Über das Ergebnis der Imagination zu Sonja Weber war Karl jedoch erstaunt. Ihr extrovertiertes Auftreten war ihm natürlich von Anfang an aufgefallen. Nur hatte er diese Art ihrer Selbstdarstellung im fokussierten Zustand der Trance plötzlich ganz anders gesehen und empfunden. Hatte er ihre redselige Freundlichkeit und Aufmerksamkeit bisher immer als positiv und bereichernd empfunden, so sah er das nun etwas differenzierter. Während der Imagination hatte ihr Verhalten etwas extrem Künstliches bekommen. Außerdem hatte er Frau Webers lockere Art plötzlich als grenzwertig distanzlos empfunden. Das musste natürlich nicht zwingend eine negative Bedeutung haben, insbesondere deshalb, weil man die Dinge in Trance offenbar nicht nur differenzierter, sondern häufig auch intensiver als in der Realität erleben konnte.

„Auffällig sind im Wesentlichen also Manuela Schröder, Sonja Weber und Phillip Maurer. Stimmst du mir zu, Karl?"

„Absolut", antwortete er.

„Und wenn ich die Ergebnisse der Imaginationen mit den Personen vergleiche, die während beider Anrufe nicht im Büro waren, dann bleibt nur Phillip Maurer. Er war während beider Telefonanrufe abwesend, und er hat dir gegenüber extrem negative Gefühle."

„Ziemlich interessant", sagte Karl.

„Finde ich auch", bestätigte Gisela. „Trotzdem müssen wir immer berücksichtigen, dass weder die Abwesenheit, noch die Gefühle der einzelnen Mitarbeiter dir gegenüber als Beweise für irgendetwas zu sehen sind. Es sind lediglich mehr oder weniger starke Verdachtsmomente."

„Ja, verstehe."

Gisela trank einen Schluck Wasser und ging dann wieder zu ihrer Tafel. „Schauen wir uns nochmal an, was der Anrufer jeweils mitgeteilt hat und was geschrieben wurde", sagte sie und begann zu schreiben.

Brief mit Katerzeichnung: *Miau*

1. Anruf: *Peeters! Nichts bleibt, wie es ist. Nichts ist wirklich sicher. Jeder erntet das, was er sät - früher oder später, ganz egal, wer die Fackel trägt.*

2. Anruf: *Jaaa, press alles raus, du Sau!*

Als Gisela an ihren Platz zurückkehrte und Karl die Tafel wieder sehen konnte, wurde ihm flau im Magen. „Miau", murmelte er mit gesengtem Blick.

Gisela nickte ihm verständnisvoll zu. „Was für ein Miau war das für dich auf der Zeichnung?", fragte sie ihn.

„Ein sarkastisches, lautes Miau von jemandem, der sich überlegen fühlt. Es war das Miau des Katers."

„Der mit dem großen Penis", ergänzte Gisela.

„Ja."

„Wie eine Begrüßung zum Zeichen, dass der Kampf eröffnet ist?"

„Ja, so könnte man es sagen."

„Und die Zeichnung?", fragte Gisela.

„Ein Kater, ein Einzelgänger vielleicht. Einer, der sich nimmt, was er haben will. Einer, der vor Potenz und Kraft nur so strotzt."

„Und einer, der mit seinem großen Penis macht, was er will?", stellte Gisela in den Raum.

„Ja."

„So wie du?"

Ein heißer Blutschwall rauschte durch seinen Körper. Sein Herz begann wie wild zu schlagen, und es war ihm kaum mehr möglich, seine Atmung zu kontrollieren. „Ja, meinetwegen", hauchte er.

Gisela ging wieder zur Tafel und fügte hinzu: *Er macht mit seinem großen Penis, was er will.*

„Meint er denn eher sich oder mich?", fragte Karl, nachdem er bewusst einige Male langsam und tief geatmet hatte.

„Gute Frage. Was würdest du vermuten?", gab Gisela die Frage zurück.

„Möglicherweise meint er uns beide."

„Glaube ich auch", sagte Gisela. Und wer war zuerst da mit seinem Penis?"

„Ich."

„Ja, du warst zuerst da", wiederholte Gisela. „Und er tut es dir gleich?"

„Kann schon sein."

„Ja, das könnte es wohl."

Sie schwiegen beide eine Weile, bis er hinzufügte: „Er schleicht herum, im Schatten und in der Dunkelheit. Er ist leise, aufmerksam und geduldig. Er ist ein überdimensionierter Kater mit Geduld und Zeit. Er hält sich im Hintergrund und schlägt irgendwann urplötzlich zu."

„Wieso mit Geduld und Zeit?", wollte Gisela wissen.

„Das ist bei Katern und bei Katzen im Allgemeinen so. Die haben Geduld und Zeit, jedenfalls, wenn sie in freier Wildbahn unterwegs sind. Zu Hause bei den Menschen ist das natürlich was anderes. Da muss es dann auch mal ganz schnell gehen bei der Katze."

Gisela schmunzelte. „Gute Beobachtung!"

„Tja", sagte Karl resigniert.

„Er tut es dir gleich. Er macht das, was du gemacht hast."

„Er macht das, was ich gemacht habe", wiederholte er.

„Ja, er macht das, was du gemacht hast. Und das muss sich nicht unbedingt nur auf den sexuellen Bereich beziehen."

„Worauf denn noch?", wollte Karl wissen.

„Nun, das gilt es wohl herauszufinden."

Karl nickte.

„Kannst du noch?", fragte Gisela.

„Na ja. Ich bin mir nicht sicher, ob ich das beurteilen kann."

„Was genau meinst du damit?"

„Mir ist da gerade ein Gedanke gekommen. Es ist zum Teil so, als würde ich mich langsam an meinen Zustand gewöhnen, oder zumindest an einige Teile davon. Vielleicht an die Teile meines Zustands, die ich seit mehr als einer Woche bemerke. Es bekommt alles etwas Gleichmäßiges, fast so, als würde ich mich damit arrangieren und vergessen, wie es stattdessen eigentlich sein sollte."

„Wie hast du letzte Nacht geschlafen?", fragte Gisela.

„Wieder schlecht und wieder mit Wachliegen und Gedankenkreisen."

„Karl, wir müssen in Betracht ziehen, dass unsere Art der Zusammenarbeit in deinem Zustand nicht das ist, was du brauchst. Unser Fokus ist bislang doch sehr auf kriminalistische Fragen gerichtet."

„Ist mir egal", erwiderte er unwirsch

„Mir nicht!", antwortete Gisela.

„Ich will es nicht anders. Es ist meine Verantwortung."

„Nun, nicht ganz", sagte Gisela.

„Ja, ja, du hast mich wiederholt auf meinen Zustand hingewiesen, und ich bleibe stur. So ist es nun mal. So ist es doch besser, als wenn ich komplett ohne Betreuung wäre, oder?"

„Vermutlich", sagte Gisela.

„Und wenn ich eine Gefahr für mich oder für andere darstelle, dann kannst du mich ja einweisen lassen."

Gisela nickte langsam und mit ihrem gesamten Körper und lächelte mit einem Hauch von Resignation. „Also gut. Ich werde im Notfall die Reißleine ziehen."

Sie zeigte auf die Tafel. „Nichts bleibt, wie es ist."

„Ja, sehr originell", bemerkte er sarkastisch.

„Und?"

„Sag du's mir!"

„Nichts ist sicher, auch du nicht", begann Gisela. „‚Jeder erntet' und so weiter. Er meint vielleicht, dass jeder für seine Taten geradestehen muss, ob er will oder nicht. Alles, was man tut, hat etwas zur Folge, und wenn das, was man getan hat, vielleicht etwas Schlechtes war, dann fällt das irgendwie, irgendwann und irgendwo auf einen zurück. Alles einigermaßen eindeutig, finde ich. Abgesehen von der Fackel. ‚Egal, wer die Fackel trägt', sagt er."

„Das ist mir auch aufgefallen. Das hat etwas Relativierendes", stellte Karl fest.

„Ja, das hat es. Es geht dann plötzlich nicht mehr nur um dich."

„Um wen dann?"

„Hm." Gisela strich sich mit Zeige- und Mittelfinger über das Kinn. „In jedem Fall kommen oder kämen weitere Personen in Frage. Vielleicht Personen, die miteinander zu tun haben…"

„Oder auch nicht."

„Ja, Karl, oder auch nicht."

„Aber vermutlich schon", ruderte Karl zurück.

„Anzunehmen, ja. Personen, die miteinander zu tun haben oder zumindest Personen, die in gleicher oder ähnlicher Weise die Verantwortung für irgendetwas tragen."

„Das bedeutet also, dass eine dieser Personen bezahlen muss, quasi stellvertretend für alle oder für einen anderen?"

„Sehr gut, Karl. Das scheint mir absolut schlüssig."

„Danke."

„Es ist fast neun. Schauen wir uns noch kurz den zweiten Anruf an", schlug Gisela vor.

Nachdem er Giselas Praxis verlassen hatte und losgefahren war, merkte er, dass er noch nicht nach Hause wollte oder konnte. Er fuhr zurück zum Neuen Wall und fand zu dieser späten Stunde einen Parkplatz außerhalb des Parkhauses, nicht weit von seiner Firma entfernt. Er ging ins Büro und holte aus dem Gesprächsraum eine Flasche Whisky und zwei Gläser. Dann machte er sich auf den Weg rüber zum Kanal. Die Dunkelheit brach allmählich herein, als er unter der Brücke ankam und nach dem Mann im Sakko und mit dem Buch Ausschau hielt. Der strenge Geruch stieg ihm wieder in die Nase. Diesmal schliefen noch nicht so viele der Obdachlosen. Karl konnte zwei Personen erkennen, die mit dem Rücken an die Brückenwand gelehnt dasaßen. Vor ihnen lagen zwei Hunde, die ihre Köpfe ein wenig in Karls Richtung bogen und müde blinzelten. Zwei weitere Personen lagen ein Stück weiter auf ihren Schlafsäcken und schienen vor sich hinzuträumen. Karl ging noch ein paar Schritte weiter, bis er in etwa die Mitte des Brückenareals erreicht hatte.

„Hallo, Verzeihung", sagte er und räusperte sich. „Karl, mein Name. Ich suche den Herrn mit dem karierten Sakko und dem Buch." Eine Antwort bekam er nicht, nur leises Gemurmel war zu vernehmen. „Weiß einer von Ihnen, wo er ist oder wann und ob er hierher zurückkommt?" Karl blieb stehen und lauschte. Im Hintergrund plätscherte es irgendwo im Kanal. Vielleicht eine Ente, dachte er, oder eine Ratte. Gut, dass Hunde da waren, fiel ihm dazu ein. „Ich habe den Herrn vor ein paar Tagen hier getroffen. Und jetzt würde ich mich gern noch einmal mit ihm unterhalten, bei einem schönen Glas Whisky."

„Der trinkt nur Rotwein", hörte Karl eine der Stimmen an der Brückenwand sagen. Es war die Stimme einer Frau.

„Ach so, dann komm ich ein andermal wieder", sagte Karl. „Also, zumindest wenn ich damit rechnen kann, dass er hier wieder auftaucht."

„Ja, der kommt wieder", hörte er die Frau sagen. „Er hat was Familiäres zu erledigen. Aber danach kommt er wieder. Könnte sein, schon bald."

„Vielen Dank!", antwortete Karl. „Wenn Sie gestatten, dann setze ich mich so lange da drüben an den Kanal. Dort, wo die kleine

Treppe zum Wasser hinunterführt." Karl zeigte in die Richtung der Treppe. „Kann ich Ihnen denn einen Whisky anbieten?", fragte er. Er wartete einen Augenblick, als er plötzlich ein Klirren hörte. Die beiden liegenden Gestalten schlugen offensichtlich mit einem Gegenstand an zwei Gläser. Karl verstand das als Interessensbekundung an seinem Whisky und ging zu den beiden hin. Er öffnete die Flasche. Ein leises und fast sanftes *Flop* war zu hören, als er den Verschluss herauszog. Nachdem er den Männern eingegossen hatte, vernahm er ein Räuspern von der Brückenwand. Auch die Frau schien Interesse an einem Schluck zu haben. Während er ihr den Whisky in einen Pappbecher goss, sagte sie: „Er bringt Rotwein mit. Musst also nicht nochmal los!"

„Aha, besten Dank für den Hinweis", antwortete Karl.

„Danke auch", sagte die Frau.

Karl setzte sich auf die Treppe, die seitlich zum Kanal hinunterging, sodass er sich mit einer Schulter anlehnen konnte. Der Whisky schmeckte samtig-weich, und er musste an seine letzte Sitzung mit Gisela denken. *Jaaa, press alles raus, du Sau!* Gisela hatte den zweiten Satz des anonymen Anrufers unter den ersten an die Tafel geschrieben. ‚Press alles raus', dachte er. Sperma? Ja, vermutlich. Immerhin hatte der Täter ihn ja in St. Georg verfolgt und gefilmt. Gisela hatte gemeint, dass es sich auch um etwas anderes handeln könnte. Wenn man davon ausgehe, dass der Täter es Karl gleichtun wolle, so ihre Schlussfolgerung, dann könne sich der zweite Satz mit dem Herauspressen auch darauf beziehen. *Press alles raus* könnte als Aufforderung an sich selbst oder auch an ihn, Karl, gerichtet sein. In diesem Fall würde das bedeuten, dass der Anrufer ihn dazu ermutigen wolle, nur schön weiter herauszupressen, oder aber auch, an sich selbst gerichtet, nun seinerseits alles rauszupressen, und zwar aus ihm, Karl. Noch etwas mehr Gewicht maß Gisela allerdings der ersten Aussage des Anrufers bei. Die Fackel, welche von einem zum nächsten oder von einer Generation an die nächste übergeben wurde. Aus wem bitteschön, fragte er sich, hatte er denn jemals etwas herausgepresst? Auch konnte er sich beim besten Willen nicht daran erinnern, jemals irgendjemanden auch nur ansatzweise erpresst zu haben. Wenn er verhandelte oder Forderungen stellte, dann doch wirklich immer im üblichen geschäftlichen Rahmen. Er schenkte sich noch etwas Whisky nach. Ihm fiel ein, dass er versäumt hatte, Charlotte Bescheid zu sagen, dass er erst spät nach Hause kommen würde. Andererseits war sie ja ohnehin mit ihren Freundinnen unterwegs und saß vermutlich noch im Kino. Und die Mädchen saßen wahrscheinlich im Wohnzimmer und sahen fern. Jedenfalls hatten sie Verena verboten, an diesem Abend zu ihrer Freundin Florence zu gehen, damit Tanja nicht allein daheim wäre. Gedankenverloren betrachtete er die Lichtreflektionen, die den Kanal zum Schillern brachten.

Ein plötzliches Geräusch riss ihn aus dem Schlaf, und er spürte sein Herz schneller schlagen. Etwas unterhalb von ihm auf der Treppe saß der Mann mit dem Sakko. Offenbar hatte er gerade eine Flasche Wein geöffnet. Nun goss der Mann sich etwas davon in ein Senfglas.

„Eigentlich bin ich nicht sonderlich interessiert an neuen Bekanntschaften", sagte er.

Karl nickte.

„Aber da Sie schon so lange auf mich gewartet haben", fuhr der Mann fort, „will ich mal eine Ausnahme machen."

„Das ist sehr freundlich", sagte Karl und erhob sein Glas. „Karl ist mein Name", fügte er hinzu.

„Angenehm, Wolfgang. Zum Wohle!"

„Zum Wohle", schloss sich Karl an.

Wolfgang lehnte, ähnlich wie er selbst, an der Betonmauer. Er schwenkte den Wein in seinem Senfglas und blickte auf das Wasser. Dann sah er zu Karl hoch und sagte: „Was führt dich zu mir?"

Karl brauchte einen Moment, bevor er antworten konnte. „So ganz genau weiß ich das selbst nicht. Ich habe eine Exportfirma hier ganz in der Nähe am Neuen Wall. Und neulich abends habe ich Sie bei einem kurzen Spaziergang hier gesehen. Und da ist mir dann aufgefallen, dass Sie so aussehen, als würden Sie noch nicht sehr lange so leben wie jetzt."

„Hast du gut erkannt, Karl."

Karl nickte und roch an seinem Whisky.

„Hast du Probleme?", fragte Wolfgang.

„Ja, kann man wohl sagen."

„Beruflich? Privat?"

„Sowohl als auch", erwiderte Karl. „Eigentlich eher privat. Allerdings wirkt sich das auch auf meine berufliche Leistungsfähigkeit aus. Und natürlich auch auf mein Privatleben, also meine Familie."

„So ist es meistens", sagte Wolfgang. „Wenn es kommt, dann kommt es richtig und zieht alle Lebensbereiche miteinander in den Abgrund."

„So war es auch bei dir?", fragte Karl.

„Ja, so war es auch bei mir." Wolfgang machte eine Pause und fuhr dann fort: „Nur so viel: Ich hatte eine kleine, aber ordentlich laufende Firma im Bauwesen. Und dann hatte ich plötzlich 500 000 Euro Schulden beziehungsweise Verbindlichkeiten, denen ich nicht mehr nachkommen konnte. Und zwar deshalb, weil auf der anderen Seite meine Forderungen nicht erfüllt wurden. So kann das gehen im Bauwesen. Ich hatte mich über einen neuen Auftraggeber nicht ausreichend erkundigt, bin aber trotzdem ordentlich in Vorleistung gegangen. Das alles ging dann derart nach hinten los, dass meine Firma quasi implodiert ist. Ich habe Gehälter nicht mehr zahlen können und so weiter. Es war übel, ist übel. Und dann ist auch mein Privatleben den Bach runtergegangen. Meine Frau hat der Belastung nicht mehr standhalten können, und ich selbst hatte und habe auch keinerlei Idee und Möglichkeit, in irgendeiner Weise sinnvoll zu agieren. Heute war ich unterwegs, um einen finanziellen Joker auszuspielen, den ich für Notfälle wie diesen im Ärmel behalten habe. Es geht da um ein bisschen Absicherung für meine Frau und insbesondere meine beiden Kinder. Das ist eine etwas komplizierte Geschichte, da diese Notfallmaßnahmen ja über inoffizielle Wege abgewickelt werden müssen – puh", fügte Wolfgang nach einem Schluck Wein hinzu. „Lang schon nicht mehr so viel am Stück geredet. Das war's dann aber auch, und Fragen über weitere Details sind nicht gestattet!"

„Einverstanden", sagte Karl.

Für einige Minuten saßen die beiden Männer nun still da und ließen ihre Blicke über den Kanal schweifen.

„Hättest du denn eine Möglichkeit, irgendwo in einem Haus zu übernachten?", fragte Karl.

„Ja, durchaus. Aber ich möchte nicht. Ich kann gar nicht sagen, weshalb ich zurzeit diesen Ort vorziehe. Vor allem, wenn man bedenkt, dass ich zwei Kinder habe, für die das sicher nicht besonders angenehm ist. Aber ich tue es ja nicht aus böser Absicht, sondern deshalb, weil ich einfach nicht anders kann! Immer, wenn ich an diesen abgeschirmten Ort komme, merke ich fast umgehend, wie ich innen drin in meinem Kopf ruhiger werde. Das geht nur hier. Hier, wo es wenig direkte Bezüge zu meinem bisherigen Leben gibt." Wolfgang nahm einen großen Schluck Wein. „Ich habe mir vorgenommen, nichts anderes als Rotwein zu trinken, jedenfalls was alkoholische Getränke angeht." In diesem Moment erhellte das erste Mal ein Lächeln Wolfgangs Gesicht. Dann hob er sein Glas, sah zu Karl und sagte: „Auf den, der in den Abgrund gezogen wurde und auf den, der kurz davor steht." Karl erhob nach einem Zögern sein Glas. Dann tranken sie. Nach einer Weile wandte sich Wolfgang erneut an ihn. „Also gut", sagte er, „jetzt erzähl du. Ich bin ganz Ohr!"

Karl erzählte, was seit dem vorletzten Mittwoch vorgefallen war: Der Katzenkopf auf dem Balkon, der Brief mit dem Speicherstick, die beiden Anrufe, die kaum zu ertragenden körperlichen und psychischen Symptome, die Sitzungen mit Gisela, das strenge Verhalten von Charlotte, die Verdächtigen und seine Angst vor der Zukunft. „Wenn ich die ganze Sache mit 200 000 Euro erledigen könnte, würde ich sofort zuschlagen", beendete er seine Erzählung. Wolfgang hatte aufmerksam zugehört und hin und wieder vor sich hin genickt. Dann sagte er: „Hm, kompliziert!" Und nach einer weiteren kurzen Pause: „Ich denke, du und deine Therapeutin, ihr seid auf dem richtigen Weg."

„Das hoffe ich", antwortete Karl.

„In irgendeiner Weise kennst du denjenigen oder stehst mit ihm in Kontakt", fügte Wolfgang hinzu, „oder du standest mit ihm in Kontakt. Dieses Verhalten deiner Frau dir gegenüber, ist das absolut neu?"

„Ja, würde ich schon sagen."

„Der Täter trachtet danach, alles zu zerstören, was dir lieb und teuer ist: deine Reputation, deine Firma, deine Familie. Vielleicht

145

hat er sich einfach noch nicht entschieden, wie weit er gehen will, oder er will dich erst einmal eine Zeit lang quälen. Er verschafft dir das Gefühl der absoluten Hilflosigkeit und des *Nicht-Einflussnehmen-Könnens*. Daher, würde ich mal vermuten, kommen auch deine Panikattacken. Wäre zumindest nachvollziehbar."

„Bist du psychologisch vorgebildet?"

„Nicht wirklich", sagte Wolfgang, „eher ein Interessensgebiet, dem ich mich immer wieder mal gewidmet habe."

„Und wie würdest du an meiner Stelle nun weiter vorgehen?"

„Tja, das ist nicht so einfach zu sagen. Eigentlich müsste man schon die Polizei mehr einbeziehen, obwohl die zum jetzigen Zeitpunkt wahrscheinlich auch nicht so viel machen können. Letztlich braucht auch die Polizei mehr Hinweise, am besten einen Erpresserbrief und eine geplante Geldübergabe."

„Ja, schön wär's", meinte Karl.

„Pass auf deine Frau und deine Töchter auf. Vor allem auf die Ältere."

Karls Magen zog sich für einen Augenblick zusammen.

„Und was die Verdächtigen angeht, könntest du vielleicht eine Detektei hinzuziehen, um den einen oder anderen überwachen zu lassen."

„Ja, das wäre eine Möglichkeit."

Es folgten einige Minuten des Schweigens, bis Wolfgang sagte: „Irgendwas liegt mir noch auf der Zunge. Es ist irgendwas zu dem, was du erzählt hast. In etwa so, als stünde da noch etwas zwischen den Zeilen. Aber es kommt mir jetzt gerade nicht in den Sinn. Vielleicht aber heute Nacht oder morgen. Du kannst wieder vorbeischauen, wenn du magst. Ich bin ein guter Zuhörer."

„Vielen Dank, Wolfgang. Ich denke, es ist dann mal Zeit, zu gehen."

Er war klar genug im Kopf gewesen, um zu begreifen, dass er nur mit einem Taxi heil nach Hause kommen würde. Als er gegen Mitternacht die Haustür öffnete, fand er sämtliche Räume hell erleuchtet vor. Aus dem Bad im ersten Stock waren Duschgeräusche zu hören. War wohl ein langer Film gewesen, dachte er. Ihm selbst fehlte zum Duschen die Kraft, obwohl er es vermutlich viel nötiger hatte als Charlotte. Nachdem er sich im Badezimmer im Erdgeschoss das Gesicht gewaschen und den Mund ausgespült hatte, ging er nach oben und legte sich aufs Bett. Nach einiger Zeit kam Charlotte im Bademantel ins Zimmer.

„Hallo Karl, wie war dein Tag?", fragte sie.

Was für eine Frage, dachte er. Und vor allem so beiläufig gestellt. Aber er hatte eigentlich keine Kraft mehr, sich darüber intensivere Gedanken zu machen. „Ja, wieder ein Tag", antwortete er.

Charlotte schaute etwas erschöpft zu ihm rüber. „Du siehst nicht gut aus, Karl", meinte sie schließlich.

„Ich weiß, das ist aber eigentlich nichts Neues."

„Stimmt", sagte sie. „Und, gibt es denn etwas Neues?"

„Ich hatte vor ein paar Tagen komische Anrufe in der Firma."

„Wie, was für Anrufe?"

„Anrufe wie aus einem Gruselfilm. Mit unkenntlicher Stimme."

„Mit welchem Inhalt?", wollte Charlotte wissen.

„Ohne richtigen Inhalt. Einfach irgendwelches wirres Zeug."

„Oh Gott!" Charlotte schüttelte den Kopf. „Und warum erzählst du mir das jetzt erst?!"

„Keine Ahnung", antwortete er.

„Mann! Mir reicht es langsam, Karl! Kann es sein, dass du mir immer nur die Hälfte erzählst, und auch immer nur dann, wenn dir gerade danach ist?", fragte sie zornig.

Karl schwieg. In seinem Kopf machten sich wieder diese stromartigen Kreiselgefühle bemerkbar.

„Na ja, ist ja eigentlich ebenfalls nichts Neues, oder? Immer so, wie du gerade Lust hast."

Karl konnte nicht antworten.

„Und was kommt als Nächstes? Läuft wenigstens in der Firma noch alles einigermaßen normal? Und bevor ich es vergesse: An den Mädchen geht dein Verhalten auch nicht unbemerkt vorüber."

„Was haben sie gesagt?"

„Sie wundern sich, dass du morgens nicht zum Frühstück runterkommst, weil du angeblich krank bist, aber abends dann bist du bis spät nachts unterwegs."

„Ja, schon klar, dass sie sich wundern. Abends bin ich ja bei Gisela. Was soll man denn da machen?"

„Wer ist Gisela?", fragte Charlotte erstaunt.

„Ach so, dass ist meine Therapeutin."

„Interessant! Du hattest mir von einem Therapeuten erzählt."

„Sei's drum. Es ist eine Therapeutin. Ich kenne sie noch aus der Schulzeit."

Charlotte hob die Augenbrauen. „Na dann. Kommt ihr voran?"

„Ich glaube schon."

„Was ist mit diesen Medikamenten, wirken die schon?"

„Das dauert."

„Aha. Und, soll man die mit Alkohol einnehmen?"

„Hä?"

„Mit Alkohol! So, wie du das offensichtlich machst."

Karls Gedanken rasten. Das war ja schlimmer als alles andere. Mit zitterndem Körper stützte er sich auf einen Ellenbogen. Dann wurde er laut. „Es reicht! Was glaubst du denn eigentlich, wer du bist? Ich bin am Ende. Ich stehe unter immensem Druck. Da brauche ich nicht auch noch in meinem eigenen Schlafzimmer terrorisiert zu werden, hier, in meinem eigenen Haus!"

Charlotte schien plötzlich wach zu werden. „Ist ja gut! Es ist auch *mein* Haus und das deiner Töchter!"

Karl sank wieder aufs Bett.

„Das Problem, Karl, ist Folgendes: Seit knapp zehn Tagen wird dein Zustand schlechter, aber ich habe nicht den Eindruck, dass du ernsthaft etwas dagegen unternimmst. Du gehst zu einer Therapeutin, ja, aber ich weiß nicht genau, was ihr da eigentlich macht, du erzählst mir ja nichts."

„Das ist auch nicht Sinn der Therapie", erwiderte Karl kraftlos.

Charlotte fuhr sich mit einer Hand durch die Haare und atmete hörbar tief durch. „Du brauchst eine intensive Behandlung! Du musst mal für zwei Wochen raus aus der Firma. Du musst deine Nerven zurück auf ein halbwegs normales Niveau runterkriegen. Ich unterstütze dich gerne dabei, aber nur, wenn du das auch konsequent durchziehst. Sonst kann ich nichts tun. Am besten, du bleibst morgen wirklich mal zu Hause. Ich rufe für dich in der Firma an. Und du kannst dir ja überlegen, wem du, ich sage mal, kommissarisch die Leitung überträgst."

„Kommissarisch?"

„Ja, oder was weiß ich. Ist mir auch egal. Und vielleicht solltest du nochmal mit der Polizei reden und ihnen auch von den seltsamen Anrufen erzählen."

Mit letzter Kraft erhob sich Karl und schälte sich umständlich aus seinen Sachen. Dann schlüpfte er neben Charlotte unter die Decke. „Hm, echt lecker! Guter Geruch!", sagte sie und rümpfte die Nase. Karl schaute sie gleichmütig und mit trüben Augen an. „Es gibt Leute, meine Liebe, die schlafen unter der Brücke! Und die, meine Liebe, *die* riechen! Dagegen ist das hier die pure Reinheit!"

„Ja, gewiss ist es das. Du vor allem!"

Ihr Sarkasmus zermürbte ihn. Aber nun hatte er wirklich keine Kraft mehr, sich darüber aufzuregen. „Er heißt Wolfgang und trinkt nur Rotwein."

„Wer heißt Wolfgang?"

„Mein Freund unter der Brücke."

„Oh Gott." Charlotte nahm ihr Kopfkissen und legte es sich auf das Gesicht.

Rollenwechsel

Charlotte saß zusammen mit Anita Krämer und Franziska Steinmann im Gesprächsraum der Firma. Karls Zustand an diesem Morgen war schlechter gewesen als zuvor. Er hatte zwar schon stundenlang wachgelegen und sich ständig hin und her gewälzt. Aber als es Zeit war aufzustehen, ging gar nichts mehr. Er jammerte, hatte Angst vor dem Tag und hatte sich die Bettdecke über den Kopf gezogen. Mit allem, was Charlotte an Einfühlungsvermögen aufbringen konnte, hatte sie schließlich die Namen „Krämer" und „Steinmann" aus ihm herausbekommen. Die beiden Damen teilten Charlotte mit, dass sie nichts von Lilas Verschwinden gewusst hätten. Über die Anrufe wussten die Angestellten Bescheid, aber auch nur deshalb, weil sie von Frau Steinmann und nicht von Karl selbst angenommen worden waren. Des Weiteren erfuhr Charlotte, dass Karl seinen Aufgaben in der Firma offenbar nicht mehr nachkam: Briefe blieben ungeöffnet, Kunden, Lieferanten und Spediteure wurden nicht zurückgerufen, und seit einigen Tagen schien es auch keine erwähnenswerte Kommunikation mehr zwischen Karl und seinen Angestellten zu geben. Frau Steinmann machte keinerlei Hehl aus ihrer Angst nach diesen merkwürdigen Ereignissen. „Ein Schiff mit krankem Kapitän ist halt irgendwann nicht mehr sicher", beschrieb sie die Situation in der Firma.

Die drei Frauen kamen überein, dass Franziska Steinmann vorübergehend die Führung der Firma übernehmen sollte. Wichtige Entscheidungen sollten, zumindest wenn Karl nicht erreichbar war, mit Frau Krämer abgestimmt werden. Herr Maurer sollte einige Aufgaben von Frau Steinmann übernehmen. Dabei ging es insbesondere um die Seefrachten und Akkreditivgeschäfte mit Peru, Guatemala und Chile. Gegen Ende der Unterredung riefen sie Herrn Maurer in das Zimmer. „Toll, dass ich auch mit einbezogen werde", bemerkte der in einem sarkastischen Tonfall. Zum Schluss gab Charlotte den dreien ihre Handy-Nummer und ermutigte sie dazu, sie jederzeit anzurufen.

Die Temperatur hatte etwas nachgelassen, sodass es angenehm war, ein wenig umherzuschlendern. Karl war am Abend zuvor offenbar viel zu fertig gewesen, um zu bemerken, dass sie selbst viel zu viel getrunken hatte. Jetzt hatte sie schon wieder ein schlechtes Gewissen. Allerdings nicht in erster Linie wegen ihres wiederholten Ehebruchs, sondern weil sie einfach nicht mehr nett zu ihm sein konnte. Es kam alles zusammen. Die Begegnung mit Cornelius und die damit einhergehenden intensiven Erlebnisse mit ihm, und dann noch die aufreibenden Ereignisse um Karl herum. Die merkwürdig passive und schwächliche Art und Weise, wie Karl mit seinen Problemen umging, setzte all dem die Krone auf. Das nervte sie. Dieses klägliche Gejaule und diese Schwachheit. So kannte sie ihn überhaupt nicht. Aber wieso sollte jemand wie Karl nicht auch einmal eine persönliche Krise kriegen? So etwas konnte schließlich jedem passieren. Und bei Karl lagen ja zumindest halbwegs erkennbare Gründe dafür vor.

Bei Prange entschied sich Charlotte kurz entschlossen für ein paar schwarze Stiefel. Alleine, so ganz ohne Freundinnen war das Einkaufen zwar nicht so lustig, dafür aber deutlich entspannter. Danach ging sie in den Alsterpavillon, der direkt gegenüber vom Schuhgeschäft an der Binnenalster lag. Ein Traditionshaus, das inzwischen allerdings zu irgendeiner Kette gehörte. Die tollste Lösung war das vielleicht nicht gewesen, aber in jedem Fall besser, als wenn das Gebäude mit seiner schönen und auffallenden runden Form abgerissen worden wäre. Charlotte konnte direkt auf die Alster sehen, während sie ihren Latte macchiato trank. Schon komisch, dachte sie. Jahrelang plätschert alles so vor sich hin, und plötzlich knallt es, und dann aber auch überall gleichzeitig.

Die Drinks in der Bar Le Lion, die sie mit Cornelius besucht hatte, waren mit nichts von dem zu vergleichen gewesen, was Charlotte bis dahin kennengelernt hatte. In den Bars, die sie manchmal mit Claudia und Martha besuchte, gab es riesige Gläser voll mit süßem Zeug, sirupartigen Likören und Fruchtsäften in allen erdenklichen Farben und dann noch Sahne obendrauf. Die Getränke in der Bar Le Lion waren dagegen eher puristisch gewesen. Einfach, klar und stark.

Für vierzehn Uhr hatte sie einen experimentellen Spaziergang mit Cornelius vereinbart. Die Beschreibung *experimenteller Spaziergang* war natürlich ein Einfall von Cornelius gewesen. Er hatte Charlotte gebeten, sich um vierzehn Uhr in der alten Kunsthalle einzufinden. Vom Haupteingang aus sollte sie sich in den Bereich der alten Meister begeben und langsam umherschlendern. Cornelius selbst wollte dann irgendwann auftauchen und Kontakt mit ihr aufnehmen. Der besondere Reiz bestand darin, dass sich Charlotte vorstellen sollte, denjenigen, der irgendwann neben, vor oder hinter ihr erscheinen würde, nie zuvor gesehen zu haben. Außerdem sollte Charlotte für diese Inszenierung in einem Kostüm erscheinen. Ob er wohl eine Schwäche für den Typus der schicken Geschäftsfrau hatte?

Aus östlicher Richtung zog eine dunkle Wolkenmasse heran, als sich Charlotte auf den Weg Richtung Kunsthalle machte. Die alten Meister waren eigentlich nie so ganz ihr Geschmack gewesen. Vermutlich lag das an der relativen Einseitigkeit der Motive. Nichts als Madonnen, Engel und das Christkind. Ganz normale weltliche Dinge waren damals offenbar zu profan gewesen, um verewigt zu werden. Aber nackt durften sie sein, das dann schon. Nackt, üppig und gut genährt. Vielleicht war es das, was Cornelius reizte.

Charlotte schlenderte an den Werken der alten Meister entlang. Es gab einen Raum von den Ausmaßen einer Turnhalle. Andere waren deutlich kleiner. Außerdem gab es einen Bereich, in dem ein Gang an einer Längsseite der Kunsthalle entlangführte. Dieser Gang war gefühlte zweihundert Meter lang. Von ihm gingen unzählige kleine Räume ab. Hätten Portieren davor gehangen, hätte man an Chambres séparées denken können. Nachdem Charlotte die kleinen Räume abgelaufen war, machte sie sich wieder auf den Weg in die große Halle. Und dort, schräg gegenüber auf der anderen Seite sah sie ihn. Da sie ja so tun sollte, als würde sie ihn nicht kennen, schlenderte sie weiter, von Bild zu Bild, ohne sich weiter um ihn zu kümmern.

Mit der Zeit vergaß Charlotte fast, dass Cornelius in der Nähe war. Und da ihr die ganzen Bilder irgendwie allzu ähnlich erschienen, schweiften ihre Gedanken ab. Sie dachte an das nahende Wochenende, an dem sie zu einer Grillparty bei den Pfeiffers eingeladen waren. Am Sonntag wollten sie ihren Schwiegervater besuchen. Charlotte würde am Samstag einkaufen und dann im Hause von Karls Vater kochen. Die Mädchen, insbesondere Verena, waren nie besonders wild auf diese Besuche. Aber da Reimund Peters es sich über die Jahre angewöhnt hatte, größere Geldscheine an die Mädchen zu verteilen, kam selbst Verena letztlich doch immer freiwillig mit. Ach ja, und am Montag wollte der Landschaftsarchitekt mit seinen ganzen Vorschlägen vorbeikommen.

Von links näherte sich ein Paar, das etwa in ihrem Alter zu sein schien. In dem Moment, als sie fast neben dem Paar zu stehen kam, erschien Cornelius.

„Guten Tag", sagte er. „Auch ein Fan der alten Meister?"

„Äh, guten Tag. Also, offen gestanden eigentlich nicht so sehr. Das 19. Jahrhundert gefällt mir besser."

„Zu eintönig?"

„Ja, genau! Für mich als Laie sehen die Motive alle gleich aus."

Die Frau nebenan schien mit einem Ohr zuzuhören, das verriet ihre Kopfhaltung.

„Immerhin war die Malerei damals wesentlich freizügiger als im 19. Jahrhundert", meinte Cornelius.

„Ach ja, tatsächlich. So habe ich das noch gar nicht gesehen. Fragt sich nur, warum das so war. Ein Kunsthistoriker könnte vermutlich etwas dazu sagen."

„Vermutlich, ja", bestätigte Cornelius. „Auch darüber, weshalb die Weibsbilder durchweg so üppig sind, ohne die entsprechenden Brüste zu haben." Während er das sagte, schaute er auf Charlottes gespannte Bluse. „Prall und mit taillierter, enger Bluse", hatte er ihr gestern Abend gesagt. Er hat gewartet, bis dieses Paar neben mir steht, dachte sie. Ob sie einander kennen? Charlotte schaute kurz zu dem Paar hinüber, dann zu Cornelius und dann auf ihr Dekolleté. Dann sagte sie: „Und weil Ihnen die Brüste dieser Frauen zu klein sind, schauen Sie auf meine Brüste."

Charlotte konnte ein kurzes Flackern in Cornelius' Augen erkennen. Für einen winzigen Moment war da ein Funken Unsicherheit gewesen. Jetzt schaute auch der Mann, der links neben seiner Frau stand, herüber. Die Frau schmunzelte, richtete ihren Blick dann aber wieder auf die Gemälde an der Wand.

Bevor Cornelius sich etwas zurechtlegen konnte, fuhr Charlotte fort: „Sie können sich ja vorstellen, dass diese schöne blasse Frau mit diesen prachtvollen schwarzen Locken und dieser schlanken Taille meine prallen Brüste hat. Da liegt sie, und ihre prallen hellen Brüste hängen ein wenig zur Seite. Na, würde Ihnen das gefallen? Würden Sie dann einen Ständer bekommen?"

Das Paar schaute sich an. Der Mann runzelte die Stirn und bekam große Augen. Seine Frau schmunzelte noch immer und schien ein wenig die Brust herauszustrecken, was aber auch Zufall sein konnte. Cornelius sah plötzlich gar nicht mehr so freundlich aus wie noch eine Minute zuvor. In dem Moment, als er sich räusperte, um zu einer Antwort anzusetzen, legte Charlotte noch einmal nach: „Vielleicht hatten die alten Meister ja Angst vor großen Brüsten. Kann ja wohl nicht sein, dass die Frauen damals alle so flach waren ..." Die Frau neben ihnen lachte laut auf. „Wenn Sie der Meister gewesen wären", sagte Charlotte zu Cornelius gewandt, „hätten Sie dieser Frau sicher schöne pralle Euter verpasst, hm? Schön zum Abmelken und Durchficken!"

Cornelius war die Röte ins Gesicht gestiegen. Das überraschte sie nun doch. Er war bisher immer so souverän gewesen.

Was ist eigentlich mit mir los, dachte Charlotte gerade, als die Frau neben sie trat und sich ihr mit dem Kopf näherte.

„Der wollte Sie aufreißen", flüsterte sie, „und jetzt haben Sie es ihm mit seinen eigenen Waffen gezeigt. Das war wahnsinnig gut. Ich glaube ja, das ist so 'ne richtige Masche von einigen. Die gehen regelmäßig in die Galerien und machen dort auf Kenner oder so und halten Ausschau nach schönen Frauen ohne Begleitung."

„Kann gut sein!", flüsterte Charlotte zurück.

Als sich die Frau mit ihrem schwarzen Bubikopf wieder entfernte, sah Charlotte Cornelius von rechts näher kommen. „Sie sind ja ein ganz freches Wesen", sagte er und streifte mit seiner Hand ihren Po.

„Und Sie sehen sympathisch aus und haben gerade meinen Hintern berührt."

„Tatsächlich?"

„Ja."

„Das haben Sie dann aber eher dezent kommentiert, verglichen mit den Worten vorher", meinte Cornelius.

„Die Worte vorher haben Ihnen bestimmt besser gefallen, was?"

„Nun ..."

„Ja ja, da bin ich mir sicher. Das ist es doch, was Sie gerne täten, oder? Am liebsten sofort in meinen Ausschnitt greifen und alles rausholen und über der Bluse hängen lassen ..."

„Und ob!", unterbrach Cornelius sie mit einer gedämpften Aggression in der Stimme. „Weil Sie es ja genau so brauchen! Nicht umsonst stellen Sie Ihre Brüste derart zur Schau!"

Charlotte schaute geradeaus auf das Gemälde vor ihren Augen und knöpfte mit ruhiger Hand einen Knopf ihrer Bluse zu.

„Ähm, also ich würde dann schon sagen: Immer hübsch freundlich bleiben", sagte der Mann neben der Frau mit dem Bubikopf.

Cornelius ging nicht auf die Bemerkung des Mannes ein. Stattdessen beugte er sich erneut zu Charlotte und flüsterte: „Bevor du geile, hochnäsige Stute deine Bluse wieder öffnest, werde ich dir den Rock hochziehen und einen Finger in deinem Arsch verschwinden lassen."

Die Frau mit dem Bubikopf schaute nun doch etwas erschrocken.

„Also, ich weiche nicht von Ihrer Seite, wenn Sie wollen", flüsterte sie Charlotte zu. „Und passen Sie auf, dass er Sie nicht noch verfolgt. Das ging doch alles wirklich etwas zu weit, oder? Ich wäre schon längst zu einem Aufpasser gelaufen. Das hier ist schließlich die Kunsthalle und nicht die Bronx oder so was!"

„Vielen Dank", flüsterte Charlotte zurück, „er ist harmlos, ich weiß es."

„Ach so, na dann ..."

Charlotte nickte dem Paar zu und verschwand dann mit forschem Schritt Richtung Ausgang. Kurz vor der Garderobe hatte Cornelius sie wieder eingeholt. „Was war das denn?", fragte er mit einem flüchtigen Anflug von Lächeln.

„Wie, was sollte das?", konterte Charlotte. „Du machst komische Sachen, und ich eben auch. Wenn man zu zweit spielt, dann gibt nicht immer nur einer die Karten, so ist das!"

„Na gut", sagte Cornelius.

„Und jetzt?", fragte Charlotte, als sie draußen unter der bereits über der Stadt liegenden Wolkendecke standen.

„Taxi. Hotel. Und den Rest wirst du schon sehen."

Charlotte sagte nichts, freute sich aber insgeheim, der Begegnung eine Prise Salz hinzugefügt zu haben und folgte Cornelius zu den Taxis am Hauptbahnhof.

Die Journalistin

Um kurz nach achtzehn Uhr war Tomasz der Letzte in der Firma. Nur noch die Kopien seiner erledigten Vorgänge in den entsprechenden Korb legen, und dann war Wochenende. Tomasz war zufrieden mit sich und seiner Arbeit. Darüber hinaus war er aber auch zufrieden mit seinen Kollegen. Er war ganz sicher nicht mit allen auf einer Wellenlänge. Aber dass die ganze Arbeit trotz Abwesenheit des Chefs funktionierte, fand er bemerkenswert. Nachdem er das Licht im Großraumbüro ausgemacht hatte und Richtung Garderobe ging, hörte er einen Schlüssel im Schloss der Eingangstür. Als er sich umdrehte, stand da der Chef.

„Ach, war ja noch gar nicht abgeschlossen", sagte Herr Peters. „Oh, guten Abend Herr Wojcik, noch fleißig gewesen?"

„Guten Abend, Herr Peters, ja, und jetzt mache ich Feierabend. Ich habe übrigens einen Schlüssel von Frau Steinmann bekommen, damit ich in Ruhe meine Sachen fertigmachen und dann auch abschließen kann."

„Ist in Ordnung, Herr Wojcik."

Peters stand genau in der Mitte des Vorraums und schien gerade nicht so ganz zu wissen, welche Richtung er einschlagen sollte. Seine Körperhaltung und sein gesamtes Auftreten hatten sich deutlich verändert, fand Tomasz. Besonders verwundert war er allerdings nicht darüber, wenn er bedachte, was alles passiert war. Und neben dem, was Tomasz wusste, gab es sicher noch einige Dinge, die man ihm und seinen Kollegen vorenthalten hatte. Klar war nur, dass mit dem Chef irgendetwas nicht stimmte und dass die Gründe und Ursachen dafür von außen kamen. Denn neben der merkwürdigen Angelegenheit mit diesem Katzenkopf hatte es danach offenbar noch irgendwelche anonymen Anrufe gegeben, die wohl alles andere als harmlos gewesen waren. Von geschäftlichen Komplikationen war Tomasz bisher allerdings noch nichts zu Ohren gekommen.

Anders als sonst entschloss sich Peters, seinen Mantel anzubehalten. Er öffnete die Tür seines Büros, schaltete das Licht an und setzte sich hinter seinen Schreibtisch. „Mal sehen, was so anliegt", hörte Tomasz ihn sagen. Kurz darauf waren rhythmische Klopfgeräusche zu hören. Tomasz sah um die Ecke und konnte erkennen, wie Peters mit den Händen auf seinem Schreibtisch herumklopfte. Dabei hatte er die Augen geschlossen und wiegte seinen Kopf im Takt hin und her. Etwas unwirklich, das alles, dachte Tomasz. Ein ganz anderer Typ, so wie er da gerade sitzt, gedankenverloren und trommelnd. Tomasz wusste, dass er sich einigermaßen schnell entscheiden musste: entweder sich verabschieden und gehen, oder eben nicht.

Es war nicht sehr zeitaufwendig gewesen, Agnieszka aus Frankfurt über Facebook ausfindig zu machen. Auch auf Xing hatte er sie sofort gefunden. Nachdem er während seiner Mittagspause das geöffnete Profil Agnieszkas auf Sonjas Facebookseite gesehen hatte und Sonja selbst wenig später ungewöhnlich angespannt im Pausenraum erschienen war und sofort das Internet geschlossen hatte, hatte er sich schon so seine Gedanken gemacht. Jedenfalls war Sonja sonst nicht so. Mit seiner Landsmännin Kontakt aufzunehmen war ebenfalls nicht schwierig gewesen. Tomasz hatte auch ein wenig geflunkert, indem er sowohl Interesse als auch Know-how in Bezug auf journalistische Tätigkeiten in die Kommunikation hatte einfließen lassen. Und an Frankfurt als Stadt an sich, und das war wirklich ehrlich gewesen, hatte er durchaus Interesse. Und zu guter Letzt schien seine Landsmännin in der Tat eine interessante Person zu sein. Die Verbindung zwischen Agnieszka und Sonja hatte er ohne besondere Stellungnahme seitens Agnieszkas herausgefunden. Alle Informationen, die man dazu brauchte, waren auf Agnieszkas Profil zu finden gewesen. Er hatte Fotos gesehen, auf denen Agnieszka zusammen mit Sonja zu sehen gewesen war. Das Besondere dabei war, dass es sich nicht um irgendwelche Freizeitfotos handelte. Die beiden Frauen waren in dieser typischen amerikanischen Kleidung – inklusive Doktorhut – zu sehen gewesen, wie man sie von Absolventen amerikanischer Universitäten kannte. Agnieszka und Sonja hatten zusammen Journalismus in Houston,Texas studiert. Dabei hatte Tomasz sofort an George Bush junior und ähnliche Menschen denken müssen.

In der Firma war allgemein bekannt, dass Sonja als Au-pair in den USA gewesen war und deshalb auch so gut englisch sprach. Von einem Studium dort war aber nie die Rede gewesen. Warum eigentlich nicht, hatte sich Tomasz gefragt. Seltsam war auch, dass eine Journalistin mit Abschluss in den USA sich dann für eine Lehre entschieden hatte. Ein BWL-Studium hätte ihm vielleicht noch eingeleuchtet, aber doch nicht eine Ausbildung im Außenhandel. Im Anschluss an die Zeit in den USA war Sonja offenbar nach Frankfurt gegangen. Dort hatte sie, wie auch Agnieszka, als Volontärin für verschiedene Zeitungen gearbeitet. Und die konkrete Frage in diesem Moment war nun, ob er dem Chef jetzt sofort davon erzählen sollte oder nicht. Er dachte ein paar Sekunden darüber nach und entschied, dass es sich hier um eine Art Fügung handelte. Er und Peters waren zufälligerweise allein in der Firma, also sollte es wohl sein. Er ging zu Peters' Büro und klopfte an die geöffnete Tür.

„Schnaps, Wein oder Bier!?", rief Peters mit einem Prusten. „Verzeihung, Herr Wojcik, ist mir gerade so rausgerutscht."

„Okay", sagte Tomasz leicht verunsichert. „Darf ich Sie kurz sprechen?"

„Nur zu, nur zu. Wo brennt's?"

„Ich habe eine Frage."

„Bitte!", forderte Herr Peters ihn auf.

„Wussten Sie, dass Frau Weber eigentlich Journalistin ist?", fragte Tomasz.

„Frau ... Äh ...?"

„Sonja Weber ..."

„Die ist was?" Peters streckte seinen Kopf nach vorne, während er das sagte.

„Journalistin!"

„Bitte was? Was erzählen Sie mir da?"

„Ja, ich habe es auch nicht geglaubt. Aber es stimmt, kann man alles im Internet nachlesen. Sie hat in den USA Journalismus studiert."

„Frau Weber ist Journalistin? Internet?"

„Ja."

„Wieso das denn?"

Darauf hatte Wojcik natürlich keine Antwort. „Keine Ahnung. Aber ich dachte, dass Sie das wissen sollten."

„Ja natürlich, aber ..." Peters stand auf und ging zur Tür. „Kommen Sie!", sagte er und ging mit forschem Schritt zur Buchhaltung, wo er mit seiner linken Schulter an die Türzarge stieß. „Scheiße!", fluchte er und taumelte in den Buchhaltungsraum.

„Haben Sie sich wehgetan?", fragte Tomasz besorgt.

„Ja ... das heißt, nein. Also ..." Peters fuhr mit einem Finger in der Luft die Akten-Reihen ab, die dort fein säuberlich auf Regalen standen. Nach ein paar Sekunden hielt er inne und blieb reglos vor der Wand stehen. Dann kratzte er sich mit der linken Hand im Gesicht und machte seltsame Bewegungen mit dem Kopf, wie ein Kurzstreckenläufer vor dem Start.

„Wonach genau suchen Sie denn?", fragte Tomasz.

„Ich … äh … also das hier sind doch …?"

„Debitorenrechnungen", kam ihm Tomasz zu Hilfe.

„Ach so! … ich … ?" Peters' Blick wirkte auf Tomasz leer und trübe, seine Schultern schienen steif und angespannt zu sein.

„Suchen Sie eine Rechnung?"

„Unsinn, Herr Wojcik! Wozu das denn? Ich suche die Personalakte von Frau Weber."

„Die ist im grauen Schrank mit den Personalakten", erklärte Tomasz in der Hoffnung, seinen Chef damit nicht zu provozieren.

„Ach jaa!" Peters drehte sich einmal um seine eigene Achse und zeigte mit ausgestrecktem Arm auf den grauen Schrank am anderen Ende des Raumes. „Dort!", sagte er laut. „Aber wo ist der Schlüssel? Herr Wojcik, wo bewahren wir den Schlüssel für den Personalschrank auf?"

Tomasz wich innerlich einen Schritt zurück. Unglaublich! War sein Chef etwa total betrunken oder was? „In jedem Fall hat Frau Krämer einen Schlüssel. Und meines Wissens haben Sie auch einen."

„Moment!", sagte der Chef und verließ die Buchhaltung. Nach mehreren Minuten, Tomasz wollte gerade nachsehen, ob sein Chef unterwegs zusammengebrochen war, kam Peters zurück. In der Hand hielt er einen großen Schlüsselbund, den er in der Luft kreisen ließ. Tomasz setzte sich auf einen Stuhl und schaute zu, wie Peters sich an dem Schrank zu schaffen machte. Der achte Schlüssel war es dann endlich. Zum Heraussuchen des entsprechenden Personalordners brauchte er dann erstaunlich wenig Zeit. Der Chef setzte sich mit dem Ordner auf den Schreibtisch von Frau Krämer und blätterte darin.

„Frau Sonja Weber!", sagte er. „Dadamdadaa … dadadaa … dadamm, nix!" Er sah zu Tomasz und schüttelte den Kopf. „Steht nichts von Journalistin. Einfach nur: Abitur, gejobbt in verschiedenen Bereichen … äh, zähle ich jetzt nicht auf. Aufenthalt in Houston, Texas, USA als Au-pair."

„Ja", sagte Tomasz, „das ist die offizielle Version."

„Genau", antwortete Peters.

„Und die ist falsch!"

„Die ist falsch?"

„Ja."

„Wie kann das sein?"

„Sie hat ganz einfach nicht alles angegeben", antwortete Tomasz.

„Sie hat gelogen?"

„Das sieht zumindest sehr danach aus. Kennen Sie Facebook?"

„Ja, ein wenig. Meine Töchter machen das."

„Okay. Wenn da also nicht irgendetwas ganz extrem schiefgelaufen ist bei Facebook, und das ist doch wohl eher unwahrscheinlich, dann wird aus dem Profil einer weiteren Journalistin aus Frankfurt deutlich, dass Frau Weber gelogen hat, obwohl ich so was natürlich sehr ungern sage."

„Ja, Herr Wojcik, das glaube ich Ihnen gerne. Denn das würde im Falle eines Irrtums ja an Verleumdung grenzen, nicht wahr?"

„Wenn ich einen Vorschlag machen darf?"

„Bitte, Herr Wojcik!"

„Wir gehen kurz ins Internet, und dort zeige ich Ihnen, was ich gesehen habe."

„Einverstanden, Herr Wojcik."

Als Tomasz seinem Chef die Seite von Agnieszka mit den entsprechenden Informationen über Sonja zeigte, schüttelte der nur ungläubig den Kopf. „Und was nun?", fragte Peters. Tomasz kam sich in seiner Funktion als Berater seines Chefs doch etwas deplatziert vor.

„Hm … Kann ich nicht sagen. Vermutlich erst einmal Frau Krämer informieren und dann Frau Weber befragen. Vielleicht gibt es ja eine ganz plausible Erklärung dafür."

Peters nickte. „In Ordnung, Herr Wojcik. Danke für die Information."

„Keine Ursache. Wenn Sie mich nicht mehr brauchen, würde ich jetzt gehen."

„Ist in Ordnung, Herr Wojcik, angenehmes Wochenende."

„Danke, Ihnen auch."

Der König schläft

Die Sitzung bei Gisela war diesmal nicht sehr ergiebig gewesen, was vor allem an Karls schlechter Verfassung lag. Gisela hatte ihn bereits nach einigen Minuten gefragt, ob er neben seinen Antidepressiva auch Alkohol zu sich genommen hätte. Das war der Fall gewesen. Daraufhin hatten sie sich ausschließlich seinem aktuellen Zustand, seinen Sorgen und Gedanken gewidmet. Einmal mehr hatte Gisela ihm geraten, sich zumindest für einige Tage stationär behandeln zu lassen, was er aber kategorisch abgelehnt hatte. Dann hatten sie über seine Beziehung zu Charlotte gesprochen. Als das Gespräch auf den Obdachlosen Wolfgang zu sprechen kam, schien Gisela für einen Moment irritiert gewesen zu sein. Wie er sich dort unter der Brücke und dem Obdachlosen zuprostend gefühlt habe? Über diese Frage hatte sich Karl bereits vor der Sitzung Gedanken gemacht. Ihm war aufgefallen, dass der zweite Besuch unter der Brücke durchaus angenehm und entspannend auf ihn gewirkt hatte. Wolfgang war ein angenehmer Kerl, ein guter Zuhörer und ein wirklich heller Kopf, dessen Anmerkungen zu den möglichen Motiven des Täters dann auch bei Gisela auf offene Ohren gestoßen waren. Karl war sich durchaus im Klaren darüber, dass es zwei Wochen zuvor noch undenkbar für ihn gewesen wäre, einfach so Kontakt zu einem Penner unter einer Brücke aufzunehmen, geschweige denn, sich dort gemütlich niederzulassen und sich dabei auch noch wohlzufühlen. Wie schnell sich die Dinge doch ändern konnten. Es brauchte nicht viel, um zwei sehr unterschiedliche Systeme auf eine kompatible Ebene zu bringen: Ein paar unerwartete Ereignisse, ein paar körperliche Symptome und ein wenig Unsicherheit und Angst, und schon sah man die Welt und seine Mitmenschen mit ganz anderen Augen.

Es war fast schon halb acht. Bald würden Klaus, Frank und Sebastian eintreffen. Klaus und Frank hatten sich per E-Mail nach seinem Befinden erkundigt, und Frank hatte kurz darauf sogar angerufen, ihn aber nicht erreicht. Gisela hatte ein zweites Mal betont, dass auch seine Schachfreunde möglicherweise zum Kreis der Verdächtigen gehörten, was er aber als absurd abgetan hatte.

Nochmals hatte er ihr klargemacht, dass die gemeinsamen Stunden am Freitagabend für ihn die entspanntesten und angenehmsten der ganzen Woche waren.

Nun saß er da an seinem Schreibtisch und dachte daran, was er von Tomasz über Sonja Weber erfahren hatte. So etwas hatte er in seiner Firma noch nie erlebt. Wieso hatte sie ihm ihre journalistische Ausbildung verschwiegen? Und weshalb machte jemand mit einer solchen Qualifikation dann noch eine Ausbildung im Außenhandel? Das passte nicht gut zusammen. Vielleicht war es ja so, dass der Journalismus dann doch nichts für Frau Weber gewesen war und es für sie ein unangenehmer Gedanke war, vielleicht als unentschlossen oder wankelmütig beurteilt zu werden. Er würde das am Montag mit Frau Krämer besprechen.

Neben der Garderobe in Karls Büro lehnte eine Papierrolle an der Wand. Sie enthielt mehrere Kopien vom Grundriss ihres Gartens, den ein Landschaftsarchitekt in Charlottes Auftrag angefertigt hatte. Charlotte wollte die alten Rotbuchen, deren Stämme zunehmend von schwarzem Rindenschorf überzogen wurden, zu einem Teil durch lichtere, exotischere Bäume ersetzen. Ihm graute vor der ganzen Aktion. Es war ja nicht damit getan, die Bäume zu fällen. Sie mussten ja auch deren Wurzeln ausheben, bevor sie neue Sorten pflanzen konnten. Und wer wusste schon, wie so ein Wurzelwerk nach so vielen Generationen aussah. Aber irgendwie hatte Charlotte ja recht: Der Garten war inzwischen tatsächlich so dunkel und verschattet, dass auch der Rasen in keinem guten Zustand mehr war.

Irgendwann in der kommenden Woche, Karl wusste nicht mehr genau, an welchem Tag, hatten sie einen Termin mit diesem Architekten zu Hause in Volksdorf. Er war bereits zwei Mal dagewesen, und die Entwürfe für Charlottes Neugestaltung des Gartens nahmen allmählich Form an. Ein noch offener Punkt war allerdings die Frage, welche neuen Sorten sie pflanzen sollten. Als der Architekt sie beide ermutigt hatte, auch selbst ein paar Überlegungen zu deren möglichen Standorten anzustellen, hatte Charlotte ihn um eben diesen Grundriss gebeten. Ein paar Tage später hatten sie dann per Kurier diese Rolle mit den Plänen erhalten. Da noch einige davon übrig waren, hatte Karl beschlossen, diese im Gesprächsraum aufzuhängen und seine Freunde um Vorschläge zu bitten.

Diese hatten sich am Abend ziemlich besorgt über seine momentane Verfassung gezeigt und dabei nicht mit Ratschlägen und Hinweisen gespart. Am liebsten wäre Karl nach diesem Abend noch zur Brücke gegangen, um mit Wolfgang zu plaudern. Dafür war er allerdings viel zu betrunken gewesen. Sein Taxi bog gerade auf den *Mundsburger Damm,* als es zu regnen begann. Er schloss die Augen. An diesem Abend hatte er, vollgepumpt mit Tranquilizern und Alkohol, hundsmiserabel gespielt und all seine Spiele verloren. Nur dank der jahrelangen Routine war es ihm überhaupt gelungen, einigermaßen vernünftige Spielzüge auszuführen. Gegen Sebastian hatte er anfangs eigentlich noch ganz gut ausgesehen, aber seine mangelnde Konzentration hatte ihn zum Ende des Spiels einige üble Fehler machen lassen. Beim Spiel gegen Frank war Karl angst und bange geworden. Deutlich offensiver als üblich hatte Frank versucht, ihn in die Defensive zu drängen, indem er sich mit seinen Figuren regelrecht in Karls Reihen *hineingebohrt* hatte. Die aggressive Dynamik dieses Spiels hatte ihn mental schon längst Schach matt gesetzt, bevor es tatsächlich soweit war. „Der König schläft", hatte Frank vor den letzten drei Zügen gesagt. Klaus hingegen hatte ganz offensichtlich Rücksicht auf ihn genommen, indem er sich während des Spiels erkennbar zurückgehalten hatte. Zum Schluss hatten alle drei noch ihre Bäume auf den Gartenplänen eingezeichnet – einen Kreis für einen Laubbaum und ein kleines Dreieck für einen Nadelbaum –, nachdem Karl sie um eine möglichst schnelle und intuitive Platzierung derselben gebeten hatte.

Als das Taxi vor dem Haus hielt, war er froh, nirgends mehr Licht zu sehen. Doch als er das Schlafzimmer betrat, fand er Charlotte im Bett sitzend mit einem Buch in der Hand vor.

„Hallo, Karl", begrüßte sie ihn und legte das Buch zur Seite.

„Was liest du?"

„*Die Entdeckung der Langsamkeit.* Ich habe es auf der Kommode im Flur gefunden. Bist du gerade dabei, es zu lesen?"

„Ja, stimmt. Ich habe es zuletzt vor über zwanzig Jahren gelesen und mich jetzt wieder daran erinnert."

„Ein Kapitän mit Weitblick", sagte sie anerkennend.

„Ein Kapitän mit Weitblick", wiederholte Karl mit leiser Stimme.

„Wie war es bei deiner Therapeutin und mit deinen Freunden?"

Karl atmete tief und schwer. „Ja ... alles soweit in Ordnung."

„Aha", erwiderte Charlotte. „Ach, übrigens", fuhr sie fort, „heute ist ein Brief ohne Absender für dich gekommen, hier!" Sie nahm einen weißen Umschlag von ihrem Nachttisch und hielt ihn ihm hin. Er atmete erneut tief ein und mit einem Stöhnen wieder aus.

„Muss ich da wirklich jetzt noch reinschauen?", fragte er.

„Aber sicher doch!", antwortete Charlotte bestimmt.

Karl bohrte den Fingernagel seines Daumens unter den Klebestreifen und riss den Brief auf. Er entfaltete ein Din-A4-Blatt und las: „Frau Schröder ist eine Vogelaktivistin und Katzenhasserin. Sie ist derzeit aktiv und tut alles, um ihre Interessen durchzusetzen." Nachdem er fertiggelesen hatte, schaute er nochmals in den Umschlag und fischte ein Foto daraus hervor. Er hielt es sich vor die Augen und sagte dann: „Das ist Frau Schröder, vermutlich bei irgendeiner Aktion. Sie trägt ein Kostüm und sieht aus wie ein Vogel."

„Gib mal her!", sagte Charlotte. Als sie das Foto sah, begann sie schallend zu lachen.

„Weshalb lachst du? Möglicherweise hat sie etwas mit Lila zu tun. Letzten Endes muss sie es ja auch nicht unbedingt selbst erledigt haben."

„Sondern hat den Auftrag zum Klau der Katze und deren Hinrichtung erteilt?"

„Kann doch sein!"

„Diese Frau macht doch so etwas nicht. Also wirklich, Karl. Viel entscheidender finde ich ja die Frage, wer Frau Schröder bei ihrer Freizeitgestaltung fotografiert und dann auf so eine Art und Weise anschwärzt. Ich schlage vor, du sprichst sie einfach einmal darauf an."

Karl stöhnte auf und ließ seinen Mantel zu Boden gleiten. „Ich gehe duschen", sagte er.

Als er zurückkam, hatte Charlotte bereits das Licht gelöscht. Er ließ sich auf seine Bettseite fallen, schob sich sein Kopfkissen unter den Nacken und rieb sich das Gesicht. Dann begann er erneut, tief zu atmen und seinen Kopf nach rechts und links zu kippen.

164

„Verspannungen?", fragte Charlotte.

Karl antwortete nicht.

„Mach dir wegen Frau Schröder mal keine Sorgen", sagte Charlotte mit sanfter Stimme.

Karl schüttelte den Kopf und griff sich in die Haare. „Das alles ist eine riesige Katastrophe! Nicht mehr auszuhalten! Bald, aber wirklich schon sehr bald", sagte er mit einem Schluchzen, „werde ich völlig am Ende sein." Tränen rannen ihm übers Gesicht, als er noch nachschob: „Gottlob habe ich eine ordentliche Lebensversicherung abgeschlossen." Charlotte schmiegte sich an ihn, nahm seinen Kopf und legte ihn auf ihren Bauch. Sie streichelte ihm zärtlich über die Haare und ließ ihn einfach weinen.

„Wenn du Lust hast, über deine Sitzungen mit Gisela oder über etwas anderes zu reden, dann fang einfach irgendwann an. Du kannst es tun, musst aber nicht. Mach so, wie du möchtest."

Lansky 3

Es war 4 Uhr 30. Aus seinem Wohnzimmerfenster im dritten Stock konnte Lansky in einen Innenhof hinabsehen, der ungefähr die Größe eines Fußballfeldes haben mochte. In einiger Entfernung von seiner Wohnung standen alte Rotbuchen mit mächtigen Kronen, auf der rechten Seite war ein kleiner Teich angelegt, und in der Mitte befand sich eine Rasenfläche. Zu dieser Uhrzeit, wenn der Platz noch menschenleer war, hatte er eine beruhigende Wirkung auf ihn. Etwas ganz Besonderes bekam diese Stimmung durch die Möwen, die bei Sonnenaufgang ihre Kreise drehten, sich um Nahrung stritten oder dicht an dicht auf einem der Dachsimse Platz nahmen. Mitunter flogen die Vögel direkt an seinem Fenster vorbei. In diesen Momenten kam ihre ganze Größe und Eleganz zum Vorschein. Ihre riesigen, nach unten gebogenen Schnäbel waren Waffen, und ihr Geschrei aus nächster Nähe vermittelte Kraft und Entschlossenheit.

Zum Schlafen war Lansky nicht gekommen, dafür war er einfach zu aufgewühlt gewesen. Er konnte zwar noch nicht behaupten, dass sich die Dinge überschlugen, aber ins Rollen gekommen waren sie allemal. Er legte die siebte Sinfonie von Beethoven auf, nahm ein paar ausgedruckte Fotos zur Hand und legte sich damit auf die Couch. Die Aufnahmen zeigten Gustaf im Park der Klinik. Vier Wochen war das bereits her. Einigermaßen zufrieden und ruhig hatte sein Bruder gewirkt, wenngleich das zum Teil auch an den starken Medikamenten lag, die dieser noch immer einnehmen musste. Und es war anzunehmen, dass das auch so bleiben würde, genauso, wie es zum gegenwärtigen Zeitpunkt nicht den Anschein hatte, als könnte Gustaf die Klinik innerhalb der nächsten Jahre wieder verlassen. Auf der einen Seite war das traurig, auf der anderen Seite aber auch beruhigend. Denn dort schien Gustaf in einigermaßen guten Händen zu sein. Diese Einrichtungen hatten nicht mehr viel mit Szenen zu tun, wie man sie aus *Einer flog über das Kuckucksnest* kannte. Der Umgang mit den Patienten in der Klinik hatte auf Lansky immer einen sehr liebevollen Eindruck gemacht.

Gustaf war schon immer ein ruhiger, aber sehr wacher und kluger Bursche gewesen. Wenn es Probleme gegeben hatte, war er meistens noch ruhiger geworden und hatte sich zurückgezogen. Als die Probleme seiner Familie dann massiv wurden, hatte Gustaf keine adäquaten Möglichkeiten parat gehabt, mit seinen Ängsten und Qualen umzugehen. Gleichzeitig war aber auch niemand dagewesen, der die Fähigkeit und die Ruhe gehabt hatte, in einer Weise auf Gustaf einzugehen, wie er es zu dieser Zeit dringend gebraucht hätte. Vermutlich waren die Veränderungen in seinem Seelenleben auch deshalb so lange niemandem richtig aufgefallen, weil er generell nie besonders aufgefallen war. Und das hatte fatale Folgen gehabt. Gustafs Krankheit hatte sich langsam und mehr oder weniger unbemerkt entwickelt. Aufgrund seiner extremen Klugheit hatten sich seine Probleme nur bedingt auf seine Schulnoten ausgewirkt. Nach dem Abitur hatte sich sein Gesundheitszustand dann rapide verschlechtert, und es war endlich auch deutlich geworden, wie es eigentlich um ihn stand. Von einer insgesamt langsamen oder auch negativen Entwicklung einer Schizophrenie mit katatoner Symptomatik hatte man gesprochen, als sein Zustand nach dem Suizid des Vaters komplett entgleist war. Ihre Mutter, bei der eine psychische Schwäche schon immer vorhanden gewesen war, erkrankte wenig später. Sie litt an einem schweren Verlauf von Sklerodermie und starb fünf Jahre nach ihrem Mann. Lansky wurde irgendwann klar, dass der Bankrott der elterlichen Firma nicht der alleinige Grund für das Leid seiner Familie war, sondern vor allem auch als Auslöser für das Dekompensieren bereits vorhandener Defizite zu werten war. Gleichwohl konnte diese Überlegung kaum trösten und die Schuld der Menschen, die dafür mitverantwortlich waren, auch nicht mindern.

Den größten Schock hatte vielleicht der Vater durch seinen Selbstmord ausgelöst. Er hatte sich vor einen Schnellzug gestellt. In der Presse war dann versucht worden, die letzten Stunden von Georg Hamann zu rekonstruieren, was die ganze Tragödie irgendwie noch plastischer gemacht, sich in Lanskys Kopf wie eine Art Filmszene eingeprägt hatte und von ihm im Laufe der Zeit immer lebhafter und grausamer nachempfunden worden war. Hinzu kam, dass niemand mit so einer Tat gerechnet hatte. Georg Hamann hatte nicht nur innerhalb der Familie den Ruf eines Fels in der Brandung genossen.

Über all die Jahre hinweg hatte sich Lansky die Frage gestellt, was genau seinen Vater in den Selbstmord getrieben hatte. Der Bankrott seiner Firma war freilich ein Desaster gewesen. Verhungert wäre die Familie deswegen aber nicht. Eine Weile hatte sein Vater sogar noch als Angestellter in einer Firma gearbeitet, die Edelhölzer importierte. Möglicherweise war dieser Umstand, plötzlich nicht mehr frei in allen Entscheidungen zu sein und sich Vorgesetzten unterordnen zu müssen, für ihn nicht zu ertragen gewesen. Als ein weiterer Faktor war sicher der Zwangsverkauf des Hauses zu werten. Die Familie hatte daraufhin in eine kleine, nicht sonderlich schöne Mietwohnung ziehen müssen. Das alles waren Gründe für Georg Hamanns Entscheidung gewesen, seine Familie auf so schreckliche Weise zu verlassen. Aber erst Jahre später, als sich in Lansky selbst ein enormer Groll und eine maßlose Wut angestaut hatten, war er darauf gekommen, dass die größte Tragödie für seinen Vater nicht der finanzielle Ruin oder der gesellschaftliche Abstieg gewesen war. Vielmehr schien sein seelischer Zusammenbruch mit der ungeheuerlichen Ungerechtigkeit zusammenzuhängen, die ihm wiederfahren war, und mit der Unfähigkeit, sich adäquat zur Wehr setzen zu können. Verletzter Stolz und die Folgen schwerster Demütigung hatten sich von seinem Vater Georg Hamann auf ihn, Lansky, übertragen. Draußen wurde eine Amsel von einer Möwe gejagt. Wie unfair, dachte er. Die Amsel flatterte nervös und flog kleine, abgehackte Schlenker, wie ein Kaninchen, das von einer Wildkatze verfolgt wurde. Der zweite Satz der Sinfonie war dabei, sich hochzuschrauben. Begonnen hatte es ganz leise. Eine melancholisch getragene, einfache Melodie war nach zartem Beginn durch einige wenige Instrumente immer lauter und weiter geworden, mehr und mehr Instrumente kamen hinzu und ließen durch ihre unterschiedlichen Klangfarben, Tonhöhen, Zweit- und Drittstimmen einen anfangs kleinen, dunkel-orange leuchtenden Kern schließlich zu einem schier explodierenden, hell erstrahlenden Stern werden, ohne dass die Melancholie der ersten Takte dabei eingebüßt wurde. Dann hoben alle Bläser und das ganze Sinfonieorchester zum Finale an. Lansky durchfuhr ein Vibrieren und Zittern. Alles öffnete sich und begann zu leuchten. Dann wurde es still.

Der alte Mann

Charlotte öffnete die Ofenklappe. Der Rehrücken garte langsam vor sich hin, der Saft von Gemüse, Kräutern und dem Braten mischte sich mit dem Rotwein und versprach, eine schmackhafte Soße zu werden. Tanja kam in die Küche und scharwänzelte um sie herum.

„Noch fünf Minuten, Tanja, dann ist es soweit."

Tanja nickte ihr zu und summte dabei vor sich hin.

Charlotte musste an Freitagabend denken, als Karl weinend auf ihrem Bauch gelegen hatte. Auch sie hatte leise vor sich hingesummt, so lange, bis Karl, anstatt zu erzählen, eingeschlafen war. Am Samstag hatte er ihr dann von seiner Auszubildenden, Sonja Weber erzählt, die anscheinend ausgebildete Journalistin war, dies aber nicht angegeben hatte. Aber war das ein Verdachtsgrund für irgendetwas? Und dann war da noch Manuela Schröder, die offenbar gegen Katzen mobil machte. Charlotte hob die Augenbrauen.

Der von ihr empfundene Klimawandel hatte sich zu einer ausgewachsenen Klimakatastrophe gemausert. Wobei die genauen Ursachen dafür leider nicht alle auf dem Tisch lagen. Dass sie durch ihren Kontakt zu Cornelius in irgendeiner Weise daran beteiligt war, konnte sie nicht leugnen. Die eigentlichen Ursachen waren aber andere. Sie fragte sich, wie wahrscheinlich ein totaler Absturz Karls sein mochte. Intensivere Hilfe als die von seiner Therapeutin Gisela und seinem neuen Freund Wolfgang wollte er offensichtlich nicht in Anspruch nehmen. Als nächstes würde ihr Mann vermutlich die Nächte als Gast unter Wolfgangs Brücke verbringen. Charlotte musste sich schütteln. Sie öffnete die Ofenklappe erneut und steckte ein Thermometer in den Braten. 65 Grad, fertig.

An den Kopfenden des Tisches saßen ihr undankbarer Schwiegervater und Tanja. Reimund Peters trug neuerdings nicht mehr den altbewährten Seitenscheitel, sondern hatte seine grauen, schütteren Haare auf etwa eineinhalb Zentimeter stutzen lassen. So sah er aus wie ein General im Ruhestand. Verena und Karl saßen Charlotte gegenüber.

„Guten Appetit", sagte sie.

Tanja war die einzige, die mit Appetit und Lust zuschlug. Verena verhielt sich noch ruhiger und in sich gekehrter als sonst, von Karl war ohnehin nicht viel zu erwarten, und ihr Schwiegervater war ganz einfach so wie immer.

„Und, was ist mit eurem Garten?", fragte Reimund.

Karl nickte und sah so aus, als wollte er etwas sagen. Es kam aber nur ein unverständliches Murmeln von ihm.

„Nächste Woche am Mittwoch kommt der Landschaftsgärtner mit seinen Plänen zu uns. Wir selbst haben uns auch so unsere Gedanken gemacht. Karl hat sogar seine Freunde ein paar Kopien unserer Pläne mit Bäumen bestücken lassen."

„Ich will einen Kirschbaum!", rief Tanja dazwischen.

„Kriegst du", sagte Karl.

Reimund nickte, Fleisch kauend und mit gesenktem Blick.

„Schmeckt es dir nicht, Verena?", fragte Charlotte.

„Doch."

„Geht's dir nicht gut?"

„Doch."

„Hast du dich mit Florence gestritten? Ist etwas vorgefallen, gestern auf eurer Party?"

„Jetzt schläft sie immer bei Florence, damit niemand merkt, dass sie erst morgens wieder nach Hause kommen", erklärte Tanja.

„Klappe!", fauchte Verena.

„Wo treibst du dich denn die ganze Nacht rum, Kind?", wollte Reimund wissen.

Verena prustete und legte ihren Kopf in den Nacken.

„Sie ist doch noch fast ein Kind", sagte Reimund an Karl gerichtet.

„Mit sechzehn! Herrgott!!"

Diesmal versuchte Karl gar nicht erst, etwas zu sagen. Er schaute auf seinen Teller und stocherte in seinen Kartoffeln herum. Geradezu hypnotisiert glotzte er auf den immer größer werdenden Haufen zermanschter Kartoffeln. Dann fing er an, einen Graben zu ziehen, indem er mit dem Messer durch den Haufen schnitt und die entstandenen Hälften voneinander trennte. Danach schien der Graben oder vielmehr der frisch ausgehobene kleine Kanal mit Leben in Form von brauner Soße gefüllt zu werden. Es entstand eine Wasser- beziehungsweise Soßenstraße von der Ostseite des Tellers (Fleisch) zur Westseite (Bohnen). Wäre der Anblick nicht derart skurril gewesen, hätte Charlotte laut losgelacht. Gut, dass Reimunds Augen nicht mehr die schärfsten sind', dachte sie.

„Mmh, ich finde die Soße lecker!", sagte Charlotte.

Tanja kicherte und begann ebenfalls damit, einen Kanal zu bauen.

Charlotte hatte sich gerade mit einem schweigsamen Verlauf des Mittagessens abgefunden, als sie Karl sagen hörte: „Vater, haben wir Feinde?"

Etwas unvermittelt kam das schon, fand sie, wenngleich die Frage grundsätzlich ein guter Einfall war. Ähnlich wie sie selbst schien auch Reimund überrascht zu sein.

Er hob langsam seinen Blick und sah Karl an. Dann verzerrte sich sein Gesicht und bekam einen ungläubigen Ausdruck. Seine Stirn faltete sich wie bei jemandem, dem gerade die unverständlichste und absurdeste Frage überhaupt gestellt worden war. Nach einem kurzen Augenblick richtete er den Blick wieder auf seinen Teller, und die Frage blieb unbeantwortet.

„Vater! Haben wir je Feinde gehabt?"

Reimund hob erneut seinen Blick und ließ das Besteck hörbar auf den Teller fallen.

„Feinde?", fragte er und schüttelte ungläubig den Kopf.

„Ja, Feinde!"

„Was soll das heißen, Karl?!"

Karl räusperte sich. „Also, es kann doch sein, dass es im Lauf der Jahre eine unglückliche Geschäftsbeziehung gegeben hat, aus der dann irgendwann so etwas wie eine Feindschaft entstanden ist. Es muss sich ja nicht um Kunden oder Zulieferer handeln. Insgesamt gäbe es da rein theoretisch doch einige Möglichkeiten …"

„Ja!", ergänzte Charlotte, „zum Beispiel Mitarbeiter oder ehemalige Mitarbeiter."

Karl nickte.

„Was?" Reimund schüttelte den Kopf. „Unglücklich …?"

„Wie bitte?", fragte Karl.

„Hast du doch gesagt, irgendetwas mit unglücklich."

„Ach so, ja. Ich sagte: unglückliche Geschäftsbeziehung!"

Reimund schob demonstrativ seinen Teller ein Stück von sich.

„Wir haben keine Feinde!", sagte er mit einer ordentlichen Portion Aggressivität in der Stimme.

So war es immer gewesen, dachte Charlotte, *rums und aus. Diskussionen nicht erwünscht!* Auf Karls Stirn konnte sie Schweißperlen erkennen.

„Und familiär?", fragte Karl.

„Was?"

„Was, *was?*", wiederholte Karl mit nervöser Stimme und einem Zucken im Gesicht.

„Großvater", schaltete sich Tanja unvermittelt ein. „Was bedeutet familiär?"

„Was will sie?", fragte Reimund.

Charlotte intervenierte. „Die Frage war, inwieweit es eventuell Feinde im familiären Umfeld gegeben hat, irgendwann im Laufe der vielen Jahrzehnte. So was kommt doch vor."

„Was wollt ihr von mir?", fragte Reimund.

So anstrengend er auch war, hatte er doch ein Recht darauf zu erfahren, woher diese Fragerei rührte, fand Charlotte.

„Es hat merkwürdige anonyme Anrufe in der Firma gegeben", erklärte sie ihm.

„Was für Anrufe?"

„Ist doch ganz egal!", schrie Karl. „Ich habe dir eine Frage gestellt. Wieso bekomme ich keine Antwort?!"

„Nicht in diesem Ton, Junge! Es gibt keine Feinde!"

Tanja hatte den Kopf eingezogen und blinzelte irritiert zu ihrer Mutter hinüber. Verena hielt sich die Hände vor den Kopf und stöhnte. Am schlechtesten schien es aber Karl zu gehen. Er hatte sich gerade mit seiner Serviette über die schweißnasse Stirn gewischt und saß jetzt mit leicht geöffneten Lippen und geschlossenen Augen einfach nur so da. Reimund hatte seinen Teller wieder zu sich herangezogen und aß kopfschüttelnd weiter.

Auf dem Weg nach Hause sagte keiner ein Wort. Das Schweigen der Kinder, dachte Charlotte, hatte vermutlich mehr mit deren Unsicherheit hinsichtlich des Zustandes ihres Vaters zu tun als mit dem traurigen Kommunikationsniveau im Hause von Reimund Peters. Langsam wurde es wieder Zeit für ein wenig Normalität, fand sie. Einen Hauch davon hätte sie vielleicht gestern Abend bei der Grillparty der Pfeiffers erleben können, wenn Karl nicht aus gesundheitlichen Gründen unpässlich gewesen wäre.

Charlotte öffnete die Schiebetür zum Garten, als sie ihren Mann, der hinter ihr auf dem Sofa saß, sagen hörte: „Kann ja gut sein, dass es niemals Feinde gegeben hat. Aber jeder normale Mensch würde sich doch zumindest so eine Frage anhören. Und dann könnte man sich einfach darüber unterhalten, ein Gespräch führen. Jeder Mensch hat sich doch schon mal gestritten oder sich gar mit jemandem zerstritten. Ich würde ihm am liebsten so richtig eine reinhauen!"

„Karl, ich verstehe dich! Ich kann dir gar nicht sagen, wie gut ich das verstehe. Er ist respektlos und verletzend!"

„Genau das ist er! Und nun, Charlotte, sage ich dir: Wieso soll ausgerechnet so ein ätzender Kerl wie er keine Feinde haben?"

Charlotte nickte. „Die Frage ist mehr als berechtigt! Aber man hört doch immer wieder, dass Menschen von ihrem beruflichen Umfeld sehr geschätzt werden und einen tadellosen Ruf genießen, während es in ihrem Privatleben ganz anders aussieht. Im Geschäft ein toller Typ und zu Hause ein widerliches Aas."

Karl atmete hörbar tief und schnaufend. Dann sah Charlotte, wie er wie ein wackeliger Sack seitlich auf das Sofa sank. Am Montag würde sie wieder in die Firma fahren und sich mit Frau Steinmann und Frau Krämer besprechen. Auch über Frau Schröder und Frau Weber würde zu reden sein.

Vor allem aber machte sie sich neben Karl Sorgen um Verena. Sie sah nicht gut aus. Ganz unbestritten waren ihre beiden Kinder in der letzten Zeit deutlich zu kurz gekommen. Und eigentlich, dachte Charlotte, war es tatsächlich ihre Pflicht, zu wissen, wo sich ihre Tochter nachts herumtrieb.

Nachrichten

In St. Georg lebt es sich multikulturell und multisexuell, dachte er. Er saß im Kaffee Gnosa in der Langen Reihe und trank einen Kakao mit Schlagsahne. Schönes Ambiente, fand er. Entspannte Möbel, angenehmes Licht und eine interessante Klientel. Noch fühlte er sich sicher, spürte aber, dass das nicht immer so bleiben würde. Er schaltete sein Handy ein und überflog die letzten Sprachnachrichten.

Freitag. Seine Frau war hier. Er ist im Eimer. Frau Steinmann und Frau Krämer übernehmen die Leitung.

Donnerstag. Weiter am Abschlaffen. Ängstlich und nervös mit Zuckungen. Abends zur Therapie. Er nimmt Tranquilizer und Antide-

pressiva, evtl. schon länger (würde passen!). Es wird immer leichter, er kriegt ja fast nichts mehr mit!
    Mittwoch. Er kommt spät und macht fast nichts. Wirkt abgewrackt, fertig. Abends Psychotherapie!!! Bei Gisela Wilhelmi, Lutterothstr.
    Dienstag. Er war wohl bei der Polizei (Katze)
    Montag. Der Anruf hat ihn total fertig gemacht. Ist früh gegangen. Hat privat telefoniert.
    Dann scrollte er zur vorherigen Woche weiter.
    Freitag. Er dreht durch! ... Und verschanzt sich im Büro.
    Donnerstag. Jeden Tag ein paar Ausraster. Hat die Tage auch schon in seinem Büro randaliert.
    Er sah zu einem Männerpärchen hinüber, das sich mit leisen zischenden Stimmen zu streiten schien. Wenn *ein* Problem gelöst ist, dachte er, dann ploppt umgehend das nächste auf. Fast nie ist alles ganz ruhig und ausgeglichen, und wenn aktuell nichts da ist, dann taucht etwas aus der Vergangenheit auf.

Die Chefin

Das Büro vom Chef war nicht so schlecht, fand Franziska. Und ganz ehrlich, die Arbeit lief eigentlich auch ohne ihn ganz gut. Für November, und der war ja nicht mehr so weit, war allerdings eine längere Reise von Peters nach Südamerika geplant. Und das, bei aller Einsatzfreude, konnte sie nicht auch noch übernehmen, obwohl sie es durchaus gerne getan hätte. Aber dann müsste sie Phillip die Führung der Firma überlassen, und dieser Gedanke gefiel ihr gar nicht. In ein paar Wochen konnte ja so viel passieren. Die Stimmung in der Firma könnte sich während ihrer Abwesenheit zu ihren Ungunsten verändern. Die anderen mussten sich dann für einige Zeit auf Phillip einschwören, was die Verhältnisse zwischen ihr und den anderen in negativer Weise beeinflussen konnte. Nein, das wollte sie alles nicht! Am elegantesten wäre es, wenn Peters für immer in der Klapse oder sonst wo landen würde, und sie selbst die Geschicke der Firma für die nächsten zwanzig Jahre in der Hand hätte. Geschäftsführergehalt oder sogar Teilhabergehalt, schöner BMW, schönes Haus, schöne Golf-Ausrüstung, interessante Einladungen, Empfang im Rathaus, Auszeichnung als erfolgreichste Unternehmerin der Hansestadt, alles das wäre möglich. In jedem Fall wollte sie mit ihren 1400 Euro netto jetzt nicht mehr lange stillhalten.

Nein, nein, nein. Sie musste unbedingt präsent bleiben. Zwischen ihr und Phillip war es ohnehin nie so richtig gut gelaufen. Und jetzt, da sie die Leitung übertragen bekommen hatte, war das Verhältnis zwischen ihnen noch angespannter. Sie konnte seinen Zorn geradezu riechen. Wie ein kleiner beleidigter Köter hing er über seinen Sachen. Man hätte fast sagen können, eine kleine Version vom Chef. Nur, dass Phillip viel lichteres Haar hatte als Peters. Sie wollte wirklich nicht wissen, was Phillip nachts in seiner Junggesellenwohnung so alles trieb. Dann fiel Franziska ein, dass sie selbst auch alleine lebte und konzentrierte sich wieder auf die Post. Anita hatte ihr die aktuellen Außenstände der Kunden, die seit Längerem überfällig waren, mitgeteilt. Sich mit solchen Leuten auseinanderzusetzen war ja Aufgabe des Chefs. Sie vermutete, dass es sich hierbei um eine seiner Lieblingstätigkeiten handelte. Wenn man seinen Zeitaufwand mit dem Ertrag verglich, musste man allerdings feststellen, dass es da ein gewisses Missverhältnis gab. Denn bei diesen Kunden handelte es sich ausschließlich um geringe Auftragsvolumen und entsprechend auch um wenig Geld. Sie selbst würde diese Kunden so lange, bis es eine Kreditversicherung für sie gab, fleißig vorauszahlen lassen. Die Annahme von Peters, dass diese Kunden dann nicht mehr kauften, teilte sie nur bedingt. Finanziell würde unterm Strich etwa das Gleiche herauskommen, nur hätte man dann viel weniger nervige Korrespondenz und Ärger zu bewältigen.

Unter der Post war ein weißer Umschlag, persönlich und vertraulich an den Chef adressiert. Einen Absender gab es nicht. Franziska lächelte. Zehn Minuten später, um Punkt 10 Uhr 30 erschien Frau Peters. Sie gingen zusammen in die Buchhaltung und schlossen die Tür. Gemeinsam mit Anita entschieden sie, erst einmal mit Sonja zu sprechen.

Frau Peters stand auf, als Sonja eintrat. „Guten Morgen, Frau Weber. Wir haben uns ja schon einmal gesehen. Ich bin Charlotte Peters."

„Guten Morgen, Frau Peters!", zwitscherte Sonja vergnügt. „Wie geht es Ihrem Mann? Wird er bald wieder bei uns sein?"

„Danke der Nachfrage, Frau Weber. Er ist auf dem Weg der Besserung und wird sehr bald wieder im Vollbesitz seiner Kräfte sein. Setzen Sie sich doch, bitte!" Frau Peters schaute zu Anita und nickte ihr zu.

Anita zog ihre nepalesische Tunika zurecht und straffte ihren massigen Körper. „Frau Weber, da der Chef zurzeit nicht am Platze ist, werden wir uns kurz mit Ihnen unterhalten."

Sonja legte ihren Kopf zur Seite und schaute lächelnd und nickend in die Runde.

„Herrn Peters", fuhr Anita fort, „ist zugetragen worden, dass Sie in den USA Journalismus studiert haben, trifft das zu?"

Sonja nickte schüchtern und setzte ein noch unschuldigeres Lächeln auf. Franziska hatte es Anita, die vorab von Frau Peters telefonisch informiert worden war, zuerst gar nicht glauben wollen. Aber jetzt! Unglaublich! Wie die da so saß und grinste. Ganz schön ausgekocht, dachte Franziska, nicht ohne Sympathie für ihre Kollegin.

„Und warum haben Sie das nicht angegeben?", fragte Charlotte. „Dazu wären sie eindeutig verpflichtet gewesen."

Sonja kratzte sich am Hals. „Ja, das habe ich mir auch schon überlegt. Und es tut mir auch leid. Ich habe auch ganz doll ein schlechtes Gewissen. Wissen Sie, ich dachte, dass man das vielleicht komisch finden würde, dass ich als Journalistin dann doch lieber in einen so ganz anderen Bereich wechseln wollte. Später habe ich gedacht, dass das so vielleicht doch nicht so gut war. Aber da konnte ich dann nichts mehr dran ändern. Ich meine, wie hätte das denn ausgesehen, wenn ich gesagt hätte, dass ich da aus Versehen was vergessen hätte."

Franziska schaute zu Anita und Anita schaute zu Frau Peters. Frau Peters schien das alles etwas zu glatt zu laufen. Franziska konnte ihr ihren Argwohn und ihre Unzufriedenheit ansehen.

„Sonja", sagte Franziska, „arbeitest du zurzeit als Journalistin oder hast du während deiner Zeit bei uns als Journalistin gearbeitet?"

„Neiiiin!", antwortete Sonja etwas übertrieben traurig. Frau Peters wackelte auf ihrem Stuhl herum. „Frau Weber, es fällt mir schwer, zu verstehen, dass jemand wie Sie, mit einem akademischen Abschluss aus den USA, unbedingt eine kaufmännische Lehre in Deutschland nachschieben will. Wie kommt das?"

„Es interessiert mich. Vielleicht spezialisiere ich mich irgendwann auf wirtschaftliche Themen. Das würde sich doch vielleicht …"

„Also bitte, ja! Da könnten sie doch ganz einfach BWL studieren, oder einen Master in Wirtschaft draufsetzen. Denn, ganz ehrlich, was Sie hier lernen, das können Sie vielleicht im Außenhandel brauchen. Aber diese Ausbildung hier ist doch keine Grundlage für den Beruf eines Wirtschaftsjournalisten!"

Sonja schaute traurig auf den Boden. „Ich wusste, dass mich niemand verstehen würde. Niemals hätte ich diesen Ausbildungsplatz bekommen, wenn ich alles erzählt hätte."

Franziska glaubte ihr irgendwie nicht so recht. Und eigentlich hätte sie in ihrer jetzigen Position auch etwas strenger sein müssen, aber sie konnte einfach nicht.

„Frau Weber!", schaltete sich Anita mit wohlwollend nach vorn gebeugter Körperhaltung ein, „ich vermute mal, dass Sie das allgemeine Erstaunen verstehen."

Sonja nickte schuldbewusst.

„Und dazu kommt eben auch, dass bei uns in der Firma gerade einige merkwürdige Dinge passieren. Es gibt dafür leider noch keine Erklärung, und möglicherweise", Anita schaute zu Frau Peters rüber, „hat uns der Chef aus sicherlich guten Gründen nicht alle Details mitgeteilt. Es ist aus meiner Sicht aber wahrscheinlich, dass seine momentane Abwesenheit mit diesen Vorfällen zu tun haben könnte. Und dann – auch das werden Sie sicherlich verstehen – erscheinen eben sämtliche Ungereimtheiten in einem ganz besonderen Licht. Und zu diesen Ungereimtheiten gehört auch Ihr unvollständiger Lebenslauf. Auch ich, und das muss ich bei aller Wertschätzung für Sie ganz deutlich betonen, finde diesen Bruch in ihrem beruflichen Werdegang, sagen wir mal, recht außergewöhnlich."

Sonja saß stumm und mit hängenden Schultern auf ihrem Platz.

Ihre Augen füllten sich mit Tränen. Frau Peters griff in ihre Handtasche und reichte ihr ein Taschentuch.

Du kleine, ausgeschlafene Schlange, dachte Franziska. Frau Peters, Anita und sie sahen einander an und zuckten synchron mit den Schultern.

„Möchte noch jemand etwas sagen?", fragte Franziska.

Niemand regte sich.

„Falls dir doch noch etwas einfällt", sagte Franziska zu Sonja gewandt, „dann einfach heraus mit der Sprache. Je klarer wir alle sehen, desto besser. Frau Peters wird sich dann sicherlich mit dem Chef besprechen und sich zu gegebener Zeit melden."

Frau Peters nickte stumm. Damit war das Gespräch beendet.

Nun saß Franziska auf der Terrasse eines Restaurants am Groß-Neumarkt und aß Hering in Apfel-Sahne mit Bratkartoffeln. Das Gespräch mit Manuela war noch kürzer gewesen als das mit Sonja. Auf die Frage nach ihren Aktivitäten bei den Vogelschützern sowie deren Kampagne gegen Katzen hatte sie laut losgelacht. Dass man sie womöglich verdächtige, eine Katze getötet und auf dem Balkon deponiert zu haben, sei der Witz des Jahres, hatte sie nach Luft schnappend herausgeprustet. Nachdem sie sich wieder etwas beruhigt hatte, hatte sie noch hinzugefügt, dass hier einige wohl mal ein paar Monate Urlaub mit Vollpension nötig hätten und war kopfschüttelnd an ihren Platz zurückgekehrt.

Ganz schön keck, die Gute, dachte Franziska. Das war wirklich nicht immer so gewesen. Im Prinzip hatte Manuela richtig Potential. Denn, und da musste man sich nichts vormachen, entscheidend war doch der Grad an *Personality*. Wer über ein gesundes Selbstbewusstsein, ein sicheres Auftreten und Ausstrahlung verfügte, hatte das Zeug für größere Aufgaben. In diesem Fall konnte Franziska aber ganz gelassen bleiben, denn das, was man zusätzlich brauchte, um andere zu überholen, war Ehrgeiz. Und den, und auch da brauchte man sich keine falschen Vorstellungen machen, hatte Manuela ganz einfach nicht. Und Phillip, der hatte zwar einiges an Fachwissen und Erfahrung, und er war auch ehrgeizig, aber er hatte einfach kein Charisma. Tja, Pech gehabt, freute sich Franziska.

Maskerade

Von unten aus der Küche war das Geklapper von Frau Baumeister zu hören. Der eigentlich sehr kräftige Geruch der Fleischrouladen wurde von Verena kaum wahrgenommen. Sie fühlte sich zum Kotzen. Sie war deprimiert und aufgewühlt zugleich. Im Bett, unter einer Baumwolldecke sitzend, schlürfte sie lauwarmen Kamillentee und starrte an die Decke. Als ob Kamillentee jetzt etwas bringen würde. Vor einiger Zeit hatte sie bei Florence einen Film gesehen, *Eyes Wide Shut*. In diesem Film spielte Tom Cruise die Hauptrolle, was ja schon mal ganz okay war. Irgendwie hatte er Probleme mit seiner Frau oder Freundin, die von Nicole Kidman gespielt wurde. In der zweiten Hälfte des Films fand sich Tom Cruise dann irgendwo vor einem abgelegenen Schloss wieder. Er hatte vor einem riesigen Eisentor gestanden und versucht, unbemerkt hinein zu gelangen. In dem Schloss fand ein merkwürdiges Fest statt, das Verena als aufregend und unheimlich in Erinnerung hatte. Die Gäste dort waren verkleidet. Sie trugen schwarze Umhänge und venezianische Masken, niemand war identifizierbar. Später tauchten dann mehr und mehr Frauen auf, die allerdings nicht verkleidet gewesen waren; jedenfalls nicht so richtig. Diese Frauen waren nackt. Bei ihnen handelte es sich nicht um normale Gäste, sondern um bezahlte Prostituierte, die sich den männlichen Besuchern anboten und hingaben. Verena stellte ihre Tasse ab und zog sich die Decke über den Kopf. Nie wieder, dachte sie, verlasse ich dieses Haus.

Nachdem der erste Besuch auf Dr. Schwarzers Party noch spannend gewesen war, hatte der zweite einen äußerst verstörenden Eindruck bei ihr hinterlassen. Bereits bei der ersten Party war ihr aufgefallen, dass die Männer dort fast allesamt älter waren als die Frauen. Trotzdem hatte es ihr irgendwie gefallen. Alles war so andersartig gewesen. Etwas Verbotenes hatte in der Luft gelegen. Gleichzeitig hatte sie aber während und auch nach der Party das Gefühl gehabt, das wäre okay gewesen. Und im Nachhinein war ihr auch klar geworden, woher dieses Gefühl rührte: Es lag an der Maskerade. Letztlich war es doch nichts weiter als eine Maskerade gewesen.

Die zweite Party war anders verlaufen. Es waren noch mehr Gäste erschienen. Und diesmal waren sie und Florence viel mutiger gewesen. Sie hatten sich in den ersten Stock begeben und waren durch die Flure und einige der Zimmer geschlendert. Das Licht im ganzen Haus war eher dunkel, aber warm. Alles war ihr wie hinter einem roten Nebelschleier vorgekommen. Überall in den Zimmern hatte es weitere kleine abgeschirmte Ecken gegeben, die vom übrigen Raum jeweils durch Vorhänge abgetrennt waren. Erst im Nachhinein war ihr klar geworden, dass in jedem der Zimmer Musik aus den Zwanzigern oder Dreißigern in angenehmer Lautstärke zu hören gewesen war. Wenn sich die Leute einander vorstellten, hatten sie meist irgendwelche Phantasienamen benutzt. So war es auch bei Meyer Lansky gewesen, den sie und Florence bereits während der ersten Party flüchtig kennengelernt hatten. Meyer Lansky war wohl der Name eines berühmten Mafioso aus New York. Lansky war sehr höflich und zuvorkommend gewesen. Er sah genau so aus, wie man sich einen New Yorker Mafiaboss von einst vorstellte. Sogar einen ganz schmalen dunklen Schnauzbart hatte er getragen.

Er hatte ihnen Champagner besorgt, sie ein paar Leuten vorgestellt und dann in dem Haus herumgeführt. Während sie sich über die Atmosphäre und die vielen alten Einrichtungsgegenstände unterhalten hatten, hatte sich Lansky immer ein wenig im Takt der leisen Musik bewegt. Irgendwann nach Mitternacht, als sie schon einige Gläser Champagner getrunken hatten, war Florence mit einem weiteren Mann ins Gespräch gekommen. Gemeinsam waren die beiden weitergeschlendert, während Verena zusammen mit Lansky an einem antiken Stehtisch stehen geblieben war. Nach weiteren Gläsern Champagner hatte sie sich mit Lansky auf die Suche nach Florence begeben.

Verena krümmte sich in ihrem Bett und musste sich schütteln. Warum hatte sie nicht schon viel früher Verdacht geschöpft? Völlig betrunken war sie in Lanskys Arm durch die Villa geirrt. Sie hatte nach Hause gewollt, mochte Florence aber nicht allein dort zurücklassen. Am Ende des Flures im ersten Stock waren sie und Lansky in ein Zimmer gekommen, von dem zwei weitere kleine Zimmer abgingen. In dem ersten Zimmer hatte ein älterer Herr in einem

Frack und mit grauem Spitzbart gestanden. Er hatte ständig gelächelt und war fortwährend damit beschäftigt, alte Schellack-Platten auf ein Grammophon zu legen.

„Teuerste, haben Sie einen Wunsch?", hatte sie der ältere Herr gefragt.

Verena war so betrunken, dass sie kaum noch klar denken konnte.

„Lili Marleen", hatte sie mit müder Stimme geantwortet.

„Wunderbar! Ein Klassiker!", hatte der Mann mit Spitzbart fröhlich erwidert.

In dem Moment, als die Worte ,aus der Erde Grund' erklangen, hatte Lansky einen von mehreren Vorhängen in einem der beiden kleinen Zimmer ein paar Zentimeter zur Seite gezogen. Verena steckte ihren Kopf durch den schmalen Spalt. Sie hatte sich ein paar Sekunden an das noch dunklere Licht hinter dem Vorhang gewöhnen müssen. In ihrem geistig eingeschränkten Zustand hatte sie nicht sofort begriffen, was dort vor sich ging. Zuerst war ihr das Stöhnen aufgefallen, das irgendwo von links zu kommen schien. Wenig später war jemand, der ihr offenbar den Blick versperrt hatte, zur Seite gewichen. Da sah sie einen weißen Hintern, der sich ihr geradezu entgegenzuschrauben schien. Die Frau hatte ihren Rücken durchgedrückt. Ihr Kopf war nach vorne gerichtet. Als sich Verenas Augen an die Dunkelheit gewöhnt hatten, konnte sie sehen, dass die Frau auf einer Art Chaiselongue kniete. Ihren Rock hatte sie noch an. Er lag, halb zusammengerollt und hochgezogen, auf ihrem unteren Rücken. Dann konnte Verena erkennen, dass sich am Kopfende der Chaiselongue Stühle befanden, auf denen Leute – vermutlich Männer – saßen. Einer von ihnen strich der Frau mit seiner großen Hand über den Nacken. Die Hand hielt inne und wanderte dann weiter. Sie strich über die Schulter der Frau und glitt dann weiter nach unten, zuerst über das Schlüsselbein und weiter zum oberen Teil des Kleides unter ihr Dekolleté. Mit der anderen Hand wurden die Träger des Kleides über die Schulter gestrichen. Dann beugte sich der Mann etwas weiter nach vorne. Wenig später hatte Verena sehen können, weshalb. Er hatte der Frau die Brüste aus dem Kleid gezogen, während er ihr irgendetwas ins Ohr flüsterte. Die Brüste waren sehr voll, so dass sie auch aus Verenas Position zu sehen waren. Aus einem weiteren Separee direkt nebenan, nur durch einen Vorhang getrennt, war jetzt wieder das Stöhnen zu hören. Lansky nahm Verenas Hand und zog sie einen Schritt weiter in den Raum hinein. Viel mehr als acht Quadratmeter groß war er wohl nicht gewesen. Lansky stand jetzt am Fußende neben der Chaiselongue und Verena direkt am Fußende. Während sie sah, wie Lansky mit seiner Hand über den weißen, runden Hintern fuhr, bemerkte sie, dass sich jemand direkt hinter sie gestellt hatte. Derjenige war so nahe, dass sie glaubte, früher oder später nach vorne zu kippen und sich mit den Händen auf der Chaiselongue abstützen zu müssen. Zwei Hände berührten kurz ihre Hüften. Wenig später noch einmal. Diesmal spürte sie, dass ein leichter Druck von den Fingern der Hände ausging, so dass sie ein paar Zentimeter nach hinten pendelte. Fast synchron dazu fuhr eine Hand in ihr Dekolleté und schob den Ausschnitt ihres Kleides ein Stück zur Seite. Sie hatte den Impuls, irgendwie zu reagieren, aber es wollte ihr nicht sofort gelingen. Zu viele Eindrücke und Informationen zur selben Zeit. Während sie mit einem Auge ihre rechte Brustwarze erkennen konnte und gleichzeitig den Atem eines Menschen auf ihrer Schulter spürte, sah sie in eben diesem Moment, wie Lansky über den Po der Frau hinweg strich und einen Moment später mit seiner Hand zwischen ihren Schenkeln verschwand. Jetzt sah Verena, wie er mit den Fingern durch ihre Schamlippen fuhr. Die Frau bewegte sich. Ihr Becken machte wellenartige Bewegungen. Der Atem der Frau wurde hörbar. Fast schon hatte Verena die Berührungen an ihrem eigenen Körper vergessen, als sie dachte, dass die Frau vor ihr es zu genießen schien. Noch bevor sie diesen Gedanken zu Ende gedacht hatte, sah sie, wie die Frau ihren Kopf zur Seite drehte. Ihr Mund war leicht geöffnet. Dann durchfuhr es Verena wie ein Schlag: Florence! Für den Bruchteil eines Augenblickes fühlte sich Verena wie versteinert. Dann, eher instinktiv, streckte sie ihren Körper und schlug mit den Ellenbogen nach hinten aus. Sie spürte, wie sie sich in weiches Fleisch bohrten. Zeitgleich vernahm sie ein knurrendes Geräusch. Sie schob sich an Lansky vorbei, zog den Rock von Florence nach unten und stolperte einen weiteren Schritt nach vorne.

„Weg! weg!", schrie sie in Richtung der auf den Stühlen sitzenden Männer. Florence schaute sie mit aufgerissenen Augen an. Sie machte einen sowohl geschockten als auch abwesenden Eindruck. „Licht an und raus!", schrie Verena. Sie zog Florence an der Schulter nach oben, umklammerte ihre Taille und zog sie von der Chaiselongue zu sich heran. Florence landete in ihren Armen, und beinahe wären sie gemeinsam durch den Stoffvorhang zur Seite gefallen. Verena nahm Florences Hand und zog. Dann nahm sie mit einem aufkommenden Gefühl von Panik den Weg Richtung Flur in Angriff.

Sie dankte Gott, dass sie auf dem Wege nach draußen nicht aufgehalten worden waren. Vielleicht war es den Leuten inklusive Lansky gleichgültig gewesen. Wahrscheinlicher schien Verena im Nachhinein aber, dass alles viel zu überraschend und viel zu schnell gegangen war. Etwas stolz auf sich gewesen war sie schon. Umso mehr hatte es sie verletzt, als Florence sie vor der Tür der Villa beschimpft hatte. Sie waren sofort mit einem Taxi zu Florence nach Hause gefahren. Am nächsten Morgen war ihre Freundin noch immer total fertig gewesen. Es war deutlich geworden, dass nicht nur der viele Alkohol, sondern die Ereignisse an sich einige Verwüstungen in Florences Kopf hinterlassen hatten. So weit, sich bei Verena zu bedanken, war sie da allerdings noch nicht gewesen. Insgeheim war sich Verena aber sicher, dass ihre Reaktion und die schnelle Flucht aus der Villa richtig gewesen waren. Irgendwo in ihrem Innern aber herrschten Unklarheit und Zweifel. Florence hatte sich so lüstern bewegt und dabei auch noch gestöhnt. Was bereits geschehen war, bevor sie selbst Zeugin der Ereignisse im Separee geworden war, wusste Verena nicht. Was sie aber wusste, war, dass Florence im Gegensatz zu ihr keine Jungfrau mehr war. In dieser Hinsicht war sie schon immer viel freizügiger gewesen. Und nun fragte sich Verena, inwieweit diese abartige Sexnummer mit mehreren und dazu auch noch alten Typen für Florence möglicherweise nichts Unnormales oder gar Perverses war.

Das, was sie erlebt hatte, empfand sie als weitaus schlimmer als das, was sie in *Eyes Wide Shut* gesehen hatte. Denn in ihrem Fall waren das keine bezahlten Prostituierten gewesen, sondern zum Teil noch minderjährige Mädchen. Außerdem fragte sie sich, ob da noch etwas anderes als Alkohol im Spiel gewesen war. Nicht nur einmal war sie vor K.-o.-Tropfen gewarnt worden. Der Gedanke daran, dass sie sich selbst in Florences Lage hätte wiederfinden können, ließ sie erschaudern. Dann fiel ihr ein, dass sie ja gar nicht so weit davon entfernt gewesen war. Jemand hatte ihre Brüste entblößt. Und war das schlimm gewesen? Nein, in ihrem betrunkenen Zustand war es zumindest nicht ganz so schlimm gewesen. Vielleicht, da war sie sich allerdings noch nicht ganz sicher, war es für einen kurzen Moment möglicherweise doch eher heiß gewesen.

Trotzdem fand sie das alles total ekelhaft. Eindeutig ein Fall für die Polizei, für ihre Eltern vielleicht eher nicht, aber sicher für die Polizei. Heute Abend würde sie mit Florence telefonieren und reden. Über eines war sie sich aber bereits im Klaren: keine krassen Verkleidungen mehr. Keine burlesken Klamotten und auch keine altbackene Musik für blöde Freaks, und keine Typen über zwanzig. Nicht mit ihr! Sie zog sich die Decke wieder über den Kopf und schloss die Augen.

Hinter Masken konnte man sich gut verstecken, dachte Verena. Sie hatten zwar keine Masken getragen, trotzdem war es alles in allem eine Maskerade gewesen. Man verbarg sich hinter dickem Make-up und auffälligen Kleidern, die aus einer anderen Zeit stammten und einen von den gegenwärtigen Normen und Sitten frei machten. So wie Urlaub auf Malle. Auch in den Ferien, fern ab von zu Hause, konnte man sich anders benehmen. Die Spielregeln veränderten sich für einige Zeit. So wie auf Klassenfahrt, wobei dort meistens die Mädchen die Zügel in den Händen hielten. Und damals zur Nazizeit? Da fühlten sich die letzten Versager auch plötzlich ganz toll in ihren Uniformen. Und dann noch so viele auf einmal! Eine Gruppe von Menschen, verborgen hinter ihrer Kostümierung. Sie alle stellten die gleiche Figur dar. Auf diese Weise konnte man dazu verführt werden, die eigene Verantwortung auf Eis zu legen und sich stattdessen auf einem gemeinsamen, gleichgeschalteten Niveau wiederfinden. Aber ich will *ich* sein, dachte Verena.

Nach dem gemeinsamen Mittagessen mit Tanja und ihren Eltern verzog sie sich wieder in ihr Zimmer. Es war ein merkwürdiges

Gefühl, an einem Montag mit der gesamten Familie zu Mittag zu essen. Ihr Vater war komplett neben der Spur. Und auch ihre Mutter schien langsam, aber sicher etwas die Peilung zu verlieren. Echt ätzend, fand sie.

Frau Baumeister hatte das Haus verlassen, als sie gerade begonnen hatten zu essen.

„Auf der Kommode im Eingang liegen noch ein paar Briefe. Sie sind per Kurier gekommen!", hatte sie gerufen, während sie sich ihre Schuhe anzog.

Es waren derer zwei. Einer an ihre Mutter und der zweite an sie selbst. Teuer zugestellte Werbung für die Frauen des Haues? Sie hing wieder in ihrem Bett und öffnete den Umschlag. Wie bitte!? War die Nacht in Schwarzers Haus etwa aufgezeichnet worden? Verena beugte sich über die beiden Bilder, die sie auf ihren Knien balancierte. Das war nicht Florence! So üppig war selbst die nicht. Das eine Bild zeigte eine Frau, von der nur der Bereich zwischen Knien und Oberbauch zu sehen war. Sie saß vermutlich auf einem Barhocker. Ganz sicher war sich Verena aber nicht. Ihre Beine waren leicht gespreizt. Sie trug einen schwarzen Slip, der bereits etwas heruntergezogen worden war. Die Aufnahme war von Nahem gemacht worden, fast so, als hätte jemand eine Kamera direkt zwischen ihre Beine gehalten. Die Frau trug ein schwarzes Oberteil. Jetzt konnte Verena auch die Umrisse einer Hand erkennen. Es war nicht die Hand einer Frau. Alles in allem war das Bild sehr unscharf, was wohl an der Beleuchtung und an der Nähe der Kamera liegen mochte. Das zweite Bild war eindeutig pornographischer Natur. Die Frau kniete auf dem Boden. Das Licht war heller, der Teppich dunkelgrau. Die Frau war ganz nackt. Blonde Haare waren hinten hochgesteckt, in etwa so, wie ihre Mutter das häufig machte. Verena sah sich das Bild näher an. Auf der linken Nackenseite der Frau war ein Leberfleck zu erkennen. So einen hatte ihre Mutter auch. Dann wurde Verena übel.

Katzenhaare

„Was macht die Firma?", fragte Gisela.

„Frau Steinmann hat vorübergehend die Leitung übernommen."

„Und, wie läuft's?"

„Offenbar funktioniert es auch ohne mich, momentan jedenfalls."

„Schön!"

Karl kratzte sich unruhig im Gesicht. „Ja schon, aber ich fühle mich so …"

„In deinem Stolz verletzt?"

„Hm … ja, so in etwa. Ich meine, die nehmen mich doch nie wieder ernst."

„Du meinst deine Mitarbeiter?"

„Natürlich!"

„Karl, mach dir darüber mal keine Sorgen. Deine Mitarbeiter machen jetzt für eine Weile das Tagesgeschäft mal alleine, werden aber froh sein, wenn du in spätestens ein paar Wochen wieder da bist und sie wieder jemanden haben, der das große Ganze im Blick hat."

„Dein Wort in Gottes Ohr!"

Gisela lächelte. „Auf jeden Fall! Ich schließe schnell mal das Fenster, da lärmt es irgendwo." Gisela schritt durch das Zimmer.

„Ach so", rief ihr Karl über die Schulter zu, „ich habe weitere Neuigkeiten."

Gisela setzte sich wieder und schaute Karl interessiert in die Augen. „So?"

„Ja, ich habe einen anonymen Brief nach Hause geschickt bekommen. Er enthielt Fotos von Manuela Schröder. Und zwar ist sie anscheinend eine Vogelschutzaktivistin und gleichzeitig eine Katzengegnerin. Die machen da im Rahmen ihrer Aktionen richtig mobil gegen Katzen. Außerdem scheint sie einen gewissen Lebenswandel vollzogen zu haben."

„Inwiefern?"

„Sie ist jetzt Teil einer Rockergemeinschaft. Das sind richtig wilde Typen, wenn du mich fragst. Und die könnten ihr ja auch bei allem Möglichen geholfen haben."

„Aha … und du denkst noch immer, sie könnte etwas mit der Katze zu tun haben? In deiner Firma hatte es ja auch diesen Streit zwischen euch beiden gegeben."

„Also, Charlotte hat sich kaputtgelacht. Sie glaubt nicht dran, dass Frau Schröder dahintersteckt."

„Hm. Und wer soll diesen Brief geschickt haben? Ich meine, ist es vielleicht jemand, der von sich ablenken will und deshalb Frau Schröder mit ins Spiel bringt?"

Karl schüttelte ratlos den Kopf. „Keine Ahnung. Es könnte jemand sein, der mir helfen will. So wie du sagst, könnte es aber auch sein. Vielleicht will der eigentliche Täter ein wenig Verwirrung stiften."

„Vermutlich kann man da erst einmal nicht viel mehr tun als beobachten", konstatierte Gisela.

„Ja. Aber es gibt noch etwas: Frau Weber ist …"

Karl erzählte die Neuheiten über Sonja Weber und deren Aussagen gegenüber Charlotte und seinen beiden Angestellten.

„Nun, Frau Weber steht ja zusammen mit Frau Schröder und Herrn Maurer ganz oben auf unserer Liste, mit der Besonderheit, dass sie sich während der anonymen Anrufe innerhalb der Firma aufgehalten hat."

„Genau. Und ihre Begründung für ihre mangelhaften Bewerbungsunterlagen ist ja schon irgendwie einleuchtend."

„Zumindest wäre es möglich, dass sie die Wahrheit sagt."

„Ja", antwortete Karl knapp und stand von seinem Platz auf, um sich doch lieber wieder auf den Liegestuhl zu legen. „Sehr angenehm", kommentierte er.

Gisela lächelte. „Was machen deine Symptome? Alles klar mit den Medikamenten?"

Karl nickte. „Ja!"

„Also mal im Ernst, Karl, nimmst du nebenher auch weiterhin die Tranquillizer?"

„Ja, mitunter."

„Pass bitte auf, Karl. Die machen wirklich schnell abhängig."

„Alles klar." Karl schob sich auf seinem Stuhl zurecht. „Ich würde gerne noch einmal den Vormittag durchgehen, als wir den Katzenkopf gefunden haben, und zwar in etwa so wie das letzte Mal."

Für die Anfangssequenz der Trance nahm sich Gisela noch mehr Zeit als die vorigen Male. In dem Moment, als Gisela ihn bat, sich an diesen Mittwochmorgen zu erinnern, konnte er überhaupt nicht einschätzen, wie lange er bereits mit geschlossenen Augen und nach innen gelenkter Aufmerksamkeit so dalag.

Gisela begleitete ihn erneut mit ihrer ruhigen, präsenten Stimme. Sie wiederholte seine Äußerungen und stellte Fragen, die er fast alle mit einem klaren Ja beantwortete. Und mit jedem Ja fühlte er sich leichter, und mit jeder ihrer bestätigenden Wiederholungen fühlte er sich sicherer und klarer. Zwischendrin zog eine Erinnerung der letzten Tage vor seinem inneren Auge vorüber. Er sah Wolfgang, der ihm gesagt hatte, dass die Veränderungen und Missstände in seinem Leben der Grund dafür seien, dass er und Wolfgang plötzlich wie zwei ähnliche Systeme aufeinander wirken würden, und nur deshalb ihr Kontakt überhaupt zustande gekommen sei.

Auf ihn und Gisela traf das in gewisser Weise auch zu, wenngleich es sich um ganz andere Kontextbedingungen und auch – zumindest bei ihm – um einen veränderten mentalen Zustand handelte.

Karl imaginierte die Vorgänge von jenem Tag, als sie Lilas Kopf auf dem Balkon entdeckt hatten, erneut. Ganz langsam und in kleinen Schritten durchlebte er jede Situation an diesem Vormittag noch einmal. Dieses Mal ermutigte Gisela ihn, nicht ausschließlich aus seiner Perspektive wahrzunehmen, sondern nach Belieben die Perspektive zu ändern. So war es ihm möglich, sich selbst völlig frei in der Szenerie zu bewegen.

Sie hatten mit dem Moment begonnen, als er an diesem Morgen die Eingangstür zum Büro geöffnet hatte. Gisela hatte ihn dazu eingeladen, sich eine Leinwand vorzustellen, so wie in einem Kino. Er selbst könne sich die Geschehnisse dieses Morgens von einem gemütlichen Sitz aus ansehen. Dabei hatte er die Möglichkeit, den Ablauf des Films selbst zu bestimmen. Eine imaginierte Fernbedienung diente dazu, das Gezeigte zu beeinflussen. So konnte er beispielsweise die Geschwindigkeit, die Reihenfolge der Szenen, die Bildschärfe und die Lautstärke regulieren. Es war sogar möglich, den Film rückwärts laufen zu lassen.

Nachdem er sich auf all diese Möglichkeiten eingestellt hatte, bat ihn Gisela schließlich, doch selbst einmal mit in den Film einzusteigen. Und so konnte er von Nahem und aus unterschiedlichen Positionen heraus sehen, was geschehen war. Die Ereignisse wirkten ausgesprochen real auf ihn. Das Entsetzen, das der Katzenkopf sowohl bei ihm selbst als auch bei seinen Angestellten ausgelöst hatte, versetzte seinen Körper erneut in Aufruhr. Wieder und wieder sah er sich die Situation auf dem Balkon an. Dabei ging er auf dem Balkon hin und her, um das Verhalten seiner Mitarbeiter von allen Seiten beobachten zu können. Dann ließ er den Film bis zu dem Punkt weiterlaufen, als er mit Sonja Weber in seinem Büro saß und dieser den Geldschein über den Tisch reichte. Er drückte auf *Stopp* und betrachtete das Standbild. In diesem Fall schaute er genau aus der Perspektive, die er tatsächlich innegehabt hatte.

„Sie trägt eine graue Strickjacke. Und jetzt …", Karl durchfuhr ein Schauer, „sehe ich an ihrer linken Hand, also am Ärmel ihrer Strickjacke, ein paar weiße Haare. Sie sind ganz gerade und haben eine Länge von ungefähr drei bis vier Zentimetern."

„Es sind Lilas Haare an der Strickjacke, ist das so?", fragte Gisela ruhig.

„Ja, ganz sicher. Vorher war mir das nicht aufgefallen. Es sind nur ein paar Haare, und deren Farbe und Beschaffenheit fügen sich ganz harmonisch in die Strickjacke ein."

Karl atmete tief und gleichmäßig. Trotz dieser aufregenden Arbeit fühlte er sich gerade deutlich konzentrierter und sicherer als während seines normalen Wachzustandes.

„Gut möglich, dass sie die Katze auf dem Balkon kurz berührt hat."

„Ja, gut möglich, dass sie sie berührt hat", wiederholte Gisela.

„Ich drücke jetzt auf den Rücklauf."

„Gut."

Karl lächelte. „Geht ganz schön schnell." Er konnte Gisela erleichtert aufatmen hören. „Und Stopp!"

„Wo bist du jetzt, Karl?"

„Ich bin an der Stelle an diesem Morgen, als Sonja Weber schon einmal bei mir am Schreibtisch gesessen hat."

„Und was genau nimmst du wahr?"

„Ich möchte ihr einen Brief an einen südamerikanischen Kunden diktieren. Sie nimmt ihren Kugelschreiber. Sie blättert in ihrem Block mit der rechten Hand ein paar Seiten vor. Sie klickt mit ihrem rechten Daumen auf den Kugelschreiber. In der linken Hand hält sie ihren Block. Ich diktiere ‚Estimado Señor ...', sie setzt ihre linke Hand mit dem Block auf ihrem rechten Knie ab. Das rechte Bein hat sie über das linke geschlagen. Ich sehe ihre linke Hand und den Anfang des Ärmels ihrer Strickjacke jetzt sehr gut ..."

„Schau genau hin!", insistierte Gisela.

Er sah genau hin. Er spürte, wie sich irgendwo unter seinem Zwerchfell etwas zusammenzog. Diese Energie setzte sich in Sekundenschnelle fort bis in seine Gesichtshaut.

„Was siehst du?", fragte Gisela mit unverändertem Tonfall.

„Ich sehe sie ... die Katzenhaare. Es sind weiße Katzenhaare an ihrem Ärmel. Zu diesem Zeitpunkt war der Katzenkopf aber noch gar nicht entdeckt worden!"

Nun saß er wieder auf seinem Stuhl. „Was in Gottes Namen kann diese Frau dazu bewogen haben, mich zu verfolgen und zu filmen?"

„Schwer zu sagen. Aber möglicherweise war sie es nicht selbst."

„Sondern?"

„Sie ist nicht allein."

„Also doch mehrere!?"

„Sehr gut möglich! Meinst du nicht?"

„Hm ... doch."

Bevor er sich auf den Weg machte, fielen ihm wieder die Briefe von heute Mittag ein. „Übrigens, heute sind zwei Briefe per Kurier zu uns nach Hause gekommen. Einer an Charlotte und einer an Verena. Die Briefe waren ohne Absender."

„Puh!" Gisela schaute besorgt. „Und, weißt du, was drinsteht?"

„Nein, noch nicht. Ich habe mich sofort in mein Arbeitszimmer zurückgezogen."

„Haben denn Charlotte und Verena nicht irgendwie darauf reagiert?"

„Nein. Ich muss gestehen, ich wollte auch nichts davon wissen."

Gisela nickte. „Das kann ich verstehen. Früher oder später musst du aber in Erfahrung bringen, was es mit diesen Briefen auf sich hat. Stell dir mal vor, die beiden schweigen sich genauso aus wie du."

„Bloß nicht! Ich mag mir das alles überhaupt nicht mehr vorstellen."

„Bist du sicher, dass ich dich jetzt so gehen lassen kann?"

„Ja, hab Dank, Gisela. Es geht schon."

Ohne Gisela Bescheid zu sagen, war er mit einem Taxi zum Neuen Wall zurückgefahren. Er wollte diesen aufregenden Abend gemeinsam mit Wolfgang bei einem Glas Rotwein ausklingen lassen.

„Es ist mir wieder eingefallen ..."

„Was ist dir eingefallen, Wolfgang?"

„Na, was mir letztes Mal auf der Zunge lag und noch nicht raus wollte. Es ging um den Text mit der Fackel und so weiter. Und jetzt weiß ich wieder, was ich sagen wollte: Dein Vater! Er hat die Fackel an dich weitergegeben."

Für einen kurzen Moment hatte Karl das Gefühl, ihm würde der Boden unter den Füßen weggerissen. Nach ein paar Sekunden hatte er sich jedoch wieder gefangen. Dann erzählte er Wolfgang von der Szene während des Mittagessens bei seinem Vater.

„Schade, dass man nicht an ihn herankommt", meinte Wolfgang. „Aber irgendwas musst du da unternehmen, ihn aus der Reserve locken."

„Werde ich, werde ich!"

Fotos

Um fünf Uhr morgens saß Charlotte in ihrem Bett und fragte sich, inwieweit auch sie zu Beruhigungsmitteln und Alkohol greifen sollte. Jetzt war die Katastrophe perfekt. Nicht nur Karl war betroffen. Und insbesondere, so vermutete sie, war er nun auch nicht mehr derjenige, der am schlimmsten heimgesucht wurde. Jedenfalls ging sie nicht davon aus, dass von Karl derart pikante Aufnahmen existierten.

Als sie ihren Brief nachmittags geöffnet hatte, war Karl noch im Haus gewesen, hatte sich aber nach dem Essen in sein Arbeitszimmer zurückgezogen und dort vermutlich, von Tabletten und ein paar Drinks betäubt, auf dem Sofa gelegen. Das einzige, was er zurzeit noch auf die Reihe kriegte, war, am Abend zu seiner Therapeutin zu gehen. So einen Schritt, dachte sie, mussten sie und Verena demnächst wohl auch gehen. Tanja, die seit Tagen vernachlässigt worden war, hatte sie zu einer ihrer Freundinnen aus der Nachbarschaft bringen können. Dann war sie mit dem anonym zugesandten Foto zu Verena gegangen, die apathisch im Bett gelegen hatte. Sie hatte eine Stunde lang an ihrem Bett sitzen müssen, bis Verena endlich bereit gewesen war, Kontakt zu ihr aufzunehmen. Und dann hatte sich relativ schnell herausgestellt, weshalb. Auch Verena hatte Fotos bekommen, und zwar von ihrer Mutter. Und diese Fotos waren weitaus schlimmer als das eine, das Charlotte in ihrem Brief gefunden hatte. Zu sehen war Verena in irgendeiner schummrigen Umgebung. Das Bild war nicht gerade scharf, aber scharf genug, um zu erkennen, um wen es sich handelte. Mit trübem Blick schaute Verena rechts an der Kamera vorbei. Irgendjemand schien hinter ihr zu stehen, denn es war eine Hand auf ihrer Schulter zu erkennen. Möglicherweise hatte eben diese Hand zuvor dafür gesorgt, dass Verenas Brüste zum Vorschein kamen.

Nach anfänglich sehr behutsamen, aber vergeblichen Versuchen hatte Charlotte begonnen, mit mehr Nachdruck auf Verena einzureden.

„Bitte, Liebes, schau dir dieses Foto an. Es wurde an mich geschickt, und ich habe keine Ahnung, was das zu bedeuten hat. Hilf mir doch bitte. Weißt du, woher es kommen könnte? Besteht die Gefahr, dass es auch in die Hände anderer gelangt?"

Verena hatte sichtliche Mühe gehabt, sich umzudrehen. Dann hatte sie mit müden Augen das Foto angeschaut. Sie hatte aber nichts dazu sagen können oder wollen, sondern war wie ein schwerer Sack zurück auf ihr Bett gefallen.

„Verena, bitte! Mit so etwas ist doch nicht zu spaßen. Ich meine, ich bin doch nicht böse, aber du musst mit mir reden!"

„Ach ja?", hatte Verena geantwortet. „Weißt du was? Ich bin aber böse!", hatte mit einer Hand unter ihre Decke gegriffen und zwei Fotos hervorgezogen und ihr auf den Schoß geknallt.

„Oh Gott!", hatte Charlotte gerufen. Sie hatte sich die Hände vor das Gesicht gehalten und verzweifelt den Kopf geschüttelt. Sie zitterte am ganzen Körper. „Oh mein Gott!"

„Was passiert hier?", hatte Verena mit von Tränen erstickter Stimme gestammelt. „Mama, was ist das? Was machst du da? Warum geht es Papa so schlecht? Warst du schon bei ihm?"

„Nein. Nein, nein. Der hat genug mit sich selbst zu tun!"

„Schwachsinn!", hatte Verena sie angebrüllt. „Alles hat mit allem etwas zu tun!"

Danach war mit ihr nicht mehr zu reden gewesen. Wenn Charlotte jetzt allein gewesen wäre, dann wäre sie mit Sicherheit zusammengebrochen. So, wie die Dinge aber standen, war das absolut keine Option. Ihre Sorge um ihre Tochter und um die ganze Familie hatte dafür gesorgt, dass sie ihre ganz persönliche Katastrophe für eine Weile in den Hintergrund schieben konnte. Sie war verpflichtet, noch eine Weile zu funktionieren.

Nun war es sechs Uhr. Karl war am Abend zuvor nicht nach Hause gekommen. Grundsätzlich hatte Charlotte sich darüber nicht gewundert. Es war schließlich nicht das erste Mal, dass er in letzter Zeit länger wegblieb, ohne vorher Bescheid zu geben. Als er dann um drei Uhr nachts noch immer nicht heimgekommen war, hatte Charlotte allerdings begonnen, sich Sorgen zu machen. Aber was hätte sie denn tun sollen? Die Polizei alarmieren? Und dann? Sie machte sich zwar Sorgen, aber Karl tat ohnehin, was er wollte. Und in Gefahr war er sowieso seit bald zwei Wochen. Das war ihr jetzt so klar wie nie zuvor. Und klar war auch, dass Verena vermutlich Recht damit hatte, dass alles mit allem etwas zu tun hatte.

Charlotte ging in die Küche und machte sich einen Espresso. So wie bisher konnte es nicht weitergehen. Zum Kuckuck mit diesen abartigen Fotos, dachte sie. Sie wusste zwar überhaupt nicht, wie sie Karl diese Geschichte beibringen sollte, aber das war jetzt nicht ihr einziges Problem. Charlotte huschte ein nervöses Schmunzeln über die Lippen. Wahrscheinlich würde ihr Karl nicht einmal glauben, dass sie diejenige auf den Fotos war. Und Verena? Konnte sie je wieder ein normales Verhältnis zu ihrer Tochter haben, oder würde ihr Verena von nun an nur noch mit Verachtung und Ekel begegnen? Tabletten und ein paar Sitzungen bei einem Therapeuten würden nicht reichen, um die Familie vor dem Absturz zu bewahren. Sie setzte sich mit ihrem Espresso an den kleinen weißen Küchentisch und nahm einen Block und einen Kugelschreiber zur Hand. Dann notierte sie.

1) Frau Baumeister anrufen

2) Martha anrufen

3) zum zehnten Mal Cornelius simsen und zum sechsten Mal versuchen, ihn über sein Handy telefonisch zu erreichen.

4) (egal ob Karl bis dahin anwesend oder nicht) zur Polizei gehen.

5) (egal ob Karl anwesend oder nicht) Gisela Wilhelmi kontaktieren & einen schnellen Termin mit ihr ausmachen.

6) Mit oder ohne Frau Wilhelmi alles aus Karl herausprügeln.

7) Polizei? In jedem Fall herausfinden, wo die Aufnahme von Verena gemacht wurde.

Nachdem Frau Baumeister zugesagt hatte, für den Rest der Woche in Vollzeit zu arbeiten, um ein Auge auf die Mädchen zu haben und für regelmäßige Mahlzeiten zu sorgen, rief Charlotte bei Martha an.

„O je", sagte Martha, nachdem sie ihr die Ereignisse und Probleme in groben Zügen geschildert hatte. „Das ist ja entsetzlich!"

„Ja, und es kommt immer mehr nach. Und niemand weiß, woher genau der Wahnsinn kommt."

„Wenn Frau Baumeister bei euch ist, dann komm doch zu mir."

„Bist du nicht im Geschäft?"

„Ach, die Blumen stehen schon alle im Laden. Für den Verkauf kann ich kurzfristig Frau Erdogan Bescheid geben. Und wenn du etwas runtergekommen bist, fahren wir zu Claudia."

„Und die hat Zeit?"

„Wenn sie nicht zufällig auswärts ist, dann wird sie sich die Zeit eben nehmen. Gut?"

„Ja. Danke, Süße."

„Bis gleich."

Sich weiter an Cornelius abzuarbeiten machte wahrscheinlich wenig Sinn. Mieses, dreckiges Schwein!

Frau Baumeister kam eine Stunde nach Charlottes Anruf. „Sie sind ein Schatz!", begrüßte sie ihre Perle und fiel ihr um den Hals. Frau Baumeister war Mitte fünfzig. Ihr Mann war frühpensioniert und ihr Sohn bereits aus dem Haus. Er war Fluglotse am Hamburger Flughafen und erfüllte seine Mutter immer wieder sichtlich mit Stolz. Frau Baumeister strich warm und wohlwollend über Charlottes Haare und sagte: „Wird schon wieder, Frau Peters. Ganz sicher!"

Charlotte nickte und wischte sich eine Träne von der Wange. „Danke! Und schauen sie hin und wieder bei Verena im Zimmer vorbei, ja!? Ach so, vermutlich wäre es gut, wenn sie im Laufe des Vormittags mit Verena bei unserer Hausärztin, Frau Dr. Schnabel, vorbeifahren."

„Machen wir alles, Frau Peters."

Charlotte stieg in Karls BMW und fuhr Richtung Karoviertel. „Mist, Mist und noch mal Mist!", brüllte sie gegen die Windschutzscheibe. „Wenn ich so komische Sachen brauche, warum gehe ich dann nicht einfach in irgendeine Bar und suche mir einen Mann aus? Charlotte Peters, du verdammte Idiotin!"

Sie drehte das Radio auf. „Und wenn du denkst, es geht nicht mehr, dann kommt von irgendwo ne' coole Mucke her", sang Jan Delay. „Coole Mucke!", rief Charlotte.

Sowohl Frau Baumeister als auch Frau Dr. Schnabel waren der Familie schon seit vielen Jahren verbunden. Beide Frauen kannten die Kinder quasi seit ihrer Geburt. Gut zu wissen, dass es da noch ein paar sichere Komponenten gab. Dann machte es plötzlich *Dadamdadamdadam. Komme jetzt. War eingeschlafen. Neue Erkenntnis: Frau Weber hatte bereits vor dem Auffinden der Katze Haare an ihrem Ärmel. Habe ich mit Gisela herausgefunden. Hypnose! Karl.* Charlotte drehte das Radio noch lauter.

Nachdem sie sich eine Weile auf Marthas Schaukelstuhl ausgeheult hatte, fuhren sie weiter zu Claudia.

„Na, du Luder!", rief diese zur Begrüßung.

„Claudia!", fauchte Martha.

„Ist schon gut, sie hat ja Recht. Ich bin ein dummes, blondes Ding."

Sie umarmten einander und betraten die Agentur, in der Charlotte noch nie gewesen war. Drei junge Frauen saßen in einem lichtdurchfluteten Büro und lächelten ihnen freundlich zu. Die Einrichtung war schön, klar und hell, an verschiedenen Stellen standen frische Blumen. Nachdem Claudia alle einander vorgestellt hatte, führte sie Martha und Charlotte in einen Gesprächsraum.

„Ich hole Tee und Kekse", flötete sie gut gelaunt.

Für einen Moment fragte sich Charlotte, inwieweit Claudia sich im Klaren darüber war, dass es sich hier um ernsthafte Probleme handelte. Dann wurde ihr aber bewusst, dass das ganz einfach Claudias Wesen war. Sie sah die Dinge als Herausforderung und schien immer von einem guten Ende auszugehen. Diese Einstellung zum Leben strahlten auch diese Räumlichkeiten aus. Es lag etwas grundsätzlich Positives in der Luft, was wenig mit den oberflächlichen Floskeln irgendwelcher *Positiv Thinking*-Anhänger gemein hatte.

Claudia kam mit einem gefüllten Tablett zurück. Sie zeigte auf die Teekanne und grinste. „Vitalisierend und stärkend!"

„Kennt eine von euch jemanden, der in ganz klassischen Ehe-Verhältnissen lebt, wo alles seinen Platz und seine Richtigkeit hat und es keine gravierenden Probleme gibt?", fragte Martha.

Claudia zuckte mit den Schultern. „Das ist nicht so leicht zu sagen, meine Liebe. Bei einigen Bekannten habe ich schon das Gefühl, dass es dort stimmig und schön ist. Aber ganz sicher kann man sich da nie sein. Denn hinter den Kulissen sieht manches ganz anders aus. Ich würde sogar so weit gehen zu sagen: Je perfekter die Außendarstellung, desto mehr Leichen im Keller."

Martha nickte. „Da könnte was dran sein."

„Bei Karls Therapeutin, Gisela, da sieht's glaube ich, auch ganz gut aus. Karl erwähnte jedenfalls mal so etwas."

Claudia schenkte Tee ein, setzte sich und breitete die Arme aus. „Gut, Martha hat mich am Telefon gebrieft. Wir können also loslegen."

Charlotte begann, die letzten Tage zu skizzieren. Claudia machte sich Notizen und Martha strich dann und wann beruhigend über Charlottes Hand.

„Wenn ich mir mal so anschaue, was ich bis jetzt alles notiert habe, gibt es da eine Sache, die mir ziemlich sauer aufstößt."

Martha und Charlotte waren ganz Ohr.

„Dass diese Sonja Weber bei deinem Mann in die Lehre geht, obwohl sie eigentlich Journalistin ist, finde ich schon einigermaßen seltsam."

Charlotte nickte.

„Daher sollten wir ihr mal näher auf den Zahn fühlen. Du hast uns doch gerade erzählt, dass ihr Kollege ihr über die Facebook-Seite einer Frankfurter Journalistin auf die Schliche gekommen ist, die derzeit bei der *Rundschau* volontiert."

Wieder nickte Charlotte.

„Gut. So wie du die Vorfälle geschildert hast, sieht es ja wohl so aus, als würden hier mehrere oder mindestens zwei Leute zusammenarbeiten", fuhr Claudia fort. „Und eine davon könnte doch diese Sonja Weber sein."

„Wenn Karl bei seiner Hypnose nicht halluziniert hat", ergänzte Martha.

„Wenn er nicht halluziniert hat!", bestätigte Claudia. „Ich schlage Folgendes vor: Ich selbst habe zwar keinen direkten Kontakt zur *Rundschau*. Aber ich schätze mal, dass einer meiner Bekannten in Frankfurt zumindest einen indirekten Kontakt zu der Zeitung hat. Und da diese Bekannte von Sonja Weber als Volontärin relativ weit unten in der Hierarchie steht, bin ich mir sicher, dass man dort auch einigermaßen leicht Einfluss auf sie ausüben kann. Und wenn diese Journalistin nicht zufällig sehr, sehr eng mit Sonja Weber befreundet ist, dann sollte da etwas möglich sein. Sie soll uns ja lediglich alles über Sonja Weber erzählen, was sie so weiß."

Martha und Charlotte schauten einander an und begannen synchron zu nicken. Dann sahen sie beide Claudia an. Martha hob einen Daumen. Charlotte rieb sich die Hände, als würde sie darauf warten, dass jeden Moment eine schneeweiße Taube aus einem Hut geflattert käme.

„Und was können wir noch tun?", wollte Martha wissen.

Charlotte streckte die Brust raus. „Okay, also ich persönlich habe da noch eine ganze Menge auf dem Zettel. Zum Beispiel muss ich Karl ausquetschen. Es gibt ganz bestimmt noch so einiges, was er mir verschweigt. In jedem Fall will ich auch Kontakt zu seiner

Therapeutin aufnehmen, am besten wäre natürlich, wenn sich Karl dabei einbringen würde, und …"

„Da gibt's aber auch eine Schweigepflicht", sagte Martha.

„Natürlich, aber jetzt haben wir eine Ausnahmesituation. Ich werde ihn schon zum Reden bringen."

„Und was haltet ihr von der Möglichkeit, die eine oder andere Person mal eine Weile von einem Privatdetektiv observieren zu lassen?", fragte Claudia.

„Wichtiger Punkt! Habe ich auch schon seit einigen Tagen drüber nachgedacht." Charlotte sah Martha an. „Könntest du im Internet mal recherchieren, wer sich da so anbietet? Wenn wir da einen Ansprechpartner hätten, dann könnte der sofort loslegen, wenn es soweit ist."

„Da gibt es sicher 'ne ganze Reihe Anbieter!"

Claudia setzte ihre Tasse auf dem Tisch ab und faltete ihre Hände.

„Mit Sicherheit, Martha. Schau einfach, was dir seriös erscheint."

Nach einer knappen Stunde hatten sie ihre Besprechung beendet. Claudia widmete sich ihren Kontakten, Martha wurde von Charlotte im Karoviertel abgesetzt, und Charlotte fuhr nach Hause, in der Hoffnung, Karl möge endlich eingetroffen sein.

Der alte Mann 2

Reimund Peters saß auf seiner hölzernen Veranda und trank Kaffee. Zwitschernde Singvögel segelten wie winzige Stahlkappengleiter durch die Luft und zwischen Ästen hindurch. Zerstreut sah er ihnen nach. Mit einer solchen Frage hatte er nicht gerechnet – nach all den Jahren! Es tat ihm leid für Karl. Offenbar war nach all den Jahrzehnten unerwarteterweise eine Art Bumerang-Effekt eingetreten. Auf die Frage, wie so etwas hatte passieren können, wusste Reimund keine Antwort. Und genaugenommen wollte er das auch gar nicht wissen. Das, was da passierte, sollte *sein* Problem nicht werden. Niemals! Reimund streckte sein altes Kreuz durch und lachte in sich hinein. Es war ganz einfach notwendig gewesen. Hätte er einst nicht entsprechend Einfluss auf die Historie genommen, würde sein Sohn mit seiner Familie möglicherweise nicht in einem schönen großen Haus mit fast zweitausend Quadratmetern Grund in Volksdorf leben. Schade, schade. Jetzt waren alle *Quellen* in die ewigen Jagdgründe entschwunden, verpackt in einen schwarzen Sack und auf dem Weg zu irgendeiner riesigen Mülldeponie in Hamburgs Osten.

Im Haus klingelte das Telefon. Mit einem Stöhnen erhob er sich und schlurfte in seinen Pantoffeln ins Wohnzimmer.

„Peters."

„Ja, auch Peters. Vater, ich möchte Einsicht in deine alten Unterlagen, bitte."

„Wozu, mein Sohn?"

„Es ist mir wichtig. Ich suche nicht nach etwas Bestimmtem. Aber man weiß ja nie. Vielleicht sind für mich ja Dinge interessant, die für dich nie eine Rolle gespielt haben. Aber es muss sein!"

Reimund ließ ein despektierliches Pfeifen vernehmen. „Es muss sein?"

„So ist es! Ich bestehe darauf!"

Er pfiff erneut. „Du bestehst darauf?"

„Ja, so ist es!"

„Du willst in meinen Unterlagen wühlen?"

„Es ist jetzt meine Firma, und ich habe ein Recht dazu."

„Hast du?"

„Ja!"

„Ein Recht worauf?" Reimund konnte geradezu fühlen, wie der Blutdruck seines Sohnes in die Höhe schnellte.

„Ein Recht auf Einsicht!"

„Akteneinsicht?"

„Ja."

„Wühlen!"

„Meinetwegen auch wühlen!" Reimund konnte ein Vibrieren in Karls lauter werdenden Stimme vernehmen.

„Na, dann wühl doch!"

„Ich bin in einer halben Stunde da."

„Tja, und was erhoffst du dir zu finden?"

199

„Hörst du mir nicht zu?", hörte Reimund seinen Sohn schreien.
„Nicht in diesem Ton, bitte, ja!"
„In einer halben Stunde bin ich da!"
„Und was erhoffst du nun zu finden in meinen Unterlagen?"
Diesmal blieb eine Antwort aus. Durch den Hörer war schnelles, flaches und unrhythmisches Atmen zu hören. „Machst du keinen Sport, Junge?"
„Vater, ich bestelle jetzt das Taxi!"
„Und du glaubst, du findest was Interessantes?"
„Ist mir egal. Ich möchte einfach nur..."
„Wühlen!"
„Ja, wühlen."
„Karl, bevor du das Taxi bestellst, lass dir eines gesagt sein: Du wirst nichts finden! Es gibt da nichts Interessantes, ich gebe dir mein Wort darauf. Nichts, aber auch gar nichts verbirgt sich in meinen Unterlagen – da ist nichts!"
„Da ist nichts mehr?"
„Denk doch, was du willst. Es gibt nichts und es gab da nie etwas. Wenn es aber sein muss, dann komm vorbei und wühle. Aber ich gebe dir einen Rat: Denk noch einmal darüber nach, ob du das wirklich willst. Falls du dann zu dem Schluss kommst, deinem unwiderstehlichen inneren Impuls nachgeben zu müssen, dann melde dich vorher noch mal!"
Kaum hatte Reimund den letzten Satz zu Ende gesprochen, hörte er das Freizeichen. Nun denn, irgendwie konnte er ihn ja verstehen. Karl hatte Stress am Hals und war ja schon völlig fertig. Aber, wer ein Peters war, der fand auch einen Weg. Wenn man es genau nahm, dann hatte Reimund von seinem Vater deutlich weniger Substanz und Vorschuss auf ein erfolgreiches Leben mitbekommen als Karl von ihm.
Reimund schaute auf die Uhr. In ein paar Minuten würde Fräulein Pohl klingeln und ihm die Füße pflegen und seine Beine versorgen. Eine lästige Mischung aus Schuppenflechte und anderen störenden Ereignissen wucherte da vor sich hin. Und es war nicht wieder wegzukriegen. Genauso wenig wie der Pilz unter seinen Zehennägeln.
In einem langen, ausgeblichenen blauen Hemd und mit nackten Beinen saß er auf seinem Lesestuhl. Vor ihm kniete Fräulein Pohl

und schnitt ihm die Zehennägel. Danach widmete sie sich ihrer Hauptaufgabe, dem Versorgen seiner angegriffenen Haut. Reimund hatte gar keine Ahnung, wie viele unterschiedliche Schichten sie da von irgendetwas, jede Woche von Neuem, auftrug. In jedem Fall aber tat es gut. Er schloss die Augen und genoss diese seltenen Minuten sorgsamer Zuwendung. Mit geschickten Händen fuhr sie sanft und gleitend, dann wieder leicht massierend, über den Spann seines Fußes. Danach um seinen Knöchel herum und weiter hinauf zu seinem Schienbein und seiner Wade. Reimund öffnete seine Augen wieder. Das ist richtig Arbeit da unten, dachte er. Fräulein Pohl war Krankenschwester und arbeitete neben ihren Pflegediensten zusätzlich im Krankenhaus. Ihr weißes Oberteil, fand er, sah so aus, als würde es zur Grundausstattung ihrer Krankenhauskleidung gehören. Vorne hatte es einen großen, V-förmigen Ausschnitt. Mit jeder Handbewegung von Fräulein Pohl bewegte sich dieser Ausschnitt vor und zurück – auf und nieder, dichtete Reimund schweigend. Je höher sie sich an seinem Bein emporarbeitete, desto lebendiger fühlte er sich. Durchaus noch Reserven vorhanden, stellte er fest. Die Wärme aus seinem Bein floss mehr und mehr durch seinen gesamten Körper. Vor lauter Wonne hatte er fast schon Schwierigkeiten, still auf seinem Stuhl zu sitzen. Fräulein Pohl glitt mit ihren Händen an seiner Kniekehle entlang. Ein selbständiger Impuls ließ seinen Fuß kleine, kreisende Bewegungen machen. Gleichzeitig sah Reimund den Abstand von Fräulein Pohls V-Ausschnitt und ihrer Haut größer werden. Jetzt hatte er einen nahezu perfekten Blickwinkel auf ihre Brüste. Weiß und zart. Nicht sehr groß, aber sehr schön. Er zog seinen Hals einen Tick nach hinten. So konnte er ihre Brustwarzen sehen. Sie waren erhaben und rosa und ließen in ihm einen schwer zu bändigenden Hunger wach werden. Seine Oberschenkel begannen unter ihren Händen zu glänzen. Ihr Massieren wurde kräftiger, und ihre Brüste stiegen in pendelnden Bewegungen mit ein. Sie sahen aus wie große, volle weiße Tropfen, die von der Oberflächenspannung in ihrer puren und einzigartigen Form gehalten wurden, sich neigten, ohne aber der Erdanziehungskraft gänzlich nachzugeben. Reimund spürte, wie sich sein Penis in kleinen, ruckartigen Bewegungen nach oben bewegte. Hart wie in meinen besten Zeiten, kam es ihm in den Sinn. Sein langes Oberhemd spannte und wölbte sich über seiner Eichel. Gerne wäre er ihr mit seinen Händen durch das gestufte, blonde Haar gefahren. Und gerne hätte er sich an ihren Brüsten gelabt und ihre gewölbten Krokusknospen aufblühen lassen. Seine Gefühle waren zu stark, als dass er sich dafür hätte schämen können. Gerne wäre er noch einmal jung gewesen, und gerne hätte er einiges anders gemacht. Kleine, heiße Tränen sammelten sich in seinen Augen.

Alte Gefühle

Eigentlich hatte Karl keine Lust gehabt, unter die Dusche zu gehen. Das Gespräch mit seinem Vater hatte ihm den Rest gegeben. Als er versucht hatte, das Glas mit der aufgelösten Aspirin-Tablette an den Mund zu führen, war ihm die Hälfte des Inhalts übergeschwappt und hatte sein nach Schweiß riechendes Hemd durchnässt. Als er sich dann so dasitzen sah, wusste er nicht mehr wirklich, warum er die Tablette überhaupt hatte nehmen wollen. Vermutlich hatte er einfach nur gedacht, eine weitere Tablette könne nicht schaden. Frau Baumeister hatte zwar nichts gesagt, als sie an ihm vorbeigegangen war, ihr besorgter Blick war ihm allerdings nicht entgangen. Fast hätte er sich sogar noch gerechtfertigt, ohne zu wissen, wofür eigentlich. Der Umstand, dass seine Kinder im Hause waren und Charlotte vermutlich bald zurückkommen würde, hatte ihn letztlich dazu gebracht, seine letzten Kräfte zu mobilisieren und unter die Dusche zu gehen. Jetzt lag er auf dem Bett und schluckte eine frische Tavor. Eigentlich geht es nicht mehr, dachte er. In seinem Kopf drehten sich unschöne Gedanken um diverse Möglichkeiten, seinem Vater zuzusetzen. Was war das für ein Telefongespräch gewesen? Noch immer zitterte er am ganzen Körper. Er fühlte sich wie ein zerquetschter kleiner Mistkäfer, der auf dem Rücken lag und ohne Sinn und Verstand mit seinen Beinchen in der Luft herumstocherte. Um nicht sofort nach Charlottes Eintreffen von ihr behelligt zu werden, entschied er sich, sich in sein Arbeitszimmer im Erdgeschoss zurückzuziehen. Dort hatte er, nachdem er nach Hause gekommen war, ein paar seiner neuerdings sehr geschätzten Dosen deponiert. Er setzte sich auf sein altes Sofa und öffnete eine Vodka-Cranberry-Mischung. Mmh, guter Geschmack, fand er. Nachdem er die erste Dose in ein paar wenigen Zügen geleert hatte, öffnete er sofort eine zweite, wobei er sich vornahm, diese ein wenig mehr zu genießen.

Mit zugleich betäubtem als auch übererregtem Geist und Körper hing Karl in Shorts und Unterhemd auf seinem Sofa, als Charlotte nach kurzem Anklopfen eintrat. Sie hockte sich vor ihn hin und stützte sich mit den Händen an seinem Sofa ab.

„Karl?"

„Ja, Charlotte?"

„Wie geht es dir?"

„Schlecht."

„Wo hast du geschlafen?"

„Bei Wolfgang."

„Unter der Brücke?"

„Ja."

Charlotte ließ ihren Kopf auf seinen Oberschenkel sinken. „Karl, wir müssen jetzt aktiv werden!"

„Aktiv", wiederholte er müde.

„Ja, Karl." Sie stützte sich mit ihren Ellenbogen auf der Sitzfläche des Sofas ab und sah ihm in die Augen. „Es hat einen weiteren Vorfall gegeben, beziehungsweise zwei."

Karl konnte eigentlich nicht reden, aber er bemühte sich trotzdem. „Was für Vorfälle?", flüsterte er.

„Fotos."

„Fotos?"

„Ja, anonyme Briefe mit Fotos von Verena und mir."

Karl trank einen Schluck Vodka-Cranberry. „Und wer ist diesmal drauf zu sehen?"

„Karl! Ich sagte doch: Verena und ich."

„Ach so. Überall scheinen sie Fotos zu machen", antwortete Karl abwesend.

„Es sind Nacktfotos."

„Bitte, WAS?"

„Ja, Nacktfotos. Jemand hat sie heimlich gemacht."

Karl zog die Stirn in Falten. Das konnte er jetzt nicht ganz einordnen. „Hier im Haus?"

„Nein."

„Verstehe ich nicht."

„Karl, habe ich deine Aufmerksamkeit?"

„Bitte?"

„Ob ich deine Aufmerksamkeit habe?"

„Ach so, ja."

„Gut. Jetzt sage ich dir etwas Prekäres." Sie atmete zweimal tief ein und mit einem leisen Stöhnen wieder aus. „Leider, ich kann gar nicht genau sagen, weshalb und warum, hatte ich einen One-Night-Stand."

„Was?" Karl hörte seinen eigenen Atem. Seine Gesichtshaut zitterte. Jetzt fiel ihm wieder ein, weshalb er das Aspirin hatte nehmen wollen. In der äußersten Schicht seines Schädels hatte sich ein unangenehmes Druckgefühl aufgebaut, wie ein kiloschwerer Helm, der zu fest saß und den Schädelknochen in das Kopfinnere zu drücken drohte. Unterhalb dieses Helmes machte sich wieder dieses Gefühl von vergiftetem Gehirn breit. In dieser Qualität hatte er das bereits während seiner Panikattacke erlebt.

„Aha", sagte er schließlich.

„Ja, leider. Was aber noch schlimmer ist, Verena wurde auch fotografiert. Gott sei Dank kein komplettes Nacktfoto."

„Kein komplettes Nacktfoto …", wiederholte Karl in einem Zustand von katatonem Stupor.

„Genau. Aber schlimm ist es trotzdem."

Ein Schauer schüttelte Karls Oberkörper. Durch sein Gesicht ging ein Zucken. „Und du, ein richtiges Nacktfoto?"

„Ja, leider. Es tut mir so leid!"

„Tut es?"

„Ja."

„Aha."

„Karl, wir besprechen das alles in Ruhe, aber zuerst müssen wir unsere Familie retten."

„Müssen wir?"

„Verflucht, Karl, du klingst wie dein eigener Vater! Zieh dir was an und trink Wasser anstatt diesen Mist. Wir müssen jetzt handeln!", schrie sie ihn an.

„Aha."

Charlotte stand auf und reckte sich. Dann drehte sie sich einmal um sich selbst, ging zum Fenster und riss die Gardinen auf. „Karl, ich habe bereits die ersten Schritte eingeleitet. Falls du ein Interesse daran hast, mitzuwirken, dann reiß dich jetzt zusammen und zieh dir was an. Ich warte oben auf dich. Wenn du in zehn Minuten nicht fertig bist, dann werte ich das als Verweigerung. Bis gleich!" Mit entschlossenen Schritten ging sie zur Tür und verschwand.

„Verweigerung?", murmelte Karl vor sich hin. „Schritte eingeleitet?"

Das Taxi bog in die Osterstraße ein. Karl hatte sein Seitenfenster einen Spalt geöffnet, so dass der laue Fahrtwind die Schweißperlen auf seiner Stirn trocknete. Nacktfotos! Hab' Gnade, Herr, dachte er und schaute durch den geöffneten Fensterspalt in Richtung Weltall. Sehen wollte er diese Fotos eigentlich nicht. Ein One-night-Stand, Charlotte? Karl musste niesen. Seine Bronchien begannen wieder zu rebellieren. Tavor gab es in unterschiedlicher Dosierung. Und seine war eher schwach. Eventuell konnte man da noch einmal nachbessern.

Dann lag er in Giselas Liegestuhl. In diesem Moment spürte er, dass er fähig wäre, in einen tiefen Schlaf zu fallen. Trotz der vielen Belastungen und trotz seines immensen Schlafdefizits war es ihm kaum mehr möglich, über einen längeren Zeitraum tief und erholsam zu schlafen. Wenn er vorhatte, zu schlafen, dann befand er sich die meiste Zeit in einer endlosen Einschlafphase, die jedoch fast nie zu einem befriedigenden Ergebnis führte. Je länger er so dalag, desto aufwühlender wurden seine Gedankengänge und Sorgen. Mitunter kam es vor, dass er nachts wach lag, ohne sich über seinen tatsächlichen Zustand wirklich bewusst zu sein. In diesen Situationen hatte er die Augen einen Spalt weit geöffnet und sah auf irgendwelche Details in seinem Arbeits- oder Schlafzimmer. Und während er regungslos dalag und diese Details anstarrte, wurde er von albtraumartigen Gefühlen wie Panik und Todesangst heimgesucht. Es handelte sich offenbar um Wach-Albträume.

Gisela machte ein besorgtes Gesicht. „Wenn du willst, Karl, kann ich gerne in einer guten Klinik nachfragen, ob dort kurzfristig ein Platz für dich frei wäre."

Karl schüttelte den Kopf. „Noch nicht."

„Was hast du denn jetzt vor, Karl?"

In langsamen, mühsam gesprochenen Worten teilte er ihr die Neuheiten mit. „Außerdem möchte sie mit hierher kommen und mit dir sprechen."

„Und, wäre das für dich in Ordnung?"

„Da kann ich jetzt wohl nichts mehr dagegen sagen."

Gisela reckte ihren Kopf nach vorne, als wolle sie der Situation zwischen ihnen noch ein Stück mehr Intimität verleihen. „Liege ich richtig mit der Vermutung, dass Charlotte nach wie vor nichts von deinen außerehelichen Vergnügungen weiß?"

Karl nickte.

„Und, hast du vor, es ihr in absehbarer Zeit mitzuteilen, jetzt, nachdem sie auch so ehrlich zu dir war?"

„Wäre möglich, aber nicht notwendig, oder?"

„Kann sein. Ist es so, dass du dich Charlotte gegenüber jetzt weniger schuldig fühlst?"

Karl, im Liegestuhl liegend, machte eine öffnende Bewegung mit seinen Händen. „Ja, gut möglich. Allerdings ist diese Situation noch ganz frisch. Außerdem bin ich randvoll von ziemlich zermürbenden Gefühlen – so richtig wie an die Wand genagelt, so dass ich für irgendwelche Nuancen und unterschiedliche Qualitäten von Gefühlen zurzeit gar kein Gespür habe."

„Das verstehe ich." Gisela machte eine Pause. „Wie genau hast du dich gefühlt, nachdem du mit deinem Vater telefoniert hast?"

„Hast du'n Drink?"

„Karl!"

„Entschuldige, war ein Scherz."

„Was hast du dir alles eingeworfen?"

„Ich habe den Überblick verloren. Aber zu deiner ersten Frage. Ich

habe mich gefühlt, als wäre ich dem Sterben nahe. Es hat sich angefühlt, als würde ich zerfließen. Kein Körper mehr, keine Ahnung
mehr, keinen Plan und keine Kraft."

„Kommuniziert dein Vater immer auf diese Weise mit dir?"

„Mehr oder weniger. Es kommt auch auf das Thema an."

„Was denkst du, war an diesem Thema besonders? Weshalb konnte
er in diesem Fall nicht normal und fair und offen mit dir reden?"

Karl zog seine Beine an. „Diese alten Unterlagen gehören ihm,
und da soll niemand reinschauen. Aus irgendeinem Grund lehnt
er das ab."

„Glaubst du, er hat seit eurem Sonntagsessen etwas entfernt?"

„Wenn es etwas zu entfernen gab, dann ja."

„Also willst du auch nicht mehr zu ihm, um Einsicht in die Unterlagen zu bekommen?"

„Mal sehen, keine Ahnung."

„Vielleicht sind ihm die Unterlagen wichtiger, als du denkst. Möglicherweise sind es nicht einfach nur Geschäftsunterlagen."

„Sondern?"

„Nun, es könnte sein, dass sie einen hohen emotionalen Wert für
ihn haben."

„Na ja, die Firma war sein Leben."

„Genau. Und die Korrespondenz mit alten Kunden, die Anbahnungen von Geschäftsbeziehungen und vielleicht auch die Entwicklung wichtiger persönlicher Beziehungen könnten in diesen Unterlagen festgehalten sein. Es wäre vorstellbar, dass dieses Material für
deinen Vater die Qualität eines persönlichen Tagebuchs hat."

Karl nickte. „Stimmt. Und Persönliches und Emotionales will er
für sich behalten. Das war schon immer so."

„So dass er euch nie an seinen Gefühlen hat teilnehmen lassen?"

„Genau."

„Aber es wäre schön gewesen, wenn er seine Gefühle hätte zeigen
können."

„Ja. Ich glaube, meine Mutter hat von allen am meisten gelitten."
Karl drehte sich in seinem Stuhl mit angezogenen Beinen auf die
Seite. Wie ein Embryo lag er nun da. „Jetzt, da wir über all diese
Gefühle sprechen, ist mir etwas eingefallen."

„Oh."

„Solche Gefühle, wie die nach dem Telefongespräch, hatte ich schon häufiger. Also, vor allem in den letzten zwei Wochen hat es dieses Zerfließen und dieses Aufkommen von Panik häufig gegeben. Und wenn man es genau nimmt, dann war das bereits nach dem Auffinden des Katzenkopfes so." Während Karl erzählte, schaute er zu Gisela hinüber. Er hatte das Gefühl, als würde es sich bei ihren wachen und aufmerksamen Augen um Lupen handeln, durch die hindurch er erzählte. Hinter ihren Augen wurde alles größer und schärfer, nicht nur für sie, sondern auch für ihn.

„Was auch sehr verständlich ist", fügte Gisela hinzu. „Was glaubst du, hat dich beim Auffinden des Katzenkopfes besonders mitgenommen?"

„Vielleicht wäre es etwas anderes gewesen, wenn es sich um irgendeine Katze gehandelt hätte. Aber ich war mir ja sofort einigermaßen sicher, dass es sich um Lila gehandelt hat."

„Ein Teil der Familie. Ein Zugriff auf euer privates Refugium."

„Ja, stimmt."

„Und da war dieses Gefühl der Ungewissheit, weil sich niemand zu erkennen gegeben hat. Ist das so?"

„Absolut. Diese Ungewissheit war wohl das Schlimmste. Die Ungewissheit und der Umstand, dass dieser Zustand nicht nur für einen Moment da war, sondern die ganze Zeit, bis heute, existiert hat und existiert."

„Woran erinnert dich dieser Zustand?"

Karl sah durch Giselas Lupen und wusste sofort, woran er sich erinnerte. „An meinen Vater."

„An deinen Vater, ja. An seine Form der Kommunikation?"

„Ja."

„Ja", wiederholte sie, „diese Gefühle, die man erlebt, wenn da jemand, ja, sogar der eigene Vater, sich in einer Weise zu einem verhält und spricht, dass man da gar nicht wirklich schlau draus werden kann. Der da in einer Weise redet, dass man gar nicht genau weiß, woran man ist. Ist es so?"

„Ja."

„Ein Gefühl der Unberechenbarkeit?"

„Ja, genau."

„Karl, jetzt bitte ich dich, einmal an diese Situation in deiner Firma zu denken, als du diesen Streit mit Manuela Schröder hattest. Wir sind sie in einer unserer ersten Sitzungen ja schon einmal ganz intensiv durchgegangen."

Karl hatte die Szene mit Frau Schröder sofort wieder vor Augen. Gisela räusperte sich. „Also, du kannst so liegen bleiben, du kannst deine Position aber auch ein wenig verändern. Wie es für dich am bequemsten ist."

Karl rollte sich wieder in Rückenlage.

„Also, erlaube dir einfach noch einmal, an diese Situation mit Frau Schröder zu denken. Nimm dir Zeit. Deine Augen kannst du geöffnet lassen oder schließen." Sie machte eine längere Pause. „Und dann geh zu dem Moment, in dem du in das große Büro kommst und Frau Schröder dort an ihrem Schreibtisch sitzen siehst."

„Ja, sie sitzt da, und ich denke, sie arbeitet nicht."

„So wie sie da sitzt, ist es da ganz eindeutig, dass sie nicht arbeitet?"

„Nein, es könnte aber sein."

„Sieht sie dich?"

„Ich habe den Eindruck, sie sieht mich nicht."

„Kann man sich da sicher sein, dass sie dich nicht sieht?"

„Nein."

„Und wenn ja, kann man erkennen, inwieweit sie dich bewusst nicht sehen will, oder ob sie dich vielleicht gar nicht bemerkt hat?"

Karl nahm sich Zeit und sah genau hin. „Es ist nicht deutlich."

„Und wie fühlt sich das an, wenn man das nicht so genau weiß?"

„Sehr unangenehm." In dem Moment, als er das sagte, spürte er, wie sich ein Gefühl von Panik im Bereich seines Zwerchfells bemerkbar machte und sich sogleich in Richtung Brust und Hals fortpflanzte. „Jetzt in diesem Moment kommt gerade Panik aus meinem Solarplexus."

„Ja, da ist Panik, die aus dem Solarplexus kommt – gestatte dir gleichmäßige Atemzüge – gleichmäßige, tiefe Atemzüge, und erlaube diesen Gefühlen, sich Luft zu machen. Wo ist dieses Gefühl jetzt?"

„Im Hals und etwas im Kopf."

„Ja, im Hals und im Kopf. Und wenn du diesen Gefühlen erlaubst, weiter in Bewegung zu bleiben und deinen Körper zu verlassen, was verändert sich dann?"

Karl schaute nach innen und versuchte, sich über mögliche Veränderungen klar zu werden.

„Du kannst diesen Gefühlen auch helfen, Karl. Und zwar hilfst du ihnen in der Weise, dass du wahrnimmst, welche Farben diese Gefühle haben. Und wenn du das erkennst, welche Farben haben sie?"

„Sie sind grauschwarz. Und mitunter schillern sie ein wenig dunkelviolett und auch etwas grünlich."

„Grauschwarz, dunkelviolett und grünlich, ja. Und nun bitte ich dich, Folgendes zu tun und dir vorzustellen: Ich bitte dich, zehn Mal langsam und tief ein- und auszuatmen. Und während du ausatmest, stellst du dir vor, dass diese Farben aus dir hinausgehen können. Und während diese Farben beim Ausatmen herausgehen, kannst du sehen, was aus diesen Farben außerhalb deines Körpers wird."

Karl nahm einen tiefen Atemzug und stellte sich vor, wie die Farben während des Ausatmens aus seinem Mund entwichen.

„Und wenn du erkennst, zu was diese Farben werden, Bilder, Wolken, Menschen oder etwas anderes, erzähl einfach, was du siehst."

Vor Karls innerem Auge taten sich strudelartige Gebilde auf, welche vor seinem Körper, etwas oberhalb seines Kopfes, herumwirbelten.

„Sie werden zu einer Art Wirbel", sagte Karl, „einer Art Windhose."

„Wie eine Windhose, ja. Und sei neugierig, wie sich diese Windhose verändern kann."

Während Karl weiterhin tief und langsam ein- und ausatmete, konnte er erkennen, wie sich die Strukturen dieses Wirbels veränderten. Die Strukturen und Farben bewegten sich kreisförmig und schienen sich dabei nach unten zu schrauben. Die Gefühle in Brust und Hals wurden etwas erträglicher. Da war jetzt etwas im Fluss, spürte er. Seine Aufmerksamkeit konzentrierte sich nun mehr und mehr auf die Erscheinungen außerhalb seines Körpers. Dieses strudelnde Gebilde hatte nun viel Ähnlichkeit mit Wasser, wilde, sich auftürmende Wogen. Aus dem dunkelgrauen Strudel schillerte es an einigen Stellen leuchtend gelb, das Gelb einer Zitrone, dachte er.

„Es verändert sich. Grelles Gelb schillert durch die Wassermassen. Jetzt kann ich auch erkennen, dass sich das Wasser auf dem Untergrund sammelt. Es ist schmutzig und aufgewühlt. Kleine, dunkle Partikel, die da im Wasser sind, setzen sich langsam ab. Von oben kommen neue Wassermassen und prasseln auf den Boden. Um das Wasser auf dem Boden und auch um diese Windhose aus Wasser herum entsteht Nebel, vermutlich aufgrund der spritzenden und verdunstenden Tropfen. Hinter dem Nebel ist die Sonne, wie man sie sieht, wenn es den ganzen Tag trübe ist und man ständig glaubt und hofft, die Sonne würde sich früher oder später durch die Nebeldecke kämpfen."

Noch während Karl erzählte, nahm er wahr, wie mit jedem Atemzug mehr und mehr von diesen Farben aus seinem Mund entwichen und zu sprudelnden Formen wurden. „Jetzt kommt nichts mehr nach. Langsam setzt sich das Wasser. Ganz unten setzen sich diese festen Bestandteile aus den Wassermassen ab und werden zu Kristallen. Und zum Teil sehen diese Kristalle eher dunkel aus. Einige von ihnen beginnen aber zu leuchten, wie Edelsteine oder Korallen."

„Wie schön!", ließ Gisela einfließen.

„Ja, sehr schön. Jetzt müsste das Wasser einfach nur noch abfließen." Karl schwieg eine Weile und ließ sich Zeit, den Entwicklungen vor seinem inneren Auge zu folgen. Dann lächelte er. „Jetzt legt sich der Nebel. Ich sehe einen Strand. Er hat so eine gelbbraune Farbe. Ganz satt und kräftig. Aus der Ferne sehe ich einen Menschen auf mich zukommen. Aber er ist noch zu weit weg."

„Nimm dir Zeit – sei neugierig – schau genau hin!"

Je näher die Gestalt auf dem Strand kam, desto weicher wurden die Gefühle in Karls Körper. Es handelte sich um eine Frau mit langen Haaren. Sie trug ein hellblaues Strandkleid, das durch den vom Meer kommenden Wind in Richtung Festland flatterte. Die Frau strahlte ihm entgegen. Glitzernde Wassertropfen der aufschlagenden Brandung wirbelten um ihr Gesicht. Sie strich sich mit einer Hand über ihre Wangen. Der starke Wind bekam durch die pralle Sonne eine angenehme Temperatur. Jetzt ging die Frau in einen tänzelnden Schritt über und lief mit ausgebreiteten Armen und in kleinen Pirouetten auf ihn zu. Sie nahm ihn in die Arme, drückte ihn an sich und streichelte ihm über den Kopf. Es war seine Mutter.

Tränen liefen an seinen Wangen hinunter. Ein tiefes, umfassendes Gefühl der Nähe, Liebe und Verbundenheit breitete sich in seinem Körper aus. Seit seine Mutter tot war, hatte er sich zunehmend auch innerlich von ihr entfernt. Dieses Entfernen war nicht gleichzusetzen mit Vergessen. Eher war es ein Ergebnis seiner Lebensweise. Karl sah jetzt ganz genau vor sich, wie er die meiste Zeit seines Seins damit zubrachte, seine Aufmerksamkeit nach außen zu lenken. Viel zu sehr hatte er sich dem täglichen Trott, dem Tagesgeschäft hingegeben. Blöd nur, erkannte er jetzt, dass es sich bei diesem Tagesgeschäft – insbesondere im Rahmen seiner Tätigkeit als Kaufmann – um eine endlose Schleife handelte. Diese Schleife würde von sich aus niemals ein Ende finden. Nur er selbst konnte dem ein Ende setzen oder zumindest eine bewusste Pause von diesen automatisierten und immer ähnlich verlaufenden Tagen in seinem Leben machen. Er musste sich Raum und Zeit geben, um seine über die Jahre klein gewordenen und förmlich zubetonierten persönlichen und familiären Bedürfnisse wahrzunehmen. Viel zu eindimensional war sein Leben über eine lange Zeit verlaufen. Fast ausschließlich geschäftlichen Themen und Problemen hatte er den Zugang zu sich selbst gewährt. Alles andere hatte gerade einmal Einlass bis zur Rezeption erhalten. Er selbst in seiner Eigenschaft als Mensch war für niemanden zu sprechen gewesen. Er musste die Tore öffnen, für seine Frau und für seine Kinder.

Zu viele Leute hatten stets gute Ratschläge und Empfehlungen parat. Gisela jedoch hatte ihm solche nie gegeben. In keiner Weise hatte sie seine Taten bewertet oder gar verurteilt. Sie hatte ihn lediglich dabei unterstützt, einen Weg in die abgelegenen Wälder und Landschaften seiner Seele zu finden. Und nun war er da und konnte sich umschauen. Viel zu weitläufig war diese innere Welt, viel zu vielfältig, als dass er da jetzt einfach einmal so durchmarschieren konnte. Ihm kam das Buch von Wolfgang in den Sinn. Vor seinem inneren Auge glitt ein riesiger Dreimaster ruhig und majestätisch durch das Eismeer. An Bord befanden sich Offiziere und Matrosen. Alle waren beschäftigt. Sie liefen durcheinander, erteilten Befehle, führten Befehle aus, wechselten die Position und erteilten neue Befehle. Sie diskutierten, kämpften um Anerkennung und Zuspruch.

Wie eine Ansammlung vieler kleiner und größerer Räder drehten sie sich und hielten alle möglichen Geschäfte am Laufen. Doch es brauchte einen, der in der Lage war, sich aus all dem Treiben herauszunehmen. Einen, der hoch oben stand und über das Schiff hinweg in die Ferne schaute. Einen, der die innere Ruhe hatte, die Dinge auf sich wirken zu lassen. Einen, der die Doppelbödigkeit menschlicher Beziehungen nicht an sich heranließ. Einen, der erkannte, was aus den Dingen, die passierten, werden würde. Einen, der die Eisschollen treiben sah und auch die entferntesten Eisberge und deren veränderte Position zum Schiff registrierte. Einen, der wusste, wann es angesagt war, grundlegend etwas zu ändern. Einen Kapitän.

Kommunikation

Die Kinder waren noch in der Schule. Frau Baumeister sortierte im Keller die Wäsche, und Karl lag in seinem Arbeitszimmer, das in letzter Zeit zu einer Art Dunkelkammer mit maximaler Reizminimierung geworden war. Dort vegetierte Karl vor sich hin und entwickelte sich zusehends zu einem grübelnden Freak, der vor lauter Nachdenken kaum noch in der Lage war, sich um die einfachsten Aufgaben des alltäglichen Lebens zu kümmern. So jedenfalls hatte es Charlotte während der letzten Tage empfunden. Allerdings, und das war wirklich ein Lichtblick gewesen, hatte er am Abend zuvor erstaunlich offen mit ihr gesprochen. Ihre Nacktfotos waren dabei kein Thema gewesen. Karl hatte ihr von der letzten Sitzung mit Gisela erzählt. Erhellend sei das gewesen, und einen Zugang zu seinem Innersten habe er bekommen. Zum Schluss der Sitzung hatten sie über Kommunikation gesprochen. Leider, fand Charlotte, war es dabei wohl nicht um den Kommunikationsstil innerhalb seiner eigenen Familie gegangen. Aber das, so hoffte sie, könnte ja noch folgen. Gisela hatte ihm erklärt, dass er, sowohl beim Telefonieren mit seinem Vater als auch in gewissen Situationen in der Firma von ganz bestimmten Gefühlen geleitet wurde. Und zwar nicht von erwachsenen Gefühlen. Vielmehr würde es sich in diesen Situationen um sehr alte, kindliche oder jugendliche Gefühle handeln, die unbewusst wachgerufen würden. In einer aktuellen Situation, die einer alten Erfahrung ähnlich sei, würden diese alten Gefühle angesprochen. Diese kindlichen Gefühle würden dann sozusagen die Kontrolle über sein Denken und Handeln übernehmen. „Ein Zehnjähriger als Geschäftsführer?", hatte Gisela gesagt. „Kann das gutgehen?" In zwischenmenschlichen Konfliktsituationen, so hatte Gisela gemeint, reagiere er mit der Angst und dem Rebellionsverhalten eines Kindes. Das werde vor allem bei den Auseinandersetzungen mit seinem Vater deutlich. Selbst in den Momenten, in denen er tatsächlich versuche, sich seinem Vater gegenüber durchzusetzen, würde er über das Stadium der Rebellion nicht hinauskommen. Wie ein kleiner Junge würde er sich dann aufregen, mit dessen Ängsten und Unsicherheiten, und fast auch ein bisschen mit dessen hoher Stimme. Dementsprechend wenig überzeugend würde das bei seinem Vater ankommen. Sein Vater wiederum, so vermutete Gisela, hätte insgesamt kein Problem mit diesen alten Mustern. Für ihn wäre es angenehm, wenn alles beim Alten bliebe. „Dein Vater missbraucht dich mit seinen destruktiven und erniedrigenden Kommunikationsmustern", hatte Gisela Karl erklärt. „Und du kannst nicht darauf hoffen, dass er von sich aus etwas daran ändert. Wenn du eine Veränderung zu deinen Gunsten wünschst, dann kann das nur von dir selbst kommen." Und zum Schluss: „Was du von dir selbst und aus dir heraus brauchst, ist eine Kommunikation auf Augenhöhe, das heißt authentisch und erwachsen! Rede als Erwachsener mit deinem Vater und nicht als revoltierender Jugendlicher."

Das waren zum Teil drastische Formulierungen, fand Charlotte. Aber sie hatte sofort gespürt, dass Gisela Recht hatte. Genau so deutlich musste das mal auf den Punkt gebracht werden. Charlotte dankte dieser Therapeutin innerlich und hoffte, dass Karl zu einer gemeinsamen Sitzung bereit wäre. Würde er diesen Weg weitergehen, dann wäre das für die Familie ein Traum! Natürlich fragte sich Charlotte auch, inwieweit sich in diesem Zuge auch Karls Reaktionen auf ihren Seitensprung, der tatsächlich ja eher eine Affäre gewesen war, ändern würden.

Nach dem Mittagessen, an dem Karl nicht teilgenommen hatte, fuhr Frau Baumeister mit Verena zum Arzt, und um zwei Uhr nachmittags kam dann der Landschaftsarchitekt Bergmann. Als alle sechs Entwürfe auf dem großen dunklen Mahagonitisch im Wohnzimmer ausgebreitet waren, holte sie Karl hinzu. Auch Tanja war dabei, die aufgeregt um den Tisch herumtänzelte und dabei versuchte, sämtliche Unterschiede der verschiedenen Entwürfe zu registrieren. Letztlich fand sie aber jeden Entwurf toll, auf dem sie irgendetwas entdeckte, was es bisher im Garten noch gar nicht gab. „Ich will einen Kirschbaum!"

Karl stützte sich mit den Händen auf der Tischplatte ab und ließ seinen Blick über die Pläne schweifen. „Kriegst du, meine Liebe." Tanja jauchzte.

Bergmann ging mit ihnen sämtliche Entwürfe durch, indem er jeden einzeln kommentierte. Zum Schluss blieben zwei Entwürfe übrig.

Am hintersten Ende des Grundstücks befand sich bereits ein kleiner Teich, auf dem im Sommer wunderschöne Seerosen blühten, und Bergmanns Vorschlag, den Teich zu vergrößern und an zwei Seiten in eine ausgedehnte Sumpflandschaft übergehen zu lassen, kam bei allen gut an.

„Ein echter Sumpf?", fragte Tanja.

„Ja, junge Frau", bestätigte Bergmann. „In diesem echten Sumpf werden sich viele kleine Tiere sehr wohlfühlen."

Tanja war entzückt. „Auch Libellen?"

„Aber ja! Libellen in unterschiedlichen Farben, blaue, rote..."

„...und gelbe!"

„Ja, auch gelbe."

Noch nicht entschieden war, was für Bäume in der Nähe der Sumpfzone stehen sollten. Bergmann schwebten da ein paar etwas außergewöhnlichere Arten vor.

„Hier kann ich mir einen Hamamelisbaum gut vorstellen. Hier, schauen Sie!" Er nahm ein großformatiges Foto vom Tisch und hielt es in die Höhe.

„Oh, wie schön!", schwärmte Charlotte. „Der hat eine tolle Form. Und dieses kräftige Gelb der Blüten!"

„Ja", meinte Bergmann, „und das Schönste daran ist, dass er im Winter blüht, genauer gesagt Mitte Januar." Bergmann zeigte dann noch weitere Bäume, die allesamt wunderschön waren, nicht zu groß wurden und durch ihr unterschiedliches, teils sehr filigranes Blattwerk bestachen.

„Ich will eine Tanne!", rief Tanja, als es gerade um die westliche Grenze des Grundstücks ging.

„Kriegst du, Liebes!" antwortete Karl.

„Jaa!" Tanja sprang vor Freude in die Luft.

Charlotte sah Karl mit einer Mischung aus Wohlwollen und Resignation an. „Und wenn sie einen Dinosaurier in Originalgröße will, was sagst du dann?"

„Dann kriegt sie einen!"

Charlotte schüttelte mit einem Lächeln im Gesicht den Kopf. Insgeheim erwärmte es ihr Herz, dass Karl die Wünsche von Tanja so bedingungslos erfüllen wollte.

„Also", meldete sich Bergmann da zu Wort, „generell waren wir ja so verblieben, dass auf Nadelbäume, insbesondere Tannen, weitgehend verzichtet werden sollte. Aber selbstverständlich können wir auch eine Tanne mit einplanen." Dann sah er Tanja an. „Vielleicht eine schöne kleine Tanne, die dann mit dir mit wachsen kann."

Tanja nickte zufrieden.

„Sag mal", meinte Charlotte an Karl gewandt. „wo sind eigentlich die Entwürfe mit den Baumvorschlägen deiner Schachfreunde?"

„Ach die. Na ja, eigentlich haben wir es ja schon im Wesentlichen, oder?"

„Ja, aber wenn sie sich schon mal die Mühe gemacht haben, können wir doch wenigstens einen Blick drauf werfen."

Karl holte die Pläne aus seinem Arbeitszimmer. Die vier bereits aussortierten Pläne wurden durch die drei Entwürfe der Schachfreunde ersetzt. Bergmann überflog die Pläne schnell und nickte freundlich. „Da! Da hatte jemand einen ähnlichen Gedanken." Er zeigte auf das Areal um den Teich herum. Mit einem Finger beschrieb er ein Oval um die eingezeichneten Bäume herum. „Diese Anordnung ist ganz ähnlich. Die Sumpfzone bekommt ein wenig Schutz, ist aber trotzdem vom Wohnzimmerfenster aus gut einsehbar."

„Und hier", Charlotte zeigte auf den danebenliegenden Plan, „hatte jemand eine besondere Vorliebe für Tannen. Zwei Tannen, und davor ein Laubbaum, wenn ich die Einzeichnungen richtig interpretiere."

„Sehe ich auch so", bestätigte Bergmann.

Tanja schlüpfte zwischen Bergmann und Charlotte hindurch, um einen direkten Blick auf die Tannenversion zu bekommen. „Oh, zwei Tannen!"

„Ja Schatz, und ein Laubbaum", sagte Charlotte.

Tanja war ganz begeistert. „Die sehen aus wie eine Katze!"

Charlotte neigte ihren Kopf zur Seite. „Wie eine Katze?"

„Ja, guck doch, Mama, hier der Kopf und da drüber die großen spitzen Ohren."

Charlotte lachte. Aus den Tannen hatte Tanja zwei Katzenohren werden lassen. „Ja, Tanja-Schatz, du hast Recht!"

„Also, wenn man Tanja heißt, dann braucht man selbstverständlich auch eine Tanne", meinte Bergmann mit erhobenem Zeigefinger. Allgemeine Heiterkeit machte sich breit.

Nachdem der Landschaftsarchitekt wieder gegangen war und Frau Baumeister mit Tanja zum Hockeytraining fuhr, war auch Karl wieder in seinem Zimmer verschwunden. Charlotte saß an ihrem Laptop und googelte den Namen *Cornelius Holzmann*. Puh, schnaufte sie. Da Holzmann als Nachname in Deutschland weit verbreitet war, fand sie auch in Verbindung mit dem Vornamen Cornelius jede Menge Einträge. Nach etwa fünfzehn Minuten hatte sie keine Lust mehr, jeden Eintrag einzeln anzuschauen. Sie gab den Namen noch einmal ein und probierte, durch Hinzufügen weiterer Begriffe fündig zu werden. Aber den Cornelius Holzmann, den sie suchte, fand sie nicht. Nichts mit restaurierten Häusern in der Bretagne oder sonst wo. Gar nichts! Dass auf seiner Visitenkarte ein falscher Name gestanden hatte, war ihr damals natürlich nicht aufgefallen. Was hätte Cornelius wohl gesagt, wenn sie ihn nach seiner Firmenwebsite gefragt hätte? Vermutlich wäre ihm eine plausible Erklärung eingefallen.

Dann klingelte ihr Handy. Claudias Nummer erschien auf dem Display.

„Hallo, Claudia!"

„Hi, Schatz!", jubilierte Claudia. „Ich habe gute Neuigkeiten!"

„Oh."

„Also, das ging schneller und einfacher als erwartet. Ich mache es mal ganz kurz. Ein Kunde von mir hat in der Tat einen ganz guten Kontakt zur Geschäftsführung der *Frankfurter Rundschau*. Tja, und es musste nicht mal Druck auf diese Agnieszka ausgeübt werden. Ein paar freundliche Worte ihres Vorgesetzten haben gereicht. Die will da nämlich noch 'ne Weile bleiben. Zwar scheinen sie und eure Sonja einige Zeit miteinander verbracht zu haben, aber so ganz eng ist deren Freundschaft wohl nicht. Jedenfalls war sie bereit, alles, was sie über Sonja weiß, zu erzählen. Viel ist das zwar nicht, aber es könnte reichen."

„Erzähl schon!"

„Also, die beiden haben gemeinsam in Houston, Texas, Journalismus studiert. Danach sind sie, im Sommer 2011, zurück nach Deutschland gegangen und haben beide in unterschiedlichen WGs in Frankfurt gelebt. Agnieszka ist dann als Volontärin zur Rundschau, Sonja hat beim Rhein-Main-Magazin angefangen. Dort war sie für Themen wie Start-Ups und Verbrauchertipps zuständig."

„Und, hat es ihr dort nicht gefallen?"

„Nicht wirklich. Außerdem brauchte sie dringend Geld, und davon hat man ihr beim Rhein-Main-Magazin auch nicht besonders viel geboten. Jedenfalls hatte sie dann – die genauen Hintergründe kennt Agnieszka angeblich nicht – Kontakt zu irgendeinem Typen, der auf der Suche nach einer Journalistin war. Wie genau der Kontakt zustande gekommen ist und wie der Typ heißt, weiß diese Agnieszka nicht. Jedenfalls hatte da jemand gewusst, dass sie dringend Geld braucht und außerdem ein ganz ausgeschlafenes und abenteuerlustiges Kätzchen ist. Wie genau der Deal zwischen diesen beiden dann ausgesehen hat, kann Agnieszka auch nicht sagen. Aber es hat einen Deal gegeben, da ist sie sich sicher. Und sie ist sich auch sicher, dass Sonja eine interessante Summe für ihre Tätigkeit oder was auch immer bekommen sollte. Dass die Sache irgendwie nicht ganz koscher war, hat Agnieszka allerdings schnell mitgekriegt. Denn auch sie hatte sich für mehr Details in dieser Angelegenheit interessiert.

Sonja ist aber immer sehr vage geblieben und hat angedeutet, dass es da um Betriebsgeheimnisse gehe, die sie nicht ausplaudern dürfe. Dass Sonja mittlerweile eine Ausbildung im Außenhandel macht, konnte Agnieszka gar nicht glauben."

„Das ist ja 'n Ding. Wer hat dir denn diese ganzen Informationen gegeben, ihr Vorgesetzter?"

„Nein, ich habe mit ihr selbst telefoniert."

Charlotte musste das erst einmal verarbeiten und überlegen, wie nun vorzugehen war. Sie bedankte sich bei Claudia und legte auf. Kurz darauf klingelte es erneut. „Fast hätte ich es vergessen. Ich habe vor einer halben Stunde mit Martha gesprochen. Sie hat zwei gute Detekteien gefunden und will sich nachher bei dir melden."

Power und Mut

„Also, wenn du mich fragst, dann holen wir uns jetzt ein bisschen Kohle und lassen die Puppen tanzen", eröffnete Raphael den Feierabend. „Prost, Dude."

Phillip ließ sein Glas Weißwein an Raphaels Vodka-Redbull-Glas klacken. Er nahm einen großen Schluck und lehnte sich zurück. Sie saßen im Strand-Pauli, einem Beachclub direkt an der Elbe und nicht weit von den Landungsbrücken entfernt.

Raphael zog sich an den Lehnen seines Liegestuhls ein paar Zentimeter nach oben. „Guck mal, die da, da musst du nur ganz kurz hinten am Schleifchen ziehen."

„Und dann?"

„Und dann? Dann hast du eine Art Alternative zur Frau von deinem Chef, aber ohne halb aufgeknöpfter Bluse, sondern pur. Ich habe die Bilder lange genug studiert. Die sieht fast genau so aus, auch die riesigen Glocken."

„Ja, kann sein." Phillip war noch nicht vollends überzeugt. Er kippte seinen Weißwein in einem zweiten Schluck vollständig hinunter und wollte sich gerade nach der Bedienung umschauen, als

Raphael einmal laut durch die Finger pfiff. „Mann, Rapha!", beschwerte er sich.

„Was denn? Wenn man nichts tut, passiert auch nichts. So ist nun mal die Grundregel. Wenn man sich nicht um sein Geld kümmert, dann kommt es nicht, wenn man das Schleifchen nicht öffnet, dann bleibt sie angezogen, und wenn du niemandem mitteilst, dass du Durst hast, musst du leider austrocknen."

Phillip rieb sich die Stirn. „Das geht aber alles auch etwas dezenter."

„Nein, geht es nicht. Ohne Power und ohne Risiko geht gar nichts. Ohne Risiko und Power wirst du auch keine eigene Firma hochgezogen kriegen, ohne Power hören deine Leute nicht auf dich, ohne Power und Mut respektieren die Menschen dich nicht, und dann musst du weiter wie ein devoter Hund an der Leine bleiben und Befehle ausführen."

„Mann!"

„Ja, ja, am Anfang von allem Großen – großes Geld, große Titten und großer Erfolg – stehen Risiko und Mut, manchmal sogar ein kleines Verbrechen." Raphael machte eine Pause und fügte dann hinzu: „Wahrscheinlich sogar sehr häufig ein kleines Verbrechen …"

„Und was ist mit Talent?"

„Ach, das vielleicht auch, ist aber nicht das Wichtigste."

„Ich weiß nicht."

„Aber ich. Hattest du schon mal was mit einer deiner Kolleginnen?"

„Nein."

„Und warum nicht?"

„Pff!"

„Richtig, du hast es nicht versucht. Es hat dir an Power und Mut gefehlt. Das Risiko einer Blamage wolltest du nicht eingehen. Stattdessen bist du auf Nummer sicher gegangen. Kein Anbaggern, keine Abfuhr, aber eben auch keine Glocken." Raphael pfiff noch einmal laut durch die Finger. Diesmal drehte sich jemand um, ein stämmiger Kerl mit Fünf-Tage-Bart, Tattoos und schwarzem Muskelshirt. Er war gerade dabei, Flaschen einzusammeln.

„Was gibt's, Meister?", fragte er.

„Durst, Chef!"

„Dann hol dir was, okay? Hier ist Selbstbedienung, und hier wird nicht gepfiffen."

„Geht klar, Chef."

Der Flaschensammler ging seiner Wege.

„Siehst du?", fragte Raphael.

„Sehe ich was?"

„Es ist nichts passiert, Dude."

Phillip fing an zu lachen. „Aha."

„Ja, jetzt weiß ich Bescheid. Hier kommt niemand, um dir deine Wünsche zu erfüllen. Hätte aber sein können."

„Und was hat das mit mir zu tun?"

„Wenn du es sozusagen schwarz auf weiß hast, dass dir die Kollegin mit den Riesenglocken, äh ... wie ...?"

„Franziska."

„Genau, Franziska. Wenn die dir ihre Titten, nachdem du alles versucht und gegeben hast, nicht darreichen will, dann weißt du Bescheid."

„Hm."

„Genau. Dann ist das Thema Franziska und ihre Glocken und ihr dampfendes Höschen erledigt – oder wie man in eurem Milieu sagt: zu den Akten gelegt. Und wenn dieses Thema zu den Akten gelegt ist, unter der Rubrik Anbahnungen, Ende offen beziehungsweise Erloschen-oder-erledigt, dann ist Zeit für die nächste Anbahnung. Da kann man natürlich auch synchron arbeiten. Also, verschiedene Anbahnungen zur gleichen Zeit bearbeiten. Damit würden die Chancen eines ... äh ... Geschäftsabschlusses natürlich deutlich steigen."

Raphael lachte sein ungezügeltes und in Phillips Ohren richtig dreckiges Lachen.

„Okay, wo ich jetzt so gut Bescheid weiß, hole ich mir noch einen Wein. Du auch noch was?"

„So eins noch einmal, Dude."

Als Phillip mit den Getränken zurückkam, nahm Raphael mit einem strahlenden Lächeln im Gesicht sein Glas entgegen. „Da wir uns jetzt ein wenig eingegroovt haben, erzähl ich dir, wie wir an unser Geld kommen."

„Ich bin ganz Ohr."

„Die Gelegenheit ist äußerst günstig und wird so schnell nicht noch einmal wiederkommen. Dein Chef ist im Arsch. Die Frau vom Chef ist vielleicht nicht ganz so im Arsch. Aber an ihr wird der ganze Scheiß mit der Katze und so weiter sowie der Absturz ihres Mannes nicht ganz spurlos vorübergegangen sein. Außerdem hat die brünftige Stute offensichtlich einen Extramacker, mit dem sie schmutzige Spiele im Freien spielt. Auch sie wäre froh, wenn wieder Normalität eintritt und sie wieder in Ruhe bumsen könnte." Raphael machte eine kurze Pause und nahm einen Schluck. „Also, wenn du mich fragst, dann ist der Druck bereits groß genug ..."

„Groß genug für was?"

„Groß genug, um zuzuschlagen. Man könnte ihr natürlich noch ein weiteres Bild schicken, und zwar eines, wo sie mit diesem Typen an der Elbe sitzt und von vorne zu sehen ist. Aber ich denke, das würde nur zusätzlich Zeit kosten. Mit der Forderung könnte man ja gleichzeitig noch eine explizite Drohung aussprechen. Also, ‚wenn du nicht so machst, wie wir wollen, dann ...'"

„Und wie soll das funktionieren?"

„Mit deiner Drohne, oder meinetwegen auch dem Hubschrauber."

Phillip kräuselte die Stirn. „Da habe ich schon tausend Mal drüber nachgedacht. Aber ich bin mir nicht sicher, ob man die Risiken richtig einschätzen kann."

„Kann man, kann man. Am wichtigsten ist, einen geeigneten Ort für die Übergabe zu finden. Am besten einen Ort, von dem aus es in viele Richtungen geht. Zusätzlich wäre ein Kanal oder eine Autobahn günstig."

„Eine Autobahn – um auf dem Seitenstreifen zu halten, oder wie?"

„Nein, um mit deiner Drohne die Autobahn zu überqueren. Oder, jetzt, wo du es sagst, die Frau vom Chef tatsächlich auf dem Seitenstreifen halten zu lassen, damit sie die dort gelandete Drohne mit Geld bestückt."

„Hammer! Aber riskant irgendwie."

„Wir haben doch schon mal drüber gesprochen. Und zwar darüber, dass wir die Drohne die entsprechende Strecke vorab fliegen lassen und du die Flugroute speicherst. Es muss nur noch geregelt werden, wie das Geld an oder in der Drohne fixiert wird. Wenn wir einen geeigneten Ort haben, dann schreiben wir ihr einen Brief und sagen zum Beispiel, dass sie ab einem bestimmten Tag ständig eine bestimmte Summe in einem Umschlag bei sich haben soll. Außerdem muss sie rund um die Uhr ein Auto zur Verfügung haben. Sie weiß also nicht, wann genau es losgeht."

Phillip spürte, dass Raphaels Idee allmählich Besitz von ihm ergriff. „Und was favorisierst du, Autobahn oder Wasser?"

„Ich finde Autobahn ganz gut. Zum Beispiel könnte man sie durch den Elbtunnel fahren lassen. Irgendwo zwischen dem Ausgang des Elbtunnels und der Ausfahrt Waltershof müsste sie halten, um die Drohne zu bestücken."

„Und wie halten wir Kontakt zu ihr? Mit unseren Handys ja wohl eher nicht, oder?"

„Mit einem Münzfernsprecher vielleicht."

„Dann wärest du am Münztelefon und ich irgendwo in der Nähe der Autobahn."

„Ja genau, Dude. Oder wir machen es mit Walkie-Talkies."

Die Sache mit der Verständigung, fand Phillip, war noch nicht ganz ausgereift. „Ich mach mir mal Gedanken zum Thema Telefonieren und so. Und noch mal zur Autobahn. Ich finde die Idee nicht schlecht. Von Waltershof aus könnte man ja auch ganz gut im Freihafen verschwinden. Aber da ist auch 'ne Menge Zoll und Ähnliches. Vor allem im Bereich Waltershof. Denn da geht ja auch die Köhlbrandbrücke los. Und genau dort sind auch Zollstationen. Ich sage, wenn Freihafen, dann an einem einsameren Bereich."

„Phillip, so will ich dich hören, Prost!"

„Prost!"

Sie tranken und schwiegen. Nach einer Weile fragte Phillip: „Wie viel wollen wir?"

„Ich sach' mal, Fünfzehntausend für jeden."

„Okay."

„Finde ich auch. Das ist vom Gesamtvolumen auch noch so vom Ding her wie ein Kavaliersdelikt."

Phillip grinste. „Das ist beruhigend." Nach einem weiteren Schluck fügte er hinzu: „Der Freihafen hat für seine Größe vergleichsweise wenige Zu- beziehungsweise Ausgänge."

„Ja, Dude, haste Recht."

Offensive

„Und außerdem wissen wir, dass Sie Kontakt zu einem Mann hatten und vermutlich noch haben. Er hat Ihnen einen Job angeboten, verbunden mit einem attraktiven Honorar", erläuterte Charlotte so autoritär, wie sie konnte.

Es handelte sich wieder um die gleiche Konstellation von Frauen wie bei der ersten Befragung von Sonja Weber.

„Und wenn schon", zischte Sonja, „das hat mit dieser Firma nichts zu tun."

„Das sehen wir anders. Und die Polizei und die Staatsanwaltschaft sicher auch."

Charlotte hätte das Gör am liebsten einmal kräftig durchgeschüttelt. „Wenn Sie jetzt nicht auspacken wollen, dann eben, nachdem wir Sie angezeigt und verklagt haben."

„Meinetwegen, kann ich jetzt gehen?"

„Ja. Aber vergessen sie nicht, der Mann, für den Sie arbeiten, ist ein Verbrecher!"

Sonja ignorierte Charlottes Worte. „Ich schreibe dann jetzt meine fristlose Kündigung. So was habe ich echt nicht nötig."

„Offensichtlich schon", erwiderte Franziska, die bis zu diesem Zeitpunkt geschwiegen hatte.

„Und halten Sie sich zur Verfügung. Es wird eine Vorladung geben", rief Charlotte Sonja hinterher.

Als sie wieder in ihrem Wagen saß, holte sie sich telefonisch von Martha die Nummer einer der Detekteien. Sie war froh, dann sofort auch noch einen Termin in der Detektei zu bekommen, die sich in einem Wohnhaus in Hamburg-Hohenfelde befand. Sie sprach mit einem Herrn Rebstock, der aussah wie ein Vertreter für Staubsauger, wenig und dünnes, blondes Haar hatte und einen preiswerten Anzug trug. Allerdings war er schlank, aufmerksam und hatte wache Augen.

„Durchaus", sagte er, „insbesondere werden wir heutzutage in Fällen von Wirtschaftskriminalität, Diebstahl und Ähnlichem engagiert. Aber Überwachungsaufträge, wie Sie sich das vorstellen, gehören selbstverständlich auch zu unserem Spektrum. Und um ehrlich zu sein, sind diese Art Aufträge häufig die interessantesten. In vielen Fällen verbringen wir nämlich den ganzen Tag vor dem Computer. Na ja, so ist das heutzutage, mit den vielfältigen Möglichkeiten des Internets."

Sowohl der Stundensatz als auch die Tagespauschale des Detektivs hatte es in sich, deshalb entschied sich Charlotte erst einmal nur für eine einzelne Observation.

Karl saß in der Küche völlig regungslos auf einem Hocker und stierte den einzelnen Kaffeetropfen auf ihrem Weg vom Filterboden in die Kanne nach.

„Karl?"

Etwa zehn Sekunden später konnte Charlotte eine dezente Bewegung im Bereich von Karls Nacken erkennen. Immerhin, dachte sie.

„Karl, mein Lieber, alles soweit okay?"

„Ja", flüsterte er.

„Schaust du dem Kaffee zu?", fragte sie und musste kichern.

„So ungefähr. Ich fokussiere mich."

„Ist das gut?"

„Sehr."

„Soll ich in ein paar Minuten wiederkommen?"

„Ja, bitte."

Eine halbe Stunde später folgte er ihr ins Wohnzimmer. Offenbar hatte er sogar geduscht.

„Wie geht es dir jetzt?"

Karl setzte sich neben sie. „Besser. Nicht gut, aber besser. Ich bin nicht mehr ganz so sehr in den nervösen Schichten meines Bewusstseins gefangen. Heute auch mal ohne Tavor. Mal sehen."

„Das klingt gut, mein Lieber."

„Ja. Und ich habe einen Plan!"

„Du auch?" Charlotte lachte.

„Ich gehe doch noch einmal zu Vater. Und zwar zusammen mit Gisela."

„Was wollt ihr von ihm?"

„Wir wollen ihn aus der Reserve locken."

„Puh, anspruchsvoll! Hältst du das aus?"

„Wird sich zeigen."

„Okay. Ich finde es ganz toll, dass du das versuchst."

Nachdem Charlotte ihrerseits von ihren Aktivitäten in der Firma und der Detektei erzählt hatte, ließ sie Karl in seinem ersten Anflug von innerer Ruhe allein und begann zu überlegen, wie sie Verena helfen konnte.

Neue Welt

Reimund Peters verzog keine Miene, als er Karl und Gisela die Tür öffnete. Er stand einfach da, mit strengem Blick auf das Ansinnen der ungeladenen Gäste wartend.

„Vater, ich habe es mir überlegt. Ich werde die alten Unterlagen oder das, was davon noch übrig ist, einsehen."

„Hatte ich nicht gesagt, dass du vorher Bescheid sagen sollst?"

„Ja, hast du. Allerdings habe ich nach unserem letzten Telefonat entschieden, dass es besser wäre, einfach vorbeizuschauen." Karl nickte abwechselnd Gisela und seinem Vater zu. „Darf ich vorstellen, Frau Wilhelmi, mein Vater."

Reimund guckte erstaunt. „Und welche Funktion hat Frau Wilhelmi, wenn ich fragen darf?"

„Sie ist meine Assistentin."

Reimund lachte laut auf und schob seinen Kopf nach vorne, als könne er auf diese Weise noch ein paar mehr Details von Gisela abscannen. „Eine Assistentin? Wozu brauchst du eine Assistentin?"

„Guten Tag, Herr Peters", sagte Gisela in freundlichem Ton. „Es macht die Arbeit im allgemeinen deutlich effizienter", antwortete Karl. Dann ging er die zwei Stufen zum Eingang hinauf und reichte seinem Vater die Hand. Reimund ignorierte diese und blieb wie angewurzelt stehen. Karl spürte, wie seine mühsam aufgebaute innere Ruhe einzustürzen drohte, noch bevor sie das Haus betreten hatten. Er nahm einen tiefen Atemzug und machte einen Schritt rechts an Reimund vorbei, in der Hoffnung, unbeschadet ins Haus zu kommen. „Darf ich?"

„Darf ich *was?*" fragte Reimund.

Es geht wieder los, dachte Karl. „Eintreten", sagte er und zwängte sich beherzt an seinem Vater vorbei. Während er sich an ihm vorbeidrückte, merkte er, wie sein Vater sich etwas nach links neigte und gleichzeitig seinen Ellenbogen ein Stück weit ausfuhr. Unfassbar, dachte Karl, so geht's nicht einmal auf einem Schulhof im finstersten Ghetto zu. Als er an seinem Vater vorbei war, drehte er sich zu Gisela um. „Komm rein, Gisela." Und mit Flüsterstimme seinem Vater zugewandt: „Schieb ihr den Ellenbogen rein, und du wirst es bereuen!" Ein kurzes Flackern war in Reimunds Augen zu sehen. Immerhin, fand Karl, der gleichzeitig ein leichtes Zittern in seinen Knien verspürte.

Karl und Gisela befanden sich im Eingangsbereich des Hauses. Reimund stand noch immer im Hauseingang, hatte sich aber zu seinen ungebetenen Gästen umgedreht. „Soll ich vielleicht die Polizei rufen?"

„Mach dich nicht lächerlich." Karl nahm Giselas Hand. „Nun gut. Die berüchtigte und fast uneinnehmbare Zugbrücke haben wir überwunden", versuchte er die Situation mit Humor zu überspielen, „jetzt folge mir bitte in das Archiv. Für die alten Ausgaben gehen wir direkt in den Keller."

Hinter einer braunen Eichentür befand sich eine Mischung aus Büro und Archiv. Karl drückte einen Lichtschalter und schaute sich um. Dabei ließ er seine Nase einige hörbare Geruchstests durchführen. „Der unverkennbare Geruch des Kontors. So jedenfalls nennt mein Vater diesen Raum." Dann wandte er sich an Gisela. „Wollen wir wetten, wie lange es ab jetzt dauern wird?"

„Kein Bedarf. Machen wir lieber die Lampen an."

Die Petroleumlampen hatten sich in Giselas Tasche befunden. Ihr Licht reichte gerade so aus, um den Raum halbwegs zu beleuchten. Zusätzlich hatten sie noch zwei Taschenlampen dabei. Nach dem Test schaltete Karl das Licht wieder ein. Er ging die Regalwände ab und versuchte, sich einen Überblick zu verschaffen. Dann hörten sie, wie sich oben am Kellereingang die Tür mit einem Quietschen öffnete und wenig später wieder schloss.

„Will er uns einsperren?", fragte Gisela.

„Denkbar. An diese Möglichkeit habe ich allerdings nicht gedacht. Na ja, in jedem Fall weiß ja Charlotte, wo wir sind."

Gisela setzte sich auf einen alten Holzstuhl. Sie legte ihren Kopf in ihre Hände und stöhnte leise. „Dein Vater ist in der Tat ein extremer Typ."

Karl nickte ihr zu. „Danke für die abgeschwächte Formulierung." Er widmete sich wieder den Büchern und Akten. Sehr übersichtlich sortiert, dachte er. Hier die Reiseaufzeichnungen, da die Buchhaltung und die Auftragsbücher, dort die allgemeine Korrespondenz. Wie konnte man das alles nur aufbewahren? Er holte eine kleine Trittleiter, die neben einem Tisch stand und stieg die drei Treppchen hinauf, um an die ersten Auftragsbücher heranzukommen. Er las die Jahreszahl 1967, das Jahr der Firmengründung. Reimund war zu dieser Zeit sechsunddreißig Jahre alt gewesen, Karl acht. Noch während er auf der Leiter stand, war es dann so weit: Das elektrische Licht im Raum erlosch. Wenn sie die Petroleumlampen nicht hätten brennen lassen, wäre Karl vermutlich von der Leiter gefallen.

Von unten hörte Karl ein halb unterdrücktes und glucksendes Lachen. „Fünf Freunde in der Gruft", hörte er Gisela sagen.

„Fünf Freunde beim Psychopathen im Keller", antwortete Karl. Er setzte sich mit seinem Buch an den Tisch. „Ich habe mich nie für die Anfänge und frühen Jahre der Firma interessiert. Warum eigentlich nicht?"

„Vielleicht, weil dich das, mehr als dir lieb gewesen wäre, mit deinem Vater konfrontiert hätte. Hast du eigentlich deutliche Erinnerungen an die Zeit um 1967?"

„Teilweise ja. In den letzten Tagen ist es mir so vorgekommen, als wären die ganzen Erinnerungen in unterschiedlichen Schubladen sortiert. Also, eine Schublade für meine Mutter und meine Schwester, eine für Streifzüge durch den Wald bei Volksdorf, eine für die allerersten Erinnerungen, eine für die ersten Schuljahre, eine für meinen Vater und so weiter. Und einige dieser Schubladen sind gut sortiert und auch leicht zu öffnen, bei anderen ist das schon schwieriger."

„So wie bei der Schublade für deinen Vater?"

„Ja. Manche Schubladen lässt man wohl auch besser zu. Und sichert sie mit einem Schloss aus Stahl."

„Kann ich verstehen. Trotzdem ändert das nichts am Inhalt der Schublade. Und wer weiß, vielleicht entfalten diese Erinnerungen, wenn sie sogar mit einem Schloss verriegelt werden, im Laufe der Zeit besonders große Kräfte, die diese Schublade dann früher oder später, ob man will oder nicht, sprengen. Vielleicht sogar mitten in der Nacht oder zu einem anderen Zeitpunkt, jedenfalls genau dann, wenn man es gerade überhaupt nicht brauchen kann."

Karl lief ein Schauer über den Rücken. „Ja, so ist es wohl. Oder genau dann, wenn ein Katzenkopf auf dem Balkon der eigenen Firma liegt."

Einige der Namen aus den Auftragsbüchern von 1967 bis 1970 kannte er. Dabei handelte es sich sowohl um ein paar Kunden als auch um ein paar Lieferanten, mit denen er heute noch zu tun hatte. Von den meisten allerdings hatte er nie etwas gehört. Spaßeshalber machte er sich auf einem Block einige Notizen über die Dauer der unterschiedlichen Geschäftsbeziehungen. Zu jedem der einzelnen Kontakte zeichnete er Linien mit Jahreszahlen. Faszinierend, fand er, wie einige Linien nach weniger als einem Jahr endeten, andere dagegen nicht wieder aufhörten. Zugleich war bei einigen dieser Linien auch eine stetige Steigerung der Auftragsvolumen zu beobachten. Nach einer knappen Stunde hatte er die ersten vier Bände im Schnelldurchlauf durchgesehen. Gisela hatte sich währenddessen an die Reiseberichte von Reimund Peters gemacht.

„Das ist schon faszinierend. Diese Berichte von seinen Geschäftsreisen hat dein Vater nicht nur sehr ordentlich und sauber zu Papier gebracht. Sie sind auch äußerst informativ und richtig mit Hingabe verfasst. Das hätte er veröffentlichen können. Hier schreibt er über die Gastfreundschaft eines Händlers aus Peru. Bei dem war er offenbar einige Tage zu Gast, also, in dessen Haus, auch um sich etwas zu erholen. Über jedes einzelne Familienmitglied schreibt er ganz ausführlich. Also, ganz entzückend, muss ich sagen. Die waren gemeinsam in den Anden – oh Gott, fast siebentausend Meter hoch ist da ein Berg. Also, da waren sie nicht drauf, aber sie haben die weißen Gipfel gesehen. Ha, sogar über Rohstoffe und Tiere schreibt er. Wusstest du, dass es in Peru Flamingos gibt?"

„Äh …"

„Kaum zu glauben, dass das derselbe Mensch ist, der uns hier gerade den Strom abgestellt hat. Tja, jeder Mensch, aber auch wirklich jeder, hat gute und weniger gute Eigenschaften."

„Jeder?"

„Ja, so ziemlich. Mal abgesehen von einigen, bei denen hirnorganisch irgendetwas zerstört wurde oder erkrankt ist. Aber davon abgesehen, also, selbst die schlimmsten und gestörtesten Menschen haben ihre gute Seiten. Wenn du dem gestörtesten Menschen einen kleinen, süßen Hundewelpen auf den Schoß legst, dann ist die Wahrscheinlichkeit, dass dieser schlimme Mensch plötzlich ganz weich wird und liebevolle Empfindungen hegt, durchaus sehr hoch."

Karl nickte. „Soll ich uns 'ne Flasche Rothschild aus seinem Weinkeller holen? Ist grad so gemütlich."

Gisela lächelte. „Lass gut sein, sonst will ich hier gar nicht wieder weg. Aber im Ernst, Karl, ich bin hier gerade etwas sehr locker und lax geworden. Das war der Situation nicht ganz angemessen. Tut mir leid!"

„Ist schon okay. Ich …"

In diesem Moment hörten sie die Tür oben am Eingang zum Keller knarren. Dann folgten langsame Schritte, und schließlich stand Reimund im Eingang des Archivs. „Habt ihr euch also bedient."

Karl sah mit grimmigem Blick zu seinem Vater hinüber. „Ja, haben wir. Hast du uns freundlicherweise das Licht gelöscht?"

Reimund antwortete nicht darauf.

Dann meldete sich Gisela zu Wort. „Herr Peters, mir ist durchaus klar, dass Sie nicht gerade begeistert von unserem Besuch sind. Aber eines kann ich Ihnen sagen: Ich habe mir gestattet, in ein paar Ihrer Reiseberichte zu schauen, und ich muss sagen, dass ich so etwas Faszinierendes noch nie zuvor gelesen habe. Die Beschreibungen und Berichte über Land, Menschen und all ihre Erfahrungen dort sind derart begeisternd und spannend, dass man sie selbst heutzutage noch mit viel Erfolg veröffentlichen könnte. All dem gebührt höchste Anerkennung."

Reimund hatte schweigend zugehört. Nun legte er seinen Kopf zur Seite und spitzte seine Lippen. Offenbar ist er sich gerade nicht ganz sicher, ob er tatsächlich in der Art weiterstänkern will, wie er es sich eigentlich vorgenommen hatte, dachte Karl.

„Wie wäre es, wenn Sie sich eine Weile zu uns setzen würden?"

„Um was zu tun?", antwortete Reimund mit gekräuselter Stirn.

„Um uns noch etwas mehr teilhaben zu lassen an den Reizen der Neuen Welt."

Reimund schaute zu Karl. „Das interessiert den sicher nicht. Heute macht man das in der Weise ja überhaupt nicht mehr. Ich meine, dieses intensive Reisen, bei dem es nicht nur um Geschäftsabschlüsse und möglichst schnelle Ortswechsel geht."

Karl musste sich zusammenreißen. Nur gut, dass Gisela so flexibel war.

„Ich wette um hundert Flaschen Rothschild, dass Ihr Sohn Ihnen dankbar wäre."

Reimund schaute zu Karl. Karl nickte ihm ernst zu.

„Und, dürfen es dann auch noch ein paar Häppchen sein, und ein edler Tropfen aus Bordeaux?", fragte Reimund sarkastisch.

„Herr Peters!", lachte ihn Gisela an, „Häppchen wären wohl etwas zu aufwendig. Aber ein Gläschen Wein, das fänd' ich wirklich herzerwärmend."

Reimund schüttelte den Kopf. „Unglaublich", flüsterte er und verschwand.

„Der steht auf dich", flüsterte Karl.

„Ach was!"

„Doch, doch. Auf so ein forsches Ding, also, das würde mich nicht wundern."

Gisela schüttelte lächelnd den Kopf.

„Menschen", zitierte Karl seinen Schachfreund Sebastian Weiß-flog, „handeln ja bedürfnisorientiert. Und nun frage ich mich, welchem Bedürfnis er gerade nachgeht."

„Gute Frage, Karl. Ich denke, er hat das Bedürfnis, ein Glas Wein mit uns zu trinken", antwortete sie zufrieden. „Außerdem könnte das Bedürfnis, uns an seinem reichen Erfahrungsschatz teilhaben zu lassen, geweckt worden sein. In jedem Fall aber hat er das Bedürfnis nach Anerkennung und Interesse an seiner Person und seinen Erlebnissen. Und darin, mein Lieber, sind die Menschen nun mal alle gleich. Es ist schön, wenn sich jemand für einen interessiert."

„So, so."

„Ja, genau so läuft das."

„Ich frage mich, ob sich vor mir gerade tiefe Abgründe auftun, oder ob doch eher ein paar Sonnenstrahlen in das Dunkel der Nacht hineinscheinen."

„Karl, so poetisch! Nun, das wird sich gleich zeigen."

Fünf Minuten später standen drei große bauchige Gläser und eine Flasche Bordeaux aus dem Jahre 2005 auf dem Tisch. „Ein hervorragender Jahrgang!", erklärte Reimund sachlich und zog den Korken. Während er Wein in die drei Gläser schenkte, sagte er: „Am besten noch etwas atmen lassen." Er setzte sich auf den dritten Stuhl, Karl und Gisela zugewandt. Dann stand Gisela plötzlich auf, verließ den Raum, kam kurze Zeit später mit einem Hocker zurück und stellte ihn Reimund vor die Füße. „Den habe ich vorhin da hinten entdeckt."

„Wollen Sie mich bestechen?"

„Gott bewahre!", antwortete Gisela.

Ganz andere und neue Seiten, staunte Karl, nicht nur an meinem Vater, sondern auch an ihr.

„Herr Peters", begann Gisela, „wie sind Sie eigentlich auf die Idee gekommen, eine Firma für internationalen Handel aufzubauen?"

Reimund legte die Stirn in Falten und schaute an die Decke.

„Zum Teil lag das ja bereits in der Familie. Zumindest was den Handel anging. Einige engere Geschäftsbeziehungen in Deutschland sowie einigen Nachbarstaaten hatten zu Beginn meiner Zeit bereits bestanden. Das überseeische Geschäft betreffend war das allerdings alles Neuland ..."

Reimund sprach ruhig und bedacht. Zwischendurch legte er kurze Pausen ein. Er schien das Gesagte vorab ausführlich zu durchdenken und vor seinem inneren Auge ablaufen zu lassen. Karl lehnte sich auf seinem Stuhl weit zurück. So bekam er den Eindruck, eher als Außenstehender an einem Treffen zweier Menschen teilzuhaben. Er vermutete, dass sein Vater niemals zuvor derart detailliert über die Entwicklung seines Unternehmens und seine regelmäßigen Reisen nach Südamerika gesprochen hatte. Karl war fasziniert von dem, was er da hörte. Gleichzeitig fühlte er sich gekränkt. Gekränkt, dass ihm all dies bis jetzt vorenthalten worden war.

Als Reimund Peters mit seinen Ausführungen am Ende des Jahres 1968 angekommen war, erhob er sein Glas. „Zum Wohle", sagte er mit Bedacht. Gisela und Karl schlossen sich ihm an.

Zu diesem Zeitpunkt, also Ende 1968, war seine Firma bereits äußerst profitabel gewesen. Er fuhr fort mit dem Jahr 1969, redete über Spediteure, neue Lieferanten und Kunden, über Neueinstellungen von Mitarbeitern, über besorgniserregende Turbulenzen während einiger Flüge innerhalb Südamerikas und über sein Engagement im Rahmen von Gastvorlesungen an Universitäten zum Thema Internationaler Handel. Mitunter stellte Gisela Zwischenfragen. Beispielsweise interessierte sie sich dafür, wann sich die Kommunikationsmöglichkeiten mit Übersee verändert hatten. Darüber hinaus fand sie die Entwicklung der Zahlungsabwicklung spannend. Karl hatte zwischenzeitlich Bedenken, dass er genötigt würde, sich in das Gespräch einzubringen, da es aufgrund des Internets sowohl im Bereich der Kommunikation als auch im Rahmen von Bankgeschäften erst nach Reimunds Zeit zu revolutionären Entwicklungen gekommen war. Doch alles, was erst nach seiner Zeit wichtig geworden war, wurde unbemerkt ausgeblendet. Er dankte Gisela im Stillen für ihre geschmeidige Kontrolle der Situation.

Je weiter die Jahreszahlen in Reimunds Bericht fortschritten, desto kürzer wurden die Schilderungen. Dies lag insbesondere daran, dass sich viele der bereits geschilderten Ereignisse in ähnlicher Weise wiederholten. Die Klarheit und die zunehmende Gelassenheit, mit der Reimund erzählte, ließ Karl vermuten, dass auch sein Vater durch Giselas Lupen hindurch erzählte. Er fragte sich, inwieweit der Erzähler den Weg durch Giselas Lupen fand, oder ob Giselas Lupen einen Weg fanden, den Erzähler irgendwie durch ihre Vergrößerungsgläser hindurch zu holen. Auch sein Vater und Gisela schienen auf ihre Weise mehr und mehr zu einem System zu werden, beide durch ein unsichtbares Band miteinander verbunden. Karl hatte den Eindruck, als würde Gisela im Laufe der Zeit näher an Reimund heranrücken. Unbemerkt und lautlos, Millimeter für Millimeter. Und dabei handelte es sich weder um eine Verzerrung seiner Wahrnehmung, noch um eine irrationale Interpretation der Atmosphäre. Er nahm sein Glas und sog das Bouquet genussvoll durch seine Nasenflügel auf. Gerade wollte er das Glas an den Mund führen, als er durch irgendetwas irritiert wurde. Sein Vater hatte während des Sprechens kurz gestockt. Eigentlich nichts Ungewöhnliches. Aber in Anbetracht des bisherigen Verlaufs seiner Erzählung war das auffällig. Die Gelassenheit war zwar nicht völlig dahin, hatte aber wohl eine leichte Erschütterung erfahren. Vielleicht war es das, wovon Gisela zuvor gesprochen hatte? In den darauffolgenden Minuten fing sich Reimund wieder und konnte seine innere Ruhe offenbar wiedererlangen.

Mit dem Jahr 1980 endete Reimunds Vortrag. Für die Zeit danach, meinte er, hätte Karl genug Informationen. Gisela bedankte sich mehrmals sehr herzlich. Dann verabschiedete sich Reimund. Dies tat er aus Karls Sicht in einer Art Übergangsmodus zwischen dem Reimund Peters, der vor ein paar Minuten noch geradezu andächtig erzählt hatte, und jenem, der er binnen weniger Momente wieder werden würde.

Sie saßen in Giselas Wagen. Kurz bevor sie bei Karls Haus ankamen, sagte Gisela: „Es sind die Jahre 1974 – 1975, eventuell auch 1973."

„Woher weißt du das?"

„Es gab da einen Moment, in dem er seine innere Anspannung nur schwer verbergen konnte. Vielleicht hast du es mitgekriegt."

„Schon möglich, ja."

„Das war mitten im Jahr 1974. Es ging aber schon etwas früher los und wurde zum Ende des Jahres 1975 hin langsam besser. Man merkt es an vielen Kleinigkeiten. Ein Zucken der Lider, Bewegungen seiner Finger, und insbesondere auch die Veränderung der Atmung. Besonders aussagekräftig sind auch die Veränderungen der Augen: 1973 ein leichtes Flattern darin, und 1974 eine plötzliche Veränderung seiner Pupillen."

„Seiner Pupillen?"

„Ja. Die Pupillen werden bei Dunkelheit und in Stresssituationen groß. Und dunkler ist es ja nicht geworden."

„Aber stressiger."

„So ist es. Er hatte seelischen Stress. Und wie das nun so ist, gehören Körper und Psyche zusammen, immer! Das eine reagiert auf das andere."

„Ich fasse es nicht."

„Das haben wir gut gemacht, Karl. Trotzdem war es natürlich auch ein bisschen gemein."

„Na ja."

„Immerhin war dein Vater die meiste Zeit in einem mentalen Zustand, in dem er sich einigermaßen geschützt und sicher gefühlt hat. Und gerade dann, wenn er endlich mal etwas zulässt, wird er quasi übers Ohr gehauen."

„Du hast im Prinzip ja nur zugehört."

„Stimmt auch wieder. In jedem Fall musst du da noch mal hin, um die Jahrgänge 1973–1975 abzuholen."

„Muss ich wohl. Komisch ist, dass ich mir sicher war, er hätte zuvor noch ausgemistet."

„Das kann ja durchaus sein. Nur konnte er einfach nicht wissen, dass wir derart genau hinsehen und zuhören, dass auch das, was noch da ist, reicht."

„Oder er hat die aussagekräftigen Dokumente entfernt und trotzdem Stress erlebt. Dann würden uns die besagten Jahrgänge nichts nützen."

„Wird sich zeigen."

„Oh Gott, ich habe jetzt schon Schiss."

„Das verstehe ich. Zu dritt und in dieser Konstellation war es eine ganz andere Situation, als wenn du ihm allein gegenübergestanden hättest. Davon abgesehen kann man aber Folgendes konstatieren."

„Als da wäre?"

„Wir wissen, dass es deinem Vater möglich ist, unter entsprechenden Kontextbedingungen ein anderer zu sein, als er sonst meistens ist, beziehungsweise er positivere Seiten von sich zeigen kann, als er es häufig tut."

Karl nickte. „Ja, das stimmt wohl."

„Und, wie geht es dir jetzt?"

Karl überlegte. *„Press alles raus, du Sau. Kinder sind Produkte ihrer Eltern."*

Gisela antwortete in gedämpftem Ton. „Zu einem guten Teil, ja. Aber natürlich von beiden Elternteilen. Darüber hinaus sind die Eltern nicht die einzigen Menschen, die Einfluss auf einen nehmen oder genommen haben."

„Und was mache ich mit der Fackel?"

„Du hast alle Möglichkeiten, Karl."

Diddlmaus

Um kurz nach acht klingelte Charlottes Handy. Es war Sonja, die ihr mitteilte, dass sie nur einmal längeren direkten Kontakt zu ihrem Auftraggeber gehabt habe, der sich Diddlmaus nannte, und zwar vor über sechs Monaten in einem Café in Frankfurt. Seitdem, so Sonja, hätten sie per SMS kommuniziert. Die Honorare habe sie immer auf einem Parkplatz übergeben bekommen. Es sei jedes Mal ein anderer Parkplatz gewesen. Die Übergaben selbst seien ausgesprochen schnell vonstattengegangen. Auffällig sei gewesen, dass es sich ausschließlich um Parkplätze im östlichen Teil Hamburgs gehandelt habe. Meistens in den Stadtteilen Hamm oder Horn. Zum Schluss teilte sie Charlotte noch mit, dass sie ziemlich sicher sei, dass man ihr nie und nimmer irgendetwas nachweisen könne. Ihre Entscheidung, trotzdem zu kooperieren, begründete sie mit ihrer Unsicherheit hinsichtlich der Tragweite von Diddlmaus' Aktivitäten, von denen sie selbst nichts gewusst habe. Charlotte bat sie um ein letztes Gespräch in der Stadt. Sie verabredeten sich für Samstagmittag im Balzac in den Colonaden.

Nach dem Telefonat mit Sonja war sie bei Reimund gewesen. Tatsächlich hatte er versucht, sie davon abzuhalten, in den Keller zu gehen. Sie hatte richtig energisch werden müssen. Doch erst, als sie ihm erzählte, dass die Lobeshymnen von Frau Wilhelmi und Karl ihr Interesse an der Firmengeschichte geweckt hätten, hatte er ihr erlaubt, diverse Bände mitzunehmen.

Als sie wieder zu Hause war, kochte sie Kaffee für Karl, der noch immer im Bett lag. Sie legte die Bände auf den Wohnzimmertisch und rief dann die Polizei an. Man bat sie, gemeinsam mit ihrer Tochter vorbeizukommen, damit der Vorfall in Dr. Schwarzers Villa aufgenommen werden könne.

Katzenohren

Zusammen mit Klaus Pfeiffer saß Karl im Rialto an der Bar. Nachdem Frank weder erschienen war noch abgesagt hatte, hatten sie beschlossen, das Schachspielen ausfallen zu lassen und sich darauf beschränkt, gemeinsam ein paar Drinks in der Firma zu nehmen. Karl hatte von den jüngsten Ereignissen berichtet und gebeichtet, dass er auf dem Wege war, ein ernsthaftes Medikamenten- und Alkoholproblem zu entwickeln.

„Hab' ich schon lange", hatte Sebastian süffisant zum Besten gegeben.

„Glaub ich dir", hatte Karl geantwortet, „aber bei dir geht's ja auch um nichts mehr, oder?"

Sebastian hatte geseufzt. „Wohl wahr."

Um neun Uhr abends, nachdem Sebastian verschwunden war, waren Karl und Klaus dann Richtung Fleetinsel geschlendert. „Weißt du, Klaus, bei Frank habe ich ein komisches Gefühl."

„Inwiefern?"

„Er hat nicht abgesagt. Was kann es denn bitte für Gründe dafür geben, nicht abzusagen?"

„Vielleicht ein Ernstfall in der Familie?", meinte Klaus.

Karl grinste. „Ein Ernstfall!"

„Ja, oder eben ein Notfall!"

„Okay. Aber mal ganz im Ernst, was wissen wir denn eigentlich über Frank?"

„Hm, er ist ruhig und höflich, er kann ganz gut Schach spielen …"

„Und sonst? Hat er eigentlich einen Job?"

„Nein, meines Wissens nicht. Er war zwar auf Jobsuche, ich hatte aber immer den Eindruck, dass es ihm nicht so eilig damit war. Ich vermute auch, dass er keinen starken finanziellen Druck hat."

Karl schüttelte den Kopf. „Kann ja sein, dass da wirklich ein Notfall vorliegt. Mal sehen, wann er sich meldet."

„Und was ist mit dir, Karl? Brauchst du keine professionelle Hilfe? Mach doch was, bevor es irgendwann zu spät ist."

„Mach ich, ich brauch nur noch ein bisschen Zeit, dann werde ich mich mal für eine Weile komplett zurückziehen."

„Das ist gut. Übrigens, wir haben dich auf unserer Party am letzten Wochenende sehr vermisst."

„Nett von dir, dass du das sagst."

„Na ja, der Sommer ist ja noch nicht vorbei. In ein paar Wochen werden wir das Grillen wiederholen."

„Sehr gut, bis dahin werde ich sicher wieder auf den Beinen sein."

Um kurz nach elf war Karl wieder zu Hause. Er sah Charlotte im Wohnzimmer vor den Auftragsbüchern sitzen. „So spät noch? Scheint ja interessant zu sein."

„Oh ja, ganz gewiss!"

„Gewiss, gewiss", murmelte Karl leise vor sich hin. Dann, ganz plötzlich kam es ihm. Gewiss, dachte er. Gewiss, gewiss. Wer sagt denn so was?

„Seit wann sagst du *gewiss*?"

„Wie?"

„Du hast gewiss gesagt. Jetzt fällt mir ein, dass du das in den letzten Tagen häufiger gesagt hast. Früher hat das nicht zu deinem Wortschatz gezählt. Es ist ein neues Wort, da bin ich mir ganz sicher, um nicht zu sagen, gewiss!"

„Ja, ja, schon gut, schon gut. Meinetwegen ist es ein neues Wort. Warum denn auch nicht, Karl?"

„Weil es ein ganz typisches Wort von meinem Schachfreund Frank ist. Und Frank ist heute nicht erschienen. Keiner von uns hat eine Ahnung, was mit ihm ist."

„So?"

„Ja, so!"

„Dann kommt er hoffentlich nächste Woche wieder, oder? Davon abgesehen solltest du dich mal über diese Bücher hermachen. Ich habe den Eindruck, dass sie uns weiterhelfen könnten. Ich sitze hier seit zwei Stunden und blättere. Und wie du gesagt hast, ist das Jahr 1974 interessant."

„Inwiefern?" Karl hockte sich neben Charlotte und legte seine Hände auf die Tischkante.

„Es gibt bei einigen Kunden und entsprechend auch bei den Bestellungen ein paar auffällige Auftragssteigerungen. Das ist wirklich auffällig, Karl. Nicht nur bei einem Kunden, sondern bei einigen! Fast zeitgleich haben die Bestellungen von diesen Kunden explosionsartig zugenommen. Mit einer normalen Geschäftsentwicklung oder konjunkturellen Schwankungen hat das nichts zu tun."

Karl strich mit seinen Fingern über das alte Papier. „Das ist echt interessant, Charlotte. Du hattest schon immer ein besseres Auge als ich."

Charlotte strich ihm über den Kopf. Karl schloss die Augen und genoss diesen seltenen intimen Moment. Dann sagte er: „Ich muss unbedingt schlafen. Kannst du an die interessanten Stellen so kleine gelbe Notizzettel kleben?"

„Klar, mache ich."

Als Charlotte ins Bett kam, wachte Karl wieder auf. „Wie geht es Verena?"

„Etwas besser, glaube ich", flüsterte Charlotte, „sie war noch einmal mit Frau Baumeister bei Frau Dr. Schnabel. Sie hat uns zwei gute Therapeutinnen empfohlen. Sie ist der Auffassung, dass es sich bei Verenas Problem um eine Art Trauma handeln könnte. Und sie meinte, dass man so etwas durch zeitnahe Behandlung wieder glätten kann."

„Das ist gut."

„Ja, Karl. Ich glaube, die einzige, die von uns allen noch voll zurechnungsfähig ist, ist Tanja."

„Oh Gott …" Karl schob sein Gesicht in das Kopfkissen.

„Schlaf jetzt, mein Lieber."

Karl schloss die Augen und bemühte sich, durch gleichmäßiges Atmen den Schlaf herbeizulocken. Der kam aber nicht. Er musste wieder und wieder an das Wort ‚gewiss' denken. War das alles ein Zufall? Je länger er nachdachte, desto mehr beschleunigte das Gedankenkarussell in seinem Schädel. Als er es nicht mehr aushalten konnte, stand er auf und ging ins Bad. Dort ließ er das Waschbecken mit kaltem Wasser volllaufen. So hatte er es häufiger im Fernsehen gesehen. Nach einem tiefen Atemzug tauchte er seinen Kopf so weit in das Wasser hinein, dass er mit den Lippen den Stahlverschluss am Boden berührte. Nach gefühlten Minuten tauchte er wieder auf. Diesen Vorgang wiederholte er ein paar Mal. Danach trocknete er sich ab und ging in seinem Bademantel in den Garten. Die Schiebetür im Wohnzimmer dröhnte leise, als er sie aufschob. Wie eine anfahrende U-Bahn, dachte er. Die Luft war kühl, aber angenehm. Seinetwegen hätte es noch einige Grad kälter sein können. Karl hatte den Eindruck, als sei sein Empfinden für Kälte während der letzten Wochen abgestumpft. Mit so etwas befasst sich mein Körper schon gar nicht mehr, dachte er. In der Mitte des Rasens stehend, konnte er den Teich am Ende des Grundstücks erkennen. Er stellte sich die neuen Bäume vor. Leider würden sie Tanja nicht den Gefallen tun, zwei große Tannen dicht beieinander und derart exponiert zu platzieren. „Wie eine Katze", hatte sie gesagt, als sie einen der Pläne begutachtet hatte. Es war einer von denen gewesen, die seine Freunde mit Kreisen und Dreiecken bedacht hatten. Kreise für Laubbäume, Dreiecke für Tannen. Ein Laubbaum mit zwei Tannen bildete eine Katze. Karl musste schmunzeln, allerdings nicht lange. Ein ganz besonders ungutes Gefühl stieg plötzlich in ihm auf. Jetzt bitte keine Atemnot, dachte er. Er ballte die Fäuste. Er ärgerte sich. Er ärgerte sich über seinen empfindlichen Körper, über seine labile Psyche, über seinen gestörten Vater, über seine eigenen gestörten Triebe, über die neumodische Technik, die jeden Menschen zum voyeuristischen Spion werden ließ, über seine Scheuklappen, über seinen von Tabletten und Alkohol getrübten Geist, über seine häufigen Entscheidungen, überhaupt Alkohol in größeren Mengen zu trinken … Er trottete bis zum Rand des Teiches, öffnete seinen Bademantel und zog seine Boxershorts herunter. Dann ließ er sein Becken kreisen. Dabei lachte er glucksend in sich hinein. Er ging in die Knie, machte sich gerade, ging wieder in die Knie und machte sich wieder gerade. Diesen Bewegungsablauf wiederholte er so lange, bis er geradezu vor sich sah, wie sich seine Blase entspannte. Dann legte er den Kopf in den Nacken und lauschte seinem Urinstrahl, der die Linie einer vom Mond beschienenen Parabel nachzeichnete.

Irgendwo hatte Charlotte die Gartenpläne hin verfrachtet. Fragte sich nur, wo genau? Sollte er sie wecken? Sie würde ihn einmal mehr für verrückt erklären. Er lief in sein Büro im Erdgeschoss. Vielleicht hatte Charlotte die Pläne dort irgendwo verstaut. Aber er fand sie nicht. Dann suchte er in der Küche danach. Manchmal legte sie sperrige Unterlagen einfach auf die Einbauschränke. Aber dort waren sie auch nicht. Er wurde ungeduldig. Plötzlich meinte er, einen Schatten aus seinen Augenwinkeln heraus zu sehen. Er zuckte zusammen. Als er sich zum Küchenfenster umdrehte, war da allerdings nichts. Warten ging jetzt nicht. Er lief die Treppe hoch und stürmte ins Schlafzimmer. Dort kniete er sich neben Charlotte ans Bett und flüsterte ihren Namen. Als sie darauf nicht reagierte, rüttelte er an ihrer Schulter. Sie schreckte hoch und schien nicht sofort zu wissen, wo sie war.

„Charlotte."

Sie atmete tief und schnell. „Mann! Ich kriege gleich einen Infarkt."

„Verzeih, aber wo sind die Gartenpläne?"

„Was?"

„Die Gartenpläne! Davon hatten wir doch diverse Exemplare. Ich brauche die aus der Firma, mit den Einzeichnungen der Jungs."

Charlotte bekam einen Tunnelblick. Sie dachte offenbar nach. Dann schüttelte sie den Kopf. „Weiß nicht."

„Charlotte, es ist wichtig!"

„Was, wofür?"

„Erkläre ich dir später. Wo sind sie?"

„Ich glaube, im Müll ..."

„Was!?"

„Ja. Warte mal. Nee, sie sind unter mir."

„Unter dir?"

„Unterm Bett!"

Karl ließ sich auf alle Viere fallen und schielte unters Bett. Tatsächlich. Da lagen sie.

Er war sich nicht ganz sicher, welcher Plan von welchem seiner Schachfreunde bearbeitet worden war. Einen konnte er Sebastian zuordnen. Auf einem der beiden anderen fand er die Katze. Und jetzt? Jetzt brauchte er die Zeichnung des Scheiß-Katers mit dem dicken Schwanz. „Kater mit dickem Schwanz", murmelte er vor sich hin, „wo bist du?" Scheiße, dachte er. Der Geschwänzte ist in der Firma, eingeschlossen in meinem Schreibtisch. Er bestellte sich ein Taxi.

Es war bereits Viertel vor Zwei, als er am Neuen Wall ankam. Nachdem er die Zeichnung gefunden hatte, breitete er den Gartenplan mit den zwei Tannen aus. Als er die beiden Tannen mit den Katzenohren der Zeichnung verglich, schnürte es ihm den Hals zu. Jetzt nicht, dachte er. Leider hatte diese ablehnende Einstellung gegenüber den Symptomen seines Körpers eine sehr ungünstige Wirkung. Er begann zu röcheln. Die Luft ging nicht mehr richtig raus. Er legte sich auf den Boden. „Uhhh", fauchte er mit erstickter Stimme. Gisela hatte ihn oft genug darauf hingewiesen, diese Gefühle von Panik und Angst zuzulassen, quasi eine imaginierte Tür der Erlaubnis zu öffnen, durch die hindurch sich diese destruktive Energie verflüchtigen konnte. Er versuchte, an alles zu denken, was er von Gisela gelernt hatte. Er atmete tief und gleichmäßig. Mit seiner inneren Stimme sagte er seinen Gefühlen, dass er sie wahrnähme, anerkenne und zulasse. „Ja, ihr seid ein Teil von mir", flüsterte er. Außerdem wusste er, dass die Panikattacke nach spätestens zwanzig Minuten deutlich abklingen würde.

Nach etwa zehn Minuten dankte er Gisela und dem lieben Gott. Ich werde mich bessern, schwor er. Dann sah er sich noch einmal aufmerksam die Dreiecke an. Identisch, stellte er fest. Ein Kreis und zwei Dreiecke ergeben eine Katze. Unglaublich. Warum, verflucht noch einmal, war ihm das nicht früher aufgefallen? Tanja hatte ihn doch förmlich mit der Nase darauf gestoßen. Er wählte Giselas Nummer. Nach etlichem Klingeln wurde der Hörer abgenommen.

„Jaaa?", hörte er Gisela mit verschlafener Stimme sagen.

„Entschuldige bitte, Gisela, dass ich so spät noch anrufe."

„Karl, bist du das? Was gibt's denn so Dringendes?"

„Ich habe monatelang mit ihm Schach gespielt."

„Was hast du?"

Karl erzählte ihr von den identischen Dreiecken, dem Wort ‚gewiss' und Charlottes Bestätigung von ihrem Verdacht, das Jahr 1974 betreffend.

Karl hörte, wie sich Gisela räusperte. „Unfassbar, wenn du tatsächlich mit dem Täter Schach gespielt hast. Was ihr braucht, ist sein richtiger Name, Karl!"

„Ich weiß. Möglicherweise lässt sich da was aus den Auftragsbüchern ersehen."

„Ich bin echt gespannt."

„Ich auch. Da ist aber noch etwas."

„Ja?"

„Warum ist mir im Rahmen unserer Sitzungen nichts aufgefallen? Wir haben uns während der Sitzungen doch auch mit meinen drei Schachfreunden auseinandergesetzt."

„Kannst du dich noch daran erinnern, wie es sich bei Frank angefühlt hat?"

„Ja, habe ich. Da war eher ein neutrales Gefühl. Ich kann mich nicht daran erinnern, dass von ihm so etwas wie Aggression oder Wut ausgegangen wäre."

„Hm."

„Woran könnte das liegen?"

„Vorausgesetzt, dass mit den Dreiecken und so weiter alles zutrifft …"

Karl wartete.

„Okay", sagte sie nach einer Weile, „zum einen kann es sein, dass du nicht genau genug wahrgenommen hast. Diese Trancearbeit war ja ganz neu für dich, da wäre es sicher denkbar, dass dich irgendein äußerer oder auch innerer Einfluss gestört hat. Möglich wäre allerdings auch, dass sich Frank während der ganzen Zeit eurer Bekanntschaft sehr zurückgehalten hat. Damit meine ich, dass er vielleicht in der Lage war, sich innerlich extrem zurückzunehmen, so als hätte er bestimmte Bereiche seiner Erinnerungen, Ziele und die dazugehörigen Gefühle weitgehend ausgeblendet. Das wäre dann eine enorme Leistung von ihm, weil dazu bedeutend mehr gehört, als nur zu schauspielern."

„Puh …"

„Ja. Im Extremfall könnte der Grund für eine solche Form der, ich sage mal, Teilaktivierung seiner Persönlichkeit pathologischer Natur sein."

„Pathologisch?"

„Ja, genau. Ich meine eine Störung beziehungsweise psychiatrische Erkrankung. Vielleicht eine Form von dissoziativer Störung oder eine Kombination aus extremem Persönlichkeitstyp und noch etwas anderem."

„Beängstigend!"

„Das ist es, Karl. Aber vielleicht versuchst du, noch etwas zu schlafen, und morgen reden wir noch einmal in Ruhe darüber."

„Okay, das machen wir. Danke dir, Gisela."

„Alles klar, Karl."

Nachdem sie sich verabschiedet hatten, nahm Karl ein paar Adressbücher aus seinem Schreibtisch. Darunter waren auch ein paar sehr alte, die noch aus der Übergangszeit der Firmenführung von seinem Vater auf ihn stammten. Danach ging er die paar Meter zum Hotel Steigenberger und stieg dort in ein Taxi.

Das Taxi fuhr den Ballindamm hoch und hielt an der Kreuzung zum Glockengießer-Wall. St. Georg lag fast nebenan. Ein äußerst geeigneter Zeitpunkt, mal wieder ein bisschen innere Spannung abzubauen, fand Karl. Die richtige Zeit und vor allem auch der richtige Ort. Die Ampel sprang auf Gelb. Ein Vibrieren ging durch seinen Körper. Karl konnte kaum glauben, dass er jetzt, nach all dem, was passiert war, solche Gedanken hatte. Die Antidepressiva wirken noch so gut wie gar nicht, dachte er. Wenn nicht jetzt, wann dann? Das Taxi war bereits angefahren, auf geradem Weg über die Kreuzung. Ist egal, ob rechts oder geradeaus, überlegte er. Von hier führen alle Wege in den Pool der Sünde. Genaugenommen hatte er jetzt noch gute 1500 Meter Zeit, um eine Entscheidung zu treffen, ohne den Fahrer zum Umkehren bewegen zu müssen. Karl legte seinen Kopf in die Hände und begann zu grübeln. Dabei fiel ihm wieder Charlottes Beichte ein. Ein One-Night-Stand. Noch ein Grund mehr, sich etwas Abwechslung zu gönnen. Hätte er die Farben seiner momentanen Gefühle beschreiben müssen, so wäre das ein unansehnlicher Brei aus Dunkelrot, Schwarz und Braun gewesen. Ein riesiger Haufen ambivalenter Gefühle stieg in ihm hoch. Dann, ganz plötzlich und irgendwie auch unwillkürlich, schreckte er hoch. „Fahren Sie weiter", beschied er den Taxifahrer barsch. Der Fahrer fixierte ihn im Rückspiegel. „Aber wir fahren doch! Ist alles in Ordnung mit Ihnen?"

„Ach so, ja, Entschuldigung."

Karl ließ sich nach hinten fallen. Ist alles in Ordnung mit Ihnen? Nein!, schrie eine innere Stimme in ihm. Er begann heftig zu zittern, als ihm plötzlich eine Erkenntnis kam: Er hatte, als sie am Ende des Ballindamms angekommen waren, weder an Sex, noch an Titten oder ans Bumsen gedacht. Sein erster Gedanke war der Wunsch nach innerem Ausgleich, nach einem Abbau seiner inneren Spannungen gewesen. Seine Psyche und sein Körper hatten nicht nach Sex geschrien, sondern vielmehr nach einem Kick. Wonach er lechzte, war eine Extremsituation, die all seine Aufmerksamkeit in Anspruch nahm, ein exorbitant starker Reiz, der so heftig sein musste, dass alles andere dagegen verblasste. So war das! Musste er da überhaupt ein schlechtes Gewissen haben, wenn es eine solch plausible Begründung für sein unangepasstes Verhalten gab? So ganz eindeutig war das nicht. Egal wie gut die Begründung und Rechtfertigung war, das schlechte Gewissen kam in jedem Fall. Denn das schlechte Gewissen, soweit hatte Karl das mit den inneren Anteilen schon verstanden, würde sich in jedem Fall einstellen. Das schlechte Gewissen, das zu einem späteren Zeitpunkt in großer Zuverlässigkeit zu ihm sprach, war eine andere Instanz als die Anteile in ihm, die ihn über die Stränge schlagen ließen. Darüber musste er unbedingt mit Gisela reden.

Vergebung?

Gemeinsam mit Gustaf war Lansky durch den kleinen Klinikpark geschlendert. Sein Bruder wurde von Monat zu Monat fülliger. Das lag an dem Cocktail aus starken Medikamenten, die er hier seit nun schon so vielen Jahren bekam. Allerdings hatte Lansky nicht den Eindruck, dass man Gustaf einfach nur so abfüllte, um ihn ruhigzustellen. Von Zeit zu Zeit hatte man versucht, einige der Medikamente zu reduzieren, allerdings ohne dauerhaften Erfolg. Die Atmosphäre in dieser Einrichtung gefiel Lansky. Auch Gustaf schien ganz zufrieden zu sein.

„Kannst du dich an Mama erinnern?", fragte Lansky seinen Bruder.

„Ja."

„Wie hast du sie in Erinnerung?"

Gustaf überlegte. „Sie war lieb."

„Ja, das war sie. Weißt du eigentlich, dass sie immer bei dir ist?"

„Ja."

„Das ist gut, Gustaf."

„Ja."

„Und kannst du dich an Papa erinnern?"

„Ja."

Sie hatten sich auf einer großen grünen Holzbank niedergelassen. Lansky hielt seinen vor sich hin träumenden Bruder im Arm und schaute zu den Bäumen, an denen bereits ein paar gelblich verfärbte Blätter zu erkennen waren. Was hatte er erreicht? Und was hatte es ihm gebracht? Lansky wusste, dass seine Gefühle sich verändert hatten. Er fühlte und dachte jetzt differenzierter. Mittlerweile gab es nicht mehr einfach nur einen Schmerz und eine einzige daraus resultierende Konsequenz. Nein, so einfach war das Leben nicht gestrickt. Für eine Weile war es das vielleicht gewesen, jetzt aber nicht mehr. Gefühle und Stimmungen veränderten sich. Aber die Vergangenheit veränderte sich nicht. Auch Gustaf veränderte sich nicht, oder nur sehr wenig. Aber in ihm selbst, da gab es Potential zur Veränderung. Vieles hatte sich gelohnt. Gelohnt in der Weise, dass es funktioniert hatte.

Vor einiger Zeit hatte sich Lansky mit einem Geistlichen unterhalten. Dieser hatte ihm von der Möglichkeit des Vergebens erzählt. Lansky hatte gut zugehört und versprochen, darüber nachzudenken, was er dann auch ausgiebig getan hatte. Das Ergebnis allerdings war eher negativ ausgefallen. Vergeben konnte man nicht einfach so. Man konnte sich zwar vornehmen, ganz bewusst seine Einstellung und seinen Blick auf die Dinge zu verändern. Ob das aber dann im eigenen Bauch ankam, stand auf einem anderen Blatt. Es war nicht möglich zu sagen *ich verzeihe,* und dann waren die Dinge geregelt. Die Seele musste dem auch folgen können. Aber die Seele war nicht einfach so bereit, irgendeinem Grundsatz eines Geistlichen zu folgen. Lansky hatte sehr, sehr lange über diese Fragen nachgedacht. Zweierlei war ihm am Ende klar geworden: Zum einen war es plausibler und in seinen Augen eigentlich auch menschlicher, wenn man dem Leid, das einem selbst zugefügt worden war, etwas entgegensetzte, wenn man so wollte, in Form einer Vergeltung. Das klang irgendwie brutal, entsprach nach seinem Dafürhalten aber der Realität. Gleichwohl musste man wissen, dass durch die Rache nichts von dem, was geschehen war, ungeschehen gemacht werden konnte. Die Uhr konnte leider nicht zurückgestellt werden. Nach der Rache war nicht plötzlich wieder alles gut, aber einiges besser und einiges verändert. Seine seelischen Koordinaten hatten sich verändert und umgestellt. Nichts war jetzt gut, aber es ergaben sich zumindest neue Blickwinkel und Möglichkeiten.

Außerdem war Lansky am Ende seiner Überlegungen zu der Erkenntnis gekommen, dass die wirkungsvollste Form zu genesen darin bestand, dass der Täter seine Tat einräumte und das Leid seines Opfers anerkannte.

Kunden und Lieferanten

Der starke Geruch diverser künstlicher Aromen aus Sonjas riesigem Kaffeebecher stieg Charlotte über den dunkelbraunen Ecktisch hinweg in die Nase. Dieses viel zu süße Chemiezeug war eine absolute Unsitte, fand sie. Auch dem Trend, sich Kaffe zu kaufen und diesen während des Gehens zu trinken, hatte sie nie etwas abgewinnen können. Durch einen kleinen, schmalen Schlitz im Plastikdeckel konnte man sich den Kaffee in den Mund laufen lassen. Wie bei einer Schnabeltasse. Stillos und unästhetisch.

„Ich habe nachgedacht", begann Sonja.

„Na, immerhin."

„Also, es ist nicht so leicht, verstehen Sie? Immerhin habe ich Geld angenommen, und immerhin scheint Diddlmaus nicht ganz harmlos zu sein."

„Wie wahr!"

„Auf der anderen Seite fühle ich mich aber auch ziemlich von ihm ausgenutzt."

„Wie viel hat er Ihnen denn gegeben?"

„Das kann ich nicht sagen."

„Sie wollen nicht!"

„Ja, ich will nicht."

„Aber wenig war's nicht!"

„Es war schon etwas."

„Tja …"

„Haben Sie mich schon angezeigt?"

„Noch nicht, aber wir haben alles in die Wege geleitet, damit es dann ganz schnell gehen kann." Das stimmte zwar nicht so ganz, aber Charlotte hatte das Gefühl, dass dieses kaltschnäuzige Biest auf Erfahrungen mit der Polizei und der Justiz gut und gern verzichten konnte. Vermutlich hatte sie auch keine große Lust, ihr teuer verdientes Geld für einen Anwalt auszugeben.

Sonja zögerte. Dann sagte sie: „Ich werde ihn voraussichtlich noch einmal kurz treffen. Und zwar am Mittwoch. Wenn es soweit ist, könnte ich Ihnen sagen, wann und wo."

Charlotte nickte. „Nun gut, ich werde mit meinem Mann darüber sprechen."

„Danke."

Die Frauen schwiegen für eine Weile. Nach einiger Zeit hob Sonja den Blick. „Frau Peters, wie geht es denn Ihrem Mann?"

„Gut, danke der Nachfrage."

„Ach, was ich Sie noch fragen wollte: Wie laufen eigentlich die polizeilichen Ermittlungen, nimmt man da die Sache ernst?"

„Durchaus! Aber wir sind hier ja nicht im Fernsehen", konterte Charlotte. „Die Ermittlungen verlaufen äußerst diskret." Dass die Zurückhaltung gegenüber der Polizei von ihrer Seite aus unter anderem mit ihrem peinlichen Verhältnis zu Cornelius zu tun hatte und sie sich auch bei Karl hinsichtlich verborgener Ungereimtheiten nicht so ganz im Klaren war, erwähnte Charlotte natürlich nicht.

Nachdem erst einmal alles gesagt worden war, verabschiedeten sie sich voneinander.

Auf dem Weg zum Parkplatz an der Binnenalster rief Karl sie an.

„Ich bin es", sagte er aufgeregt.

„Karl, wie sieht's aus?"

„Ich habe etwas herausgefunden."

„Und was genau?"

„Diese auffälligen Veränderungen der Auftragslage damals, die dir gestern Abend aufgefallen sind, die betrafen sechs Großkunden. Drei davon existieren noch. Außerdem waren acht Lieferanten betroffen, von denen es heute noch fünf gibt. Einer aus Tschechien und vier aus Deutschland."

Er nannte ihr sämtliche Namen sowie den Sitz der Lieferanten und Kunden. Von den Namen der Kunden sagte ihr einer etwas, von den Lieferanten kannte sie drei.

„Was willst du jetzt tun?", fragte sie.

„Ich werde gleich mal telefonieren. Am besten zuerst mit den Lieferanten."

„Und was willst du ihnen sagen?"

„Ich will sie vor allem etwas fragen. Ich werde sie bitten, einmal nachzusehen, wie es zu dieser opulenten Geschäftsentwicklung damals gekommen ist."

„Klingt vernünftig."

„Da ist noch etwas. Und zwar hat es etwa zur gleichen Zeit, übrigens fast alles im Jahr 1974, einige neue Lieferanten und Neukunden gegeben. Auch das ist ungewöhnlich, weil man innerhalb so weniger Monate kaum derart viele neue Kunden aquirieren kann. Auffällig ist auch, dass diese Neukunden von Anfang an sehr große Bestellungen aufgegeben haben. Es hat den Anschein, als hätten die sich von Anfang an sehr gut ausgekannt …"

„Also, wenn du mich fragst, dann sieht das so aus, als hätten …"

„Als hätten diese Händler aus Peru und Guatemala einfach mal den Außenhändler in Deutschland gewechselt?"

„Richtig, aber dass du da sofort drauf kommst! Ich habe 'ne ganze Weile überlegen müssen."

„Liegt bestimmt an den Tabletten." Charlotte hörte, wie Karl am andern Ende verlegen hüstelte.

„Ja, vielleicht. Wo bist du?"

„Ich habe gerade mit Frau Weber gesprochen. Sie sagt, dass sie sich noch einmal mit diesem Frank oder Diddlmaus zu einer Geldübergabe treffen wird. Sie will uns rechtzeitig Bescheid geben."

„Gut."

„So, ich steige jetzt ins Auto und komme nach Hause."

„Alles klar, bis gleich."

„Bis gleich."

Als Charlotte zu Hause ankam, hatte Karl bereits die ersten Ergebnisse parat.

„Hallo, Schatz", sagte er. „Gut, wenn man einen regelmäßigen und vertrauten Umgang zu seinen Geschäftspartnern pflegt."

„Was hast du herausgefunden?"

„Das meiste hat offenbar im Jahr 1974, insbesondere in den Sommermonaten, stattgefunden. Der Verkaufsleiter von Südglas hat sich persönlich ins Firmenarchiv begeben. Es ist so, wie du vermutet hast. Seine Firma hat 1974 den Außenhändler gewechselt."

„Und die anderen Firmen vermutlich auch."

„Sieht so aus. Allerdings haben sie das nicht aus freien Stücken gemacht, sondern weil der Endabnehmer in Südamerika das so wollte."

„Verstehe. Entscheidend ist dann wohl …"

„Genau, entscheidend ist, wer sich vor unserem Vater um die Verschiffungen und so weiter gekümmert hat."

„Hast du einen Namen?"

„Ja, es war die Firma Hamann bei Tübingen."

„Mensch, Karl, nicht schlecht! Und nun?"

„Ich werde noch ein bisschen herumtelefonieren. Und dann müssen wir möglichst schnell etwas über diese Hamanns herausfinden."

„Du könntest deinen Vater fragen."

„Nur im Notfall!"

„Okay. Ich telefoniere mit der Detektei. Vielleicht können die uns jemanden vor Ort empfehlen, der da recherchieren kann."

„Ja, mach das. Ich werde jetzt noch zwei der Lieferanten kontaktieren, danach versuche ich die Kunden in Übersee zu erreichen."

Charlotte vereinbarte mit der Detektei ein kurzfristiges Engagement in Tübingen. Danach machte sie sich auf den Weg in den ersten Stock, um nach Verena zu sehen. Tanja war mit Frau Baumeister auf dem Weg zu ihrer Freundin in Hamburg-Sasel und würde erst am folgenden Montag nach der Schule zurückkommen.

Hamann

Der Verdacht war mehrfach bestätigt worden. Einige Kunden hatten im Sommer 1974 den Außenhändler in Deutschland gewechselt. Von der Firma Hamann waren sie auf die Firma Peters umgestiegen. Dieser Wechsel war aber ausschließlich von den Kunden in Übersee ausgegangen. Genaueres hatte Karl von *Luis Fernandez* aus Guatemala Ciudad erfahren. Luis leitete dort bei *Producto medico* den Außenhandel mit Europa. Luis hatte Karls Frage in dieser kurzen Zeit nicht bis ins letzte Detail klären können, aber den plötzlichen Wechsel von Hamann zu Peters bestätigt. Darüber hinaus hatte er herausgefunden, dass der Grund für diesen Wechsel die unzulängliche Zwischenlagerung diverser Produkte gewesen war. Man habe damals außerdem diverse Hinweise auf finanzielle und organisatorische Probleme der Firma Hamann erhalten. Da Hamann seinerzeit als Händler in Guatemala Ciudad vergleichsweise bekannt gewesen war, seien die Missstände der Firma sogar Thema in der lokalen Presse gewesen. Vermutlich, so Luis, habe man deshalb eine Alternative zu den Hamanns gesucht. Wie genau man dann auf Peters in Hamburg gekommen war, konnte er nicht sagen. Aber damals habe es ja noch nicht so viele Händler gegeben wie heutzutage. Außerdem könnte die günstige Lage der Firma Peters in Hamburg mit seinem Hafen und Flughafen ausschlaggebend für den Zuschlag gewesen sein.

Gewiss, gewiss, schoss es Karl durch den Kopf. Was hatte seine Frau mit Frank zu tun? Oder war er selbst derart hypersensibel, dass er in allem und jedem eine Verschwörung sah? Abwarten, dachte er. Erst einmal die Vergangenheit der Firma klären, dann würde er sich Charlotte widmen.

Karl fühlte sich komplett leer. Dass er die letzten Tage überhaupt in der Lage gewesen war, noch einmal derart viel Energie aufzubringen, wunderte ihn. Alles, was er zu diesem Zeitpunkt hatte tun können, hatte er getan. Jetzt waren erst mal andere am Zuge. Nachdem er sich mittags einen Kaffee mit viel Zucker gegönnt hatte, war er wieder ins Bett geschlüpft. Nichts ging mehr. Einfach nur noch die Decke über den Kopf und nichts sehen und nichts hören. Dann kam Charlotte ins Schlafzimmer.

„Karl, kannst du mich hören?"

„Ja", hauchte er unter dem Schutz seiner Bettdecke.

„Die Detektei hat Informationen aus Böblingen."

„Was?"

„Vielleicht kommst du mal kurz raus aus deinem Versteck."

Langsam zog er die Decke nach unten, nur soweit, das seine Ohren und seine Nase herausschauten. Die Augen ließ er vorsichtshalber geschlossen. „Böblingen?"

„Ja, genau, Böblingen. Das liegt bei Tübingen, und dort hatte Hamann seinen Firmensitz."

„Hm."

„Und zwar so lange, bis – man kann wohl fast sagen über Nacht – der Bankrott über die Firma hereinbrach."

„Und woran lag das?"

„Daran, dass dein Vater seinerzeit einen Großteil der Kunden und Lieferanten von Hamann übernommen hat."

„Und warum?"

„Weil er noch erfolgreicher werden wollte, als er ohnehin schon war. Weil er gierig und rücksichtslos war."

Karl zog sich die Decke wieder über den Kopf. Er wollte das alles nicht hören.

„Und noch etwas, Karl: Das mit den Presseberichten in Guatemala hat Reimund initiiert."

„Was? Woher willst du das wissen?"

„Anscheinend ist der genaue Vorgang von damals nicht mehr glasklar nachzuvollziehen. Aber einige Alteingesessene in Böblingen kannten den alten Hamann. Sie haben den Zusammenbruch seiner Firma und seiner Familie miterlebt."

„Seiner Familie?"

„Die haben derart unter dieser Katastrophe gelitten, dass die gesamte Familie vor die Hunde gegangen ist. Der Senior hat sich umgebracht und seine Frau ist daraufhin offenbar relativ schnell an einer Krankheit gestorben."

„Oh Gott", hörte Karl sich sagen. Seine klagenden Worte schienen von den Wänden um ihn herum widerzuhallen, als würde sein Hilfeschrei an Gott auf ihn selbst zurückfallen.

„Ziemlich übel!", hörte er Charlotte sagen. „Sie hatten zwei Söhne, die wohl noch leben. Der jüngere, er heißt Gustaf, lebt in einer psychiatrischen Einrichtung in Tübingen. Der ältere, Johann, lebt in Frankfurt. Viel mehr weiß man über die beiden aber nicht. In jedem Fall aber gilt der tiefe Fall der Hamanns immer noch als die größte Tragödie in dem Ort, und das schon seit Jahrzehnten."

„Ist gut jetzt! Ich hab's verstanden. Lass mich jetzt in Frieden!"

„Ist schon gut, Karl. Der Mann unserer Detektei versucht, irgendwie an Fotomaterial zu kommen. Sollte er da etwas auftreiben, dann will er es sofort rübermailen."

Karl antwortete nicht.

„Karl?"

„Ja."

„Ich soll dich fragen, wie viel dir entsprechendes Fotomaterial wert wäre?"

„Hä?"

„Mensch, du weißt doch selbst, wie diese alteingesessenen Dorfbewohner sind."

„Dorf?"

„Ja, Dorf, meinetwegen auch Kleinstadt! Was macht das für einen Unterschied? Mit Geld, und das ist doch nichts Neues, kann man viele Menschen aus der Reserve locken. Also, wie viel?"

Karl stöhnte. „Tausend."

„Okay."

„Ja, aber, warte mal! Die sollen nicht mit dieser Summe einsteigen, wenn da verhandelt wird. Erst mal mit hundert Euro anfangen."

„Ist doch logisch, Karl."

Er hörte, wie die Tür sich leise schloss. Kurz danach öffnete sie sich wieder. „Karl, ich bringe dir gleich mal ein kleines Sandwich nach oben."

Mehr oder weniger betäubt lag Karl in seinem Bett. Ich brauche ein Einzelzimmer, dachte er. Dann, ganz unvermittelt, musste er an seine Mutter denken. Auch sie war krank geworden. Sie war so liebevoll und wohlwollend gewesen. Karl begann zu weinen. Gibt es vielleicht doch einen Gott, der alles sieht und der mitschreibt, egal, was auch geschieht? Einen, der einem, wenn die Zeit gekommen ist, eine Art Rechnung unter die Nase hält und der mit seinem großen, weißen Zeigefinger an die Stelle tippt, an der die Summe all dessen steht, was man getan und unterlassen hat?

Trittbrettfahrer

Sie hatten sich alle im Gesprächsraum der Firma versammelt, und Charlotte kam sich vor wie eine Therapeutin bei der Gruppentherapie. Oder vielleicht eher wie eine Talk-Lady? Jedenfalls würde ihr Letzteres vermutlich eher liegen. Sie hatte die schönen großen

Stuhlsessel kreisförmig angeordnet. Zu ihrer Linken saß Franziska Steinmann, zu ihrer Rechten Anita Krämer.

Nachdem sie die Runde begrüßt hatte, fasste sie die Ereignisse der letzten Wochen prägnant zusammen. Einige Punkte wie die Nacktfotos ließ sie selbstverständlich aus.

„Hat jemand von Ihnen diesen Frank jemals zu Gesicht bekommen?"

Synchrones Kopfschütteln in der Runde.

„Verstehe, gibt es aus Ihrer Sicht etwas Wichtiges, was ich bei meinen Ausführungen vergessen habe?"

Phillip Maurer hob die Hand.

„Bitte", forderte Charlotte ihn auf.

„Wäre es nicht am sinnvollsten, noch einmal bei Ihrem Schwiegervater nachzuhaken?"

Charlotte nickte. „Grundsätzlich ja. Aber, kennen Sie meinen Schwiegervater?"

„Er war vor ein paar Jahren ein paarmal hier in der Firma. Aber kennen wäre wohl zu viel gesagt."

„Aber was können wir denn in dieser Situation für Sie tun?", schaltete sich Manuela Schröder ein.

„Nett, dass Sie fragen. In erster Linie war es uns, also meinem Mann und mir, wichtig, Sie einmal grundlegend zu informieren. Was genau Sie tun können, ist im Prinzip völlig unklar. Auf jeden Fall die Augen offen halten. Dieser besagte Frank, von dem wir mittlerweile glauben, dass er an den Vorfällen beteiligt ist, war ja seit Monaten nicht weit vom Geschehen entfernt. Ähnliches gilt für Sonja Weber …"

„Vermuten Sie etwa, dass es da noch jemanden gibt, der hier sein Unwesen treibt?", platzte Phillip Maurer heraus.

„Wenn Sie das so verstanden haben", versuchte Charlotte mit ruhiger Stimme den Aufruhr in der Runde zu besänftigen, „dass wir hier in der Firma jemanden verdächtigen, dann kann ich Sie beruhigen. Natürlich mussten wir in der ersten Zeit auch die Möglichkeit in Betracht ziehen, dass da jemand aus der Firma seine Finger im Spiel hat, womit wir ja auch nicht ganz falsch lagen. Wenn wir dabei dem einen oder anderen auf den Schlips getreten sind, dann tut uns das natürlich leid. Allerdings blieb uns ja gar nichts anderes übrig, als grundsätzlich jeden einzelnen innerhalb der Firma und auch in unserem Bekanntenkreis zu verdächtigen. Vielleicht können Sie sich ja vorstellen, wie unangenehm es ist, mit so haarsträubenden Drohbriefen und Ähnlichem terrorisiert zu werden. Das Schlimmste war dabei, dass der Täter feige aus dem Schutz der Anonymität agierte und wir völlig im Dunkeln tappten, weil er keinerlei Forderungen gestellt hat."

„Quasi ein unsichtbarer Feind", bekräftigte Anita Krämer das Gesagte.

„Absolut!", sagte Charlotte.

„Wie ein Giftgasangriff", pflichtete Phillip Maurer bei.

„Hör mir auf!", erwiderte Manuela Schröder.

Dann klingelte Charlottes Handy. Sie sah die Volksdorfer Festnetznummer und beschloss, den Raum für das Gespräch zu verlassen.

„Ja, Karl?"

„Äh, du hast einen Brief bekommen."

„Einen Brief?"

„Ja, so einen ohne Absender. Also, mir schwant da nichts Gutes."

„Wie, was steht denn drin?"

„Keine Ahnung, habe ihn noch nicht geöffnet."

Charlotte fasste sich an die Stirn. Diese Tür hätte sie vielleicht besser nicht aufmachen sollen. Jetzt konnte sie ja kaum sagen, dass er auf sie warten solle. Sie dachte an den letzten Brief, in dem die Nacktfotos gelegen hatten. Die Bilder waren Karl zwar nicht zu Gesicht gekommen, aber das konnte sich jetzt ändern, zumindest, wenn sich in diesem Brief Ähnliches befand. Um Gottes Willen, dachte sie. Sie stellte sich ähnliche Bilder vor, nur eben aus einer anderen Perspektive aufgenommen. Frontal! Sie mit geöffnetem Mund, mit heraushängender Zunge. Nachdem sie Cornelius in der Kunsthalle derart attackiert hatte, war er ausgesprochen ungnädig zu ihr gewesen. Ganz wild und schmutzig war das gewesen. Ganz und gar nichts für Karls Augen, verflucht noch mal!

Aus einer Art Intuition heraus entschied sie sich für das Risiko.

„Karl, mach den Brief auf!"

„Jetzt?"

„Ja, wann denn sonst?"

Sie hörte, wie er den Umschlag aufriss. „Sag schon."

„Äh …"

„Was ist drin, Fotos?"

„Nee. Es ist, warte mal. Verflucht! …"

„Was?", rief sie.

„Ein Erpresserschreiben."

„Bitte, was?"

„Ich les'es dir vor: *Heben Sie dreißigtausend Euro ab und halten Sie sich bereit. Keine Polizei! Zu niemandem ein Wort! Ich werde zu gegebener Zeit mit Ihnen in Verbindung treten. Sollten Sie meinen Anweisungen nicht Folge leisten, werden Köpfe rollen.*"

Charlotte konnte Karls angestrengtes Atmen hören. Zum Glück keine Fotos. „Getippt?"

„Ja, ist alles getippt."

„Und, was hältst du davon?"

„Charlotte, ich bin zwar ein Wrack, aber eines weiß ich genau: Das hier ist das Machwerk eines Trittbrettfahrers."

„Glaube ich auch. Dreißigtausend sind doch ein Witz!"

„Stimmt. Und dann das mit den rollenden Köpfen, klingt sehr nach einem Insider."

„Kann sein, aber der Katzenkopf war ja von Anfang an kein Geheimnis. Das haben deine Angestellten bestimmt diversen Leuten im Vertrauen erzählt. Es muss also nicht unbedingt jemand aus der Firma sein."

„Hast Recht."

„Und jetzt?"

„Und jetzt rufe ich die Polizei an. Ich denke, wir sollten das mit dem Geld machen, vorausgesetzt, du willst das auch, denn dich betrifft offenbar das Übergabe-Procedere. Ich halte es aber für sehr wahrscheinlich, dass man den Täter mit Hilfe der Polizei stellen kann."

„Okay, Karl, ruf die Polizei an. Ich gehe wieder rein zu deinen Leuten."

Sie legten auf. Zehn Minuten später war die Unterredung mit den Angestellten beendet. „Ich danke Ihnen für Ihre hervorragende

Arbeit während der Abwesenheit meines Mannes", sagte Charlotte zum Schluss.

Um halb zwölf war sie wieder zu Hause. Karl hing in Pantoffeln und Bademantel in einem Sessel im Wohnzimmer. Die Füße hatte er auf einen Hocker gelegt. Graublonde Bartstoppeln verliehen seinem ohnehin schon matten Äußeren etwas Echsenhaftes. Neben sich hatte er Kaffee in einem großen Becher stehen. Außerdem standen noch zwei halbleere Gläser, von deren Inhalt Charlotte lieber nichts wissen wollte, auf dem Beistelltisch. Auf seinem Schoß lag das Telefon. Als er sie durch den Raum hindurch ansah, fiel ihr ein Schillern in seinen Augen auf.

„Charlotte, es gibt Neuigkeiten."

Sie blieb im Türrahmen stehen. „Schon wieder?"

„Ja. Die Detektei hat Fotos von Familie Hamann. Die wurden eingescannt und dann zur Detektei gemailt. Ich wusste deine E-Mail-Adresse nicht. Deshalb sollst du dich da nochmal melden."

„Gut, mache ich."

Charlotte ging in ihren kleinen Arbeitsraum neben dem Schlafzimmer. Sie gab der Detektei ihre Mail-Adresse durch und stellte ihren Laptop an. Danach ging sie wieder runter zu Karl. Wie ein gestresster Krimineller hängt er da, dachte sie. Bademantel, Drinks und ein Telefon auf dem Schoß. Fehlte nur noch ein junges Luder mit Wespentaille.

Um kurz nach eins waren die Fotos da. Es waren drei an der Zahl, von eins bis drei nummeriert. Unter den Ziffern stand, um wen es sich jeweils auf den Bildern handelte. Bild Nummer zwei schien ihr am aussagekräftigsten. Es zeigte Familie Hamann im Freien, vermutlich im Rahmen eines Festes im Ort. Charlotte las: „Von links: Elisabeth, Gustaf, Johann und Peter Hamann."

„Gustaf ist der jüngere Sohn, der in einer Klinik untergebracht ist", hörte sie Karl sagen.

„Dann sind Elisabeth und Peter die Eltern. Und Johann ist der Ältere."

„Von wann sind die Bilder?", fragte Karl.

Charlotte schaute noch einmal auf die Informationen am unteren Bildrand. „Hier steht, vermutlich von 1972." Sie schob ihren Laptop zu und ließ ihm ein paar Sekunden Zeit. „Wie alt ist Johann auf diesem Bild, was schätzt du?"

„Hm. Sieht ganz aufgeweckt aus. Also, ich würde vermuten, dass der gerade in die Schule gekommen ist."

„Ja, würde ich auch sagen. Sieht aus wie eine sympathische Familie."

„Ja, leider."

„Tja. Da müssen wir jetzt durch. Jetzt kommt es erst einmal darauf an, ob du Johann wiedererkennst." In dem Moment, als sie das letzte Wort ausgesprochen hatte, wurde Charlotte mit einem Mal ganz heiß im Gesicht. Für sie selbst galt diese Frage auch, stellte sie für sich fest. Sie sah Karls Blick auf das Foto Nummer zwei gerichtet. Jetzt allerdings war der Glanz in seinen Augen einem starren Tunnelblick gewichen.

„Karl?"

„Er könnte es sein. Abgesehen vom Alter – das käme nämlich ganz gut hin, könnte das Gesicht stimmen. Der Junge auf dem Foto hat allerdings eine wilde Strubbelfrisur. Frank hat immer einen extrem korrekten Seitenscheitel. Also, er könnte es sein, muss aber nicht."

„Wir müssen es Klaus Pfeiffer und Sebastian Weißflog zeigen."

„Willst du hinfahren?"

Charlotte überlegte. „Nein, ich leite die E-Mail an Klaus weiter. Außerdem werde ich ihn anrufen. Wenn er im Institut ist, dann soll er es sich sofort ansehen und an Weißflog weiterleiten."

„Okay."

„Don Peters, kann ich dir noch etwas bringen?"

Ein flüchtiges Lächeln huschte über Karls Gesicht. „Nein, danke. Aber bevor ich es vergesse, die Polizei kommt um drei vorbei, um mit uns zu reden."

Um Viertel vor Drei rief Klaus Pfeiffer zurück. Er und Sebastian Weißflog waren der gleichen Meinung wie Karl. Es konnte sich in der Tat um Frank handeln. Sebastian Weißflog hatte gemeint, dass zwischen dem Vater von Johann und Frank eine noch deutlichere Ähnlichkeit erkennbar sei. Nach dem Telefonat mit Klaus tat Charlotte das, was sie seit einer Stunde vor sich hergeschoben hatte: Sie ging ins Wohnzimmer, nahm das Foto Nummer zwei von Karls

Tischchen und sah es sich lange an. Menschen konnten sich sehr verändern. Sie kannte reichlich viele Menschen, die man als Erwachsene nicht mehr mit ihren Kindheitsfotos in Verbindung bringen konnte. Bei anderen wiederum war alles viel einfacher. Einige prägnante Gesichtsmerkmale veränderten sich nicht mehr oder wurden einfach nur noch etwas ausgeprägter und schärfer. Johann war ein Grenzfall. Die Augen, so schien ihr, waren jetzt andere. Die Augen im Kindergesicht von Johann waren klar und leuchtend. Sie hatten etwas vollkommen Reines, so eine Art sensible Durchlässigkeit. Cornelius' Augen hatte sie weniger offen in Erinnerung. Nicht hässlich, aber auch nicht so klar und rein. Aber mit etwas Phantasie konnte er es sein. Ähnlich wie Sebastian Weißflog fand auch Charlotte, dass sich Peter Hamann und Cornelius beziehungsweise Johann ziemlich ähnlich sahen.

Wahnsinn, dachte sie. Die Treffen mit Cornelius schienen in ihrer Erinnerung irreal. Die Bilder in ihrem Gedächtnis lagen verborgen hinter einem dichten Schleier. Wenn sie genauer darüber nachdachte, musste sie sich fragen, weshalb Cornelius einen so leichten Zugang zu ihr gehabt hatte. War das alles pure Manipulation gewesen? Hätte da jeder x-beliebige Mann in der Galerie der Gegenwart auftauchen können? Wie hätte sie reagiert, wenn es sich um einen weniger geheimnisvollen Menschen gehandelt hätte? Möglicherweise wäre ihr die Situation und die Atmosphäre dann zu real gewesen, zu nah an ihrem Leben. Vielleicht hätte sie die Dinge in einem solchen Fall nicht so gut trennen können. Übte das Geheimnisvolle und schwer Einschätzbare eine besondere Anziehung auf sie aus? War Cornelius womöglich gar nicht so anders als Karl? War sie einem festgelegten Muster ihres Unterbewusstseins erlegen? Griff sie nach Dingen, die sie eigentlich gar nicht haben konnte, war gerade das der Reiz? Darüber galt es nachzudenken. Vielleicht war Martha auch hierfür die richtige Gesprächspartnerin.

Power und Mut 2

Sie saßen in Phillips Loser-Bude. Raphael hatte sofort gewusst, was Sache war, als er die Mail von Phillip gelesen hatte. *Ich muss dringend mit dir reden. Komm am besten vorbei, ok?* In einem letzten Versuch hatte er Phillip seinen genialen Plan serviert. Sie hatten sich für Walkie-Talkies entschieden. Frau Peters sollte mit dem Geld per Auto losgeschickt werden, und zwar quer durch die Stadt. Ein Zwischenstopp in der Nähe einer Parkbank hätte dazu dienen sollen, dass sie ein unter die Bank geklebtes Walkie-Talkie an sich nehmen sollte. Phillip oder er wäre zu diesem Zeitpunkt auf einem Parkplatz in der Nähe gewesen und hätte Sichtkontakt zu ihr gehabt. Dann sollte sie Richtung Westen gelotst werden. Vom Hauptbahnhof aus wollten sie sie auf der Autobahn bis zur Ausfahrt Billbrook weiterleiten. Von dort wäre es in südlicher Richtung durch die Marsch gegangen, und zwar bis zu einem Fleet. Von diesem Punkt aus hätten Polizeikräfte oder andere Verfolger in beide Richtungen mindestens zwei Kilometer fahren müssen, um zu einer Brücke über das Wasser zu gelangen. An der Stelle, wo die Straße in südlicher Richtung auf das Fleet stieß, hätte Frau Peters aussteigen sollen. Auf der anderen Seite hätte Phillip, geschützt hinter Bäumen und Hecken, mit seinem Wagen gestanden. Die Drohne hätte zu diesem Zeitpunkt bereits auf Frau Peters' Seite gewartet. Das Geld hätte sie in eine eigens für diesen Zweck konzipierte Lasche am äußeren Gehäuse des Drohnenkörpers geschoben. Dann wäre die Drohne über das Wasser quasi direkt in den Kofferraum von Phillips Wagen zurückgeflogen. Von diesem Zeitpunkt an hätte Phillip einige Minuten Vorsprung gehabt und unerkannt in westliche Richtung nach Wilhelmsburg fahren können. Raphael hätte sich während der Übergabe möglicherweise mit einem zweiten Wagen in der Nähe von Frau Peters befunden. Später hätten sie sich in Wilhelmsburg bei einem Kumpel getroffen und dort die Wagen untergestellt. Genauso gut hätte man aber auch die Rollen von Phillip und ihm tauschen können. In diesem Fall hätte sich Phillip auf der Seite von der Peters aufgehalten und die Drohne von dort aus über das Wasser zu ihm, Raphael, steuern können. Der

Vorteil dabei wäre gewesen, dass man im Falle eines Falles nicht Phillip, sondern ihn auf dem Weg nach Wilhelmsburg kontrolliert hätte. Das Gute dabei wäre gewesen, dass man ihn nicht mit der Firma Peters in Verbindung hätte bringen können.

„Ja, ja, der Plan ist ganz gut", pflichtete Phillip seinem Freund erneut bei. „Aber es bleibt ein Restrisiko. Und dann?"

„Keine Power, keine Titten!"

„Mann, für fünfzehntausend gehe ich nicht in den Knast!"

„Kein Mut, keine Höschen!"

„Schnauze!"

„Wir könnten ja auch insgesamt hunderttausend verlangen."

„Klar könnten wir das. Aber ab einer bestimmten Summe wird die Unterstützung von Polizeiseite sicher deutlich aufgestockt. Ich sage nur, Hubschrauber, Sender im Geld, SEK..."

„Ha, ha, SEK, geil!", schrie Raphael. Oh Mann, sie waren so verschieden. Zwei Extreme prallten aufeinander. Wie zwischen Mann und Frau, wie zwischen coolem Checker und schüchternem Girl, wie zwischen fleischfressender Walküre und zurückhaltendem Intellektuellen. Der Nachteil von solchen Konstellationen war, dass da ein permanentes Explosionspotential vorhanden war und man selbst simple organisatorische Dinge einfach nicht auf einen Nenner bringen konnte.

„Geil, ja", fauchte Phillip, „aber nur so lange, bis zwei von diesen Typen auf dir drauf liegen."

Raphael prustete. „Jaaa, geil!"

Mecklenburg-Vorpommern

Vergangene Ostern war Manuela mit ihrer Freundin Katrin auf einem naturbelassenen Campingplatz an einem See in Mecklenburg-Vorpommern gewesen. Sie hatten das alte Schrödersche Familienzelt aufgebaut und das Wahnsinns-Wetter mit bis zu 17 Grad genossen. Die Gruppe Motorradfahrer hatte sich kurz nach ihrer Ankunft etwa 50 Meter weiter an einer kleinen Bucht niedergelassen. Zwanzig Minuten später hatten dort die ersten Feuer und ein Grill gequalmt. „Angrillen", hatte einer der dunkel gekleideten Typen Manuela lachend zugerufen. Eine Stunde Später saßen sie und Katrin selbst am Feuer. Die blondierte Partnerin eines Bikers hatte sie dazu eingeladen. Insgesamt waren sie etwa vierzehn Leute. Zwei Drittel davon Männer.

Am nächsten Morgen machte Manuela ihren ersten Spaziergang mit Reiner, dem Leitbullen der Gang. Wie alle anderen der Gruppe hatte auch er einen friedfertigen und gepflegten Eindruck gemacht. Wie sich herausstellte, hatten die Biker alle mehr oder weniger gute Jobs. Einige auch Familie. Hier ging es offenbar nicht um Bandenkriege oder Ähnliches, sondern einzig und allein um ein klein wenig *Born-to-be-wild*-Feeling. Reiner war ein Riese von Mann, mit langen weißen Haaren und tollen Proportionen. Er lebte irgendwo am nördlichen Rand von Hamburg und arbeitete selbständig als Steinmetz.

Auf ihrem zweiten Spaziergang hatte Reiner für ein kleines Picknick gesorgt. Sie saßen an einen Baum gelehnt am Rand einer Steilküste und aßen Baguette mit Käse. Dazu gab es Rotwein.

„Du als Rocker trinkst Rotwein?", hatte sie ihn geneckt.

„Ich liebe das Motorradfahren und den milden Frühlingswind in meinen Haaren. Ich liebe die alten Alleen und die leuchtenden Rapsfelder. Ich liebe die Menschen um mich herum. Und ich würde es lieben, wieder jemanden bei mir zu haben. Jemanden, mit dem ich diese Lieben und weitere Lieben teilen kann", hatte er mit seiner sonoren Stimme geantwortet. Danach hatte er seinen Arm um ihre Schulter gelegt und sie sanft und gleichzeitig bestimmt an sich gedrückt. Manuela hatte sich nicht bedrängt gefühlt. Ganz im Gegenteil. Sie hatte sich auf Anhieb geborgen und beschützt gefühlt. Sie hatte stumm vor sich hin gelächelt und ihrem Herzklopfen gelauscht.

Das alles war jetzt über fünf Monate her. Seitdem hatte Reiner wieder jemanden, mit dem er seine vielen Lieben teilen konnte. Sie selbst war aufgeblüht wie eine Blume, der eine perfekte Mischung aus Licht, Schatten, Schutz und Wasser zuteil geworden war. Niemals zuvor hatte sie über eine längere Zeit erfahren, wie es war, sich ständig auf jemanden zu freuen. Niemals zuvor hatte sie es fertiggebracht, ein inneres Gefühl der Kraft und des Glücks zu erfahren. Sie hatte gelernt, im Hier und Jetzt zu leben. Sie hatte Freude daran gefunden, sich um sich selbst zu kümmern und sich schön und stark zu fühlen. Reiner war ihr Glück und ihr Leben geworden.

„Habt ihr einen Kodex?", hatte sie ihn einmal gefragt.

„Nichts, was irgendwo geschrieben stünde. Nur das, was gute Freunde füreinander tun sollten. Keine Selbstaufgabe, aber im Zweifel gehen wir füreinander auch ans Limit."

Er hatte diesen Satz mit einem langsamen Nicken und einem tiefen Blick in Manuelas Augen beendet. Manuela hätte zwar gerne noch einmal nachgehakt, um die von Reiner formulierte Einstellung seiner Freunde untereinander noch etwas konkreter fassen zu können, hatte aber letztlich auf ihre Intuition vertraut und es dabei belassen.

On the road

Zweimal hatte an diesem Morgen Charlottes Telefon geklingelt. Sonja hatte Charlotte die Übergabe um zwölf Uhr bestätigt. Die Detektei hatte die negativen Ergebnisse hinsichtlich der Observation von Sonja bis zu diesem Zeitpunkt übermittelt und sich über den heutigen Einsatz mit Charlotte besprochen. Draußen war es schwül. Das klare Blau des Himmels war von einer wabernden Dunstschicht unterlegt. Ein ordentlicher Guss würde der ganzen Erde guttun, dachte sie.

*

11 Uhr 55. Es war der erste Außeneinsatz, den Gerke für die Detektei Rebstock durchführte. Er hatte sich knapp fünfzig Meter vor dem Horner Kreisel auf dem Bürgersteig der Sievekingsallee postiert. Der

Kreisel hatte einen Durchmesser von mindestens hundert Metern. Außer der Sievekingsallee gab es noch drei weitere Anschlüsse: die Fortführung der Sievekingsallee, die Autobahn Richtung Lübeck und Berlin sowie eine Abzweigung Richtung City Nord. Gerke konnte das parkende Auto von Frau Weber auf dem Seitenstreifen des Kreisels in ungefähr hundert Metern Entfernung sehen. Sein Auftrag lautete, dem Überbringer des Geldes, einem gewissen Johann Hamann alias Diddlmaus, zu folgen. Das Wichtigste würde sein, an diesem bis zu dessen Zielort unauffällig dranzubleiben.

Nach seinem Soziologiestudium hatte Gerke eigentlich ein Aufbaustudiengang in Kriminologie belegen wollen, hatte aber keinen Platz bekommen. Trotzdem wollte er es weiterhin versuchen und solange eben für die Detektei Rebstock arbeiten. Mitunter ein ziemlich öder Job, der mit unsäglich viel Warterei verbunden war. Immerhin war das Wetter an diesem Tag einwandfrei und seine Cola noch schön kalt. Zucker für das Blut beziehungsweise für sein Gehirn. Immer auf Zucker, Wasser und Sauerstoff achten. Leider sank der Blutzuckerspiegel nach dem Genuss von Cola genau so schnell, wie er gestiegen war. Deshalb hatte Gerke auch immer genug Cola und Schokoriegel bei sich, um seinen Organismus konstant mit schnellem Zucker für eine optimale Nerven- und Muskelarbeit versorgen zu können. Manchmal bekam er davon Sodbrennen, vielleicht hatte das aber auch mit der Anspannung zu tun. Für solche Fälle hatte er stets eine Packung Rennie in der Tasche.

Es war exakt 12 Uhr, als ein älterer Polo direkt neben der Fahrertür von Sonja Weber hielt. Dann ging alles ganz schnell. Frau Weber nahm einen Umschlag durch ihr Fenster entgegen. Danach fuhr der Polo weiter. Gerke, der seinen Wagen bereits gestartet hatte, fuhr, so langsam es seine Nerven zuließen, auf den Kreisel. Nachdem er den noch stehenden Wagen von Weber passiert hatte, hatte er den Polo bereits bis auf eine Distanz von zwanzig Metern aufgeholt. Bei diesem Abstand wollte er es vorläufig auch belassen. Johann Hamann fuhr mit seinem Polo ziemlich gemächlich dahin. „Kein Stress, Mann", murmelte Gerke sarkastisch vor sich hin. Der Polo blieb auf der rechten Spur und konnte jederzeit auf eine der Ausfahrten ausscheren. Die erste Abzweigung hatte er bereits passiert.

Gleich danach kam die Abfahrt auf die A24. Gerkes Tank war voll. Seinetwegen konnte Johann Hamann auch nach Berlin fahren. Immerhin wurde er ja pro Stunde bezahlt. Doch auch an der zweiten Ausfahrt fuhr der Polo vorbei. Zwei schnelle Wagen waren kurz hinter Gerke aufgetaucht, über die mittlere Spur an ihm vorbeigerauscht und hatten sich dann direkt vor ihn gesetzt. Die Sicht auf den Polo war jetzt nicht mehr so ganz toll. Weitere Autos überholten ihn, und ein Fahrzeug hinter ihm fuhr relativ dicht auf. „Überhol doch, du Vollidiot!", schrie Gerke in den Rückspiegel.

Von seinem Parkplatz aus hatte der Kreisel gar nicht so stark frequentiert ausgesehen. Zwar waren ständig Autos rauf oder runtergefahren, aber so wie es sich jetzt darstellte, war das hier ein größeres Durcheinander als gedacht. Gerke musste auf die Bremse treten, als ihn ein metallic blauer Mercedes, der vom dritten Zubringer auf den Kreisel einbog, geradezu geschnitten hatte. Der Polo, gerade noch in Sichtweite, fuhr nun an der dritten Abzweigung vorbei. Dann konnte er ja nur noch in die Sievekingsallee einbiegen und in Richtung Innenstadt fahren. Da hätte sich Gerke die lästige Fahrt um den Kreisel im Prinzip auch sparen können. Er wollte gerade den Blinker setzen, als er merkte, dass der Polo noch immer auf dem Kreisel fuhr. Nun waren sie einmal um den Kreisel herumgefahren, ohne abzubiegen. Was sollte das?

*

Lansky war bewusst gewesen, dass die letzte Geldübergabe an Sonja ein Risiko darstellen würde. Jedenfalls wenn es, wie soeben geschehen, per direktem Kontakt passierte. Für einen alternativen Plan hatte er allerdings keinerlei Energie mehr besessen. Seine Kraft ging dem Ende zu. Irgendwann, das war ihm klar gewesen, würde er sowohl körperlich als auch mental zusammenklappen. Wenn der Stress noch mehr zunahm, würde sich sein Zustand noch weiter verschlechtern. Insbesondere der Umstand, dass er sich nicht mehr ohne Weiteres in die eindimensionale Welt seiner Figuren flüchten konnte, ließ seinen Körper mehr und mehr zu einem widerstandslosen Wattehaufen werden. Zu viele Konflikte, zu vieles war ungeklärt.

Immerhin war er aufmerksam genug gewesen, um zu bemerken, dass ihm jemand folgte. Zum dritten Mal umkurvte er nun schon, gefolgt von einem grauen Passat, den Horner Kreisel. Lansky schaute auf seine Uhr: 12:03:27. Er beschleunigte von fünfzig auf fast neunzig Stundenkilometer. Nach gut zehn Sekunden hatte er seinen Vorsprung gegenüber dem Passat deutlich ausgebaut. Fast eine halbe Kreisel-Umrundung. Dann drosselte er sein Tempo wieder. Der Passat kam ein kleines Stück näher, wurde dann aber auch wieder langsamer. Lansky schaute erneut auf seine Uhr: 12:03:45. Er passierte die Auffahrt zur A24. Um 12:04:10 musste er vom Kreisel runter in Richtung City-Nord. Er kannte die Strecke, war sie oft genug gefahren.

In dem Moment, als er abbog, beschleunigte er auf neunzig Stundenkilometer. Der Passat war noch nicht zu sehen. Jetzt das Tempo beibehalten. Und wenn es keinen Stau gab, keine rote Ampel, keine Polizeistreife und keine Verspätung des Regionalzuges aus Hamburg-Rahlstedt, dann konnte er es schaffen. Die zweispurige Hammer Straße war gut befahren. Fünfzig Meter vor seinem Ziel musste er hinter einem LKW abbremsen. Die linke Spur war voll, lief aber noch recht flüssig. Lansky beschleunigte und zwängte sich in eine Lücke. Hinter ihm hupte ein kleiner Sportwagen. Als er den LKW überholt hatte, scherte er wieder auf die rechte Spur und gab Vollgas. Vor dem LKW war die Straße frei. Abgesehen von zwei Motorradfahrern, auf die er achtgeben musste, hatte er freie Fahrt. Dann kam eine rote Ampel. Egal! Sein Wagen jagte wie eine wackelige Nussschale die kurze Steigung hoch und machte einen kleinen Satz nach oben. Instinktiv duckte er sich bis auf die Höhe seines Lenkrades. Dann hörte er, wie Stahl oder Blech – vermutlich die Ölwanne – auf den Asphalt knallte. Das Geräusch zog einmal durch seinen gesamten Körper. Noch während er auf die Bremse trat, sah er in den Rückspiegel. Die Schranken hatten sich bereits zur Hälfte gesenkt. Ein grauer Passat war nicht in Sicht.

*

12 Uhr 15. Charlottes Handy vibrierte. Die Detektei. Endlich. Dann die Enttäuschung. Man hatte ihn aus den Augen verloren,

vorläufig. Charlotte öffnete die Tür zu Karls Arbeitszimmer. Die Gardinen waren zugezogen. Sie sah ihn im Dunkeln auf seinem Sofa liegen. Neben ihm ein paar Dosen.

„Karl?"

Keine Antwort. Sie hatte irgendwie keinen Nerv mehr. Sie knallte die Tür zu und ging ins Wohnzimmer, schob die Glastür auf und inhalierte die frische Luft. Verena war noch in der Schule und Frau Baumeister beim Einkaufen. Wenn alles gut laufen würde, dann konnten sie ab morgen wieder ein halbwegs normales Leben führen. Plötzlich hatte sie Lust zu ficken, so wie im Hotel nach der Begegnung mit Cornelius in der Kunsthalle. Seltsam, dass sie ihn immer noch so nannte. Einfach auf diese ganz spezielle und absolute Art und Weise abschalten. Sämtliche Kanäle, die üblicherweise liefen, auf *off*.

Dann vibrierte das Handy erneut.

„Ja!", blökte sie in den Hörer.

„Haben Sie das Geld?", fragte eine Flüsterstimme.

Charlotte schaute auf ihr Display, konnte aber keine Nummer sehen.

„Wer spricht da?"

„Frau Peters! Haben sie das Geld?", wiederholte die Stimme, diesmal mit mehr Nachdruck und einem leichten Krächzen. Charlotte trug das Geld seit gestern ständig mit sich herum. Und gerade jetzt hatte sie diese weitere überflüssige Geschichte für einen Moment vollkommen vergessen. Ausgerechnet jetzt, dachte sie genervt.

„Ja, ich habe das Geld."

„Halten Sie sich bereit." Dann war die Leitung tot.

Eigentlich wollte sie die neuesten Entwicklungen mit ihrem Mann teilen. Der befand sich aber gerade im Zustand des Deliriums und war zu nichts zu gebrauchen. Das kotzte sie so an, dieser ganze Familie-Peters-Müll! Denn eines war klar: Der Quell ihres familiären Übels lag in einer vergangenen dunklen Epoche von Karls Familie. Diese ganze stinkende Soße, die aller Wahrscheinlichkeit nach das Ergebnis von Reimund Peters' finsteren Machenschaften vor Jahrzehnten war, hatte sich langsam, aber unaufhaltsam bis in ihr heutiges Leben hinein ergossen.

Charlotte nahm Karls Autoschlüssel und düste los. Auto, Geld und Handy, mehr würde sie in den nächsten Stunden nicht brauchen.

*

Außer auf der Autobahn hatte Reiner an allen drei Straßen, die vom Kreisel abgingen, seine Freunde mit jeweils einer Maschine und einem Wagen Stellung beziehen lassen. Damit war gewährleistet, dass man sich in jedem Fall an Diddlmaus dranhängen konnte, egal, welche Ausfahrt er nehmen würde. Gleichzeitig konnte man die Positionen von Motorrad und Auto zu dem verfolgten Objekt halbwegs unauffällig variieren.

Nach einer Dreiviertelstunde meldete sich Harry bei Reiner, der in seinem Atelier saß und Tee trank. Der Polo mit der so genannten Diddlmaus war quer durch die Stadt und schließlich nach Blankenese gefahren. Dort hatte Diddlmaus geparkt und war zu Fuß durch das Treppenviertel zur Elbe hinuntergelaufen. Da saß er nun am Leuchtturm und trank offenbar Club-Mate und blinzelte in die Sonne. Sonst passierte nichts.

*

Phillip saß vor einem Stapel mit Seefrachtpapieren und träumte sich in die Mittagspause, als Franziska aus ihrem übergangsweisen Chefbüro hereingeschneit kam.

„Frau Peters hat angerufen", verkündete sie mit ausgebreiteten Armen und einem Strahlen im Gesicht, als hätte sie eine hundertprozentige Gehaltserhöhung bekommen. Er selbst, Manuela und Tomasz sahen hoch. Franziska schaute noch ein paar Sekunden vielsagend in die Runde, ehe sie fortfuhr. „Zweierlei: Zum einen ist der mutmaßliche Täter anscheinend entwischt, zum anderen hat es eine Lösegeldforderung gegeben. Frau Peters hat jedenfalls erste Instruktionen bekommen. Was Genaueres konnte sie mir noch nicht sagen, aber sie scheint ganz schön am Ende zu sein. Sonst, vermute ich mal, hätte sie gar nicht erst angerufen. Ach so, wir sollen die

Augen offen halten, hat sie noch gemeint." Nach einer kleinen Pause fügte sie hinzu: „Wenn irgendwas anliegt, ich bin im Office."

Der Stapel auf Phillips Tisch schien gerade angewachsen zu sein. Hatte er richtig gehört? Lösegeld? Er musste an Raphael denken. Hatte der vielleicht …? Raphael war ja kaum zu trösten gewesen, als Phillip entschieden hatte, die Aktion mit der Erpressung abzublasen. Möglicherweise hätte man ja doch … Phillip ging aufs Klo und schrieb eine SMS. *Hast du Geld von Familie Peters gefordert?*

*

Karl wachte vom Gekreische einer Krähe auf. Es war bereits 15 Uhr 30. Was für ein Tag war heute? Hatte er einen Termin bei Gisela? Er brauchte eine Weile, bis er sich aufrichten konnte. Ach ja, er erinnerte sich. Gestern war die Polizei im Hause gewesen und hatte alles aufgenommen. Sie hatten angeboten, sie bei einer möglichen Geldübergabe zu unterstützen. Die ganze Zeit würden unsichtbare Ermittler in Charlottes Nähe sein und im entscheidenden Moment eingreifen. „Zugriff!", sagte Karl zur Zimmerdecke und nickte.

Karl und Charlotte hatten den Polizisten noch einmal von der Katzentragödie und den Erpresserschreiben berichtet. Außerdem hatten sie deutlich gemacht, dass sie eine Idee hatten, wer dafür verantwortlich sein könnte. Die Beamten hatten betont, in jedem Fall den Namen Johann Hamann zu checken. Über die bizarren Fotos und die Filme − von Letzteren wusste ohnehin nur Karl − hatten sie sich ausgeschwiegen. Am frühen Abend hatte er eine weitere Beruhigungstablette geschluckt und sich in den Stunden danach einige seiner süßen Drinks genehmigt, quasi als Belohnung für vollbrachte Leistungen.

Mit Mühe kam Karl schließlich auf die Beine. Er schlurfte rüber zur Küche. Dann ins Wohnzimmer und schließlich in den Garten. Als er wieder im Haus war, rief er nach Charlotte. Er bekam keine Antwort, und auch sonst war alles ruhig. Wieder in der Küche angelangt, schaute er aus dem Fenster. Ihr Wagen stand noch da. Aber irgendetwas anderes fehlte. Karl kniff die Augen zu und überlegte. Als er die Augen wieder öffnete, hatte er es endlich: Der BMW war weg. Was sollte das? Wo war sie, und warum hatte sie ihm nichts gesagt? Weshalb hatte sie ihn nicht geweckt? Jetzt wusste er ja gar nicht, was Sache war. Und wenn er so darüber nachdachte, fragte er sich auch, was genau das für Fotos waren, von denen sie ihm erzählt hatte. Hatte dieses Frauenzimmer doch tatsächlich was mit einem anderen Mann! Einfach so mal mitgeteilt hatte sie ihm das. Wurde er jetzt von aller Welt verarscht? Wem konnte man überhaupt noch trauen? Seiner Frau nicht, seinen Mitarbeitern offenbar auch nicht, seinen Freunden zum Teil nicht. Verena war derart verschlossen, dass Karl nicht so recht klar werden wollte, was für eine Art Beziehung zu seiner Tochter er eigentlich hatte. Tanja war ja noch ein Kind, das zählte also nicht. Blieb nur noch Gisela, eventuell auch Klaus und Sebastian. Wobei Sebastian eigentlich kein wirklich enger Freund war, sondern, wenn man es genau nahm, eher ein Mittel zum Zweck der Abendgestaltung am Freitag. Wirre, undefinierbare Gefühle stiegen in ihm hoch. Im Prinzip identisch mit seinem wirren, undefinierbaren Leben. Keine genaue Vorstellung davon, was wann und weshalb von wem in Gang gesetzt worden war, was es bewirkte und wie er sich dazu verhalten sollte. Am besten rief er mal Charlotte auf ihrem Handy an.

*

„Dafür kriegen Sie keinen Cent!", sagte Rebstock wütend.

„Aber ich habe wirklich ..."

„Sie hätten einem PKW folgen sollen! Sie haben es aber vermasselt, Gerke. Der Mann in dem Polo war kein Profi, sondern ein frustrierter Typ mittleren Alters, der seiner beinahe noch minderjährigen Komplizin einen Umschlag mit Geld übergeben hat. Und es ist ihm gelungen, Sie abzuhängen, Mann!"

*

17 Uhr 10. Reiners Telefon klingelte.

„Er fährt wieder los", sagte Harry.

„Gut. Halt uns auf dem Laufenden."

„Ja. Bis dann."

Nach einer halben Stunde meldete sich Harry erneut. „Er fährt ganz gemächlich kreuz und quer. Seit zehn Minuten ist Franky mit seinem Wagen hinter ihm. Wir sind jetzt auf der Höhe der Landungsbrücken. Wo seid ihr?"

„Immer noch am Stadtpark. Das Alkoholfreie wird langsam langweilig", antwortete Reiner. „Und außerdem zieht's hier kräftig zu. Wenn ich nach Osten sehe, dann hängt da eine dunkle, schwarze Säule."

„Hier im Hafen ist es noch ganz mild."

*

Charlotte saß auf Marthas Balkon in der Marktstraße. Wäre sie nicht genötigt gewesen, ständig fahrtüchtig sein zu müssen, hätte sie sich jetzt mit Prosecco bedüdelt. Martha kam mit Tee und Keksen aus der Küche und grinste sie an, als sie das Tablett auf dem runden Tischchen abstellte. Offenbar hatte sie sich noch immer nicht wieder einkriegen können. Charlotte hatte ihr die anstößigen Fotos von sich und Johann Hamann alias Cornelius alias Diddlmaus alias Frank gezeigt. Irgendwie war ihr das peinlich gewesen. Auf der anderen Seite hatte das ganz einfach sein müssen. „Man kann nicht alles mit sich selbst ausmachen", hatte sie Martha erklärt.

Martha goss Tee in die Tassen und schielte zu Charlotte rüber.

„Was!?"

Martha stellte die Kanne ab und zuckte mit den Schultern.

„Nichts, nichts, meine Liebe ..."

„So guckst du aber gar nicht", insistierte Charlotte.

Martha legte ihren Kopf zur Seite und dehnte ihre gefalteten Hände. Dann beugte sie sich zu Charlotte und sagte: „Du schlimmes Luder." Dann begann sie wie von Sinnen zu lachen.

Charlotte konnte nicht anders, als sich, zumindest für einen Moment, mitreißen zu lassen. Sie schaute kichernd in ihren Tee. Mit Freude oder angenehmen Erinnerungen hatte dieser Anflug von Heiterkeit bei ihr allerdings nichts zu tun. Viel zu fatal waren die Begleitumstände und die möglicherweise noch anstehenden Folgen.

„Wenn das nur nicht so ein kranker Typ gewesen wäre, von dem ich mich habe anbaggern lassen", erklärte sie resigniert.

Martha, die sich mittlerweile gesetzt hatte, legte ihren Arm um Charlotte. „Du weißt nicht, was Karl so alles auf dem Kerbholz hat, hm?"

„Der?"

„Ja, warum nicht. Ich weiß es ja auch nicht. Aber wer weiß, was ihn so sehr aus der Bahn geworfen hat. Kann doch sein, dass da mehr dahintersteckt als die paar Zeilen, die ihm ins Büro geschickt wurden."

Charlotte schloss die Augen. Konnte in der Tat sein, dass sie vieles nicht wusste. „Denkst du manchmal, es wäre gut, die Zeit zurückdrehen zu können?", fragte Charlotte.

„Hm, gute Frage. Solche Gedanken haben wahrscheinlich die meisten Menschen dann und wann. Zu einem klaren Ergebnis bin ich da bei mir aber nie gekommen." Martha machte eine kurze Pause, ließ etwas Zucker in ihren Tee rieseln und fuhr dann fort: „Letzten Endes glaube ich aber, dass am Ende nie die Summe all der Dinge herausgekommen wäre, die ich liebe."

Charlotte hob ihren Blick und wiederholte langsam. „Die Summe der Dinge."

„Der Dinge, die ich liebe. Wenn ich die Zeit zum Beispiel bis zu einem Zeitpunkt, bevor ich Manuel kennen gelernt habe, zurückdrehen hätte können, dann würde ich jetzt vielleicht mit einem Mann zusammenleben, der zu mir passt. Vielleicht würde ich in einem schönen Haus wohnen, mit Blick auf die Elbe. Aber dann wäre Luca niemals geboren worden. Und mit Luca würde der Mensch, den ich am meisten liebe, fehlen. Selbst die tollsten Wendungen in meinem Leben könnten diesen Verlust nicht aufwiegen. Da bin ich mir sicher. Was passiert ist, ist passiert, und das ist mein Leben. Meine Entscheidungen, meine Irrtümer und Siege und auch ein bisschen Schicksal und der liebe Gott."

Charlotte ließ Marthas Worte auf sich wirken. Sie spürte, wie diese ihr liebevoll über die Schläfe strich. Dann vibrierte es in ihrer Hosentasche.

„Wo zum Teufel steckst du?", kam es unsanft durch den Hörer.

„Ich bin bei Martha. Wie geht's dir?"

„Wie es mir geht? Was soll das? Was machst du bei Martha? Du kannst doch nicht einfach ohne was zu sagen verschwinden. Mir geht's beschissen. Ich habe Schwindel ..."

„Schwindel", wiederholte Charlotte süffisant.

„Was ist daran so witzig? Habt ihr Spaß, ja? Was ist mit der Übergabe? Was ist mit dem Detektiv? Was ist mit Hamann?"

„Karl?"

„Ja?"

„Alles klar mit Verena und Frau Baumeister?"

„Ja, warum denn nicht? Die sind zum Shoppen in der Stadt.

„Karl?"

„Was denn?"

„Ich komme."

Charlotte hatte einfach aufgelegt.

*

19 Uhr 30. Karl war noch immer im Bademantel. Er saß auf dem Sofa und schaute durch die geöffnete Terrassentür. Der Himmel war innerhalb von zwanzig Minuten fast schwarz geworden. Der Wind kam aus östlicher Richtung, deshalb wehte es am Eingang zum Wohnzimmer vorbei und nicht direkt hinein. Es donnerte. Wenige Sekunden später blitzte es. Dann kam der Regen. Das Gewitterzentrum kann nicht weit weg sein, dachte er, während er seine gesamte Mundhöhle mit Vodka-Lemon füllte. Als er auf dem Weg zur Küche war, um sich ein weiteres Kaltgetränk zu holen, kam Charlotte ins Haus gestürzt.

„Mensch, gießt das!", schimpfte sie.

Karl lehnte am Türrahmen zum Kücheneingang und begutachtete seine klatschnasse Frau. Wieso war sie denn auch abgehauen, die blöde Kuh! Es hatte doch gar keinen Anlass dazu gegeben. „Gibt es irgendetwas Neues, das ich vielleicht wissen sollte?", fragte er.

Charlottes Blick durchbohrte ihn für einen Augenblick, bevor sie sich ihrer nassen Sachen entledigte.

„Ich gehe jetzt duschen." Sie schaute ihn an. „Und bei dir?"

„Geh' doch duschen", strafte er sie ab, drehte sich um und nahm den Kühlschrank ins Visier. Er öffnete eine weitere Dose. Die kurze Begegnung mit Charlotte hatte ihn aufgeregt. Es brauchte nicht viel, um ihn an die Grenzen seiner psychischen Belastbarkeit zu treiben. Durch seinen Schädel surrte schon wieder dieses giftige Gefühl von Hilflosigkeit und Insuffizienz. Gestern hatte er sich für einen Moment ganz gut gefühlt. Die relativen Erfolge bei der Tätersuche und die Aussicht auf ein Ende des Terrors hatten wohl zu einer vorübergehenden Ausschüttung von Glückshormonen geführt. Deren Wirkung war aber genauso schnell, wie sie gekommen war, wieder verflogen. In Erinnerung blieb ein kurzer, labiler Rausch auf dünnem Eis.

Als Charlotte im Bademantel wieder nach unten kam, war sie immer noch gereizt. Sie postierte sich vor Karl, der wieder auf dem Sofa lag. „Müssen deine peinlichen Dosen jetzt schon in unserem Kühlschrank herumliegen, direkt neben dem Joghurt der Kinder?"

„Ich esse den doch auch."

„Idiot!"

So etwas hatte sie ihm noch nie an den Kopf geworfen. Kuh, dachte er. Sein Körper begann wie von Sinnen zu zittern. „Was hast du da gerade gesagt?", fauchte er sie an. Aus dem Bereich unterhalb seines Zwerchfells schoss ein bereits bekanntes Gefühl durch seine Brust bis in sein Gehirn. Wut und Angst. Todesangst. Todesangst und ein nervöses Vibrieren.

„Kann ja sein, dass du den Kindern ihren Joghurt wegisst. Aber ich möchte nicht, dass sie sich an deinen Idioten-Getränken vergreifen. Das ist doch genau das Zeug, mit dem sich Jugendliche heutzutage ins Koma saufen. Ist dir das eigentlich nicht peinlich? Wie du dich mittlerweile gehen lässt! Widerwärtig ist das. Hast du eigentlich keinen Funken Stolz mehr im Leib?", brüllte sie ihn an. „Und wie sich diese Verwahrlosung bis in unseren gemeinsamen Kühlschrank ausbreitet!"

Eine kurze unkontrollierbare Heiterkeit überkam Karl. Laut auflachend warf er die bereits leere Dose in Richtung seiner plötzlich überdimensional groß wirkenden Frau. „Scheiß Schlampe!", schrie er. Seine Stimme überschlug sich. „Wer fickt dich eigentlich, du fette Kuh?"

Sie machte zwei Schritte auf ihn zu. Aus ihrem Gesicht sprühte Hass. Dann hob sie ihr rechtes Bein und trat zu. Direkt in seine Leber. Er schrie auf, konnte sich aber weder aufrichten noch sich vor möglichen weiteren Tritten schützen. Ihr Kopf war jetzt genau über ihm. Sie schaute auf ihn herab wie ein außer Kontrolle geratenes Monster. Ein gigantisches, weißes Stück Fleisch mit glänzenden Zähnen. Ihr Maul öffnete sich und ihr Zwerchfell senkte sich. „Der Gleiche, der dich und unsere ganze Familie fickt, blöder Fettsack!"

„Fotze!", brüllte er und griff nach ihrem Morgenrock. Eine Faust landete auf seiner Stirn. Vor seinen Augen wurde es dunkel. Plötzlich befand er sich irgendwo im Inneren seines Körpers. Aus einiger Entfernung sah er die Ausgänge seiner Augen. War er jetzt im Inneren seines Schädels? Die beiden Öffnungen, die ihm optischen Zugang zur Welt verschafften, waren zu. Dahinter konnte er allerdings das Tageslicht erahnen. Neben diesen beiden Schlitzen funkelten glitzernde Wunderkerzen. Die Erschütterung durch die Faust seiner gewalttätigen Frau hatte diese inneren Explosionen ausgelöst. Reglos lag er da. Erinnerungsfetzen aus fernen Tagen flackerten vor seinem inneren Auge auf. Sie kamen von rückwärts, aus einem tieferen inneren Raum. Aus dem Bauch oder seinem Rücken, vielleicht auch aus seinem Unterleib. Jedenfalls war es dunkel, dort, woher die Erinnerungen sich meldeten. Angst machte sich breit, und zwar überall. Von oben bis unten. Es begann in seinen Händen, die sich schlagartig gelähmt anfühlten, das heißt, er spürte sie überhaupt nicht mehr. Die Lähmung breitete sich über seine Unterarme und Oberarme bis in seine Schultern aus. Ähnliches geschah von seinen Füßen ausgehend aufwärts. Wehrlos. Ausgeliefert. Erniedrigt. Ohnmächtig. Karl sah in den Schlund seiner inneren dunklen Höhlen. Ganz weit unten herrschte ein reges Treiben. Von außen würde niemand – weder seine Frau noch sonst ein Mensch – erahnen können, was und wer sich auf dem Jahrmarkt seines Unterbewusstseins herumtrieb, wer sich da alles meldete, murmelte, brüllte, weinte und dann wieder verschwand. Er hörte ein leises Klagen. Er sah ein trauriges Augenpaar. Eine tiefe Stimme. Ein Donnern, bedrohliches

Lachen. Zähne. Riesengroße Hände. Eine Geste: ein ausgestreckter Finger, der mächtiger zu sein schien als alles andere auf der Welt. Ein Gesicht. Sein Vater.

Als Karl wieder zu sich kam, fiel draußen ein gleichförmiger Regen. Er richtete sich auf und schaute sich um. Alles ruhig, kein Licht. Er rief, bekam aber keine Antwort. Dann wählte er Charlottes Handynummer.

„Ja!", kam es gereizt aus dem Hörer.

„Du verfluchtes, gewalttätiges Weib, wo bist du?"

„Ich bin auf dem Weg, dreißigtausend Euro zu verschenken. Und ich wäre dir dankbar, wenn du aus der Leitung gehen könntest."

Dreißigtausend Euro. Ein Bündel Tausender rieselte in Karls Vorstellung zu Boden.

„Sprachlos oder was?" hörte er sie sagen. „Ach übrigens, die Idioten-Detektei hat Hamann verloren. Alles nur Idioten …"

„Bist du alleine?", wollte er wissen.

„Je nachdem: Im Auto ja, um mich herum angeblich aber nicht. Special Forces." Sie lachte ein dreckiges, resigniertes Lachen. „Wenn's drauf ankommt, greifen sie ein. Tschüs."

Kuh, dachte er wieder. Er ging in den Keller. In der Waschküche lagen Charlottes Klamotten. Lange brauchte er nicht, um die Fotos in der Innentasche ihres Blazers zu ertasten. Er ließ sich auf die Wäsche plumpsen und lehnte sich mit dem Rücken an die Waschmaschine. Regungslos starrte er auf die Bilder. Sein Zwerchfell zuckte, ein Schauer lief über seinen untrainierten Rücken. „Durchtriebene, hinterhältige Mistkuh", flüsterte er. Er griff in seine Shorts und stellte sich Charlotte vor, wie sie, ähnlich wie auf den Fotos, umherkroch und dreckig vor sich hin lachte. Aus ihrem Lachen wurde ein Grunzen. Karl bekam eine Erektion. Sein ungewaschener Penis roch nach Verfall. Er nahm eines der Fotos in die Hand und hielt es unter seine Eichel. Wie auf einem Seziertisch lag sie nun auf den abgelichteten Umrissen seiner Frau. Worauf, in Gottes Namen, kam es jetzt eigentlich noch an, fragte er sich. Sein Körper war schlapp, sein Nervensystem vibrierte und verlangte nach beruhigenden Substanzen. Er legte den Kopf in seine Hände, dachte an die dünne Blondine vom Hansaplatz, an Charlotte, an Franziska Steinmann und an alle anderen Frauen in Hamburg. Ist es die Macht? Ist es die Optik? Ist es das Ungewöhnliche? Ist es inszenierter Schwachsinn? Es ist ein Spiel! Manchmal aber wohl auch purer Ernst, häufig auch eine Kombination von beidem.

Die nächste Dose Vodka-Lemon wurde, nachdem sie halb leer getrunken worden war, mit zusätzlichem Vodka aufgefüllt. Für derartige Extrarationen hatte er sich einen kleinen Vorrat unter dem Sofa seines Arbeitszimmers angelegt.

Jetzt saß er vor seinem Kleiderschrank. Er hatte es mit einem seiner Anzüge probiert, was im Grunde genommen nicht ungewöhnlich war. Als er sich dann aber im Spiegel betrachtet hatte, war ihm der Anblick unpassend und unwirklich vorgekommen. Jetzt versuchte er es mit einer abgetragenen hellen Stoffhose, die er seit Jahren gern im Garten trug. Zusammen mit einem noch älteren, karierten Hemd gefiel er sich nun etwas besser. Aus dem Keller besorgte er sich noch ein paar weiße Sneakers, die ihm Charlotte letzten Sommer gekauft hatte. Er hatte sie noch nie getragen. Dann bestellte er ein Taxi. Die zehn Minuten Zeit, die ihm noch blieben, nutzte er, um eine angemessene Kopfbedeckung zum Schutz vor unerwarteten Regengüssen oder den Blicken anderer zu haben.

*

20 Uhr 14. Nachdem Johann Hamann alias Diddlmaus in der Speicherstadt eine weitere ausgedehnte Pause eingelegt hatte, war er nun offenbar wieder auf dem Weg dorthin, wo er mittags um zwölf den Umschlag übergeben hatte. Allerdings hatte das Wetter nicht mehr viel mit dem schönen Tag acht Stunden zuvor gemein. Der Platzregen hatte zwar aufgehört, aber Harry war noch immer komplett durchnässt. Der Himmel war dunkelgrau. Aus den achtundzwanzig Grad am Mittag waren gefühlte fünfzehn geworden.

Harry hielt per Telefon Kontakt zu Franky, der etwa hundert Meter vor ihm in einem Auto fuhr. Außerdem war Reiner mit zwei Kollegen auf dem Weg. Allesamt waren sie nun mehr oder weniger in unmittelbarer Nähe zu Diddlmaus. Reiner hatte sie darum gebeten, ihm oder vielmehr seiner Liebsten dabei zu helfen, wieder Ruhe und Sicherheit in die Firma ihres Arbeitgebers zu bringen.

Ein paar hundert Meter vom Horner Kreisel entfernt bog Diddlmaus nach rechts in die Caspar-Voght-Straße ein. Franky folgte ihm. Als Harry ebenfalls nach rechts abbog, konnte er gerade noch das braune Heck von Frankys Ascona nach links abbiegen sehen.

„Jetzt ganz langsam", hörte Harry die ruhige Stimme von Franky an seinem Ohr. Harry drosselte das Tempo seiner Maschine und blieb kurz vor der Abzweigung zum Horner Weg stehen.

„Er hat angehalten, kurz hinter einer Brücke, die über eine Bahnlinie führt. Auf einem Parkplatz, der zu einer Gartenlauben-Siedlung gehört. Hörst du mich?"

„Ja, ich höre, Franky", antwortete Harry.

„Ich bin jetzt am Parkplatz vorbei. Vielleicht noch gut fünfzig Meter, dann halte ich." Es entstand eine Pause von einigen Sekunden. „Nein, noch etwas weiter. Die Straße hier macht kaum Biegungen. Moment … okay, ich stehe jetzt. Schau mal, ob du kurz hinter der Brücke absteigen und zu Fuß die paar Meter zum Parkplatz gehen kannst. Diddlmaus steigt vermutlich gerade aus. Das Gelände ist recht weitläufig. Wenn du kannst, dann geh ihm hinterher. Sonst finden wir ihn nie. Ich bin jetzt zu Fuß auf dem Weg zurück zum Parkplatz. Reiner ist auf dem Weg."

Harry hatte seine Maschine hinter der Brücke abgestellt. Von diesem Punkt aus war der Parkplatz noch nicht zu sehen. Er ging schnell. Der Parkplatz öffnete sich ziemlich unvermittelt, als die Buschreihen am linken Straßenrand aufhörten. Zwei größere Parkflächen mit Kiesbett erstreckten sich in zwei Richtungen wie zwei riesige hingeblätterte Spielkarten. In der Mitte verlief ein Fußweg, der in die Lauben-Siedlung führte. Aber da war niemand zu sehen. Weder Diddlmaus, noch sonst jemand. Nur der Polo stand am linken Rand des Parkplatzes. Der Wetterumschwung hatte die Leute offensichtlich in ihre Hütten oder nach Hause getrieben. In der Luft hing noch der Geruch von Grillfeuer.

Der Kiesweg in die Siedlung hinein änderte nach etwa siebzig Metern die Richtung. Harry befand sich ungefähr auf der Hälfte der Strecke bis zu einer Abzweigung, konnte aber noch nicht erkennen, in welche Richtung sie ging. Die Wege in solchen Siedlungen verliefen in der Regel schnurgerade, waren schmal, häufig von halbhohen Hecken begrenzt und meist rechtwinklig angelegt. Deshalb musste man schon genau an einer Kreuzung stehen, um einen Überblick über die Wegführung zu erlangen. Darüber hinaus sah es fast an jeder Ecke gleich aus. Und nach ein paar Richtungswechseln verlor man dann die Orientierung.

Die Abzweigung ging in zwei Richtungen: der Kiesweg im rechten Winkel nach rechts, und ein noch schmalerer, kaum präparierter Pfad nach links. Harry lauschte. Ein paar Meter den Pfad hinunter hörte er Stimmen. Von rechts ertönte ein Schlager aus den Siebzigern. Schlager hören, grillen, saufen und 'ne knackige Blondine auf dem Schoß, stellte sich Harry vor. Es gab Schlimmeres. Als er sich umdrehte, kam ihm Franky bereits entgegen. Er dirigierte ihn mit einem Finger an den Lippen zu sich. Sie trafen sich in der Mitte des Kiesweges zwischen Eingang und Kreuzung.

„Wir ziehen uns jetzt erst einmal zurück", flüsterte Franky.

„Okay. Der kann hier überall sein. Und von hier aus sehe ich nur, dass sich das Areal sehr weit verzweigt."

„Stimmt, Harry. Ich hab's hier auf meiner Handy-Map." Er hielt Harry das Handy entgegen. „Halb Horn scheint aus diesen Schrebergärten zu bestehen. Vom Horner Weg bis zum Horner Kreisel, zur Autobahn und auch ein ganzes Stück die Sievekingsallee entlang."

„Ist das hier der Haupteingang?"

„Ja, aber das hat nicht viel zu sagen. Diddlmaus könnte das Areal in unterschiedliche Richtungen wieder verlassen."

„Aber nicht mit dem Polo", konstatierte Harry.

„Da hast du Recht. Aber mal ganz ehrlich, wie viel ist diese alte Mühle denn noch wert? Wenn es für ihn drauf ankommt, dann schreibt er den Haufen Blech einfach ab und verschwindet."

Harry nickte. „War möglicherweise von Anfang an sein Plan. Kann ja sein, dass er hier gar kein eigenes Domizil hat, also von vornherein hier nur durchmarschieren wollte."

„Kann schon sein", bestätigte Franky.

Wenig später hatte Franky seinen Wagen einige Meter vom Polo entfernt zwischen zwei weiteren Autos geparkt, und während er im

Auto sitzen blieb, setzte sich Harry auf eine der Parkbänke in der Nähe des Eingangsbereiches zu der Siedlung und blätterte alibimäßig in einer Zeitschrift. Innerhalb der nächsten Minuten müsste Reiner mit zwei weiteren Kollegen eintreffen. Harry hoffte, dass er Diddlmaus, von dem sie eine grobe Beschreibung hatten, ohne Weiteres wiedererkennen würde. Im Vorbeifahren hatte er ihn kurz im Rückspiegel seiner Maschine sehen können.

*

20 Uhr 46. Zu der dunklen Wolkendecke gesellte sich die hereinbrechende Dämmerung. Sie saßen an derselben Stelle wie beim letzten Mal. Auch Wolfgangs Sakko machte wie schon bei ihrem letzten Zusammentreffen einen einigermaßen anständigen Eindruck. Der Regen hatte inzwischen aufgehört, und sie saßen auf einer von Wolfgangs Decken. Karl erzählte von den Ereignissen der letzten Zeit. Wolfgang hörte still und aufmerksam zu.

„Als sie mich dann so blöd fertiggemacht hat, konnte ich einfach nicht mehr an mich halten."

„Und das heißt?", wollte Wolfgang wissen.

„Ich bin laut geworden."

„Und was hast du gesagt?"

„Ich hab sie derbe angegriffen."

Wolfgang grinste. „Hab ich verstanden, Karl. Aber was genau hast du ihr an den Kopf geworfen?"

Karl fühlte sich ertappt. Er verspürte den Impuls, sich zu rechtfertigen. Aber wofür? Noch wusste Wolfgang nicht einmal, was er gesagt hatte. Allerdings, und das war ihm vor seinen Sitzungen mit Gisela kaum aufgefallen, konnte dieser Impuls, sich zu rechtfertigen, ganz schnell in eine Angriffshandlung umschlagen. Eine starke Energie machte sich bemerkbar, und er konnte dann kaum noch an sich halten. Rechtfertigungen oder Erklärungen bedeuteten in einer solchen Situation erhebliche Anstrengungen. Ein wesentlicher Teil der inneren Energie musste erst einmal kontrolliert und sortiert werden. Das Gehirn lief auf Hochtouren, obwohl es überhaupt nicht in der Lage zu differenzierten Gedankengängen war, sondern allenfalls die Entscheidung ‚weglaufen oder zuschlagen' treffen konnte.

Diesen Zustand nahm Karl in diesem Augenblick nur stark abgeschwächt wahr. Er ahnte auch, woran das lag: Er selbst war, in gewisser Weise zumindest, ein anderer geworden. Wolfgang hingegen war derselbe geblieben. Wolfgang, der sich die Dinge anhörte, der aufmerksam und respektvoll blieb und, egal was man erzählte, einem das Gesagte nie um die Ohren haute. Vor Wolfgang, so seine Erfahrung, brauchte er sich nicht zu fürchten. Da er sich nicht fürchten musste, konnte er sich relativ entspannt an die Steinmauer des Kanals lehnen. Es war ihm sogar möglich, ein paar Treppen tiefer als Wolfgang zu sitzen.

„Fotze."

Das kam wohl etwas plötzlich. In Wolfgangs Gesicht war ein Zucken zu sehen. „Was noch?", fragte er dann.

„Kuh, Schlampe. Dann hab ich noch gefragt, wer sie fickt."

„Hat sie es gesagt?"

„Ja, hat sie. Es handelt sich wohl um denselben Kerl, der mich unter Druck setzt, mal von dem Dreißigtausend-Euro-Mann abgesehen."

„Dieser Mensch ist also in unterschiedlichen Rollen aufgetreten."

„Absolut", antwortete Karl. „Mal als Frank, der Schachspieler, als Cornelius, der Geliebte meiner Frau, möglicherweise war er auch ganz normal als Johann Hamann unterwegs." Karl zog die Augenbrauen hoch. „Wer weiß, wer er sonst noch so war, ohne dass ich es gemerkt habe."

„Kannst du überhaupt an morgen und übermorgen denken?", wollte Wolfgang wissen.

„Kaum. Dabei sah alles so gut aus. Aber jetzt? Wenn ich mir vorstelle, sie fassen denjenigen, der die Dreißigtausend erpresst. Wenn ich mir vorstelle, es könnte einer meiner Mitarbeiter oder ein guter Freund der Familie sein. Ich mag gar nicht dran denken. Viel mehr kann ich nicht mehr ertragen." Karl nahm einen großen Schluck Rotwein und ließ ihn zwischen Gaumen und Zunge umherfließen. Das Aroma veränderte sich von Sekunde zu Sekunde. Anspruchsvoll, fand er. Anspruchsvoller als Vodka-Lemon. „Letztendlich ist es ja so gekommen, wie du vorausgesagt hast. Der Ursprung von allem ist offenbar mein Vater."

Wolfgang nickte. Dann wiederholte er Karls Worte „von allem" mehrmals. Dabei wirkte er auf Karl wie ein betender oder meditierender Mönch. Unbemerkt war Karl in das gleichmäßige Nicken Wolfgangs mit eingestiegen. „Von allem, von allem ..."

*

21 Uhr 18. Charlotte stand mit ihrem BMW auf einem Parkplatz in Hamburg-Barmbek. Im Handschuhfach fand sie lauter zusammengedrückte Dosen. Unfassbar, wie schnell Menschen ihr Verhalten ändern konnten. Sie stellte das Radio an. *Dieser Weg wird kein leichter sein,* hörte sie. „Dieser Weg", stimmte sie mit ein, „braucht bald ein paar handfeste Entscheidungen." Vielleicht einfach schnell die Firma sowie das Haus verkaufen, halbe-halbe machen und mit den Mädels in eine schicke Altbauwohnung ziehen. In so eine, wie Martha sie besaß. Nur etwas renovierter und größer. Sie könnten tolle Frauenabende und Partys veranstalten und gemeinsame Frühstücksorgien mit all ihren Freundinnen. Die konservativen Komponenten würden einem neuen, frischen Wind weichen.

Dann klingelte ihr Handy. Eine flüsternde Nuschelstimme beorderte sie auf die Schnellstraße Richtung Hamburg-Bergedorf. Der Berufsverkehr war abgeebbt, das Unwetter halbwegs vorübergezogen. Nach gut zehn Minuten befand sie sich auf der Schnellstraße. Von ihren Aufpassern hatte sie bisher nichts mitbekommen. Aber sie mussten irgendwo sein, das wusste sie. Sie hatte Bescheid gegeben, als sie losgefahren war. Später hatte sie ihren Standort in Barmbek durchgegeben. Außerdem war sie mit den Polizisten verdrahtet, sollte aber nur im Notfall mit diesen sprechen. Alles, was sie sagte sowie all das, was durch den Lautsprecher ihrer Freisprechanlage kam, konnte von den Beamten mitgehört werden.

Der nächste Anruf kam. „Abfahrt Mümmelmannsberg raus. Dann die Kandinskyallee hoch. Am kleinen Kreisel an dem Penny vorbei, dann geradeaus weiter. An der U-Bahn vorbei. Sagen Sie Bescheid, wenn Sie dort sind. Und bleiben Sie am Hörer."

Bis zur U-Bahn war es nur ein Katzensprung. „Fahre die Kandinskyallee entlang, bin fast auf der Höhe der U-Bahn. Bleibe am Hörer", sagte Charlotte.

„Geradeaus weiter. Über den nächsten Kreisel. Dann noch dreihundert Meter. Halten Sie am Gebäude vom MSV Hamburg 1974."

„Ich sehe das Haus", teilte Charlotte mit. Sie hätte jetzt ganz gern gewusst, wo sich ihre unsichtbaren Begleiter befanden. Etwa hundert Meter hinter ihr waren Scheinwerfer zu sehen. Sie war sich nicht sicher, ob diese Scheinwerfer näher kamen. „Ich halte jetzt an dem Gebäude." Die Scheinwerfer hinter ihr kamen näher. Dahinter erkannte Charlotte einen weiteren einzelnen Scheinwerfer.

„Jetzt die Straße zu Fuß weiter. Das Haus links liegen lassen. Rechts ist eine Wiese."

„Ja. Bin jetzt ausgestiegen." Charlotte hatte Angst. Warum hatte sie sich für diesen Mist entschieden? Sie machte sich mit dem Handy am rechten Ohr auf den Weg. Hoffentlich bekamen die Beamten alles mit.

„Wir können Sie sehen. Bleiben Sie entspannt."

Im ersten Augenblick überkam Charlotte ein Gefühl der Erleichterung. Allerdings nur für zwei Sekunden, bis sie registrierte, dass das „wir" nicht von den Beamten, sondern von dieser Flüsterstimme gekommen war. Sie drehte sich einmal um sich selbst. Niemand zu sehen, nur ein schwaches Licht, das auf das Gebäude zukam. Charlotte konnte nicht einschätzen, wie weit die Lichtquelle selbst entfernt war.

„Noch fünfzig Meter, dann kommt eine Kreuzung."

Hier waren keine Häuser mehr, nur Wiesen und Bäume. Aufgrund der dichten Wolkendecke war es bereits recht dunkel. Einzelne Nieselschauer gingen noch nieder. Sie zitterte. Zu ihrer Angst kam noch Kälte hinzu. Sechzig bis siebzig Schritte, hatte Charlotte überlegt, ergaben ungefähr fünfzig Meter. Grün-schwarze Bäume mit dichten Kronen verdunkelten nun ihren Weg. Dann sah sie die Kreuzung.

„Ich bin da."

„Bleiben Sie dort."

Charlottes Augen gewöhnten sich langsam an die Dunkelheit. Sie nahm ein paar tiefe Atemzüge. Es roch nach Wiese und Laub. Reingewaschen, kein Dreck, alles auf Null, dachte sie. Irgendwo trällerte ein Vogel. Um diese Uhrzeit. Vielleicht eine Nachtigall. Einfach das Geld übergeben und umkehren. Sie stellte sich vor, was gleich passieren würde. Aus einer der drei Richtungen würde sich eine große, dunkle Gestalt nähern. Die Gestalt würde so sehr eins sein mit der direkten Umgebung, dass Charlotte sie erst wahrnehmen würde, wenn sie sich beinahe gegenüberstanden. Möglicherweise würde sie vorher schon Schritte auf dem Kies hören. Ja, ganz sicher sogar. Der große Unbekannte würde sich selbst durch seine Schritte ankündigen. Charlotte drehte sich noch einmal, so leise sie konnte, im Kreis. Noch immer nichts zu sehen oder zu hören. Dann wurde ihr klar, dass sich die Gestalt genauso gut über eine der Rasenflächen nähern konnte. In diesem Fall würde Charlotte den Erpresser erst sehen und hören, wenn er wirklich vor ihr stand.

Die Nachtigall sang erneut. Charlotte summte: „Alles schweiget, Nach-ti-hi-gallen locken mit sü-hü-ßen Melod-i-ien Tränen ins Au-u-ge, Schwermut ins Herz."

„Hören Sie?"

Charlotte zuckte zusammen. „Ich höre", antwortete sie.

„Ab jetzt sagen Sie kein Wort mehr, verstanden?"

„Verstanden."

„Gleich kommt ein Hund, ganz zahm. Stecken sie ihm den Umschlag in das Täschchen auf seinem Rücken und schließen Sie den Reißverschluss. Dann klatschen Sie zwei Mal schnell hintereinander in die Hände und sagen laut und deutlich *hopp-hopp*."

Hunde waren nicht wirklich ihr Ding. Sie stellte sich eine riesenhafte deutsche Dogge mit fletschenden Zähnen vor, aus deren Mundwinkeln Schleim troff.

Charlotte nahm den Umschlag aus ihrer Innentasche. Dann steckte sie ihr Handy ein und hielt den Umschlag verkrampft in ihrer linken Hand. Sie lauschte. Mit einem Mal – Charlotte schloss instinktiv die Augen und drehte ihren Kopf etwas zur Seite – hörte sie ihn kommen. Irgendwo von rechts. Ein paar Sekunden später stand er vor ihr. Ein kleiner, vielleicht vierzig Zentimeter hoher Hund. Schwarz-grau gescheckt. Perfekte Tarnung. Das Tier stand direkt vor ihr. Aus seinem Maul hing eine lange Zunge, die in der Dunkelheit förmlich leuchtete. Ein hellgrauer schmaler Lappen, der aus Charlottes Sicht links aus dem Maul des Hundes baumelte. Er atmete bestimmt sechs Mal pro Sekunde. Seine aufgerissenen Augen glitzerten sie an. Ein Hirtenhund, dachte Charlotte. „Braaaav", flüsterte sie dem Tier entgegen.

„Ehh …" Aus der Tasche ihrer Jacke kam ein Geräusch. Der Hund hatte sie derart gefangen genommen, dass sie ihre eigentliche Aufgabe für ein paar Sekunden vergessen hatte. Sie machte zwei vorsichtige Schritte auf den Hund zu und sah das Täschchen auf seinem Rücken, das mit einer Art Gurt befestigt war. Sie beugte sich zu dem Tier hinunter, steckte den Umschlag in das Täschchen und schloss den Reißverschluss. Der Hund stand immer noch an Ort und Stelle. Charlotte war fasziniert. Was für ein braves Tier. Ihre Angst war komplett verschwunden. Er war tatsächlich zahm. Zahm und offensichtlich aus der Puste, denn seine Atemzüge waren kaum langsamer geworden.

Während sie ihn ansah, klatschte sie zwei Mal. Gleich darauf sagte sie: „Hopp-hopp!"

Wie ein kleiner Torpedo setzte sich das hübsche Tier in Bewegung. Seine Pfoten schienen durchzudrehen. So plötzlich, wie er gekommen war, verschwand er nun. Charlotte war wieder alleine. Sie nahm ihr Handy aus der Tasche und hielt es sich ans Ohr. Die Leitung war tot. Es war vorbei. Alles wieder ganz still. Noch während sie sich auf den Rückweg machte, zog sie das zweite Handy aus ihrer Jacke. „Hallo?", rief sie in das Gerät.

„Hallo, Frau Peters", kam es nach ein paar Sekunden zurück.

„Wo sind Sie denn?", wollte sie endlich wissen.

„Zum einen an Ihrem Auto, zum anderen auf gleicher Höhe wie Sie, am Rande der Wiese. Schauen Sie mal nach links."

In der Tat. Von links kam ihr ein Mann entgegen. Sie blieb stehen. Der Mann war groß, schlank und hatte sehr kurze Haare. In etwa so hatte sie sich die dunkle Gestalt vorgestellt.

„Haben Sie ihn gesehen?", wollte der Mann wissen.

„Gesehen? Wen?“

„Den Erpresser natürlich“, antwortete der Mann trocken.

„Nein, habe ich nicht. Was haben Sie denn gesehen?“

„Niemanden, deshalb frage ich Sie doch. Hier ist niemand aufgetaucht.“

Charlotte sah dem Mann in die Augen. „Es war ein Hund!“

„Was?“, sagte der Mann. Sein Gesicht verzog sich zu einer Grimasse.

„Ganz genau! Und der ist jetzt über alle Berge. Der ist so was von schnell losgelaufen, das können Sie sich gar nicht vorstellen.“

Der Mann sprach in sein Walkie-Talkie: „Übergabe lief per Hund. Das Motorrad sofort hierher.“

Charlotte schüttelte den Kopf. „Idioten“, entwischte es ihren Lippen.

Der Beamte mit dem Motorrad blieb neben ihnen stehen. „Wo ist er hin?“, fragte der Polizist mit Helm.

„Da vorne nach rechts“, sagte sie und zeigte auf die Kreuzung.

*

21 Uhr 58. Mittlerweile war es vollkommen dunkel. Ungemütlich und kühl war es geworden. Die fünf Männer saßen in Frankys Wagen. In den letzten eineinhalb Stunden hatten sie im Zwanzig-Minuten-Takt zu zweit einen Rundgang gemacht. Es gab wenig Licht in der Siedlung. Die Wege, Hütten, Zäune und Bäumchen glichen einander wie Schweine in einem Schweinestall. Dort, wo sie Licht entdeckten, verweilten, lauschten sie. Auf leisen Sohlen schlichen sie sich an die Fenster der Hütten, in der Hoffnung, keine bellenden Stubenköter aufzuschrecken. Kam eine Gruppe zurück zum Wagen, machte sich die nächste Patrouille auf den Weg.

„Ob der heute noch mal rauskommt?“, eröffnete Reiner die Lagebesprechung.

„Nee, kommt er nicht“, meinte Harry.

„Der pennt und schnarcht sich einen“, ließ Franky verlauten.

„Glaub ich auch“, meldete sich der sonst sehr schweigsame Peter zu Wort. „Außerdem ist es Zeit für ein Bier. Hast du welches da?“

Er schaute erwartungsvoll zu Franky, der neben ihm in der Mitte der Rückbank saß.

Franky lugte nach vorne zu Reiner, der es sich mit seinen Unterarmen auf dem Steuer bequem gemacht hatte. „Also, im Prinzip schon. Reiner, was meinst du?"

Reiner drehte sich nach hinten. „Im Prinzip kann man ein Bier vertragen. Kofferraum?"

„Ja", bestätigte Franky.

Ein erleichtertes Aufatmen ging durch die enge Kabine des Ascona. Reiner stieg aus, ging um den Wagen herum und öffnete den Kofferraum. Kein Licht. Dann musste er wohl wie ein hungriger Bär mit Schnauze und Tatzen hineinkriechen. Als er sich langsam bis an das hintere Ende des Kofferraumes vortastete, hörte er ein Geräusch. Ein Klopfen. Dann gleich noch einmal. Eine Hand knallte auf die Ablage über dem Kofferraum. Gleichzeitig öffnete sich eine Tür. Scheiße, da stimmte was nicht. Reiner zog Kopf und Oberkörper wieder ins Freie. Als er seinen Kopf draußen hatte, sah er am hinteren Ende des rechten Parkplatzes ein Auto zurücksetzen. Ein größerer Geländewagen.

„Schnell raus!" hörte er Franky rufen. „Ich muss nach vorne."

„Lass doch Reiner fahren!", schlug Peter, der den Wagen bereits verlassen hatte, vor.

Reiner stand bereits neben der Fahrertür. „Franky, was ist los?"

Die Antwort kam etwas zu zögerlich. „Moment."

„Gib den scheiß Schlüssel rüber", forderte ihn Reiner in scharfem Ton auf.

„Kacke …Sag mal, steckt der nicht im Zündschloss?"

Reiner beugte sich zum Lenkrad runter. „Nee."

„Aahh…Ich hab ihn abgezogen. Wo ist er?"

Reiner schaute über seine Schulter. „Mann, der Typ ist jetzt los. Der hat schon mindestens hundertfünfzig Meter gemacht."

„Ich hab' ihn!", schrie Franky. „Hier, setz dich und fahr!", rief er Reiner zu.

Reiner startete und fuhr mit quietschenden Reifen zurück. Dann gab er Gas.

„Wo ist Harry?", wollte Henning, der von Beruf Steuerberater war, wissen.

„Der ist zu seiner Maschine", antwortete Franky.

„Hätte nicht jemand zurückbleiben müssen?", meinte Peter.

„Ja, stimmt", bestätigte Henning. „Wir wissen ja überhaupt nicht, ob es sich bei dem Geländewagen um Diddlmaus handelt."

„Franky, ruf Harry an. Der soll umkehren und die Stellung halten", befahl Reiner.

Reiner gab Vollgas, während Franky telefonierte. Der Horner Weg ging durch dichtes Wohngebiet. Um diese Uhrzeit war zwar nichts los, aber bremsen – wenn es drauf ankäme – war nicht drin. Nach weniger als einer Minute gelangten sie an die große Kreuzung an der Horner Rennbahn. Die Rücklichter des Geländewagens hatten sie bis hierher nicht einmal zu Gesicht bekommen.

Reiner bremste ab und hielt an. „Das war's fürs Erste", konstatierte er trocken. „Er kann von hier aus in sechs verschiedene Richtungen gefahren sein. Seht euch mal den Verkehr an. Na ja, so ist das mit dem Bierdurst und den Zündschlüsseln", sagte er mit sarkastischem Unterton.

Als sie wieder am Parkplatz ankamen, wartete Harry bereits an der Stelle, an welcher der Geländewagen gestanden hatte. Sie stiegen aus. „Gut, dann erst mal ein Bier", schlug Reiner vor. „Ist jetzt ohnehin egal. Hol' du mal bitte die Flaschen aus den Tiefen deines Kofferraums, Franky."

Sie standen im Kreis, öffneten ihre Holsten-Knollen. Reiner erhob seine Flasche. „Auf das SWATT-Team!"

Die Männer schmunzelten und lachten. „Auf das SWATT-Team!", wiederholten sie die Worte ihres Chefs.

„Und auf die Freundschaft!", ergänzte Reiner.

„Auf die Freundschaft!"

*

22 Uhr 08. Johann Hamann war fix und fertig. Den ganzen Tag über hatte er sich unwohl gefühlt. Dann war er an Orten gewesen, die ihm für gewöhnlich guttaten. Heute hatte er allerdings keine Ruhe finden können. Er war ein Getriebener, der wusste, dass sich die Dinge irgendwann nicht mehr so entwickelt hatten wie geplant.

Die Verfolger hatte er gespürt, aber nicht mit Sicherheit ausmachen können. Der ursprüngliche Plan, Reimund Peters besonders hart zu treffen, indem er dessen Familie zerstörte, war nicht aufgegangen. Da gab es offenbar einen Aspekt, den er nicht bedacht hatte: Reimund Peters war ein Schwein, durch und durch. Selbst seine eigene Familie war ihm vergleichsweise egal. Bei allem, was Johann mitbekommen hatte, hatte der Absturz seines Sohnes kaum Spuren bei Reimund hinterlassen. Der kleinen Krankenschwester hatte er ordentlich Taschengeld gegeben, damit sie ihm Bericht erstattete. Auf eine mögliche Observation bei der Übergabe am Horner Kreisel war er noch vorbereitet gewesen. Die entsprechende Sicherheitsmaßnahme hatte er vor mehreren Tagen, als es ihm noch etwas besser ging, vorbereitet. Für den Fall einer weiteren Verfolgung hatte er jedoch keinen vernünftigen Fluchtplan gehabt. Allerdings war es auch ziemlich unwahrscheinlich gewesen, dass er ein weiteres Mal aufgespürt werden würde. Warum es dann doch passiert war, dafür hatte er keinerlei Erklärung. Das war ganz einfach nicht vorauszusehen gewesen. Oder seine mentale Verfassung war bereits wieder derart auf Talfahrt, dass er tatsächlich nicht mehr imstande war, die Realität sachlich zu beurteilen.

Die Situation an der Schrebergarten-Siedlung war brenzlig gewesen. Um kein Aufsehen zu erregen, war er den Kiesweg nicht hochgelaufen, sondern lediglich mit schnellem Schritt gegangen. Kurz nachdem er in seiner Hütte, zirka sechzig Meter vom Eingang entfernt, verschwunden war, war dieser Typ in dunklen Klamotten aufgetaucht. Johann hatte sofort an einen Biker gedacht. Denn von denen hatte er an diesem Tag einige gesehen. Seine unbeleuchtete Hütte hatte ihm zum einen Schutz geboten, zum anderen war er sich so einsam wie lange nicht mehr vorgekommen. Die Zeiten Lanskys, der Diddlmaus, Franks oder Cornelius' waren vorüber. Die Figuren hatten keine Funktion mehr, sie waren tot. Nun war er wieder nur er selbst, Johann Hamann mit seinem erschütterten Selbstbild, seinem Gefühl des körperlichen Zerfließens, seinen geplatzten Träumen, ohne Halt. Die Dämonen der Vergangenheit waren nicht besiegt worden. Ganz im Gegenteil, sie schienen stärker zu sein als zuvor. Als er die Fülle an Kostümierungen in seiner Hütte erblickt hatte, war ihm schlecht geworden. Für all das, was so gut funktioniert hatte, was seinen Körper mit Gefühl und seinen Geist mit Zuversicht erfüllt hatte, schämte er sich jetzt. Das, was gut gewesen war, war jetzt schlecht. Am liebsten hätte er die Hütte in die Luft gesprengt. Das erste starke Gefühl der Verunsicherung hatte er während seines Treffens mit Charlotte in der Kunsthalle erlebt. Er war auf ihre Attacken nicht vorbereitet gewesen. Im Anschluss daran hatte er seiner inneren Anspannung allerdings noch Luft verschaffen können. Mit einem Mal wurde ihm klar, weshalb: Charlotte hatte es ihm gestattet. Fast unbemerkt hatte sie die Spielregeln geändert, oder besser gesagt zu ihren Gunsten variiert.

*

22 Uhr 10. „War er es nun oder war er es nicht?", fragte Henning in die trinkende Runde.

„Er war es!", stellte Reiner fest. „Wenn er es nicht gewesen wäre, dann hätten wir, bevor er mit seinem Wagen zurückgesetzt ist, irgendetwas von ihm mitbekommen. Haben wir aber nicht, weil er sich leise zu seinem Zweitwagen geschlichen hat."

Der stille Peter erhob seinen Zeigefinger, wie ein Schulkind. „Die Frage ist doch: Woher kam er? Warum haben wir ihn nicht gesehen? Den Eingang hatten wir doch im Blick. Also, wenn ihr mich fragt …!"

In diesem Moment reihte sich Harry, der vom Pinkeln kam, wieder in den Kreis ein. „Wenn ihr mich fragt", unterbrach er Peter, „dann kann er ja nur von dort gekommen sein", erklärte er und zeigte in Richtung der Büsche und Bäume am rechten hinteren Ende der rechten Parkplatzseite.

Synchron drehten sie ihre Köpfe Richtung Gebüsch.

„Aus dem Gebüsch?", fragte Franky mit einem Schmunzeln im Gesicht.

Harry nickte. „Genau", sagte er und rülpste geräuschvoll. „Wenn man rübergeht und sich etwas an die Dunkelheit gewöhnt hat, dann kann man auch einen kleinen Pfad erkennen."

„Sieh an, sieh an", schaltete sich Reiner ein. Er schaute in die Runde. „Alle ausgetrunken?"

Henning ließ ein letztes dünnes Rinnsal Bier in seinen Mund laufen. Alle nickten.

„Alles klar. Harry, Franky, ihr bleibt hier und überwacht den Parkplatz. Ich gehe mit Henning und Peter den Bereich hinter den Büschen erkunden."

Wenig später befanden sich die drei in stockdunkler Umgebung. Sie hatten den Pfad gefunden. Die Buschreihe war vielleicht sechs Meter breit. Reiner hatte seine Freunde gebeten, ihm schweigend zu folgen. Relativ schnell kamen sie am anderen Ende des Wäldchens an. Dort befand sich eine alte Steinmauer, die mindestens drei Meter hoch war.

Reiner wandte sich an Peter und Henning. „Hier geht keiner rüber", sagte er.

„Nee", bestätigte Henning.

„Wenn ihr mich fragt", meinte Peter, „dann kann er nur von dort gekommen sein." Er zeigte zu dem Maschendraht-Zaun, der das Wäldchen vom Lauben-Areal abtrennte. „Irgendwo zwischen hier und dem Parkplatz ist er über den Zaun."

„Möglich!", antwortete Reiner. „Das würde bedeuten", fuhr er fort, „dass seine Hütte direkt an dem Kiesweg liegen muss, der vom Eingang aus in die Siedlung führt, und zwar irgendwo im Bereich der ersten fünfzig Meter."

Die Drei näherten sich dem Zaun. „Wir schleichen uns einfach, so leise es geht, am Zaun entlang zurück zum Parkplatz", entschied Reiner.

Etwa auf halber Strecke sahen sie eine heruntergedrückte Stelle im Zaun.

„Das ist die Hütte!", triumphierte Reiner flüsternd. „Ich gehe jede Wette ein."

Einige Minuten später standen sie alle wieder an Frankys Wagen. Es hatte noch eine kurze Unterbrechung gegeben, weil sie keine Taschenlampe dabei gehabt hatten und deshalb auf Henning warten mussten, der noch einmal zurückgegangen war, um sich eine Lampe aus Frankys Wagen zu besorgen. Sie hatten die Hütte nicht einmal aufbrechen müssen, da an der hinteren Seite zum Zaun hin ein kleines Fenster geöffnet gewesen war.

„Seid ihr euch sicher?", wollte Franky wissen.

Reiner räusperte sich. „Wir sind uns sicher! Vor allem sind wir uns sicher, dass dort ein Freak haust …"

„Erzähl!", unterbrach ihn Harry.

Reiner grinste. „Also, da lagen echt komische Klamotten rum. Sehr unterschiedliche Sachen, als würde der Typ in alten Filmen mitspielen. Komische Mafia-Schuhe und so." Er machte eine Kunstpause. "Noch interessanter ist aber, was wir außerdem gesehen haben, deshalb müssen wir auch schnell reagieren."

„Was denn?", fragte Franky ungeduldig.

„Es geht, wie schon gesagt, um die Firma, in der Manuela arbeitet oder genauer gesagt geht es um ihren Chef und dessen Familie. Die wurde nämlich von diesem Freak gestalkt, die und die Firma. Wie und warum, weiß nur der Freak selbst. Jedenfalls waren da auf einem großen Bogen Papier unter anderem Fotos von Manuelas Chef und dessen Familie aufgeklebt. Und neben die Fotos hat er mit einem Edding lauter Fragezeichen gemalt. Außerdem gibt es da noch ein weiteres, ziemlich interessantes Foto. Davon hab ich sicherheitshalber mal ein Foto gemacht." Reiner zog sein Handy aus der Hosentasche und wischte einige Male darauf herum. Dann hielt er es hoch, so dass die anderen einen Blick auf das Display werfen konnten. „Neben dem Foto steht der Name Reimund Peters. Das ist wohl der Vater von Manuelas Chef. Und da seht ihr kein Fragezeichen, sondern einen dicken fetten Pfeil, der auf seinen Schädel zeigt. Und darunter steht: *Dann muss es doch die Wurzel des Bösen sein – Die Früchte allein haben keinen Wert, vor allem nicht für diese Wurzel.*"

„Und was bedeutet das jetzt?", wollte Franky wissen.

„Das bedeutet, dass ich jetzt Manuela anrufe, damit sie ihrem Chef oder dessen Frau Bescheid sagen kann."

„Und was hat dieser Freak jetzt vor?", fragte Henning.

Reiner massierte nachdenklich sein Kinn. „Möglicherweise ist er bereits auf dem Weg zu Herrn Peters senior."

„Polizei?", fragte Peter.

„Kann schon sein", antwortete Reiner, „aber diese Entscheidung treffen nicht wir. Ich rufe jetzt mal Manuela an. Danach, schlage ich vor, machen wir uns vorsichtshalber direkt auf den Weg zu Reimund Peters."

*

22 Uhr 43. „Alkohol ist ein Angstlöser", merkte Wolfgang an, während er die zweite Flasche öffnete.

„Genau das versuche ich mir seit zwei Wochen zunutze zu machen", antwortete Karl, der sich hier bei seinem Kumpel bemerkenswert sicher fühlte.

Wolfgang schenkte ein. „Wie siehst du die Chancen für deine Ehe?", fragte er.

Karls Schultern schoben sich nach oben. Über diese Frage wollte er eigentlich gar nicht nachdenken. „Hm, schwer zu sagen. Bis vor zwei Wochen, so dachte ich jedenfalls, war meine Ehe nicht schlecht." Er machte rollende Bewegungen mit seinen Schulterblättern. „Im Prinzip ging es bei den Problemen, die sich leider Gottes ergeben haben, ja nicht um Charlotte und mich."

„Aber es hat sich auf euch beide ausgewirkt."

„Ja, leider. Das Problem war von Anfang an aber auch, dass ich mich über Johanns primäres Druckmittel Charlotte gegenüber ausschweigen musste."

„Und dann hast du erfahren, dass Charlotte ebenfalls ein außereheliches Abenteuer hatte, wenngleich es sich um eine andere Art von Abenteuer handelte als bei dir. Trotzdem, so schien es, hattest du ihr gegenüber einen moralischen Vorteil, zumindest hinsichtlich der Tatsachen, die für euch beide sichtbar auf dem Tisch lagen."

Karl fühlte sich wieder ertappt. Aber er wusste, dass Wolfgang recht hatte. „So ist es wohl gewesen", gab er zu. „Aber wie hättest du dich an meiner Stelle verhalten?"

Wolfgang sah ihn mit einem Lächeln an. „Ich hätte es vermutlich genauso gemacht."

Karl spürte eine gewisse Erleichterung. „Ist Charlotte integrer als ich, nur weil sie ihre Affäre zugegeben hat?"

Wolfgang begann, mit dem Oberkörper leicht hin und her zu schwingen. „Möglich, aber nicht unbedingt", sagte er schließlich.

„Schau, die Frage, die sich stellt, ist doch die, welche Beweggründe sie hatte, dir ihre Affäre zu beichten. Gleichzeitig kann man sich fragen, inwieweit es prinzipiell sinnvoll ist, eine Affäre oder einen Seitensprung zuzugeben. Wem hilft so ein Geständnis überhaupt? Ich behaupte, dass der Geschädigte von so einer Beichte überhaupt nichts hat. Er fühlt sich betrogen, was er ja auch tatsächlich ist, er verliert das Vertrauen, ist tief verletzt, wütend und traurig. Und eines sollte man wissen: Was geschehen ist, ist geschehen, was gesagt ist, ist gesagt. Nach so einer Geschichte wird eine Beziehung nie mehr so sein, wie sie vorher war."

Während Wolfgang an seinem Glas nippte, dachte Karl, dass überhaupt gar nichts mehr so sein würde, wie es einmal gewesen war.

„Der, ich sage mal, Täter", fuhr Wolfgang fort, „versucht mit Hilfe der Beichte sein Gewissen zu beruhigen. Es geht ihm, da bin ich mir sicher, ausschließlich um sich selbst, um sein eigenes inneres Gleichgewicht. Und wenn ich es so recht bedenke, muss ich sagen, handelt es sich bei einer solchen Beichte um ein ausgesprochen egoistisches, ja, fast schon rücksichtsloses Verhalten."

„Was demjenigen aber nicht unbedingt bewusst sein muss, oder?", unterbrach ihn Karl.

„Das ist gut möglich. Zur Entlastung des Täters kann man sagen, dass er sich in einer höchst komplexen Situation befindet. Moralische Vorstellungen, Gewissenskonflikte und eine Menge unterschiedlicher Gefühle wirbeln gleichzeitig derart durcheinander, dass es sicherlich schwierig ist, in so einem Fall für sich selbst zu einer einigermaßen befriedigenden Lösung zu kommen. Und da es dabei nicht wirklich eine gute Lösung gibt, handelt es sich um ein verwirrendes Dilemma, bei welchem man kaum eine Chance hat, zu einem befriedigenden Ergebnis zu kommen. Der grundlegende Fehler ist ja vorher passiert …"

Wolfgang unterbrach seinen Redefluss. Karl beteiligte sich an diesem Moment des Schweigens.

„Man muss sich die Risiken vorher vor Augen führen", fuhr Wolfgang fort.

„Ja, ja, aber das tut man nicht immer! Ich glaube, jeder Mensch kommt mal in Situationen, in denen er zwar genug Zeit hat, sich über die Risiken seines Handelns Gedanken zu machen, letztlich aber trotzdem das Risiko eingeht. Mir fällt dafür keine plausible Erklärung ein, aber so ist es manchmal eben."

„So ist es. Die Triebe sind in solch einem Moment stärker als die Vernunft", ergänzte Wolfgang.

„So sind die Menschen ganz einfach, sie handeln immer bedürfnisorientiert, sagt einer meiner Freunde, der Psychiater ist."

„Und wir haben ja üblicherweise unterschiedliche Bedürfnisse nebeneinander, sozusagen gleichzeitig. Die Frage ist, was dann mit all dem passiert: Gibt es einen Kompromiss, oder ist ein Bedürfnis so stark – wenn auch in moralischer Hinsicht nicht akzeptabel –, dass es sich durchsetzt und alle anderen Bedürfnisse in den Schatten stellt?" Er schwieg einen Moment. „Aber da fällt mir noch etwas ein: Die Gründe für Charlottes Beichte können auch ganz rationale sein. Vielleicht ist sie davon ausgegangen, dass ihr Verhältnis ohnehin früher oder später herauskommen würde. In diesem Fall hielt sie es für besser, die Ehrliche herauszukehren. Außerdem, so habe ich es jedenfalls herausgehört, ist ihre Beichte durch eure Probleme fast ein wenig untergegangen."

Karl stöhnte. Am liebsten hätte er sich in einen langen, tiefen Schlaf getrunken. Er füllte seine Mundhöhle mit Wein und legte seinen Kopf an die Steinmauer.

„Aber", hörte er Wolfgang mit sanfter Stimme sagen, „so ein Bruch kann natürlich auch eine Chance bedeuten. Es muss nicht nur, sondern es darf gleichzeitig auch etwas Neues entstehen. Die Interpretation der Ereignisse liegt doch bei einem selbst. Denn, und das scheint mir grundlegend zu sein, für das Fremdgehen und sonstige Fehltritte, gibt es Gründe. Nichts geschieht grundlos …"

Karl spürte die Wirkung des Alkohols nun sehr deutlich. Das war angenehm. Gleichzeitig fiel es ihm schwer, Wolfgangs Ausführungen halbwegs konzentriert zu folgen, und er lauschte dessen Worten eher wie dem letzten Satz einer Sinfonie, als sein Handy klingelte.

„Ja, Charlotte?", sagte er gleichmütig.

„Wo bist du!?"

Karl zuckte zusammen. Dieser dominante Tonfall!

„Bei Wolfgang."

„Unter der Brücke?"

„Neben der Brücke."

„Aha, immerhin", hörte er sie sarkastisch sagen.

„Also, hör zu, Karl", fuhr sie fort, „wenn's dir da gefällt, okay, aber es gibt Neuigkeiten."

„Was für Neuigkeiten?"

„Johann Hamann ist vermutlich auf dem Weg zu deinem Vater."

„Was? Woher weißt du das?"

„Das ist kompliziert. Wir haben Hilfe bekommen, und zwar von Frau Schröder ..."

„Von Frau Schröder!?", unterbrach er sie. Plötzlich war er hellwach. „Wie denn das?"

„Ich sagte ja, es ist kompliziert. Sie hat Freunde, die die Geldübergabe am Horner Kreisel überwacht haben. Nur waren die erfolgreicher als der Mann von der Detektei. Ganz genau weiß ich auch nicht Bescheid. Aber Frau Schröder muss in der Firma, ich vermute mal von Frau Steinmann, von der Übergabe erfahren haben."

„Frau Steinmann?"

„Ja, Frau Steinmann. Ich hatte ihr gegenüber so etwas angedeutet ..."

„Angedeutet, aha ..."

„Ist doch auch egal. Die Frage ist, was sollen wir jetzt tun? Sollen wir die Polizei hinterherschicken oder wollen wir, dass Johann Hamann deinem Vater eins überbrät?"

„Häh?" Karl wurde schwindlig.

„Was weiß ich denn? Sag einfach irgendwas, irgend etwas Produktives. Und wenn du das nicht kannst, dann muss ich eben entscheiden. Ach, übrigens, diese Freunde von Frau Schröder sind bereits zu deinem Vater unterwegs. Denen wäre eine etwas genauere Anweisung auch ganz lieb. Na ja, jedenfalls sind sie vorsichtshalber erst mal auf dem Weg dorthin."

„Wie würdest du entscheiden?", fragte Karl, der seine Contenance wiedererlangt hatte.

„Ich würde die Polizei informieren."

Karl überlegte. Bisher war es doch auch ohne Polizei gegangen.

War es wirklich nötig, aus der ganzen Angelegenheit jetzt noch eine riesige offizielle Sache zu machen?

„Warte mal eine Sekunde", sagte er seiner Frau.

Er schilderte Wolfgang die Situation. „Was würdest du tun?"

„Das gleiche wie du", antwortete dieser süffisant.

„Ich bin mir nicht sicher, ob mir das jetzt weiterhilft, mein Freund."

Wolfgang nickte. „Das verstehe ich. Also, vernünftig wäre es, die Polizei einzuschalten. Was für Alternativen gibt es denn dazu?"

„Ich fahre selbst hin. Dort sind wohl auch diese Freunde meiner Angestellten."

Wolfgang nickte. „Und, hast du eine Idee, wie es dann weitergeht?"

„Nein, ist alles eher Intuition."

„Soll ich dich begleiten?"

Darauf war Karl nicht gefasst gewesen, aber es freute ihn enorm.

„Das würde ich sehr zu schätzen wissen."

Karl hielt sein Telefon wieder ans Ohr. „Charlotte!"

„Ja?"

„Keine Polizei! Ich komme selbst!"

„Das ist alles?", fragte sie entgeistert.

„Nicht ganz. Wolfgang kommt mit."

Er wartete auf eine Antwort, aber er hörte nur Charlottes Atmung. War sie etwa überfordert?

„Okay, mach, was du willst, aber wenn Johann Hamann entkommt, weil du wieder alles selbst machen wolltest, dann will ich kein Gejammer hören."

„Ja, ja …" Er legte auf.

Gerade als sich Karl von seinem Platz auf der Decke erheben wollte, klingelte es noch einmal.

„Ja, Charlotte?"

„Die Geldübergabe lief übrigens auch nicht optimal. Den Umschlag mit dem Geld habe ich an einen Hund übergeben müssen. Und dieser Hund war dann schneller weg, als die verdeckten Ermittler husten konnten." Dann war die Leitung tot.

*

23 Uhr14. Charlotte war dann doch zu nervös gewesen und zum Haus ihres Schwiegervaters gefahren, wo sie auf fünf Freunde von Frau Schröder getroffen war. Kaum war sie ausgestiegen, hatte sich ihr ein großer, attraktiver Mann mit weißer Mähne vorgestellt. Offenbar der Freund von Manuela Schröder. Nicht schlecht, hatte sie gedacht. Jetzt saß sie gemeinsam mit diesen Typen auf der Treppe zum Hauseingang und trank eine Flasche Holsten. Die Tür war verschlossen, und aus dem Haus waren keinerlei Geräusche zu hören.

„Haben Sie meinen Mann hier gesehen?" fragte sie in die Runde.

„Nein, hier ist bisher niemand aufgekreuzt", antwortete Reiner.

„Genaugenommen sind sie zu zweit. Mein Mann und sein neuer Freud, der Penner."

„Der Penner?", fragte Franky, der genau neben Charlotte saß, mit gekräuselter Stirn.

„Ja, na ja, ist auch egal. Jedenfalls dachte ich, sie müssten eigentlich bereits hier sein."

„Vielleicht sind sie schon im Haus", meinte Harry.

„Kann sein", pflichtete Charlotte ihm bei. Sie hob die kleine Holstenknolle an ihren Mund und nahm zwei kräftige Schlucke. Gleich darauf merkte sie, wie sich die Kohlensäure einen Weg nach draußen suchen wollte. Sie verzog ihr Gesicht.

„Tun Sie sich keinen Zwang an", kommentierte Harry Charlottes Versuch, sich zu beherrschen und ließ einen gurgelnden Rülpser vernehmen.

Henning lachte und tat es seinem Kumpel gleich. Reiner schüttelte andeutungsweise den Kopf. Im selben Moment hielt ein Taxi vor der Einfahrt. Karl und Wolfgang stiegen aus.

„Das sind sie", bemerkte Charlotte. „Wenn Sie noch Bier auf Lager haben, dann wird alles gut laufen", sagte sie mit sarkastischem Unterton.

Langsam kamen die beiden näher. In solchen Klamotten hatte Charlotte Karl noch nie gesehen. Helle Hose mit weißen Sneakers, dazu ein geöffnetes altes Hemd mit groben Karos. Darunter ein graues T-Shirt.

„Salve", grüßte Karl mit erhobenem Arm in die Runde.

„Salve", prosteten Harry und Henning den Neuankömmlingen zu. Reiner erhob sich und ging den beiden mit ausgestreckter Hand entgegen. „Ich bin Reiner."

Karl reichte ihm die Hand. „Sehr erfreut, Karl Peters, und das ist mein Freund Wolfgang", sagte er.

„Guten Abend, Reiner, guten Abend allerseits", grüßte Wolfgang.

„War schon jemand drinnen?", fragte Karl.

„Die Tür ist zu, geklingelt haben wir auch schon." Karl nickte.

„Bier?", fragte Franky, der sich gerade erhoben hatte.

„Haben Sie auch Rotwein?", fragte Karl.

„Rot-was?", antwortete Franky.

Henning kicherte. Wieso denn Rotwein, dachte Charlotte. Seit Tagen trank er doch nur noch Longdrinks oder Pures. Dann ging Karl zwei Schritte auf sie zu. Charlotte bemerkte, dass er schwankte.

„Guten Abend, Charlotte, schön, dass wir uns auch mal begegnen", begrüßte er sie betont freundlich.

„Ja, ganz ..."

„Bier, ja oder nein!?", wurden sie von Franky unterbrochen.

„Wir nehmen gerne zwei Bier!", antwortete Wolfgang.

„Hol den ganzen Kasten!", rief Reiner Franky hinterher, der sich auf den Weg zum Auto gemacht hatte.

Surreal, dachte Charlotte. Da trifft mein Mann ein, zusammen mit seinem Freund, der auf der Straße lebt. Ich selbst sitze hier, trinke Bier mit all diesen Leuten vor dem Haus meines Schwiegervaters. Meinen Mann nehme ich in diesem Moment kaum als meinen Mann wahr und was da im Haus vor sich geht, weiß ich auch nicht. Sie kam sich vor wie in einem falschen Film. Das hier ist doch alles nicht ganz echt, dachte sie. Genaugenommen befanden sie und Karl sich an einem ziemlich kritischen Punkt, taten aber so, als warteten sie auf einen Bus.

*

22 Uhr 26. Seit über einer halben Stunde befand sich Johann im Haus von Reimund Peters. Er war durch den Keller hineingekom-

men. Den Schlüssel hatte er einst von Sonja bekommen, vermutlich aus einem Schlüsselschrank in der Firma. Er hatte nichts überstürzen wollen, insbesondere deshalb nicht, weil er keinen genauen Plan hatte. Sicher war nur, dass, außer der Tatsache, dass er einen sehr kranken Bruder hatte, jetzt alles egal war. Viel hatte er nicht zu verlieren. Er hatte ein spitzes, finnisches Jagdmesser dabei. Ob er es brauchen würde, wusste er nicht. Ob er Reimund Peters heute Nacht umbringen würde, wusste er auch nicht. Wenn ja, wäre das Messer vielleicht gar nicht notwendig. Es gab andere Möglichkeiten. Das Angenehmste wäre, das alte Monster mit seinem eigenen Kopfkissen zu ersticken. Aber dann könnte er nicht mehr mit ihm reden. Das, dachte Johann, wäre schade.

Durch die Kellertür, die sich auf der Rückseite des Hauses befand, war er direkt in einen Flur gelangt. Die Kellertür hatte er hinter sich geschlossen und verriegelt. Lichtschalter hatte er nicht betätigt. Von der Außenbeleuchtung des Hauses fiel spärliches Licht auf einen hellblauen Linoleumboden. Die ersten Minuten war er einfach so direkt hinter der Tür stehen geblieben und hatte gelauscht. Kaum ein Geräusch von außen fand den Weg in das Haus. Nach einiger Zeit hatte er ein entferntes Ticken wahrgenommen. Dann war er den Flur ein paar Meter entlanggegangen. Die zweite Tür auf der linken Seite war angelehnt gewesen. Sein Körper hatte sich verkrampft, als die Tür beim Aufdrücken einen schrillen Quietschton durch den ruhigen Flur schickte.

Der Raum hinter der Tür hatte sich als Werkstatt erwiesen. Nun saß er auf einem alten Holzschemel, versuchte aufrecht zu sitzen, seine Atmung zu kontrollieren und die Schultern zu lockern. Vermutlich schlief Reimund um diese Uhrzeit bereits irgendwo zwei Etagen über ihm.

Lange nicht mehr hatte sich Johann derart instabil gefühlt. Schon das geringste Geräusch – das Knistern seines Hemdkragens an seinem Hals – ließ ihn zusammenzucken. Hier und jetzt war er Johann Hamann. Etwas anderes war nicht möglich. Die innere Ruhe der letzten sechs Monate war dahin. Er fühlte sich leer, hilflos und hatte keinen Plan.

Auf dem Flur war wieder das Ticken zu hören. Er erhob sich und ging mit ruhigen Schritten dem Ticken entgegen. Am Ende des Gangs befand sich ein größerer, rechteckiger Raum. Von dort lauschte er auf weitere Geräusche. Aber das Ticken der Uhr war derart laut, dass es dezentere Geräusche vermutlich übertönte. Als er sich in die Richtung wandte, aus der das Ticken kam, erkannte er eine Treppe zum Erdgeschoss. Nach den ersten paar Stufen umfing ihn komplette Dunkelheit, wie in einem Sarg. Dort, wo die Treppe eine Biegung machte, setzte er sich und lehnte sich an die Wand. Die Ellbogen auf den Knien, legte er den Kopf in seine Hände. Dunkler als die Nacht, fand er. Dunkel und abgeschottet, gleichzeitig aber mitten im Hause Peters. Hier, in diesem Haus hatte Reimund Peters seine Fäden gesponnen.

Johann fühlte sich unendlich erschöpft. Kaum zu glauben, dass er noch vor wenigen Tagen wie ein dominanter Löwe Charlotte Peters bestiegen hatte. Er fühlte sich wie im tiefsten Winter, wenn alles kahl war, nichts mehr wuchs und sich die vielen bunten Farben des Herbstes in ein diffuses Grau verwandelt hatten.

Mit dem Grauton kam die Müdigkeit. Mit der Müdigkeit kam der Schlaf. Mit dem Schlaf kamen die Bilder.

Weiße, reine, federleichte Schneeflocken rieselten herab. Stundenlang saß er auf der Heizung in der guten Stube und schaute durch das große Fenster. Seine Hände steckten jeweils zwischen zwei Heizungsrippen. Es war so heiß, dass er sich unsicher war, ob seine Hände am Erfrieren oder am Verbrennen waren. Ab einer bestimmten Intensität fühlten sich Kälte und Hitze ähnlich an. Die Gegensätze verschmolzen miteinander. Je länger er nach draußen sah, desto mehr gewann er den Eindruck, jede einzelne Schneeflocke fokussieren zu können. Durch hunderttausende weißer Kristalle hindurch suchte er sich eine einzige Flocke aus. Dabei war er bemüht, sich möglichst früh für eine Flocke zu entscheiden, und zwar dann, wenn sie gerade am oberen Rand seines Gesichtsfeldes erschienen war. So hatte er einige Sekunden Zeit, die Flocke zu verfolgen, bis sie schließlich zur Erde fiel und mit der weißen Schneemasse dort verschmolz. Das Hinunterschweben einer jeden einzelnen Schneeflocke entsprach einer kleinen Zeitreise. Jede einzelne Reise hatte ihre eigenen Gedanken, Gefühle und Wünsche, jedes Ende war wie ein kleiner Tod und jede neue Flocke ein strahlender Beginn.

Er wusste nicht, wie lange die Hand seiner Mutter bereits über seinen Kopf gestrichen hatte. Selbst als er sie wahrnahm, wusste er im ersten Moment nicht, woher dieses Gefühl kam. Angenehm. Trotzdem konnte er den Blick nicht abwenden. Ihr Mund näherte sich seinem Ohr, mit leiser Stimme sagte sie ihm, es stünde Tee auf dem Tisch.

In dem Moment, als er bereit war, sich einen Moment lang vom Anblick der Schneeflocken zu lösen, veränderte sich die Atmosphäre. Seine Mutter saß zusammengesunken in einem Sessel. Sie trug eine merkwürdige Perücke, wie von einem Laien gebastelt. Sie hatte ihren Blick gesenkt. Völlig reglos und unbeteiligt saß sie da, wie eine Puppe. Johann hatte Angst, fühlte sich alleingelassen. Im Türrahmen, am hinteren Ende des Zimmers, stand sein Vater. Mit seinen Händen hielt er sich am Rahmen fest. Seine Knie machten den Eindruck, als würden sie jeden Augenblick ihren Dienst versagen. Johann sah in die Augen seines Vaters. Sie waren weit aufgerissen, große dunkle Kugeln, fast schwarz. Auch sein Vater war nicht mehr derjenige, der er einmal gewesen war. Der einst so stattliche Mann war stark abgemagert, und in seiner Miene spiegelten sich Entsetzen, Angst, Verzweiflung, Panik.

Auf dem Sofa, zwischen Mutter und Vater, lag Gustaf. Gustaf war noch keine vier Jahre alt. Johann war der Einzige, der ihn registrierte. Gustaf gab kaum einen Laut von sich. Aber Johann erkannte, wie sich Gustafs kleine Fingerchen dann und wann bewegten. Mitunter zuckte sein Nacken, schien aber nicht die Kraft zu haben, sich soweit zu bewegen, um den Blick auf seine Mutter richten zu können.

Er saß noch immer auf der Heizung. Abwechselnd sah er seine Mutter, seinen Vater und seinen Bruder an. Im Raum war es mucksmäuschenstill, so still, dass er glaubte, die Schneeflocken, die nun hinter seinem Rücken auf die Erde fielen, hören zu können. Auf einmal war er der Überzeugung, sich in einem Wachsfiguren-Kabinett zu befinden. Nur er selbst war aus Fleisch und Blut. Dann, ganz plötzlich, hörte er ein Röcheln. Es kam aus Gustafs Mund, aus welchem kurz darauf brauner Schleim herauszufließen begann. Johann war entsetzt. Am liebsten hätte er das Fenster geöffnet, um sich nach draußen in den Schnee zu stürzen. Je mehr er jedoch versuchte, sich zu bewegen, desto fester schien er mit der Heizung verbunden zu sein. Er wollte schreien, aber es ging nicht. Die Hitze der Heizung fand einen Weg in seinen Körper. Heißer und heißer wurde es. Der gesamte Raum begann sich aufzuheizen. Gelbliche Schlieren, wie in einem brennenden Ofen zogen durch den Raum. Dann sah er, wie das Gesicht seines Vaters zu schmelzen begann. Entsetzt blickte er zu seiner Mutter. Zähe, plastikartige Tropfen liefen ihre Wangen hinab. Johann war wie versteinert. Ein glühender, bewegungsunfähiger, festgebrannter Stein. Gustaf!, dachte er. Sein Blick fiel auf das Sofa. Aber sein Bruder war nicht mehr da. Nur noch eine weißliche, dampfende Pfütze war auf dem braunen Lederbezug zu sehen. Johann spürte, wie sein eigener Körper zu schmelzen begann. Er wollte aufstehen, doch noch immer war er fest verbunden mit der Heizung. Im gleichen Zuge sah er, wie sein Rumpf in sich zusammensackte. Wenige Augenblicke später fand er sich auf dem Fußboden neben der Heizung wieder. Er war komplett geschmolzen. Nur seine Augen waren noch ganz. Sie lagen auf dem Teppichboden und schauten an die Decke. Er selbst konnte seine geschmolzenen Überreste von oben sehen. Dann befand er sich vor dem Haus, im Schnee. Er sah durch das Fenster in das Haus. Alles brannte, wie in einem Schmelztiegel. Dann drehte er sich um und rannte über eine endlos weite Schneefläche. Seine Atmung wurde schneller und schneller, er lief weiter und weiter, bis er schließlich das Gleichgewicht verlor und stolperte. Vor ihm tat sich ein tiefer, dunkler Abgrund auf.

Als Johann erwachte, lag er vornübergekippt mit dem Kinn auf die unteren Treppenstufen. Seine Arme lagen seitlich, seine Hände irgendwo unter ihm. Er zitterte am ganzen Leib, seine rechte Schulter schmerzte. Dann spürte er, wie etwas Warmes an seinem Kinn hinunterlief. Das Blut kam aus seinem Mund. Als er sich bewegte, fiel er noch etwas tiefer. Mit Mühe konnte er seine Arme und Hände unter sich hervorziehen, drehte sich zur Seite und kam auf der letzten Treppenstufe wieder zum Sitzen.

Dann stand er auf und atmete einmal tief durch. Beim Ausatmen kehrten die Bilder seines Traums zurück. Die Schneeflocken, seine Eltern und sein Bruder, die schmelzenden Gesichter, die helle

Pfütze. Gustafs Überreste, die Hitze, diese unglaubliche Fassungslosigkeit in der Miene seines Vaters, seine in sich zusammengesackte Mutter, die Trauer, die Angst, die Ausweglosigkeit, das Ende. Heiße Blutströme schossen durch seinen Körper und sprudelten wie eine Brandungswelle in seinen Kopf. Die innere Leere, das schlaffe Körpergefühl, die Hilflosigkeit und die Angst waren in diesem Moment verflogen. Er wusste nicht, wie lange dieser Zustand anhalten würde, ab jetzt, in diesem Moment, war er bereit. Er drückte den Lichtschalter an der Wand nahe der Treppe. Dann zog er sein finnisches Jagdmesser aus der Innentasche, nahm es aus der Scheide, steckte Letztere wieder in die Jacke. Der Schaft des Messers lag fest in seiner rechten Hand. Dann ging er die Treppe nach oben, öffnete eine Tür und kam in einen großen Raum mit dunklen Wänden und einem Schieferboden. Auch hier fand er schnell den Lichtschalter, den er umgehend betätigte. Es handelte sich um den großen Eingangsbereich des Hauses. An der Wand gegenüber der Kellertreppe hing die Uhr. Ein langes Pendel schwang hin und her. Es war jetzt 23 Uhr 20. Während der Schläge zur vollen Stunde hatte er offenbar tief geschlafen. Rechts von der Uhr befand sich die Haustür. Irgendwo dahinter waren Stimmen zu hören. Johann sah eine breite Holztreppe, die nach oben führte. Er nahm zwei Stufen auf einmal. Die Sprünge empor fühlten sich leicht und federnd an. Das alte Holz knarrte und knackte unter ihm. Die Geräusche waren ihm egal. Oben angelangt, konnte er über ein gedrechseltes Geländer hinweg in das Erdgeschoss hinunterschauen.

Johann öffnete die erste Tür, schaltete das Licht ein. Es handelte sich um ein kleines Schlafzimmer mit einem Schreibtisch. Vermutlich nur ein Gästezimmer, dachte er. Am Ende des ungefähr sechs Meter langen Flurs befand sich eine zweite Tür, größer als die erste. Die große Tür! Hier war es. Er hielt einen Augenblick inne und überlegte. Überwältigen, zur Rede stellen, den alten Mann quälen, bis er endlich alles zugeben würde. Alles Weitere würde sich zeigen. Johann drückte die Türklinke mit seiner linken Hand, in der Rechten lag sicher und fest das Messer. Dann schob er die Tür auf, schnell und entschieden. Zuerst sah er das Licht einer Straßenlaterne durch das Zimmerfenster fallen. Offene Gardinen. Das Licht erhellte das Fußende eines Bettes. Das Kopfende lag im Dunkeln. Für ein Ehebett war das Bett nicht breit genug. Vielleicht einen Meter und zwanzig. Johann atmete ein, ging links am Bett entlang. Auf mittlerer Höhe des Bettes blieb er stehen. Noch immer war das Kopfende nicht gut zu sehen. Er positionierte das Messer in seiner Hand so, dass die Klinge nach oben zeigte. Dann schwang er sein rechtes Knie und sein Schienbein auf das Bett, stützte sich mit der linken Hand am Bettgestell ab und ließ sich mit seinem Oberkörper nach vorne fallen. Gleichzeitig ließ er seine rechte Hand nach unten schnellen. Dort, wo sich der Kopf von Reimund Peters befinden musste, raste das hintere Ende des Holzgriffs nach unten. In diesem Moment, kurz bevor Johann zusätzlich seine linke Hand einsetzen wollte, landete der hölzerne Knauf – nicht auf dem harten Schädel von Reimund Peters, sondern in einem weichen Kissen. Für den Bruchteil einer Sekunde hielt Johann inne. Dann ließ er seine Rechte ein Stück weiter rechts hinunter krachen. Wieder keine Schädeldecke und auch kein Brustkorb. Er sprang auf, lief zur Zimmertür und knipste das Licht an. Nichts! Das Bett war leer.

Vor wenigen Sekunden noch hatten ihn starke, verheißungsvolle Gefühle, Zuversicht und Kraft beherrscht. Nun übernahmen Zorn und Wut das Ruder. Kurz darauf stand er in einem dritten Zimmer. Es handelte sich um ein geräumiges Bad. „Ich finde dich, du Schwein!", brüllte er und lief los, die Treppe hinunter.

*

23 Uhr 33. Kurz bevor Charlotte mit Reimunds Haustürschlüssel zurückkam, war im Haus das Licht angegangen. Wenig später hatten sie den Schrei eines Mannes gehört. Sofort hatten die Männer ein Fenster zertrümmert und waren in das Haus eingestiegen. Als Charlotte die Tür aufgeschlossen hatte und eintrat, erkannte sie Reiner, der sich im Eingangsbereich über einen blutüberströmten Mann beugte. Er war gerade dabei, ihm die Arme abzubinden. Die übrigen Männer standen um ihn herum.

„Oh Gott!", rief sie.

„Rettungswagen ist bereits unterwegs", sagte Henning.

„Kann er sprechen?" fragte sie.

„Vor wenigen Minuten hat er noch gewütet", erklärte Reiner. „Jetzt ist aber damit erst mal Schluss. Zu viel Blut verloren. Der Stier ist müde."

Kurz darauf traf der Rettungswagen ein.

*

Die Wolken vom Tag zuvor waren verschwunden, der Himmel war blau, die Vögel im Garten zwitscherten. Karl saß mit geschlossenen Augen auf der Terrasse vor dem Wohnzimmer in einem Liegestuhl, neben sich einen Becher Tee. Die Schritte hinter ihm verrieten, dass Charlotte auf dem Weg zu ihm war.

„Hallo Karl, wie geht es dir?"

„Besser, besser", antwortete er, ohne sich die Mühe zu machen, Charlotte anzusehen.

Sie stand jetzt genau vor ihm. „Wie geht's jetzt weiter mit dir?"

Er gähnte. „Ich werde heute Nachmittag verschwinden – für drei Monate."

„Und wo gedenkst du hinzugehen?"

Schon wieder dieser bestimmende Tonfall.

„Wohin schon? In die Klinik, das System einmal komplett herunterfahren."

Aus dem Augenwinkel sah er, wie sie überrascht den Kopf anhob. Dann hörte er sie erleichtert ausatmen.

„Na dann", sagte sie.

„Na dann", wiederholte er ihre Worte.

„Dann legen sie dich vielleicht ja zusammen mit Johann Hamann in ein Zimmer."

„Wäre vollkommen in Ordnung, dann könnten wir uns mal so richtig in aller Ruhe aussprechen", sagte er.

„Wäre vielleicht tatsächlich am besten so – für euch beide", sagte Charlotte nach einer kurzen Pause. „Wenn du mich fragst", fuhr sie fort, „ist er völlig am Ende, genau wie du, und ich wünsche ihm von ganzem Herzen, dass er wieder auf die Beine kommt."

Karl zuckte mit den Schultern. „Na ja, ich weiß nicht ..."

„Bekommst du im Krankenhaus eigentlich eine vernünftige Psychotherapie?", wollte Charlotte wissen.

„Davon gehe ich aus", sagte er.

„Das ist gut. Und danach?", fragte sie.

„Danach?"

„Ja, danach. Wie sollen wir dann weitermachen?"

„Werden wir sehen. Willst du weitermachen?", fragte er.

„Irgendwie schon, fragt sich nur wie."

„Auch du solltest diese drei Monate nutzen. Was ist mit den Mädchen, sind sie heute Nachmittag da?"

„Ja, sie sind da."

„Gut."

*

Franziska hatte sich krank gemeldet. Sie war der Ansicht gewesen, das würde ihr zustehen. Wenn sie gewusst hätte, dass sie ihre neue Position noch eine ganze Weile und – in modifizierter Weise – vielleicht sogar noch ziemlich lange behalten würde, hätte sie von der Krankmeldung vermutlich abgesehen. Zweieinhalb mal so viel Gehalt. Das, fand sie, war für den Anfang ganz okay.

Sie saß im Garten ihrer Tante in Mümmelmannsberg. Tante Helene hatte ein kleines Haus, ganz am Rande des Stadtteils, direkt an die Felder grenzend. Franziska schien die Sonne ins Gesicht. Sie blinzelte hinüber auf das Grundstück des alten Griesbard. Auch er wohnte in so einem kleinen Haus mit Spitzdach. Die Eingangstür ging quietschend auf. Gleich darauf sprang Kalle, sein alter Jagdhund, nach draußen. Er hob seine Schnauze in die Luft, bewegte seine Nase, schüttelte seinen schmalen Kopf, während seine langen Ohren wie riesige Zungen hin und her baumelten. Dann machte er einen Satz zur Seite. Er hatte sie bemerkt. Sein Maul stand offen. Er neigte seinen Kopf zur Seite und ließ ein kurzes Bellen vernehmen. Dann lief er los und sprang mit einem geübten Satz über den Holzzaun zu ihr hinüber.

Sie kannten einander schon so lange. Und Kalle war, das musste man wirklich sagen, zu allen Schandtaten bereit. Zuwendung, klare

Ansagen und Training, das mochte er. Und nachdem Franziska gemerkt hatte, wie souverän sie ihrer Führungsposition in der Firma gerecht wurde, hatte sie beschlossen, mit Kalles Hilfe ihrem Karrieresprung auch in finanzieller Hinsicht etwas nachzuhelfen. Dass sie selbst in Mümmelmannsberg aufgewachsen war, wusste aus der Firma niemand. Deshalb konnte auch niemand ahnen, dass sie schon früh den Entschluss gefasst hatte, später einmal deutlich exklusiver leben zu wollen als ihre Tante Helene oder der alte Griesbard von gegenüber. Sie war wirklich gut in ihrem Job, davon war sie überzeugt. Und im Zweifel musste man sich einfach nehmen, was einem zustand. Doch ganz egal, in welche Richtung sich ihr Leben entwickeln würde, ob sie irgendwann in einer Villa in Eppendorf wohnen und ein großes Auto fahren würde, ihre Mädels von einst würde sie nie vergessen. So eine innere Verbundenheit und ein solches Maß an Loyalität konnte man nicht kaufen. Die gesamte Observation und telefonische Führung von Charlotte Peters hatten Sibylle und Nadja übernommen. Von Anfang an war alles ohne Zwischenfälle oder Fehler gelaufen. Sibylle und Nadja waren nie von hier weggegangen und kannten die Gegend so gut wie niemand sonst. Für sie war es ein Leichtes gewesen, sich unbemerkt in Frau Peters' Nähe aufzuhalten und gleichzeitig miteinander in Sichtkontakt zu stehen. Franziskas Aufgabe an dem Abend der Übergabe war lediglich gewesen, auf Nadjas Nachricht zu warten und Kalle loszuschicken. Das größte Risiko war Kalle selbst gewesen. Obwohl er der tollste Hund unter der Sonne war, handelte es sich trotzdem um ein Tier. Und letztlich konnte man nie genau wissen, was sich in Kalles schmalem Hundeköpfchen abspielte. Vorstellbar wäre zum Beispiel gewesen, dass ein kleiner flinker Hase irgendwo auf dem Weg zum Platz der Übergabe Kalles Aufmerksamkeit auf sich gezogen hätte. Ein Hund war nun mal ein Hund. Da wäre nichts zu machen gewesen. Ihre größte Befürchtung war allerdings gewesen, dass Charlottes Beschatter von der Polizei Kalles Aufmerksamkeit hätten gewinnen können. Franziska wollte sich gar nicht vorstellen, was das bedeutet hätte. Kalle im Gewahrsam der Polizei. Der alte Griesbard wäre gestorben vor Trauer, und Kalle wahrscheinlich auch.

„Ah, Kalle, alter Junge, bist schon wieder bei deiner Freundin.

Hallo Franziska, alles im Lack?", rief Griesbard in seiner unvergleichlichen Art über den Zaun.

„Hi, Griesbard, ja, alles im Lack. Bin ich bei euch, bin ich glücklich!"

*

Phillip saß vor einem weiteren Stapel Seefracht-Papiere, der nicht abnehmen wollte. Da hatte also echt jemand gewagt, seine Idee zu klauen. Nur eben nicht mit einer Drohne, sondern mit einem Hund. Soweit er informiert war, war der Täter erfolgreich gewesen. Vielleicht hatte Raphael doch recht mit seinen Hymnen auf Mut und Risiko. Der nächste Schritt, so hatte Phillip entschieden, war die Kündigung.

*

Nach all den Jahren hatte sich Reimund Peters endlich dazu aufraffen können, seinen Schulfreund Hans zu besuchen. Immer wieder hatte Hans angerufen oder Briefe geschrieben. Warum er selbst nie in der Lage gewesen war, die vergleichsweise kurze Reise nach Rügen auf sich zu nehmen, wusste er selbst nicht, so, wie er auch sonst bei vielem, was er getan oder unterlassen hatte, nicht genau wusste, warum.

Unter ihm strahlte der weiße Kalk der Klippen. Ebenso weiße Segelboote zogen an der Insel vorbei. Hans stand neben ihm. Er lächelte unentwegt, sagte aber nicht viel. Reimund fühlte sich nicht unwohl in der Nähe seines einstigen Sitznachbarn.

Charlotte war richtig hysterisch gewesen, hatte es mindestens zehn Mal auf seinem Handy versucht, und schließlich hatte er sich dazu herabgelassen, sie zurückzurufen. Er hatte nur lachen können. Was konnte er denn dafür, dass dieser Irre in sein Haus eingestiegen, sämtliche Zimmer verwüstet und sich schließlich selbst verstümmelt hatte? Dass Hamann ausgerechnet dann kommen würde, wenn er selbst mal ausnahmsweise unterwegs war, hatte Reimund natürlich nicht wissen können, aber seine Intuition war noch nie die Schlechteste gewesen. Ohne es geplant zu haben, hatte er sie alle an der Nase herumgeführt. Sei's drum, dachte er. Jedenfalls hatten sie ja jetzt ihren Schuldigen gefunden. Ihn selbst würden sie nun hoffentlich in Ruhe lassen.

*

Über eine Stunde lang hatte sich Karl mit seinen Töchtern unterhalten. Sie hatten ihm zunächst nur stumm und leicht verschämt zugehört, ihm dann aber signalisiert, dass es für sie in Ordnung war, wenn er mal für drei Monate verschwand. Verena, seine Große, das hatte er genau gespürt, war sogar richtig erleichtert gewesen. Und Tanja hatte sein Versprechen, in alter Frische und mit viel mehr Zeit als bisher zurückzukehren, versöhnlich gestimmt.

In alter Frische und vor allem im Vollbesitz seiner geistigen und körperlichen Kräfte wollte er wiederkommen, das hatte er sich fest vorgenommen. Und wenn es in der Firma in dieser Zeit weiterhin so gut lief, würde er Franziska Steinmann mehr Verantwortung übertragen. Außerdem konnte er sich vorstellen, sie auf zukünftige Reisen ins Ausland vorzubereiten. Niemand, da war er sich sicher, konnte seine eigene Firma so gut vertreten wie er selbst. Aber auf einen Versuch, Frau Steinmann mit ihrem Charme auftrumpfen zu lassen, wollte er es durchaus ankommen lassen.

Und was die Sache mit Johann Hamann anging: Besser, fand er, hätte es nicht kommen können. Das einzige Problem waren die Filme. Er hatte nach all dem Vertuschen der wahren Druckmittel von Johann Hamann nicht die Absicht, zu guter Letzt doch noch die Hosen herunterzulassen.

Aus gutem Grund hatte er entschieden, sich nicht von Charlotte in die Klinik fahren zu lassen. Die tatsächliche Aufnahme in der psychosomatischen Abteilung würde erst am nächsten Morgen stattfinden, und die Zeit bis dahin wollte er noch nutzen. Von Frau Schröders Motorrad-Freunden hatte er sich genau erklären lassen, wo sich die kleine Laube von Hamann befand. Außerdem hatte er in Erfahrung gebracht, dass die Biker zwar in der Hütte gewesen waren, diese aber nicht durchsucht, sondern lediglich grob inspiziert hatten. Heute Nacht würde er sich dorthin begeben, um sämtliche Beweise für sein versautes Rumgehure zu beseitigen.

Langsam schlenderte er zu seinem Teich. Er erinnerte sich an die Nacht, in der er dort hinein gepinkelt hatte. Das Antidepressivum hatte er an diesem Morgen nicht mehr genommen. Will ich etwa impotent werden, dachte er, das Foto von Charlottes willig ausgestrecktem Hintern vor Augen. Verdammt reizvoll, fand er, immer noch. Was war er nur für ein blinder Vollidiot gewesen! Im Nachhinein konnte er Johann Hamann richtig dankbar sein dafür, dass er ihm die Augen geöffnet hatte.

Wieder verspürte er eine Art von Flauheit im Magen. Ein paar Drinks sowie eine halbe Beruhigungstablette würden ihn über den letzten Tag und die letzte Nacht vor seiner Aufnahme bei den Verrückten und Depressiven bringen.

Und wenn er wieder zurückkam, würde er endlich mit Johann Hamann reden.